# 隋炀帝

历史上，隋炀帝是铸就辉煌的开国君主，隋文帝波澜壮阔的中兴之主，也是亡国之君，身负骂名者。

他的罪恶，或许是被重加了和放大的……

是非功过自有评说……

丑人 著

华文出版社
SINO CULTURE PRESS

图书在版编目（CIP）数据

隋炀帝 / 丑人著. -- 北京：华文出版社，2021.1
ISBN 978-7-5075-5369-7

Ⅰ.①隋… Ⅱ.①丑… Ⅲ.①传记小说－中国－当代 Ⅳ.①I247.5

中国版本图书馆CIP数据核字（2020）第220859号

---

**隋炀帝**
SUIYANGDI

---

| | |
|---|---|
| 作　　者： | 丑　人 |
| 责任编辑： | 胡慧华 |
| 出版发行： | 华文出版社 |
| 地　　址： | 北京市西城区广安门外大街305号8区2号楼 |
| 邮政编码： | 100055 |
| 网　　址： | http://www.hwcbs.com.cn |
| 电　　话： | 总编室 010-58336239　发行部 010-58336267　58336230 |
| | 责任编辑 010-58336197 |
| 经　　销： | 新华书店 |
| 印　　刷： | 北京明恒达印务有限公司 |
| 开　　本： | 710×1000　1/16 |
| 印　　张： | 21 |
| 字　　数： | 260千 |
| 版　　次： | 2021年1月第1版 |
| 印　　次： | 2021年1月第1次印刷 |
| 标准书号： | ISBN 978-7-5075-5369-7 |
| 定　　价： | 58.00元 |

*版权所有，侵权必究*

# 目 录

**第 一 章:大业在前 / 001**

  杨广凭着雄厚的国力,对外开放通往西域的丝绸之路;对内营建东京,开凿漕运。尤其建东京,杨广要将国家的政治中心和军事布防向东转移付诸实际,就是为了更有效地掌控关东和江南;在经济方面,因关中物产不足以供给西京大兴,东京洛阳的地理位置正处隋朝腹地,从江南运到东京洛阳的货物,再转运到西京大兴,方便多了。开凿连通东西南北的漕运,就是要将黄河、长江、淮河、海河和钱塘江五大水系凿通相连,便于通商往来贸易。

**第 二 章:云起借兵 / 014**

  启民可汗不禁仰脸笑了,说诸位多疑了。如果韦云起借走兵马不归还,难道不在乎我东突厥大可汗借此理由,率师出兵隋朝吗?之前的隋主杨坚在乎,当今的隋主杨广更加在乎。众谋士眼看韦云起就要带走二万东突厥精骑,以为兵马有去无回,继续劝说启民可汗拒不借兵还来得及。

**第 三 章:融合南北 / 027**

  杨广下诏免除江南三年赋税,这大礼是江南万民根本没想到的,待他浩浩荡荡乘舟来到江都,受到万民迎驾。然后杨广召心腹,告知他此次巡幸江都,是为安定国家大统而来。6

**第 四 章:名臣之死 / 040**

  恢复门阀制的声音盛嚣尘上。这门阀制盛行于魏晋南北朝时期,就是国家依照

1

门第高下之分,选拔任用官吏,与寒门庶族无缘。那时国家的财富和政权大多掌握在门阀集团手里,就连国家的君主也得忍让门阀士族几分。恢复门阀制的声音扬起,杨广深感他的皇权受到威胁,召牛弘和苏威商议。

## 第 五 章:大国韬略 / 052

杨广闻知西域胡商在河西丝路上的遭遇,召心腹谋划攻打吐谷浑。众心腹七嘴八舌,痛斥吐谷浑人拦路行劫,妄图切断西域通往隋朝的商路,催促杨广尽快发兵,攻打吐谷浑。

## 第 六 章:开疆拓土 / 065

杨广以汉武帝为楷模,决心重启华夏通往西域的丝绸商路,其狭长千里之遥的河西走廊正是一段咽喉通道,为吐谷浑所据。只有平定吐谷浑,丝绸商路方可畅通无阻。

## 第 七 章:万国博览 / 076

六月的张掖如初夏一般,气候宜人,水草葱绿肥美。应邀来张掖参加隋朝万国博览会的三十多个西域国的王臣使者全都来到了张掖。武威和张掖两郡已完成万国博览会的筹办,正恭候着皇帝车驾到来。

## 第 八 章:收复流求 / 087

在东都洛阳献俘时,杨广为成功征服流求而大悦。加封陈棱右光禄大夫,加封张镇州为金紫光禄大夫。

## 第 九 章:威服四夷 / 099

收复西北疆域数千里,又迎来征服东南海域流求岛,大隋的国土伸展得无比辽阔。杨广的心情要比以往任何时候都要欢愉,宣诏开放东都,准备在明年的新年之际,致函邀请西域诸国使者和商贾来东都互市交易,共庆大隋盛世。

## 第 十 章:饥荒盗起 / 111

山东、河南、河北距涿郡较近。朝廷在这三地征召的成年男丁最多,年轻的应征入伍,年老的运输军需。这三地因缺乏男人耕作,荒芜大片田地,许多地方的粮食几乎绝收。到秋天陈粮食尽,留守妇人们只好拖儿带女出门乞讨,流民多了起来。

第十一章：挥师东征／133

　　隋朝各路大军会聚辽河西岸,准备渡过辽河。辽河东岸的高句丽军严阵以待,早已列阵据守着。三月的气候不再那么严寒,原本冰冻的辽河开始解冻,隋军似乎来晚了,不可踏冰过河。没有那么多的船舶运载人马到河的东岸,与高句丽军隔河相望不是个办法。杨广命令工部尚书宇文恺尽快搭建三座浮桥,便于大军渡过辽河。

第十二章：讨恶剪暴／159

　　没抢到一粒粮食,反而在两河交汇处遭遇伏击,瓦岗贼伤亡惨重,只好加快速度往回逃去。张须陀和罗士信沿着汴水岸边追击了一段路,才停歇下来。

第十三章：后院起火／171

　　皇旨不可违。撤军连夜进行,将士们轻装回返,所有的军资器械、攻城之具堆积如山,那营垒、帐幕,都原地不动,丢弃而去。

第十四章：造反遭诛／185

　　主将杨玄挺冷不丁儿中箭阵亡,杨玄感军顿时惊慌大乱。就连杨玄感突遇三弟杨玄挺阵亡,也禁不住地悲伤不已。卫文升军才得以脱身,撤离了邙山。

第十五章：高官杀子／199

　　至此来护儿不想再进那间偏僻的厢房见到来渊。数天后的一个下午,来护儿打发家人做了几道来渊爱吃的膳食,然后拿出一只精美的漆盒,叫一位家佣给来渊送去。那家佣端着膳食和漆木盒子来到厢房,送到了来渊面前。

第十六章：佞臣误国／217

　　听崔君肃陈述利害,将领们害怕起来,纷纷要求奉旨班师。最终得不到支持,来护儿生出遗憾,只好接受皇帝诏令班师回返。

第十七章：雁门袭驾／226

　　东突厥始毕可汗率领数十万轻骑如蝗虫般直朝雁门郡飞扑过来。护侍杨广车驾的只有一万七千人,抵御始毕可汗数十万轻骑毫无胜算可言。杨广和他的侍臣顿时蒙了,几乎是束手无策。只有裴蕴和虞世基敦促杨广赶紧回驾,离开雁门。

## 第十八章:李密出山 / 239

最初,李密并没得到寨主翟让的赏识。但李密有诗书经纶在腹,心智高于瓦岗众将之上,给翟让出谋,恰到好处,又勤于游说小股盗贼归附翟让。渐渐地翟让发现李密有过人之谋,开始信任李密,令为左右。李密在瓦岗的地位随之高升。

## 第十九章:听信谗言 / 254

盗贼猖獗的飞报频频传入江都。杨广的心情坏透了,他没少诏令军队剿贼,不明盗贼为何剿灭不尽。执掌政务机要的虞世基和裴蕴见杨广寝食难安,投其所好替杨广排忧解难,两人相约来到杨广面前,并肩叩拜。

## 第二十章:天下大乱 / 268

自从李密逼近东都,中原大乱。杨广诏令大将军薛世雄率领幽、蓟数万精兵前往东都解围。军队行驶到河间郡(今河北河间),刚在城南扎营,河间诸县迅速调集兵力,请求跟薛世雄联军,共同讨伐盘踞河间的窦建德。

## 第二十一章:李渊立主 / 282

大业十三年(617)十一月十六日,李渊在西京大兴遥尊杨广为太上皇,拥立杨侑为皇帝。杨侑在大兴殿登基,改大业年号为义宁。李渊同时自封大丞相、唐王,辅佐杨侑。

## 第二十二章:骁果弑君 / 295

司马德戡和裴虔通等人一不做二不休,指使令狐行达强迫杨广坐下。然后令狐行达从杨身上解下练巾,套住杨广的脖子,将杨广活活地勒死。

## 第二十三章:王朝落幕 / 310

王世充只好矫旨,伪造了份禅位诏书;派兄长王世恽进宫逼迫杨侗禅位,将杨侗幽禁在含凉殿。

随即王世充僭位称帝,立国号郑,建年号开明。大封王氏族人为王,引发众朝臣不满。

# 第一章 大业在前

## 1

仁寿四年(604)秋七月丁未日,重疾缠身的隋文帝崩于岐州(今陕西凤翔县南)仁寿宫的大宝殿,终年六十四岁。这天发生的事儿真的是天旋地转,惊心动魄。太子杨广面对父皇驾崩,惶恐不安,一时不知如何应对。起因是这天隋文帝差遣驸马柳述和黄门侍郎元岩赴京师传旨,召皇长子杨勇和皇四子杨秀来仁寿宫侍疾;尽管杨勇早已被废黜为庶人,可他之前有着太子身份,这是杨广最忌讳的。杨广似乎洞悉到了父皇的遗诏有变,他才下令东宫左卫率宇文述、东宫左宗卫率郭衍等人不顾一切逮捕传旨的柳述和元岩,又令东宫卫兵控制仁寿宫。这一系列事件的发生,惊动奄奄一息的隋文帝,他在盛怒之下突然驾崩。

逮捕赴京师传旨的柳述和元岩,又令东宫卫兵控制仁寿宫,分明是将病卧龙榻的皇帝软禁了,此等冒险之举,不是一般的惊天。左仆射杨素最初获悉皇帝派遣柳述和元岩赴京师传旨,使出浑身的胆量豪赌,下注的不仅仅是他的一颗人头,是将他们杨家九族人头都搁在了赌桌上,若是赌输,他们杨家九族的所有人头统统落地。豪赌的杨素并没想到会输,怂恿太子杨广跟他赌上一把。幸好皇帝崩于盛怒,才让杨素赌赢。

虚惊一场之后,整个仁寿宫渐渐恢复平静。杨广急召杨素和宇文述议事。

宇文述恭维说："太子即位,毫无悬念了。"

杨广怨气十足,流泪说："想当年,我率师五十余万渡大江,平定南陈,才有大隋天下归一统,功勋至高无上,当立太子,即皇帝位,无可非议;可是皇上临崩之前,为何对我不放心,召庶人杨勇、杨秀来仁寿宫呢?"

杨素劝慰说："危机已经过去,太子殿下不必计较前嫌了。"

宇文述说："柳述和元岩两人怎么处置?"

杨广抬起一条胳膊,用宽大的衣袖拭去泪水,然后说道:"两个人已成为阶下囚,有什么值得在乎的?"

杨素提醒说："这两人不灭,恐怕要坏大事。"

杨广比先前冷静多了,慢吞吞说道:"皇上刚刚崩逝,国丧都没来得及发布,我在仁寿宫里开杀戒,岂不是留下恶名吗?除非杀尽这仁寿宫的人,才算真正灭掉了所有的活口,我又如何向天下交代呢?"

柳述和元岩正是宇文述下令逮捕的,他多少有些心虚后怕,附和杨素说："柳述和元岩是殿下即位的祸根,不除就怕出乱子。"

杨广说："在皇上崩逝时刻杀柳述和元岩,可能引发朝廷百官对我的猜疑,到那时,我即便长了千张嘴,怎能说得清,道得明?待我即位后,有的是工夫,何必这么急呢?"

然而杨素和宇文述仍在劝说杨广尽快除掉柳述和元岩。

杨广摆了下手说："大行皇帝生前只是差遣柳述和元岩赴京师召庶人杨勇、杨秀来仁寿宫侍疾,又没更改我即位的遗诏,我即位不会有什么周折,二位不必担心。就怕杀了柳述和元岩,引发天下人联想到皇上的崩逝,让我背上弑父的罪名。"

这时在伊州(今河南汝州)任刺史的杨素的弟弟杨约回京师述职,他来仁寿宫觐见时,正赶上皇帝驾崩。杨约是杨广最信赖的心腹,杨广觉得杨约来的正是时候,对杨约说："皇上刚崩逝,恐怕大兴发生变故,你快赶往大兴,调换看守杨勇的狱卒,别让杨勇出来坏了大事。"杨约奉杨广之命来到大兴,皇帝驾崩的消息仍没传报到大兴来。杨约想到皇长子杨勇的存在,正是皇太子杨广即位的最大隐患,他自作主张,诈称奉皇帝诏令赐杨勇自尽。

这样的矫诏通常没人敢为，但是杨约使出身奉皇旨的气势，看守杨勇的狱卒被杨约的气势压倒，信以为真，不便阻拦。于是杨约带着随从来见杨勇，朝杨勇脚下扔下一根麻绳说："皇上有令，你自己解决吧。"杨勇深知他落到这步田地，正是杨约和他哥哥杨素在背后一手操持，怒从心头起道："皇上要赐死他的长子，决不会派你这个阴毒小人来！"然后杨勇弯下腰，拾起脚下的麻绳，扔到了杨约脚下。杨约被激怒，下令随从勒死杨勇。随从们扑倒杨勇，拿起麻绳套在了杨勇脖子上，活活勒死了杨勇。

杨约勒死杨勇的这天正是仁寿四年七月乙卯日，离隋文帝驾崩已经过去八天。太子杨广就在这天发布大丧，随后在仁寿宫正式登基即皇帝位。

杨广在仁寿宫即位后，听说被他派往大兴的杨约并没按照他的旨意行事，而是当机立断，快刀斩乱麻地除掉了杨勇，他甚为满意，对杨素说："你弟弟杨约，果真能担当重任，看来朕不起用他说不过去了。"杨素开怀一笑说："陛下慧眼识珠！慧眼识珠！"

随即杨广追封杨勇为房陵王，但不给杨勇立继承人。

八月丁卯日，大行皇帝灵柩从仁寿宫移至京师；丙子日，殡于大兴前殿；冬十月己卯日，与独孤皇后合葬在了太陵。

待先帝丧葬完毕，杨广宣诏，免去柳述官职流放到龙川，免去元岩官职流放到南海。兰陵公主吃不消了，哭哭啼啼上表请求，准许她随驸马柳述前往龙川。杨广不准，下令兰陵公主跟柳述断绝夫妻关系，逼迫兰陵公主改嫁。去不了龙川的兰陵公主誓死不肯改嫁，不久之后忧愤而死。

# 2

就在先帝灵柩从仁寿宫移至京师的同时，杨广派遣车骑将军屈突通带着盖有先帝玉玺的诏书赴并州（今山西太原）召汉王杨谅。这时的杨谅不会忘记先帝在仁寿宫给他下的密旨。就在杨坚身染重疾期间，担心最小的皇五子杨谅遭遇加害，特召杨谅从并州来到岐州的仁寿宫，授密旨，告知杨谅，待他龙御宾天后，朝廷送往并州的玺书上的"敕"字出现多余一点，表明不必提防加害。于是杨谅遵从先帝密旨，查看屈突通递给他的玺书，验证那敕字旁边没有出现一点，知道朝廷出了大事，脸色倏地一沉，毫不客气冲屈突通问道："你大老远跑到并州来，为何给我送来一份矫诏？"这一问，问得屈突通不知如何回答。杨谅的脸色更加难看："这份矫诏是何人伪造的？"屈突通涨红脸，回答道："我不过是奉旨来并州传递玺书。汉王怀疑玺书造假，有什么证据？"杨谅不便暴露先帝授他密旨的事儿，正色道："伪造皇帝玺书该当何罪，你不是不知道，何况这个皇帝正是大隋的开国皇帝。所以这份伪诏，对我毫无意义。你先回去吧，我不留你了。"杨谅非常厌恶送玺书的屈突通，都没给他一顿饭一杯水，撵他走了。屈突通马不停蹄赶回朝廷，禀报汉王杨谅不奉诏。杨广随即问道："汉王为何不奉诏？"屈突通如实回道："他称玺书是伪制。"杨广脸色突变道："先帝驾崩，朝廷下玺书召那小子来奔丧，他不来，什么意思？"屈突通无从回答。站在一旁的杨素立马进言道："汉王杨谅拥兵自重，他不奉诏，皇上不可不提防。"杨广欲言又止，拂袖而去。

仁寿四年八月，杨谅以清君侧之名，讨伐奸佞杨素，在并州举兵，直趋京师。杨广震怒，派遣杨素率兵剿灭杨谅。杨素出征时，杨广对杨素说道："朕要汉王的活人，就想数一数那小子身上到底长了几根反肋骨。"杨素明白汉王杀不得，应了声臣遵旨。

杨广化险为夷得皇位，杨素立下头功。可是杨广自从得到皇位后，便觉得位极人臣的杨素对他是种威胁，他没来得及对杨素下手，他的五弟杨谅迫不及待要对杨素下手了，他不能把这个下手的机会让给杨谅。杨广同时明白杨谅讨伐杨素是假，夺取皇位是真。于是杨广将计就计，派杨素挂帅对付杨谅，这着棋走的实在是玄妙。

尽管杨谅发动他属地十九州兵力直趋京师，在半途上跟率师的杨素交上火，可他运筹欠佳，未能胸有成竹，导致出征的将士并非人人齐心合力作战。两军迂回交锋，杨谅军中出现分裂，主战派逐渐退缩，让厌战派占了上风。两军终在蒿泽(今山西祁县西南、介休东北)一决雌雄。老天不作美,下起瓢泼大雨。杨谅的幕僚王颎进言,说杨素孤军深入我方阵地,遇到这场大雨,定会人困马乏,若汉王趁此时机率精兵出击,杨素必大败。杨谅眼看军中正蔓延着厌战情绪,不禁想起开皇十八年(598)的六月,他奉旨率大军东征高句丽,行至辽河岸边,突遇暴风骤雨,部队疫病流行,病亡惨重,失去战斗力。这么想时,那可怖情形历历在目,一团阴影随之在他心头浮现,便觉这一仗无论怎么打,胜算不足,未能听取王颎进言。

于是杨谅冒着大雨率师退至清源(今山西清徐),误了战机。待杨素缓过气来,对杨谅发起总攻,杨谅不得不退回老巢晋阳城。领军追来的杨素立马围城,杨谅被逼得走投无路,只好出城投降。

当杨素押解杨谅回到京师献俘时,杨谅明知他死到临头,一点也不示弱,竟然爆发出盛怒,破口大骂杨素是奸贼,骂得满朝文武上奏处死叛臣杨谅。杨广并没当即下斩令,就想借杨谅的恶口,给杨素敲响警钟。

皇后萧氏闻知朝廷百官奏斩杨谅,动了恻隐之心。

在杨广回到寝宫的时候,萧氏迎上去说道:"汉王已擒获,皇上不用担心自家兄弟谋逆了。"

自从杨谅被杨素擒获,杨广的心情大好,他舒展眉宇说:"汉王谋反,是自作自受。"

萧氏话题一转说:"依臣妾之见,皇上没必要斩杀汉王了。"

杨广诧异道:"汉王既然犯下谋逆之罪,皇后为何劝朕网开一面?"

萧氏说:"皇上共有兄弟五人,到如今,其他四个兄弟都没落下好结局。臣妾想,若皇上斩杀汉王,不如废汉王将其囚禁。"

杨广说:"谋反必诛,是朝廷律令之规,汉王岂能例外?"

萧氏提醒道:"一卷史书传千秋后世,臣妾愿皇上德声美名载入史册。"

杨广道:"不杀汉王,百官不服。"

萧氏道:"汉王与皇上是兄弟,兄弟反目是一桩家事,百官岂可过分干涉?再说汉王已无一兵一卒,他孤家寡人大势已去,何来力量再起反?

若皇上对汉王施点仁慈,正可获取德声美名相传千秋。"

萧氏进言,无疑影响了杨广对杨谅的最终裁决,他念及兄弟情分,也在乎德声美名。上朝的时候,杨广对众朝臣说道:"朕跟叛寇杨谅毕竟是一母所生亲兄弟,尤其先帝在世时,又是格外喜欢杨谅,鉴于此,朕杀了他,怎好面对先帝在天之灵?还是饶他一命吧。"于是杨广终没对杨谅下道斩令,只是废了杨谅的官职和爵位,幽禁在别宫。杨谅性情暴急,实在忍受不了阶下囚的处境,整天忧愤难耐,不多日,就死在别宫了。

## 3

杨勇和杨谅相继死去,杨广稍稍松了口气。在他即位的时候,朝中百官官职依旧是先帝朝的敕封。每日里百官进殿上朝,面对殿堂上高坐的新帝,猜不出新帝内心里藏着什么。

这天早朝,文武百官进大兴殿。杨广升御座,朗声宣道:"先帝立隋创大业,建开皇盛世惠及天下,毫不逊色秦、汉两朝。朕即帝位,大业在前,不可怠慢。"

此言一出,百官便知皇帝还有话,一个个都打起精神,朝杨广看着。

杨广扫了眼百官,继续说道:"先帝在位时,遗憾没有开通南北漕运,临终之前,先帝遗嘱朕尽快开通南北运河,让南北商贸快捷往来,繁盛国家,赐福万民。倘若遇上旱涝之灾,可通达南北漕运,朝廷调运粮食和布帛,也可以迅速运往灾区。"

皇帝言及漕运,殿堂上的气氛立马热闹起来。

右仆射苏威按捺不住地说道:"开通南北漕运,的确是先帝未尽之大业。记得那年关中闹大旱,百姓无米下锅,大多饿成皮包骨。然南方的粮食堆积如山,因关中没条通达南方的河流,导致南方的粮食不能快捷运到关中来,先帝急得没辙,只好亲自动驾,率关中灾民赴洛阳度荒。那情形,臣至今历历在目。"

左仆射杨素接着说道:"开通南北漕运,功在当朝,利在千秋。臣奏请皇上这就启动挖掘漕运之事,完成先帝未竟大业。"

杨广朝杨素微微点头:"南北漕运,的确是功在当朝,利在千秋,堪比秦皇嬴政筑长城,利我华夏千秋子孙得福祉。"

苏威道:"秦皇嬴政筑长城,尚可抵御来袭的胡人,然我华夏强盛之时,塞外的胡人岂敢越长城一步?那长城自然赋闲了。我朝的南北漕运则不然,且是经久年月载舟,往来商贸络绎不绝,是固国繁荣、固民富庶之本。"

杨广一阵高兴,当即说道:"今时乃先帝年号仁寿。既然诸卿在仁寿之年议大业,到明年正月,朕改年号大业……"

众朝臣纷纷赞同杨广来年立年号大业。

紧接着,杨广又宣诏,要在洛阳建东京,地位与大兴相等,形成东京和西京。朝堂上顿时如一锅开水沸腾起来,文武百官清楚开挖南北运河便于漕运,是桩旷世浩大工程;又在洛阳建东京,这两项工程同时开工,耗费的人力和财力,可不是个小数目。

吏部尚书牛弘立马奏道:"皇上胸怀大业,筑我大隋于千秋辉煌之巅,甚为奇功。但臣以为两大工程同时进行,于国之财,于民之力,是否承受得了?"

杨广不以为然道:"先帝立国至今,已有二十几年,天下太平盛世,所积累的财富,足以供给;因天下多年没了战乱,国家的人口相继猛增,也足以应对两项工程。"

牛弘的劝谏,被杨广驳回。然苏威觉得牛弘的进言自有道理,他接着奏道:"开掘南北运河的确是先帝遗愿。要知南北之遥,遥于千里之外,绝非当年先帝下诏开挖三百里广通渠那么简单。倘若开工,动用的民力不是数十万众,而是数百万众;加上洛阳的东京开工,又会动用庞大的民力,所以臣劝谏皇上可否暂缓建东京?以蓄民力,以免百姓生出怨气。"

杨广正为大业处在兴头上,以为牛弘和苏威未能理解他的用心,说道:"汉王起兵时,山东诸州县沦陷,相距关中的大兴,可谓关河悬远,兵不赴急;又如昔日南陈距关中迢远,北齐之域广袤;洛阳之地,正是东西南北的中心,如果朝廷在洛阳建东京,便于朝廷控制南北疆域。"

杨广道出在洛阳建东京,有着重要的战略意义,而非白白地耗损国力。这时牛弘和苏威明白过来,想到大隋疆域广袤无垠,防患江南之乱,有东京洛阳屯兵,赴江南镇压,要比大兴迅捷。

杨广随之说道:"朕想到昔年汉高祖之言:'吾行天下多矣,唯见洛阳。'自古皇王,大多在乎洛阳,并非洛阳有王者之气,而是洛阳的军事地位非同小可。朕决意在洛阳建东京,屯兵防患南北不测,又可形成南北交通和商贸枢纽。"

这天的早朝,君臣商议南北漕运和建东京,都很振奋。

十一月,杨广巡幸洛阳,开启建东京的议程。发男丁数十万挖掘堑壕,自龙门(今山西河津)东接长平(今山西高平)、汲县(今河南汲县),抵临清关(今河南新乡),渡河至浚仪(今河南开封),南下至襄城(今河南襄城),西达上洛(今陕西商洛),用作东京的弧形防御壕,拱卫西京大兴。

一晃到了公元605年正月,杨广改年号大业,是为大业元年。敕封一批朝廷官员。杨素依旧权势显赫,被封尚书令,为尚书省长官,有宰相之名。同样有着辅佐即位之功的宇文述被封为左翊卫大将军,改封许国公,这使宇文述有些失落。但一想到先帝朝的贺若弼喜好功名,最终落下牢狱之灾,宇文述只好隐忍。

杨广封杨素尚书令,正是想让杨素有其名无其实,宇文述未能领会。

就在宇文述压抑情绪不可释怀之际,杨广突然宣诏,调遣杨素离开大兴,赴洛阳营建东京,封杨素为大监,封大匠宇文恺为副监。宇文恺赴洛阳任职,且是分内之事,早在开皇初年修建大兴城,宇文恺为大监,监理工程,创下奇迹。杨素则不然,他赴洛阳任大监,意味着让他远离隋朝的政治中心。仿佛一根闷棍闪电般挥来,打得杨素措手不及。只有苏威琢磨到了杨广的用意,他暗自窃笑。

杨广当然不愿离开大兴赴洛阳建东京。待皇旨宣毕之后,杨素走出来,对杨广说道:"建东京,工程庞大,费力又费心神。臣年岁已高,不如当年了,恐怕心神气力跟不上来,误了建东京的大事,交不了差。"

杨广料到杨素不愿赴洛阳。他说道:"建东京,掘运河,的确工程庞大,前古未有,堪称旷世之举。朕担心用人不当出现闪失,才决定派你去洛阳。"

杨素冷冷地吸了口气,接着说道:"臣身为朝廷宰辅,一旦去了洛阳,皇上料理政务没个帮手,臣多有牵挂……"

杨广轻轻一笑,堵杨素的嘴说:"大业初年,国家最大的政务就是建成安定四方的东京,就是掘通惠及天下万民的数千里运河。朕派你去建东京,就是让你去处理国家最大的政务,难道你对朕的信任不能接受?"

杨素这才知道推辞不掉,叹了口气,回道:"臣领旨赴洛阳。"

## 4

杨坚在位时期,财富厚积空前,仅就储备的粮食,可供天下人食用数十年,至于绢帛之物,也是厚积得前古未闻。所以隋朝之富,催发杨广大手笔地启动威震四方的浩大工程。

这天早朝过后,杨广召尚书仆射苏威议事。

苏威是辅佐杨坚开国的重臣。此人在开皇年间虽因朋党案有过起落,但他清廉,又具备超人的治国智慧,一直令杨坚欣赏。苏威奉召来到御前,正要行叩拜礼,杨广打了个免礼的手势,赐苏威入座。

杨广开诚布公说道:"先帝一统华夏,立隋兴邦,富国惠民。朕即大位,不可坐享其成。营建东京,掘通千里漕运,朕还嫌不够。"

苏威一惊,忙问道:"皇上还有更大的举措?"

杨广正色道:"朕的大隋盛产绢帛,令西域诸国垂涎;西域的奇珍异宝,又是大隋所缺之物。然西域诸国与大隋没有商贸往来,朕想恢复与西域诸国的商贸,你意如何?"

苏威思忖片刻,回道:"我大隋与西域诸国往来商贸,互利共赢,是桩大好事,臣请皇上尽快诏告天下。"

杨广道:"近日朕想派遣大臣出使西域,游说诸国来朝。"

苏威表示赞同。

随之杨广话题一转,说道:"先帝立隋之初,重任高颎;平定江南之时,又重任贺若弼。这两人虽说早已被先帝革职为民,可他们……"

此时杨广突然提及高颎和贺若弼,令苏威深感诧异,他看着杨广,不知说什么才好。

杨广意味深长道:"从前朕跟这两人有过节,倘若朕不忘那过节,这就可以下道斩令。但朕的大业在前,不可因过节而失气度,朕要起用高颎和贺若弼,不知他俩是否愿意效劳于朕?"

此言一出,苏威更是惊诧。

然后苏威说道:"皇上不计前嫌,海纳百川,高颎和贺若弼有何理由拒绝复出呢?"

杨广微微笑了一下,对苏威说:"当年正是高颎荐你,亲赴武功的庙里请你入朝做官至今;今儿轮到你去跑趟腿,请高颎回朝吧。"

苏威领首道:"臣领旨。"

几天之后,杨广宣旨,派遣侍御史韦节、司隶从事杜行满出使西域诸国。左翊卫大将军宇文述想到不愿臣服大隋的西域之国吐谷浑,对杨广差遣韦节和杜行满出使西域诸国心存疑虑。

宇文述直言奏道:"臣以为皇上开启西边的国门,引胡人进入中原,恐怕不是时候。"

听到谏阻声,杨广一怔,目光投向宇文述:"朕想听一听你的异议,说吧。"

宇文述接着奏道:"自秦至我朝,一座长城修了再毁,毁了再修,全因中原王朝抵御游牧的胡人来袭之故。我朝先帝历经数年大费周折,才驯服野狼似的突厥俯首为臣。然那吐谷浑和契丹,何曾对我大隋有过恭敬?皇上派人去西域游说,就怕吐谷浑和契丹心术不正来朝,岂不是引狼入室吗?"

杨广挺了挺胸,一展霸气道:"只要吐谷浑和契丹出兵越过长城一步,朕立马率师亲征,先灭吐谷浑,再灭契丹!"

派出使臣去西域,苏威跟杨广有过商议。于是苏威按捺不住说道:"因西域诸国与我朝没有通商,不是一桩幸事。皇上派遣韦节和杜行满出使西域,目的便是打开通商之路。譬如我朝盛产丝绸,近些年丝绸盈满太仓库,还有民间的丝绸无处行销,正是西域诸国所求之物。我朝盛产的丝绸能远销西域诸国,西域商贾带着奇珍异宝来我朝,且是两全其美,何乐而不为呢?"

杨广赞赏苏威之言,随即说道:"让西域诸国来朝,睹我大隋物产丰盛,国泰民安,谓之示强;国之示强,方显霸气,为弱者岂敢欺弱示强?再说韦节和杜行满此行疏通我朝至西域诸国商贸之路,求得我朝与西域诸国互利共赢,的确是两全其美,各有所得。"

## 5

杨广凭着雄厚的国力,对外开放通往西域的丝绸之路;对内营建东京,开凿漕运。尤其建东京,杨广要将国家的政治中心和军事布防向东转移付诸实际,就是为了更有效地掌控关东和江南;在经济方面,因关中物产不足以供给西京大兴,东京洛阳的地理位置正处隋朝腹地,从江南运到东京洛阳的货物,再转运到西京大兴,方便多了。开凿连通东西南北的漕运,就是要将黄河、长江、淮河、海河和钱塘江五大水系凿通相连,便于通商往来贸易。

凿通五大水系,连绵数千里,是项空前的超级工程。第一期工程首开通济渠,这条运河西起洛阳,东至山阳(今江苏淮安),直通江都,长达两千余里,直接连通黄河与淮河。江南的粮食、绢帛、茶叶等物产,通过河道运输,可方便快捷地运往东京洛阳和西京大兴;西北边的物产,也可快捷地运往江南地区。

杨广性急,下诏征天下民夫二百余万赴洛阳建东京;又下诏征河南、淮北民夫百余万开掘通济渠。尤其是营建东京,规模之大远超大兴城。洛阳本是龙蟠虎踞之地,风水龙脉居上,建帝王之宅无可争议。杨广在洛阳建东京,就有立帝王宅、长居东京之意。所以大监杨素、副监宇文恺坐镇洛阳,身负重任。早在开皇初年,宇文恺奉旨任职大匠,监理建大兴城工程,没花一年工夫,神速建起大兴城。因此杨广命令杨素和宇文恺,至大业二年,东京要落成。杨素和宇文恺不敢违令,一番又一番地催赶工程进度。

宇文恺有建大兴城的经验，建东京他是轻车熟路。因这东京洛阳的地位，与西京大兴几乎相等，东京的建筑格局，完全仿制了西京特色；建成后的东京，分宫城、皇城和外郭城；宫城是帝王之宅，皇城是官属衙门所在地，外郭城是官吏和百姓居住地。

杨素明白杨广差他来洛阳营建东京，是对他的疏远，心里多有不安，不知建成东京之后，杨广将如何打发他。又想到洛阳的工期实在是严急，如若不能按期完工，分明给了杨广一个问罪于他的把柄。于是杨素豁出去了，将建城的民夫当作牛马使唤，命令监工没日没夜监督民夫干活儿。

指挥工程，杨素不是外行。早在开皇末年，杨素奉旨赴岐州建仁寿宫，也是工程严急；那时杨素也是加紧催促工期，累死一万多民夫。事后也没落下个罪过被革职。于是杨素将监理仁寿宫的那套办法拿来兴建东京洛阳。

民夫毕竟不像牛马一样能持久负重。只因杨素下令加码劳动强度，工地上的民夫终于扛不住，加上数百万民夫群聚施工，粮食的供应严重滞后，干活的民夫又累又饿，开始出现死亡情况，先是一日活活死掉十来人，之后死亡人数与日俱增。杨素不以为然，差人拖走尸骨到郊外埋葬。

副监宇文恺眼看建城工地上一天比一天死的人多，担心民夫死亡人数惊天传入朝廷，免不了受到弹劾，皇帝一旦问罪，且是罪责难逃。于是宇文恺背地里提醒杨素。

宇文恺说："工地上每天都在死人……"

杨素并不觉得吃惊："工程浩大，死人不可避免。"

宇文恺说："早些日子，死的人不是那么频繁，近些天里，死的人数太可怕了。"

杨素这才惊问："每天死了多少人？"

宇文恺回答说："每天差不多死亡几千人，这样死下去，就怕来日工地上没人干活了。"

杨素不作声。

片刻后杨素开口说道:"你有什么办法不让那么多的人扎堆死呢?"

宇文恺说:"一些人大多是累死的,能不能给民夫一点喘息工夫?"

杨素果断地摇头:"工程严急,岂可怠慢?"

宇文恺无奈说:"催工劳作,死亡数以万计的民夫,如何向朝廷交代?"

杨素沉默了会儿,说道:"皇上几番传来旨意,建东京和开掘通济渠要在明年完工。并且皇上要在明年从东京乘舟,沿通济渠下江南巡视。你我不能如期监理完工,违旨误了皇上下江南巡视日期,轻则革职,重则恐怕要下大狱了。"

宇文恺不是不知工程严急,见杨素言说延缓工期交不了皇差,只好随了杨素之意。接下来,上万计的民夫在森严的管制下,不是饿死就是累死。运出城外埋葬尸骨的推车络绎不绝。

既然要在东京修建帝王之宅,就得修建供帝王休闲玩乐的配套宫殿。杨素想到他从前在岐州给隋文帝修建仁寿宫时,投其所好,将那仁寿宫建得格外富气而又华美,最终博得独孤皇后欢心。于是杨素再次投其所好,上疏朝廷,在东京修建显仁宫,得到杨广准许。于是杨素下令,派人到江南和五岭之北采集上好的奇木异石运到洛阳,修建显仁宫;又派人到各地搜集奇花异草,珍禽奇兽,点缀显仁宫。

杨素的此番用心还没完,又上疏建皇家园林,正合杨广心意,下旨准建西苑。杨素受准,要将西苑建成旷世未闻的皇家园林。

# 第二章　云起借兵

## 1

大业元年(605)八月,游牧的契丹人越过塞北,直趋隋朝边镇营州(今辽宁朝阳);他们来营州,是拖儿带女来的,见营州水草肥美,扎下了营帐。

善骑射的契丹人体魄强壮,骁勇善战,隋朝边军不是他们的对手,任凭他们杀进营州。好的是他们来到营州后,没向隋朝腹地挺进。

营州飞报传至大兴。这时候杨广正准备南下,巡幸江都。忽闻契丹寇营州,杨广顿时大怒,气急说道:"朕若不去巡幸江都,定然率师亲征,绝杀契丹来犯!"内史舍人虞世基正好在杨广身边商议南巡的事儿,见杨广几乎要怒发冲冠,轻笑道:"来了一伙契丹贼寇,如同来了一窝蚁族,没啥大不了的。只要皇上派一将军去收拾他们,足够了。"杨广这才平静下来。

杨坚曾采取"离强合弱,远交而近攻"之术,花去数年工夫,才让突厥俯首称臣。至于契丹对隋朝的臣服,一直是假心假意。此次契丹来犯,不仅激怒杨广,而且激怒朝中众臣,纷纷请战攻打契丹。

杨广最终诏令通事谒者韦云起讨伐来犯的契丹。

韦云起受命,杨广却没给他一兵一卒。

杨广说:"你去东突厥,找启民可汗借兵吧。"

韦云起迟疑片刻,不放心说:"契丹对我大隋不友好,可是契丹一直依附于东突厥。臣去了北漠,就怕启民可汗不肯借兵攻打契丹,到那时,臣如何是好?"

杨广说:"朕决不是舍不得给你派兵,朕想要以夷治夷。你去了北漠,启民可汗不敢不借兵给你。"

韦云起依旧信不过启民可汗,坚持说:"臣去了东突厥,万一他不肯借兵,臣怎奈何得了?"

杨广笑了笑道:"你只管去借吧。万一他不肯借兵,你把朕的话转告给他,说朕当年率五十余万大军横渡数千里大江平定江南。朕的大隋从来不缺大兵。朕借他的大兵临时用一下,是看得起他;他仍不肯借,朕亲自来找他借,不借也得借。"

话说到这个地步,韦云起只好领旨,扬鞭策马北上,来到东突厥,直去牙帐拜见启民可汗。

东突厥既是隋朝附庸,又是隋朝铁杆盟友。启民可汗知道韦云起的来意,以为韦云起是来寻求援军,顿觉一股热血直往头顶上涌,立马答应率突厥精骑,跟随韦云起赴营州。

韦云起说:"我是一个人来的,没带一兵一卒……"

没等韦云起说完,启民可汗好奇问道:"你既然出征营州攻打契丹人,为何没率一兵一卒?"

韦云起解释说:"契丹既然来犯我朝,必来精骑。契丹精骑好似凶残的豺狼虎豹,要想将他们一网打尽,必用实力相等的精骑。我是来找可汗借精骑兵的。"

启民可汗都没犹豫一下,问:"借多少?"

韦云起伸出两根指头晃了晃说:"借二万,有借的吗?"

启民可汗恳切说:"二万就二万吧,给你带去。"

见启民可汗都不眨下眼地如此慷慨,韦云起不得不暗自佩服杨广料事如神。

随后韦云起冲启民可汗笑道:"那我就不客气了,带走可汗的人马,等打完仗,收拾掉了契丹人,将人马如数归还给可汗。"

启民可汗也笑了,道:"东突厥的兵马为隋朝所用;隋朝的兵马为东突厥所用,哪里来的彼此呢？"

韦云起来了劲头,朝启民可汗竖起大拇指,称赞道:"可汗大气！不愧为大隋的好兄弟！"

韦云起不讲任何客气,要带走二万东突厥精骑。这时启民可汗的谋士们全都惊怔住,以为启民可汗见到韦云起后,被韦云起耍了巫术,折腾得神志错乱,魂魄出体了。于是谋士们赶紧劝阻,问启民可汗到底有多少个二万精骑？启民可汗明白谋士们问他的意思,说诸位担心隋朝有诈,特派韦云起来东突厥诈走兵马,有意削弱我东突厥的势力？众谋士点头,说这一计使的并不高明,如若可汗中计,将会成为千古笑话。

启民可汗不禁仰脸笑了,说诸位多疑了。如果韦云起借走兵马不归还,难道不在乎我东突厥大可汗借此理由,率师出兵隋朝吗？之前的隋主杨坚在乎,当今的隋主杨广更加在乎。众谋士眼看韦云起就要带走二万东突厥精骑,以为兵马有去无回,继续劝说启民可汗拒不借兵还来得及。其中一位谋士苦口婆心劝道:"契丹一直依附我东突厥,正是我东突厥的好兄弟,可汗借兵隋朝攻打我东突厥的兄弟,岂不是跟兄弟翻脸吗？情义何在？仁义何在？道义何在？"听这话,启民可汗怒了,冲谋士吼道:"大隋才是我东突厥最可信赖的好兄弟！诸位回想一下往昔,以前的突厥诸部可汗总是无端地出兵攻打隋朝,隋主杨坚除了发兵反击,从没主动入侵过突厥,并且隋主杨坚总是以宽容之心对待突厥入侵。然契丹又是如何呢？出尔反尔,对人毫无真诚之心,算什么好朋友好兄弟？再说以前的隋主杨坚,没啥对不起契丹,时不时地降下大国的尊严,派出使者携带绢帛进献给契丹。到如今,契丹对得起隋朝吗？此次他们出兵数万入侵隋朝,在营州一带烧杀掠抢,丧尽天良！我东突厥此时借兵给隋朝,驱逐入侵者,是正义之举。相信隋朝不缺我东突厥二万骑兵,他们会如数归还的。"

## 2

就在韦云起赴东突厥借兵之时,因杨广对皇亲宗室未施厚待,宗亲多有怨气。滕王杨纶和卫王杨集怀恨杨广薄施皇恩,两人结伴,发泄埋藏在心里的怨恨,暗地里请术士占卜吉凶,求得福报,同时请术士使巫术诅咒杨广。

这滕王杨纶和卫王杨集不是远亲,正是杨广血脉极近的堂兄弟。他俩觉得皇上亏待他们而心生怨恨,于是请术士使巫术诅咒皇帝,这是大逆不道。被人告发,群臣震惊,纷纷奏请诛斩。

杨广获悉两位堂兄弟请术士诅咒他,刚开始心里的确冒出诛斩的念头,又想两位堂兄弟仅仅因为薄得皇恩,生出这般阴毒行为,觉得另有不可告人之事隐瞒着,便想彻底弄个明白,差使仆射苏威和吏部尚书牛弘查实。苏威和牛弘领旨,带人去杨纶和杨集府上,果真查出杨纶和杨集诅咒当朝天子属实,但并没有谋逆。

有诅咒当朝天子铁证入案,滕王杨纶和卫王杨集逃避不了死罪。这时候众朝臣又纷纷奏请杨广下旨斩杨纶和杨集。

杨广览毕雪花般飞来奏斩杨纶和杨集的折子,心头如乱云翻滚。他召苏威到跟前,说道:"朝廷百官没一人劝谏朕饶了滕王和卫王;可是朕想饶过他俩,又不符合国家律令,朕不知如何是好。"苏威理解杨广的心情,便说:"那就请皇上流放滕王和卫王吧。"

待大臣们入殿上朝时,杨广心情沉重说道:"之前朕的兄弟汉王杨谅在并州举兵谋反,朕不愿背负杀手足的罪过,落下千古暴虐之名,免他一死,囚他于禁地,可他因积怨太深、不可释放而死。杨纶和杨集,也是朕的兄弟,兴许来世,朕跟他们缘分尽了,不再是兄弟了,所以朕仍旧舍不得诛杀……"

太常少卿裴蕴立马奏道:"手足之情人皆有之,滕王和卫王使巫术咒天子,何来手足之情?分明犯下不可饶恕的死罪。皇上若是宽刑赦罪,恐怕留下隐患,将来被其他宗亲利用,可谓后患无穷。"

黄门侍郎裴矩接着奏道:"亲王谋反弑君,前朝就有先例,皇上万万不可大意。"

杨广仍是不忍宣出一个"斩"字。随后哼叹一声,说道:"滕王杨纶、卫王杨集,削籍为民,流放千里之外的远疆,永不得回返。"

刚刚处理完杨纶和杨集的案子,从辽西传来飞报,又有一群契丹人越过塞北,进入辽西境内。杨广随即意识到了事态的严峻,急召苏威、宇文述等人到殿商议对策。

杨广急不可耐说道:"早些日子来了一群契丹人扎帐营州,又来了一群契丹人。看来契丹与高句丽有约,试图联盟,侵占我辽西,决不能让他们得逞!"

苏威回应道:"皇上尽快下诏命令军队赶赴辽西,阻止契丹与高句丽相互勾结。"

宇文述道:"只要皇上下诏,臣这就率师东行,灭尽来犯的契丹人。"

杨广想起韦云起,叹道:"朕派云起赴东突厥借兵,听说启民可汗还算爽气,借给他二万精骑。契丹身为胡人,朕就想以胡制胡,让突厥胡人制伏契丹胡人;这两方的胡人一旦开弓,展开厮杀,必定结仇。朕但愿突厥人与犯我大隋的契丹人反目成仇。"

宇文述不放心,说:"到如今,韦云起仍没战报传来。"

苏威说:"就怕韦云起兵败。"

杨广说:"朕不担心韦云起兵败,朕最担心契丹人跟高句丽人结成联军,先侵占我大隋辽西,然后进军中原。"

苏威说:"皇上派韦云起北上借兵,指望韦云起决胜于营州,为何不担心韦云起兵败呢?"

杨广说:"云起兵败,败的是东突厥,启民可汗岂能容忍契丹人屠杀他的东突厥兄弟呢?定会披挂亲征,率领后方主力部队急赴营州,这一结仇之战,契丹人无论如何,都打不过突厥人。"

苏威和宇文述听到杨广说出这番话,觉得杨广召他们来议计,即便有计可施,不如以胡制胡。

# 3

东突厥启民可汗如数借给韦云起二万精骑兵。韦云起当即成为这二万突厥精骑兵的首领,带去攻打来犯的契丹人,指挥作战和施行军令,当然由韦云起说了算;但是韦云起有点担心这借来的二万精骑兵不听他的话,到了战地就会一塌糊涂。于是韦云起事先对二万突厥精骑兵鼓动说:"以前的东突厥首领沙钵略可汗和我大隋的文帝结成世代共生共荣的友邦。东突厥有难,大隋不会视而不见;大隋有难,东突厥不能视而不见。契丹人今日侵袭隋朝,兴许明日就会侵袭东突厥。兄弟们随我出征,驱逐契丹人,是保大隋和东突厥大汗国平安之举……"东突厥众将士一听韦云起的鼓动声,血性膨胀,誓死跟随韦云起去营州血战。然后启民可汗授权韦云起带兵,下令他的二万将士听从隋将韦云起指挥,不得违犯军令。得到启民可汗授予军权,二万东突厥将士一切听从韦云起指挥调遣。

大队人马临上路时,韦云起计上心来,对启民可汗说:"请可汗再借我一些羊皮吧。"

启民可汗一下子蒙了,不解地问道:"眼下正是八月天,天还热着,你干嘛需要过冬的羊皮?"

韦云起说:"借羊皮不过冬保暖,另有用途。"

启民可汗更是不解,又问:"你带人马轻装上阵去打仗,带上多余的羊皮又不能吃喝,还是个负担。"

韦云起坚持要羊皮,笑笑说:"可汗借我一些羊皮,等我打完仗,会一张不缺归还给可汗的。"

启民可汗奈何不了执意的韦云起,就说:"牙帐里储藏的羊皮多得很,想要多少,拿去吧。"

于是韦云起带上了一些羊皮,又顺便带上了一些活羊,让将士们驮在马背上,一路东行赴营州。

这时候,隋朝的营州到处可见契丹人,有数万契丹人扎帐,把营州变成了契丹的地盘。这些契丹人来到营州后,并不安分守己,他们先是抢掠牛羊和马匹,将官民的牲畜抢夺一空,不给就杀人放火;然后到处抢掠妇人,闹得营州一片哀鸿。

韦云起领军朝营州一路走来,得到营州哀鸿一片的情报,决计一网打尽契丹人,不留一个活口逃回契丹。走得离营州越来越近时,韦云起下令部队驻扎下来,派出若干探子到营州侦探,再作出击的准备。等探子从营州回来,告诉韦云起,契丹人并没分散而居,看上去,他们好像有所提防,数万人全都扎帐群居在草原上,以防不测。

韦云起连连点头。想到契丹人提防的不是突厥人而是隋朝人,他率领的二万将士,唯独他是隋朝人,只要他这个隋朝首领被契丹人发现,二万突厥将士在契丹人眼里全都变成敌人,实施一网打尽契丹人的作战计划就会彻底泡汤。于是韦云起只能隐藏在突厥人群里,把自己扮成突厥人。他下了道军令,有谁向契丹人泄露他的真实身份,当即以军法处斩。然后韦云起想到突厥人狼性十足,桀骜不驯,天生散漫,以防将士随意策马走漏军机,又下了道军令,不得公务遣使,擅自策马离开军营者,当即处斩。

两道处斩令下达之后,韦云起开始布阵。

一直以来,契丹依附东突厥,即使东突厥人出现在契丹人面前,一般不会引起契丹人的猜忌和怀疑。然而韦云起此次率领二万东突厥人突然出现在契丹人面前,人数众多,契丹人定会感觉超乎寻常。因此韦云起布阵时,将二万将士分散,分成二十营,营和营的距离相隔数里,听到鼓声而进,听到号角声而停。

就在韦云起布阵之际,一个东突厥将军违犯军令,擅自骑马离开了军营,等他回来时,韦云起不由分说,下令将他五花大绑。这位将军不以为然,性情暴烈地怒吼着。

韦云起朝他走了过来,面目冷酷地说道:"军令如山倒,我下的军令绝非耳边风。"

将军依旧放肆地吼道:"快放开我!"

这时韦云起动怒了,说道:"你擅自离开部队,干什么去了?"

将军解释道:"我郁闷,骑马逛了会儿。"

韦云起恶狠狠地道:"擅自离开军营,就是通敌行为!"

将军跺脚道:"我没去见契丹人!"

韦云起一声冷笑道:"谁能相信你离开军营后,没跑去见契丹人?"

将军继续辩解道:"我对天发誓,的确没去见契丹人。"

韦云起陡然转身,背对着将军道:"有军令在,我要让你死得明白;任何人擅自策马离开军营,都被认作是通敌奸细。其严重后果,会是二万颗兄弟人头落地,此刻拿你一颗人头,保全二万颗兄弟的人头,毫不冤屈你,你去死吧!"

营地里出现一阵寂静。

韦云起打破寂静,朗声喊道:"斩!"

身后仍是一片寂静。

韦云起转过身来,见数十位东突厥将士陆续坠下身子,跪了下来,替将军求情。

韦云起怒目圆瞪道:"斩!"

刀起血溅,将军的头颅滚落在地。

随之韦云起严正说道:"我韦某从启民可汗手中借来众位兄弟征战,攻打契丹人,是要确保众位兄弟如数归还给启民可汗的。这家伙不顾及军令,就是毫不顾及众兄弟的生死,留下他是祸害。"

## 4

还没来得及跟契丹人开战,韦云起竟然开了杀戒,斩掉手下一将军人头。面对狼性十足的东突厥人,孤身的韦云起真的吃下豹子胆,不怕东突厥人反目,对他群起而攻之。他斩下将军人头还嫌不够,将人头高悬示众,警告其他将士不要违犯军令。这一斩,却斩出韦云起不可冒犯的首领威严,使得其他东突厥将士惧怕得很;拜见韦云起时,都跪着,不敢仰视韦云起,好像不小心冒犯了韦云起,会被韦云起以违犯军令处斩人头。

侵袭营州的契丹人是北漠东边的一个部落,他们从辽河上游而来,属东胡鲜卑。这个来自辽河上游的契丹部落,几乎把整族人迁徙到了隋朝的营州。虽说东突厥人时常跟契丹人碰面,为放牧发生一些摩擦;但韦云起未曾和契丹人交过手。契丹人凶悍,又勇猛善战,韦云起早有耳闻。离营州越来越近,韦云起的心情越来越复杂,他安静不下来。

东突厥人的战马如一股疾风,在茫茫旷野上吹拂。距营州数十里时,韦云起下令部队停止前行。东突厥人的狼性就在这时候抑制不住,要随剽悍的坐骑直接杀向契丹人。韦云起不准,他比之前冷静多了。

他说:"光天化日下杀进契丹人的部落,一定会是两败俱伤,不是我想要的。"

他说:"契丹人要比我们的人多出几倍,我们贸然杀向他们的毡帐,万一杀不过他们咋办?那是偷鸡不成反蚀一把米。"

他说:"我想要的是不让一个契丹人逃回东北漠去,让以后的契丹人不敢指染我大隋一寸疆土。"

此番话语一出,东突厥人全都勒住马,等候韦云起使出进攻的招数。韦云起吩咐大部队原地等候。然后挑了一百多号强壮的人马,叫他们每人往马背上驮一只活羊,随他去见契丹人。离开时,韦云起对留下的人交代,你们别擅自行动,等我回来再说。许多东突厥人以为韦云起只带一百多号人马闯契丹人营地,是自投罗网去送死。韦云起笑了笑,说咋会去送死呢?好戏还在后头。

韦云起又令随他而去的东突厥人带上一些羊皮,活羊和羊皮,鼓鼓囊囊驮挂在马背上,不紧不慢地往前走。刚开始韦云起没一句话,随行的东突厥人也没吭声,只有混乱的马蹄暴雨般叩响大地。走着走着,韦云起终于开了口,对随行的东突厥人说:"等见到契丹人,就说我们是跟高句丽人做买卖去的,千万别说我们身后藏有大量的人马。"东突厥人出征时,只知他们到营州攻打契丹人,一个劲地作好厮杀的准备,现在变成跟高句丽人做买卖,一头雾水。其中有几个东突厥人倏地勒住马不走了。韦云起问他们为何不走了。

一个勒住马的东突厥壮汉说:"我们受骗了。"

韦云起吃惊地问道:"谁骗你了?"

壮汉鲁莽地拔出剑,指向韦云起说:"是你韦首领。"

韦云起一时没能意识到他刚才的话引起误会,威胁说:"你敢带头违反军规策马回去,我这就斩你。"

僵持不下,另一个东突厥汉子连忙说道:"韦首领带我们出来,是去攻打契丹人的,怎么变卦了,去跟高句丽人做什么买卖?"

这时韦云起才明白过来,解释道:"跟高句丽人做买卖,是哄契丹人的话,你当真了,蠢,比驴还蠢!"

解除误会。队伍继续前行。

翻过了一座山丘,依稀可见契丹人搭起的毡帐;渐渐近了,那毡帐似无数朵乌云,轮廓清晰。韦云起感觉到了身边的东突厥人呼吸急促,有些不安。韦云起对他们说:"等见到契丹人,就把带来的羊进献给契丹酋长。"

听这话,一位东突厥人不解地问韦云起:"擒贼先擒王,开杀戒首杀的应该是契丹酋长,韦首领为何送羊给他?"

韦云起回答说:"酋长受礼得羊,以为我们真的是东突厥商人,一定会麻痹大意,正好给了我们大开杀戒的机会。"

就在韦云起和随从见到朵朵乌云似的毡帐时,契丹人也发现了韦云起他们。契丹人最警惕的是隋军,毡帐里出现骚动,男人们赶紧操起弓箭和佩刀涌出毡帐,准备迎头抗击。韦云起他们眼看前边摆出大动干戈的阵势,故意放慢了骑速,摆出商队途经此地漫不经心的样子,以免更加刺激契丹人。

这时契丹人看清来路不明的只是一小股人马,对他们构不成威胁,不再像最初那样过度警惕。近了,更近了,契丹人这才认出是伙东突厥人,拦着盘问。韦云起一身东突厥人的装扮混在东突厥人群中,样子看上去就是个东突厥人,他上前招呼,说他们是东突厥汗国的商人,带着羊皮到柳城(今辽宁锦州)跟高句丽人做贸易去的。一听是东突厥的皮货商人,契丹人的目光扫视马背,果然驮挂着羊皮,信以为真。

契丹毕竟依附着东突厥。面对一群东突厥皮货商人,契丹人放松了戒备。

韦云起要去拜见契丹酋长,说他和商队带来一百多只羊,要进献给契丹酋长。这突如其来的盛情,契丹人找不出理由拒绝。于是韦云起和他的随从被带进一幢装饰华美的超大毡帐里,见到了契丹酋长。

# 5

这支契丹部落迁入营州，无疑侵占了隋朝领土。尽管隋朝边军对契丹部落有过驱逐，却不是契丹人的对手，只能眼睁睁地看着契丹人扎帐营州。契丹酋长最提防的便是隋朝人。突然来了一伙自称是东突厥人，东突厥人的长相和服饰跟隋朝人不一样，契丹酋长一眼就看得出来。酋长虽然认了来的是东突厥人，但他不失几分警惕，忙问："听说你们要去柳城跟高句丽人做买卖，怎么走到营州来了？"扮成东突厥人的韦云起回答说："我们去柳城，营州是必经之地，一路走过来了。"酋长细听，想到去柳城，既可走别的路，也可途经营州，又问："你们去柳城，跟高句丽人做什么买卖？"韦云起道："准备拿羊皮换回一些高句丽参和一些别的药材。"酋长没听出可疑的破绽，渐渐不加提防了。

随后韦云起提到羊，说上路去柳城时，真没想到酋长的部落扎帐营州，既然契丹与东突厥交好，我们随行携带的羊，就进献给酋长了，以表心意，请接受。酋长会心地笑了下，想到他的部落一直遭遇隋军驱逐，惟有东突厥人对他们以礼相待，不由得生出感动。酋长笑纳羊后，回礼相待，吩咐部下在他的大毡帐里设宴款待韦云起和他的随从。这时，日影西斜，想到酒后天黑，契丹酋长多半会挽留；酒过数巡，韦云起悄悄密令一位随从，等天黑后偷偷地回去，召来人马，里应外合夜袭。

酋长的毡帐里酒肉飘香，载歌载舞。侍酒舞蹈的契丹女子鱼贯而入，人人长得艳丽。韦云起趁着酒兴，对他的随从说："诸位睁大眼睛仔细瞧瞧，契丹妇人才是天下真正的美妇，人人长得美如天仙，比突厥妇人长得好看多了。"这话听起来是对契丹酋长的恭维，其实是在暗示东突厥人，只要杀光契丹男人，这美如天仙的契丹女人就要归他们所有了。这样明目张胆的暗示，撩得东突厥汉子瞅着侍酒舞蹈的契丹女人目光发直，愣愣发痴。

聚会上，契丹酋长一点也没意识到这是一个阴谋，还以为是东突厥人对他的尊重，非常开心，将部落里的小头目召进他的毡帐，陪东突厥人狂欢。吃肉喝酒，无论是契丹人还是东突厥人，都显得特别豪气，肉是大块大块地往嘴里塞，酒是大碗大碗地往嘴里灌。韦云起的酒力不胜契丹人和东突厥人，他克制着。他非常担心东突厥随从们喝得一塌糊涂，误了今晚的大事；便反复提醒，说今夜里我们还要赶路前往柳城，诸位喝出大醉如泥的样子，怎么上得了路呢？

去柳城不过是用来哄契丹人的话。经韦云起反复提醒，东突厥人才缓过神，想到今晚的行动，一个个心领神会，直朝契丹酋长敬酒，就是要把契丹酋长灌得大醉如泥。

被韦云起派回去的东突厥汉子在大吃大喝的混乱中悄悄离开了酋长的毡帐，趁着夜色骑上马悄然离开，一路狂奔赶回到了大部队。他大喘粗气对众人说道："韦首领有令，今晚攻打契丹人……"

没等传令的把话说完，众人急切地问道："韦首领和其他兄弟们呢？他们怎么没回来？"

传令的回答说："韦首领和其他兄弟都在契丹酋长的毡帐里喝酒，派我回来带大家去里应外合，偷袭契丹人。"

众人正准备拔营离开，传令的接着又说："契丹的女人长得美。韦首领有令，杀男不杀女，留下女人给咱们享用。"

这话儿真的很提神，逗得东突厥汉子们精神大振，似乎惟有一个目的，为获得契丹女人而战。

夜色浓如墨。一大群烈马驮着狼性暴虐的东突厥汉子狂奔在茫茫夜空下，等到达契丹人的部落，已是子时过后。这时，那无数朵乌云般的毡帐被黑夜吞噬得不见踪影，整个部落静若止水。只有酋长的大毡帐里仍旧灯火通明。酋长和他的部下似乎未尽盛情，大多喝得神魂颠倒；东突厥人也不示弱，狂饮得不肯罢休。这时无论是契丹人还是东突厥人，在酒肉的诱惑下，忘记了世间的一切，仿佛要狂放到天明。韦云起急盼后方增援，时不时地借着撒尿之机出了酋长毡帐，瞅着茫茫夜色，不见一丝动静，就怕后方增援耽误了时辰，让夜袭泡汤。就在韦云起焦灼得几乎绝望之际，东突厥人的大部队以燎原之势迅速包围契丹人的部落，他们首先攻进了灯火通明的酋长毡帐。没等酋长和他部下缓过神，韦云起立即下令随从动手,配合援军出击。喝得醉醺醺的酋长和部下们面对这夜里突降天兵,几乎没有反击的机会,一个接一个倒在了血泊里。

酋长为自己设了个断头的鸿门宴,也把部下们的命搭进去了,这是他最初一点也没料到的。大屠杀开始了。东突厥人一边点火焚烧契丹人的毡帐,一边冲进毡帐抓了睡梦中的男人就砍杀。

夜袭来得突然。契丹人顿时大乱,纷纷逃命,发现出路全被东突厥人堵住。契丹人开始反击,群龙无首的局面显得十分被动而混乱。东突厥人一点也不手软,杀人的场面十分血腥。杀到天明时分,几乎不见契丹男人了,几乎全是惊恐万状,哭叫声悲震四野的妇人和孩子。

日头升起一丈多高。韦云起毫无睡意,除了兴奋还是兴奋。他开始下令打扫战场,杀掉多少契丹男人不再计数,清点活着的契丹女人就有四万来口,另加上一些契丹人的牲畜。

离开营州的时候,韦云起没食言,让出征的东突厥汉子每人得到一位契丹女人,又分给一些牛羊让他们带回突厥;剩余的妇人和牛羊,由韦云起当作战利品带回大兴。

营州以胡制胡这一仗,隋朝彻底打降契丹;契丹从此对隋朝俯首称臣,服服帖帖,朝贡不断。

## 第三章　融合南北

### 1

在东京建成的显仁宫和西苑,既是帝王离宫,也是帝王游乐场所。杨素投其所好,几乎倾尽全力搜集天下奇石异木、奇花异草、奇兽珍禽,把个显仁宫和西苑装饰得极尽华美奢丽。

这时候东京洛阳至江都的通济渠、邗沟挖掘畅通;从东京洛阳乘船可以直接下江南。杨广获知通济渠和邗沟掘通,甚为欢心。想起先帝立隋之初百业待兴,苏威和高颎献策施计,立下汗马功劳;杨广即位之初,振兴百业任重而道远,他才起用革职赋闲的高颎,重任高颎为太常寺卿。召苏威和高颎到殿议事。

等苏威和高颎到殿后,杨广开心说道:"千里通济渠已经掘通,朕得此消息,非常振奋,从此江南至东京洛阳,又至西京大兴,漕运便捷,惠及天下。"

苏威和高颎听罢此消息,十分振奋。

不过苏威思忖的是军事方面的事,直言道:"自从皇上早年领军平定江南,一统天下,虽说过去了一些年头,可江南毕竟为昔日陈朝兴起之地,富豪较多,门阀势力盘根错节,若对抗朝廷,不可忽视。"

高颎接着说道:"臣进谏皇上尽快分离江南的门阀势力,以免他们聚众起事。"

杨广怔了下,问道:"如何处置江南的门阀势力?"

高颎回道:"门阀不可诛,最好的办法便是皇上下诏,差遣江南富豪迁居东京,以便朝廷掌控。"

杨广连连点头道:"朕这就下诏,遣使江南部分豪门旺族迁至东京。"

苏威担心说:"就怕江南的富人们借着产业在江南之故,不肯迁至东京来。"

高颎看了眼苏威说:"有圣旨在先,由皇上钦点豪族迁入东京,谁不肯,就是违抗圣旨,皇上再下震怒诏,又有谁不顾忌呢?"

起初杨坚在大兴立隋建都,因江南的陈朝没有收复,华夏处于分裂状态。当今华夏南北合为一体,天下大同;隋朝的政治中心偏于西北,对中原以南的广袤疆域似乎有些鞭长莫及,所以杨广在洛阳营建东京,又开掘四通八达的运河,其军事意义和商贸流通可谓双向并重。

其实东京洛阳的崛起,取代西京大兴,成为大隋的政治、经济和军事中心,正是杨广权衡国家未来的安全作出的重大决策。杨广准备在东京屯驻重兵,一旦江东和江南出现叛乱,兵出东京,且可水陆两路快速出击,平定叛乱。接下来,杨广要在东京一带广建粮仓,提交朝堂廷议。

太常少卿裴蕴连忙奏道:"以前先帝广建粮仓,现在再建粮仓,恐怕百姓以为朝廷加重税收。"

吏部尚书牛弘回应裴蕴道:"以前先帝在大兴一带建了大的粮仓,保障了荒年里大兴城近百万人口的食粮。眼下兴建东京,将来居住的人口没有百万,也不会少于数十万,东京没有大的仓窖储备充足的粮食,若遇荒灾之年,饥饿浮现,朝廷拿什么赈灾?"

牛弘一番话语,正合杨广心意。

杨广说:"昔日从江南运往西京大兴的粮食和布帛,因漕运不通,奔行的全是陆路,从东南到西北,运粮运帛运食盐和茶叶等物,路遥数千里,往往是远水救不了近火。"

反对在东京洛阳建粮仓的声音仍旧不绝于耳。

苏威听了会儿廷议,开口说道:"朝廷在东京地区兴建一些大的仓窖,成为大仓中转站,日后储蓄来自江南的物产,再运往关中一带,的确方便了许多,同时便于军需的发配。臣以为朝廷在东京兴建大仓,不得加重百姓负担,以免百姓怨朝廷。"

高颎赞同苏威言辞,道:"天下生怨,是不安定之根,皇上要切记,不可过度伤及民利。"

杨广冲高颎道:"朕在东京兴建大仓,不会与民争利违犯天理。"

廷议过后,杨广下旨,在巩县(今河南巩县)兴建洛口仓,占地面积大得惊人,那仓城一圈就有二十余里,仓城内要建三千座储粮窖,每座仓窖可以储粮八千余石,共可储蓄二千多万石。又在东京北边修建回洛仓;在东京东边修建含嘉仓。这回洛仓的仓城一圈就有十余里,有三百窖,可储粮二百多万石;含嘉仓也可储蓄几百万石。

建起这些大仓,盛产五谷、布帛和食盐的江南就可通过江都至东京的通济渠漕运,把货物源源不断运送到东京的大仓里储备。

## 2

就在杨广准备巡视江南之际,派往西域的韦节和杜行满风尘仆仆回朝。两人刻不容缓进大兴殿朝见。杨广非常欢愉,就想知道西域诸国是否愿与隋朝往来商贸。

于是杨广迫切问道:"朕派二卿出使西域,有何成效?"

韦节如实奏道:"禀皇上,臣等此行西域诸国,所见国王与酋长,以为我大隋看不起他们。"

杨广一愣,又问道:"朕的大隋从来没有小看他们,他们为何道出此言?"

杜行满道:"只因我朝太富庶,他们攀附不上。"

杨广这才听明白,微笑道:"朕的大隋盛产丝绸、食盐和茶叶等众多物产,他们愿不愿来大隋以物换物进行贸易?"

韦节立马回道:"臣等此行西域,所见商人都想来我朝经商,一怕遭拒,二怕没有专属地方互市,希望我朝尽快设立互市,以便贸易。"

杨广高兴道:"朕一直担心西域商人不愿来大隋,都想来就好,让他们都来吧。"

韦节和杜行满回朝,使杨广特别高兴,急召黄门侍郎裴矩到殿。

等裴矩匆匆赶到朝殿,杨广急着性子说:"韦节和杜行满已从西域回朝,禀报西域诸国商人愿来大隋经商。朕要开启大隋至西域诸国的通商之门,派你去张掖(今甘肃张掖)筹建互市,联络西域商人,料理大隋与西域的商贸事务。"

这一旨意来得突然,裴矩有些始料不及。

然后裴矩说道:"皇上为何要在张掖设立直通西域的互市?"

杨广一愣,道:"张掖为何不可建互市?"

裴矩道:"臣以为在东京开办互市是最佳之处。"

杨广当即摇头道:"东京距西域甚远,不便互市。只有张掖既是通往西域的咽喉要道,又是闻名天下的桑麻之地、鱼米之乡,是大隋通往西域的真正门户。朕已决定在张掖开埠互市,你去张掖任职吧。"

面对皇旨,裴矩不敢违,只得接受。他说:"臣领旨,赴张掖。"

裴矩正要退下,杨广叫住他说:"你去了张掖,与你交往的不再是大隋的官民,而是西域的胡人,那些异族何曾不想侵袭朕的大隋?你要多留心,搜集西域诸国的情报,奏报给朕。说不准到了哪年,朕迫不得已要去西征。"

裴矩为之一振,这才明白杨广派他前往张掖的使命,说道:"臣去了张掖,遵旨而行,请皇上放心。"

遣使裴矩赴张掖之后,杨广准备巡幸东京和江南,先视察东京建成个啥模样,再看看东京至江都的通济渠凿成个啥模样,顺便可以游览欣赏江南绚丽风光。于是杨广携皇后萧氏,带了一帮随侍,浩浩荡荡起驾离开西京大兴,首站来到东京洛阳。指挥营建东京的大监杨素获悉杨广携皇后驾临,正是他邀功的大好时机,哪里敢怠慢,立马率领一群随从出了东京城,远迎圣驾。

恭迎圣驾后,杨素跑步上前,跪膝伏地奏道:"臣在此接驾,恭请皇上和皇后娘娘随臣入城,检阅东京壮美胜景。"

杨广俯视杨素朝天隆起的脊背,开心道:"开皇初年,宇文恺任职大匠,没花一年工夫建成新都大兴城,创下奇迹;朕差你任大监,营建东京,只花一年工夫,建成东京,也是创下奇迹。听说东京城里被你建成人间仙境,朕这就随你去观赏。"

得到杨广夸赞,杨素很是得意,站起身,说道:"臣服侍。"

车驾直奔东京城里。这时的东京城,不再是昔日的洛阳城,像西京的大兴城一样,气势恢弘;那宫城、皇城和外郭城的建筑格局,完全依照西京大兴城的模式而建。杨素引领皇帝和皇后的车驾穿城而过,在显仁宫下榻。这显仁宫便是杨素费尽心思,替杨广和皇后建造的行宫。

最能彰显皇家奢豪大气的园林便是西苑。这西苑北起邙山,南至龙门,西至新安、宜阳,周长二百九十里,规模之大,旷古未有。西苑之东是翠光湖,之南是迎阳湖,之西是金明湖,之北是洁明湖,中间是广明湖。湖的中央建了一连串金碧辉煌的宫殿,被称十六宫院。显仁宫是其中之一。最为壮观的是在西苑里掘海造山,用奇石垒造出蓬莱、方丈、瀛洲三仙境,高百余尺,台观殿阁分布在仙山上;在这三圣仙境里游玩,仿若身处天上宫阙。

杨素身为大监,奉旨来洛阳,以为吃透杨广喜好奢华,几乎是不惜财力,又不惜一切代价,成就了东京和西苑,只为讨得杨广开心,求得更大更多的福报。哪知杨广并没一番盛赞,他目睹显仁宫的华丽景象,轻笑着问身边侍臣:"杨素等人给朕建的这行宫,建得如何?"随侍的大臣们做梦都没想到杨素等人来洛阳,建成这空前绝后奢华的西苑和显仁宫,一个个在震惊之余,正暗自盘算着花去多少银两。经杨广这么一问,不知如何回答。

见无人回言,杨广看了眼牛弘,问:"你说说,建得如何?"

牛弘明白杨广问他的意思,又不便得罪杨素等人,道:"建得气派!"

然后杨广转身问苏威:"你看如何呢?"

苏威本想直言杨素等人建这空前绝后的西苑和显仁宫,是造罪天下,话到嘴边,咽了下去。他笑了笑道:"这显仁宫的气派超过了西京的大兴宫,更是超过了岐州行宫仁寿宫,皇上和皇后娘娘驻跸显仁宫,一定开心得很。"

杨广不便再问下去,转个话题,说起他南下,要去巡视江都的事儿。

"朕从前在江都做过多年的总管,深知江南人的禀性。"杨广扫视众臣。"信奉儒学的江南人一直鄙视江北人为胡人,这与往昔南北朝分割数百年有关,正是胡人进入中原建立北朝,主张胡化的缘故。朕此次巡视江都,着重化解南北对立,弥合华夏大统裂痕。"

此言一出,大臣们便知杨广担忧江南江北因昔年分割太久,两地风俗、民情、政纪略有不同;尤其是江南信奉儒学胜于江北,这林林总总的隔阂,正是华夏大统不稳定因素。于是大臣们进言,强化儒学。杨广随即下诏,令大儒牛弘尽快确定舆服、仪卫制度。那舆服要按儒家礼仪和官员的等级分别制作,力求华盛。礼部尚书杨玄感、内史侍郎虞世基随即进言,为皇帝和皇后巡幸江都组建一支声势浩大的仪仗队。于是杨玄感以礼部的名义,下令各州县民众捕获禽鸟,拔下羽毛送至东京,以便佩饰舆服。

有关皇帝及各级官员车乘衣冠,首先要按天子驾六的大驾标准制定皇帝车驾,然后侍从按照春、夏、季夏、秋、冬五个时节制定车辆。皇帝的常服、皮帽规定饰有十二块美玉。文官的礼服礼帽以佩玉为饰,五品以上官员配给牛车,车前设帷幔,三公亲王的车辆加配丝质绳网,武官戴平巾,穿骑服,三品以上官员供给作仪饰的击杖。五品以下小吏,服饰也有不同等次。

## 3

离开西京的杨广先巡幸东京,再去巡幸江都,安抚江南万民。但他驻跸东京后,并没随即南下。他最牵挂的便是围绕东京筑建的仓窖,就怕将来东京城里入住数十万官民,修建的仓窖不能满足官民们的需求,于是他率侍从视察洛口仓、含嘉仓、回洛仓等数处大型仓窖。等他视察完仓窖回到显仁宫喘口气时,萧皇后迎了过来。出自昔日后梁皇家的萧皇后甚为贤良,深明皇后干政有损朝纲,不到万不得已她不会参干朝政;

这一日,好像有言不表白,她闷得慌。

"杨素任大监,来洛阳营建东京,又造西苑,搭上无数条人命,皇上兴许还蒙在鼓里。"萧皇后面无表情,冷不丁儿说道。

杨广倏地一怔,问道:"营建东京和西苑,死了多少劳工?"

萧皇后回道:"听说死了几十万的劳工。"

杨广惊怔,又问道:"这么大的事,怎么一直没人奏报给朕呢?"

萧皇后直言道:"杨素造罪,让皇上背负骂名……"

这时高颎走了过来。杨广陡然想起当年杨素赴岐州营建仁寿宫,先帝闻知杨素在岐州监工,死了众多劳工,派高颎去岐州查实。于是杨广问高颎:"那年杨素建仁寿宫,先帝派你去岐州调查劳工死亡人数,到底死了多少人?"

问得突然,高颎有点始料不及,看着杨广道:"都过去多年的旧事了,皇上为何提及此事?"

杨广的表情看上去就像要发怒:"这桩旧事你最清楚,怎么问不得你?"

高颎如实回答道:"死了一万多名劳工,没有那么多的棺材下葬,杨素干脆差人架柴焚尸,挖掘坑洞合葬了。"

杨广憋不住地对高颎说:"朕此次派杨素来洛阳营建东京和西苑,听说死亡了几十万的劳工……"

高颎顿时大惊:"死了几十万人,怎么没有上报朝廷?"

杨广怒道:"这个杨素,真的是让朕结怨天下!"

高颎对杨素早有怨恨,趁此时机奏道:"记得那年臣从岐州回京师,如实将岐州死亡劳工人数奏报给先帝,惹得先帝震怒,也是痛斥杨素让先帝结怨天下……"

萧皇后随之说道:"几十万的亡灵,为帝王家劳苦而赴阴曹,若让后世评说,何来仁慈可言?"

高颎道:"当年杨素在岐州建仁寿宫,草菅一万多人赴阴曹,没想此次杨素营建东京和西苑,劳累致死数十万人,真的让皇上结怨天下。"

建东京和西苑没向朝廷奏报劳工死亡人数,皇后和皇上不开心。杨素忐忑不安,进宫觐见,求得宽恕。

来到杨广面前,杨素道:"营建东京和西苑,的确死了许多人,是臣的过失……"

没等杨素说完,杨广板着脸道:"建东京和西苑,死了几十万人,还算是过失?"

杨素一阵紧张,不安道:"臣请罪。"

杨广脸色大变道:"找个地方悔罪去吧。"

杨素惶恐得很,声腔发颤道:"臣知罪,臣这就找个地方忏悔罪过。"

杨广不再言声。杨素猥琐地退下了。

就因结怨天下,杨广开始对杨素耿耿于怀。

这时巡幸江都的船队已经备齐。杨广曾在江都做过多年总管,此次去江都,是以皇帝身份出巡。但他深明江南的官民对江北抱有轻视,称江北人为蛮夷,这轻视显然是对隋王朝起于江北不以为然。于是杨广备足下江南的船队,且是声势浩大,豪华至极,大展朝廷强盛而富庶的气象。豪华船队从东京启程,杨广乘坐小朱航从漕渠出洛口,又换乘龙舟,顺着新开通的运河直赴江都,一路而去,船队连绵二十余里。

在通往江都的龙舟上,千里运河畅通无阻,两岸田舍尽收眼底。杨广当即下诏,免除江南三年税收。皇帝广施恩惠,江南官民欢喜不尽,引来万众不间断地涌向运河岸边,欢迎南巡的皇帝船队。

## 4

杨广下诏免除江南三年赋税,这大礼是江南万民根本没想到的,待他浩浩荡荡乘舟来到江都,受到万民迎驾。然后杨广召心腹,告知他此次巡幸江都,是为安定国家大统而来。虽说先帝早已统一了南北,但以前南北分割太久,江南之地仍存在着不稳定因素,譬如先帝朝,就有数次由豪族引发的动乱。因此江南的门阀势力,一直令杨广担忧。

高颎说道:"早些时候,臣进谏皇上下旨江南豪族迁居东京,为的是分散门阀势力,朝廷管制江南,少了后患。"

牛弘觉得主意不错,连忙说道:"皇上已驾临江南,赶紧下诏吧。"

杨广道:"江南的豪族盘根错节。陡然下诏让他们远离家乡迁往东京,倘若他们不愿离开,又拿什么理由说服他们呢?"

高颎道:"皇上下了圣旨,有谁不知违抗圣旨的下场?"

杨广摇头道:"朕的本意不是拿圣旨来压制江南豪族,朕是要让他们心服口服迁往东京,便于在东京管制他们。"

苏威轻笑道:"皇上不是派遣裴矩到张掖营建互市去了吗?"

杨广转过身来看着苏威:"你想拿张掖互市来说服江南豪族?"

苏威点头道:"江南豪族都是做买卖的。江南盛产的丝绸、食盐和茶叶,大多出自豪族之家,生意人唯利是图,难道不想把丝绸、食盐和茶叶等物远销到西域去吗?肯定都想到张掖跟西域商人做交易。眼下江都至东京的运河已开通,东京至西京的漕运也是畅通的。从东京把货物运往张掖跟西域商人互市,路程要比从江南运往张掖近得多,这个路途账,他们都会算明白。"

杨广开心一笑,夸苏威有奇谋。随后杨广下迁居诏,因国家政权中心东移洛阳,鼓励江南豪族迁往东京。同时宣布国家开放与西域诸国商贸,正在张掖营建互市,东京将会成为连通张掖的商贸重镇。苏威和牛弘草拟迁居诏时,玩了个套路,有意设定准迁门槛,须由朝廷吏部审批,方可迁居东京。

东京洛阳的地理位置是天下的中心,取代西京大兴之后,呈现一派繁华景象。江南的豪族们当然向往东京的繁华生活。正如苏威所言,江南的豪族们从东京赴张掖互市,跟西域人做买卖,要比从江南赴张掖近上千里之遥。江南的富人们想到皇帝下迁居诏,将来会有大量的西域商人涌入东京,等于生意做到了家门口。于是江南的豪门们对迁居东京非常热衷。

吏部尚书牛弘没料到有意迁往东京的江南富贾多得令他应接不暇。他来到杨广面前,禀报说:"皇上,想迁往东京的人家太多了,多得像成群的鸟儿迎面扑来。"

听这话,杨广吃一惊,连忙问道:"有多少户人家?"

牛弘如实回道:"大概有三四万户。"

杨广又是一惊:"这么多?"

牛弘说:"如何办理?臣听旨。"

杨广当即说道:"准!"

牛弘一愣,绷着脸道:"三四万户,估计有二三十万人口,如潮水般涌入东京,能装得下、承受得了吗?"

杨广道:"西京的人口,都有近百万,东京的人口还差得远呢,让他们都去吧,等他们去了东京,朕也省心多了。"

牛弘点头道:"臣遵旨。"

杨广道:"朕已下旨免江南三年赋税,江南豪族迁居东京,照样免三年赋税。"

牛弘道:"臣传旨。"

## 5

江南民众大多信奉佛教天台宗。智𫖮和尚是天台宗的开山始祖,他在江南有着至高无上的威望。杨广二十一岁那年在扬州任总管时,拜智𫖮和尚为师,习修佛教。一年之后,智𫖮给杨广授"菩萨戒";杨广给智𫖮封号"智者大师",两人的师徒关系甚好。

此次巡幸江都,杨广首先要去的地方是天台山之南的国清寺。这国清寺正是智者大师智𫖮的开山道场,为天台宗的祖庭。早在杨广身为晋王在扬州任总管时,国清寺道场破败不堪。智𫖮想到自己年事已高,来日无多,不忍道场就此破败下去,在天台山下选了块宽阔平坦之地,打算重建寺院。苦于囊中羞涩,智𫖮写了份遗书,书中说道:"如今的天台顶寺,茅庵破败。然山下一处宽敞坡地,非常之好,便于立修一伽蓝。老僧剪木除林,命弟子营立,不见寺成,实难瞑目……"随后智𫖮把弟子灌顶叫到跟前,吩咐灌顶去找晋王杨广化缘。灌顶赶赴扬州晋王府,呈上智𫖮遗书。见智𫖮筹建寺院缺乏钱财不能如愿而死不瞑目,杨广颇为感动,速派总管府司马王弘赴天台山督办。王弘在天台山大兴土木,又给智顗设了千僧斋。为此杨广还写了篇《答遗旨文》，文中写道："智者大师在天台山下遇得一处，垂为造寺。始得开剪林木，位置基阶。今遣司马王弘创建伽蓝，一遵指划。寺须公额，并立嘉名，亦不违旨……"

当年兴修国清寺，捉襟见肘的智顗得到杨广全力相助。只是智顗一直怀念逝去的故国陈朝，内心里不太情愿与隋朝合作。开皇十年（590），正是隋朝收复江南陈朝之后不久，隋文帝杨坚觉察到了天台宗高僧智顗跟隋朝政府保持着一定距离，担心智顗不愿归顺朝廷，引发事端。杨坚给智顗下了道敕文，明确告知智顗，大隋的开国天子出生在佛门寺院，一向敬重佛教，不会像昔年的北周武帝毁庙逐僧，取缔佛教。这道敕文给智顗敲了警钟，劝他不要做出有损国家大统的事来。开皇十七年，智顗圆寂。但他开创的天台宗在江南依旧有着深远的影响。

江南毕竟是昔日陈朝所起之地。杨广在大业初年来江都，去国清寺礼佛，释放出的政治意义非同一般。这一日，杨广率众侍从，浩浩荡荡来到了国清寺，给了国清寺住持灌顶法师一个惊喜。灌顶正是智顗的高徒。按说杨广和灌顶都拜师皈依在智顗门下，他俩可谓师兄弟的关系，但杨广毕竟是大隋的天子，灌顶岂敢马虎，急忙领众弟子迎驾。

待灌顶率众弟子朝杨广跪拜时，杨广谦逊地走了过去，一把拉起灌顶，笑道："今日佛祖为大。朕率众爱卿是来拜佛祖的，灌顶法师岂可当朕是佛祖行跪拜之礼，免了吧。"

灌顶被杨广扶起时，回应道："众生是佛，皇上也是佛呀，受贫僧一拜，岂可免礼？"

两人会心地笑了起来。

随后灌顶迎杨广进了山门，步入雨花殿。别的寺院入得山门就是天王殿，国清寺的天王殿被称作雨花殿，的确有些特别。只因那年智顗和尚在此讲《法华经》，讲得非常精彩，感动天庭下起法雨天花，故得名雨花殿。穿过雨花殿便是大雄宝殿，往右拐便是一处僻静幽雅的院落。院落里有棵梅树，仿佛喜迎圣驾，枝头上的花朵争相斗艳，正怒放着。这棵梅树正是建成国清寺之初，灌顶请来杨广亲手种植的。

杨广目睹自己种下的梅花盛开了，欢喜不尽。

这棵梅树毕竟是天子所植，灌顶趁此时机请杨广为梅树赐名。

杨广也没多加琢磨，笑道："朕赐名隋梅如何？"

灌顶和众弟子合掌齐声回道："隋梅好，谢皇上恩赐！"

杨广不是空手来的。他当即敕封国清寺为大隋的皇家道场；然后赐灌顶金银，以作供养。灌顶受过金银戒，不得指染钱财，他连忙谢绝。

杨广正色道："既然朕敕封国清寺为皇家道场，法师为何不愿接受朕的供养？"

灌顶回道："皇上供养太多的金银，贫僧就会偷懒享受，不愿苦修了。"

杨广笑道："领众修持，法师楷模三吴，岂可为这身外之物而动禅心？"

再拒绝，恐怕触怒天子，灌顶只好收下杨广的供养。

两人一边聊着佛教，一边谈论着天下大事。

杨广并没显天子之威震慑灌顶，平和地说道："我朝高祖统一大江南北，立隋建国。然江南隐有反隋复陈之念不乏其人。法师身为江南佛门高僧，追随信众万千，不忘领众弟子归心朝廷维护国家大统，且是功德无量！"

灌顶立马躬身合掌道："我佛慈悲，岂可容忍门下弟子祸国造罪？天下大统归一，不生战乱，正是佛家最大的宿愿和幸事。贫僧不打妄语，受领陛下旨意，一心一意率三吴弟子和信众效忠朝廷。"

杨广高兴笑道："法师德高望重，在江南号称第一法席，愿安定江南，朕这就放心了。"

灌顶赔笑道："陛下此次巡幸江南，下诏免除江南三年赋税，恩惠江南千万百姓，也是功德无量！"

与灌顶一番长谈，杨广非常满意。礼佛完毕之后，杨广离开国清寺回驾。他刚回到江都的行宫，太常少卿裴蕴迎上来奏报东突厥派来使者，传递启民可汗准备入朝参拜的消息。杨广十分高兴，说朕有多年没见启民了，都忘了他，可他没忘朕，等他来后，朕要好好地款待他。

见杨广非常在意启民可汗入朝，裴蕴助兴说："皇上登基之后，我大隋的附庸只派使者传来贺信,启民可汗是头一个要来入朝觐见的。皇上不能不当回事……"

没等裴蕴说完,杨广问道:"启民到来后,朕如何款待他呢?"

裴蕴抹了抹下巴上的胡须说:"我大隋毕竟是称霸天下的大国,也得体现大国对附庸小国的姿态,宜行收买人心之举。"

随即裴蕴接着又说:"从前先帝对突厥示礼不示强,征服好战的突厥,俯首称臣;皇上对突厥,也得以礼相待,启民定会臣服于皇上膝下。"

听裴蕴说的有道理,杨广表示认可。

裴蕴说:"华夏自古为礼仪之邦。既然启民要来入朝,我大隋就得展现富庶和安乐的盛世气象,臣奏请皇上恢复乐户为朝廷所用。"

杨广连说几声好,然后对裴蕴说:"你有什么礼数,尽管去办吧。"

# 第四章　名臣之死

## 1

恢复门阀制的声音甚嚣尘上。这门阀制盛行于魏晋南北朝时期,就是国家依照门第高下之分,选拔任用官吏,与寒门庶族无缘。那时国家的财富和政权大多掌握在门阀集团手里,就连国家的君主也得忍让门阀士族几分。恢复门阀制的声音扬起,杨广深感他的皇权受到威胁,召牛弘和苏威商议。

牛弘提醒道:"开皇初年,也有人鼓噪恢复门阀旧制,先帝深知他们的心思,才将各级官员任免升迁的权力收回到了朝廷吏部,统一由吏部审查后任免,地方衙门无权任命官员。"

苏威道:"先帝立国之初,废除由门第取士的九品中正制,同时废除掉了门阀制,推行开科取士,国家选拔栋梁之材,一律凭科考择优录取。这项制度不能废失,并且还要加强完善,是国家选拔人才的根本。"

牛弘道:"国家设科考选拔人才不论贵贱,的确要比前古世袭官爵制优良的多,有效地阻止了门阀官僚形成集团掌控国家衙府为己所用。但先帝兴起开科取士,延续至今,的确仍需完善制度。"

杨广听取苏威和牛弘进言,郑重说道:"先帝初创科举制,又革新官吏任免制度,国家才有今天的政通人和。至于有人叫嚣恢复世袭为官的旧制,是为己私利别有用心,朕永远不会答应他们。"

随后杨广下诏,将高祖文帝初创的开科取士列为恒定的制度。先帝朝的开科取士,最初只设了秀才科,之后又设明经科;各州县每年选拔三人赴京师参加秀才科和明经科的考试。朝廷此次新设进士科,规定秀才科考方略,进士科考时务策,明经科考经术,形成完整的分科选拔人才制度。

朝廷正式完善确立科举制,不分贵贱依制优选栋梁之材,彻底废绝了门阀世袭旧制,赢得了天下士子人心。百官不可凭一般考核增高品级,必须具备高尚的道德和功绩才能,方可提拔。国家自上至下,树古圣先贤为楷模;有利于教化百姓的古圣先贤,要给他们修建祠堂庙宇,以作祭祀。对于古圣先贤的陵墓,不许践踏冒犯。

等巡幸江都的事务处理停当,杨广回驾东京,驻跸显仁宫。他宣诏大赦天下;又下诏免除当年的天下租税。即位之初,杨广大赦过天下,这次从江都回驾东京,又大赦天下,显示天子的宽政仁慈。这大赦天下令人欢欣的情形,使得苏威想起秦王杨俊。杨俊是高祖杨坚的第三子,杨广的三弟。早些年杨俊沉醉在女人堆里淫乱,激怒王妃崔氏起了杀夫之心,对杨俊投毒,杨俊中毒后虽没丢命,却惹怒高祖杨坚,被废为庶人。从此杨俊的日子过得非常悲惨,在他死后,高祖杨坚都没施出爱子之心,甚至不准杨俊的儿子继承王位。到如今,杨俊的儿子仍以庶民身份过得十分艰辛。

于是苏威来到杨广面前,启奏道:"皇上此次大赦天下,那些囚禁狱牢的有罪之人从此获得自由,过上快乐的好日子。臣恳请皇上特赦一人……"

杨广一愣,问苏威:"你要朕特赦何人?"

苏威垂首道:"秦王杨俊的儿子杨浩。"

杨广沉默片刻,又问道:"废黜秦王和他的子孙不得继承王位,是先帝当年裁决的,你要朕推翻先帝的裁决,有何理由?"

苏威道:"杨俊的儿子杨浩毕竟是高祖血脉,也是皇上二代血亲侄子。杨浩的父亲无论有多大罪过,杨浩受到的只是牵连,都过去了一些年头,让杨浩仍以庶人身份在民间过着艰辛的日子,臣惟有对他的同情和怜悯,除此臣毫无他意。"

杨广看着苏威，不禁想起他的三弟杨俊被废黜后遭遇疾病折磨的情形，苏威在高祖面前伏地泣求，让杨俊恢复官爵。便觉苏威同情杨俊的儿子杨浩，是来自内心仁义的本能，于是杨广动了恻隐之心，当即下旨，封杨俊儿子杨浩为秦王，让杨浩从此过上体面的生活。苏威是冒着风险替杨浩请求的，担心提及这桩陈年旧事触怒杨广，惹得他一时下不了台。见杨广不计前嫌，封杨浩秦王，苏威这才松了口气，在杨广面前替杨浩谢恩。

这时太子杨昭从西京大兴来到东京洛阳。杨昭是杨广和萧皇后所生嫡长子，深得杨广喜爱。二十三岁的太子杨昭本是青春年华，可他长得肥胖，身体虚弱。巡幸江南时，杨广吩咐太子杨昭留守京师监国，没想到杨昭离开监国之位，令杨广不太高兴。

杨广冷着脸问杨昭："朕留你在京师，历练你料理政务，你怎么跑到东京来了？"

杨昭见父皇对他的到来不太高兴，便说："父皇和母后巡幸江南时日已久，儿臣多有牵挂，特来看望父皇和母后的。"

杨广的表情仍没舒展开来，说："朕和你母后来南方，视察民风民情，尽管日子长了点，你有什么好牵挂的？"

杨昭不再吭声。

杨广说："朕和你母后还要在洛阳待些日子，过几天，你回大兴吧。"

杨昭以为父皇消了气之后会留他在东京洛阳，没料杨广接二连三敦促他回大兴。杨昭大耍孩子气，赖着不肯离开，甚至朝杨广跪拜请求，让他在东京多待些日子。杨广仍是不准，父子俩就这样铆上劲儿。身体虚弱的杨昭陡然病重，几天后病逝。失去太子的杨广顿时陷入无比的悲伤之中，下诏让内使侍郎虞世基为太子撰写哀策。随后封次子杨暕为齐王，封三子杨杲为赵王。

# 2

太常少卿裴蕴忙碌了一阵子，将以往北周、北齐、南陈和后梁乐家子弟重新编为乐户,这些人在规定日期来到东京,入住在了西苑。

乐户制起源于北魏,从业者大多是受过刑罚的贱民,他们中有青楼妓女,有歌伎,有舞者,有戏子,有弹奏的艺人,有玩杂耍的,林林总总,五花八门。隋朝之前,乐户供权贵们把玩,寻个开心。直到高祖文帝即位,将乐户视为奸声淫荡的传播者而取缔。正是裴蕴以强化礼仪为由,进言恢复乐户,杨广没有多加思量就答应了;于是裴蕴使出浑身解数,召来三万人,庞大得好似一支军队。

三万乐户重操旧业由朝廷供养,他们的着装由京兆、河南等州县缝制,几乎用尽东京和西京的缯彩。能歌善舞的乐户们整天在西苑吹奏弹唱,摆弄舞姿,杨广观赏得乐不可支。

裴蕴因组建乐户有功,杨广随即擢升裴蕴为民部侍郎。

就在裴蕴召集乐户到东京的当儿,杨广差遣太府少卿何稠、太府丞云定兴修饰皇帝出巡仪仗队。何稠和云定兴奔忙在各地州县,下令民众到野地捕获禽兽,搜集色彩斑斓的羽毛和皮毛。州县民众几乎捕尽天上飞的地上跑的禽兽,拔下羽毛,取下皮毛,供给皇帝出巡的仪仗队用作装饰。

召集乐户和捕获禽兽,让杨广乐在其中。一些大臣颇有微词,只是背地里嘀咕,大多不敢当面直谏。

高颎身为辅佐高祖文帝的开国元勋,见杨广大行高祖文帝一向憎恶的奢靡之风,甚为不满,认为杨广就此奢靡下去,必将误国。于是高颎约苏威一起向杨广当面进谏,虽然苏威跟高颎有着同感,但他觉得杨广不会接受。

"甭说皇上下旨百姓捕获禽兽用作修饰仪仗,而使飞禽走兽几乎绝迹;民部侍郎裴蕴不是不明白被高祖取缔的乐户是误国的祸水。"苏威叹道,"咱俩费劲儿去给皇上提个醒,恐怕皇上不会听取。"

"何以见得呢?"高颎争取苏威道,"也许咱俩的提醒,会使皇上突然醒悟过来,解散云集西苑的乐户。"

苏威摇头,然后说道:"裴蕴召集天下散乐来洛阳,皇上高兴得不得了,还以裴蕴立功之名,擢升裴蕴民部侍郎,这是少有的事儿。"

高颎坚持约苏威去御前谏阻。

苏威似乎看准杨广的态度,仍摇头,道:"召集散乐来洛阳,算什么功绩?但是皇上认定是功绩,擢升裴蕴。这个时候咱俩去见皇上,字字句句换来的是惹皇上不开心,还是别去了吧。"

高颎说:"咱俩都是辅佐高祖的开国大臣,不去劝谏皇上解散乐户,对不起仙逝的高祖啊。"

苏威冷笑一声,提醒高颎说:"皇上赏乐户歌舞,高兴了,还即兴写艳词,让乐户们谱上曲子奏唱,你拦得住吗?"

遭到苏威拒绝,高颎不死心,想到吏部尚书牛弘,便即刻去见牛弘。

牛弘知道高颎的来意后,看着高颎。

高颎恭维说:"朝廷最懂礼乐的惟有牛先生了。"

牛弘轻笑道:"哪里哪里,高人有的是。"

高颎说:"记得先帝朝,每次修订礼乐,都是牛先生主持敲定的。此次皇上派裴蕴,找来的散乐算什么东西,整天在西苑里演唱祸水般的淫荡奸声,是对礼乐正声的污辱和否定。"

牛弘在先帝朝任过礼部尚书,是饱读经书的一代大儒,有关礼乐他非常精通。高颎一番激将,牛弘来了劲头,附和说:"乐户们在西苑奏唱的那些歌曲,的确是不堪入耳的奸声,这样唱下去,一定会唱坏了风气。"

高颎趁此说道:"请牛先生随我去一趟,劝谏皇上尽快停止奸声传播还来得及。"

牛弘终于被高颎说动,一摆胳膊说:"走吧,等见了皇上,再说吧。"

两人来到显仁宫,见到杨广,想说的话,不知从何处说起,你看我我看你。杨广瞅两人的样子有点古怪,忙问:"你俩有啥事,为何不开口?"

牛弘轻咳一声说:"裴蕴召集来的乐户在西苑,将宫廷礼乐全唱乱套了。"

杨广一怔说:"何以乱套呢?"

牛弘回答说:"高祖朝时,宫廷只准奏唱高雅的正声,而今西苑里的乐户们奏唱的少有正声,视宫廷礼乐而不顾,臣以为这样奏唱下去,败坏了风气。"

杨广不太高兴。

高颎插嘴说："裴蕴召集来三万人,全由朝廷供养,开支可不是个区区小数目,也不顾及纳税的天下百姓是怎么想的。"

杨广的目光投向高颎说："富庶天下的大隋,闲养一群戏子,为盛世而欢歌,纳税的百姓只是付出九牛一毛,你俩别再担心朕闲养一群戏子,惹谁不开心。"

高颎竭力奏道："乐户制早已废除,今又兴起,恐怕被别有用心之人推广到民间,递相教习,败坏社会风气,如何收场?"

杨广脸色一变,拂袖而去。

## 3

杨广从东京洛阳起驾,回到了西京大兴。一个太史上奏,说臣占卜星象,我大隋分野有大丧。一听这话,杨广大吃一惊,知道国家今年会有重要人物死亡。然后杨广给自己压惊,问太史,你占卜得准确吗？太史垂首,说臣占卜之后,不敢对皇上诳言。

占卜星象,分十二星次,再与地面州国的位置相对应,叫分野。而隋和楚,正好在一个分野上,如果隋有重要人物死亡,楚地也会有重要人物死亡。无论隋和楚,会死亡何人呢,只有天知道。然而天下归一统,昔日的楚地早已并归大隋。杨广心里不安,因为重要人物包括他在内的皇室亲眷,当然包括朝廷重臣,如何避免,杨广无策。

就因太史占卜星象,折腾杨广多日。于是杨广突然宣诏,改封杨素楚国公。杨素被改封楚国公,暗自一惊,再也高兴不起来。

自从营建东京的杨素隐瞒劳工死亡事件,他跟杨广的君臣关系变得微妙。朝廷一些重要议事,杨广很少召杨素到场。从前杨广为了获取储君位,的确需要位极人臣的杨素相助；正因杨素位极人臣,杨广对杨素的猜忌日渐加深。即位后杨广一直想将杨素晾在一边,找不到理由,恰好营建东京,死亡几十万劳工,杨广抓住杨素让天子结怨天下的把柄,开始冷落杨素。

其实杨素早就明白他在朝廷的地位已高到不能再高的极限,好比登到山的巅峰,往上无路可攀,往下四周都是低谷深渊。鉴于此,杨素急流勇退,请辞回家,颐养天年。杨广不准。杨素再次请辞,说他年事已高,力不从心,不能服侍皇上料理朝政了。杨广仍旧不准。他摆出姿态耗杨素,让杨素高位不空,人却空着。

有时宫里举行宴会,杨广召杨素侍酒,君臣相依的和谐样子让其他大臣嫉妒。酒到兴头,杨广邀杨素唱和吟诗。杨素侍酒附庸风雅,想到他大权旁落,成为让杨广开心的玩物,心里感到格外悲凉。他只好装病,卧床不起,推辞进宫侍酒。

杨玄感发现父亲杨素自从改封楚国公之后,好像变了个人。杨素脸上不仅少了笑容,而且总爱独处,久坐发呆,但他内心的悲凉,难免会流露在衰老的脸上。杨玄感走过去,问父亲哪里不舒服?杨素说他心里不舒服。杨玄感说,我去请太医给您看看吧。杨素意识到说漏嘴,连忙摆手,说小毛病,没必要请太医了。

杨素不想让儿子杨玄感知道他内心有多悲凉,更不想让杨玄感知道他跟杨广的君臣关系已经走到尽头。好像遇到一道过不去的坎,杨素别无选择。

积怨成疾,无处发泄的杨素真的病了;虽说以前的病是装出来的,现在他不用装了。自从宫里太医被请进杨素府上,惊动杨广。杨素六十多岁了,杨广但愿病症尽快给杨素送终。可是杨素并没让杨广如愿,他病卧数月,太医不断给他诊疗,不见有送终的那天。

太医竭尽全力医治杨素,让杨素继续活着。杨广不悦,问太医,杨素怎么还没死呢?这样反复地问太医,话就传到杨素耳里。杨素的心倏地往下一沉,拒绝服药了。他的弟弟杨约来府上看望他时,劝他服药。他摇头。

杨约继续劝道:"你不服药,怎能康复?"

杨素叹气道:"我为何要活这么久呢?"

杨约道:"世间人人都犯病,你没必要想不开。"

杨素又叹口气道:"我老矣,半只脚已踏入棺材了,就连神仙送来方子,也救不了我这条老命了。"

想起如风似雷驰骋疆场的兄长到老病成这个样子,杨约伤感道:"服药吧,哥,别再使性子了。"

杨素眼角流出泪水道:"我死后,兄弟要好自为之。"

杨约一听此话,突然怔住,翕动嘴唇想问杨素,终没问出口。

杨约离开后,杨玄感来到杨素跟前,端着汤药站在病榻边请求杨素服药。杨素吃力地坐了起来,接过杨玄感手里汤药,一口都没喝下,全泼在了地上,溅了杨玄感一身,这时杨玄感惊呆了。

杨素倒是十分平静,对杨玄感说:"君要臣亡,臣不敢不亡。这药喝下,有什么用呢?我此生替皇帝家征战四方,从没怕过死;眼下正是天爷要收走我的时候,怕死,定会让我杨素留下个赖着活的臭名。"

惊呆的杨玄感这才缓过神来,木着脸问杨素:"这是为什么?"

杨素回答道:"不为什么。待我死后,葬我于老家华阴厚土下吧。"

杨玄感还想要杨素告诉他原因。

杨素说:"我死后,当我是寿终正寝,这样才死得体面,可你们,千万别节外生枝添乱,否则,你老子将会死无葬身之地。"

没过多日,杨素病逝在了家里。

杨广获悉杨素死讯,当即下旨给杨素最高礼仪厚葬。然后追封杨素光禄大夫,赐杨素家人布帛五千匹。下令给杨素立传。

4

大业三年(607)春正月,东突厥启民可汗入朝。启民可汗原名染干,是沙钵略可汗的侄子。开皇三年(583),隋朝取消对突厥的怀柔政策,引起沙钵略可汗不满,他在可敦千金公主(北周公主)怂恿下,邀约其他四部可汗发兵四十万入侵隋朝。隋高祖杨坚采取"远交而近攻,离强而合弱"之计,离间突厥引发内战。带头发动侵隋战争的沙钵略可汗最终成为众矢之的,他在最艰难时刻,不得不对隋高祖杨坚俯首称臣,寻求保护。沙钵略可汗曾数次派遣侄子染干来隋朝求助,隋高祖杨坚不计前嫌,对沙钵略可汗伸出了援手。此次染干以启民可汗身份来朝,杨广以超乎寻常的礼仪迎接。

由民部侍郎裴蕴组织的三万乐户着装艳丽,表演礼仪、歌舞。启民可汗和随从穿行在这无比盛大的仪式里,深感震惊;在场相迎的隋朝官员,统一着装华美的礼服,令启民可汗十分羡慕。

启民可汗当即向杨广请求,让他和随从改用隋朝服饰。他的请求来得突然,杨广不准。

第二天,仍不死心的启民可汗再次率随从来到杨广面前,跪求道:"臣下启民,早已归附大隋,请求皇帝陛下赐服饰,视为大同。"

启民和他的随从这么一跪求,杨广改变态度,高兴地答应了。启民和他的随从连连叩首大谢皇恩。

开心的杨广对身边的牛弘说:"如今公卿服饰完备,使得启民可汗改穿上了朝服,实乃天下大同,这是你等的功劳。"

牛弘推辞道:"臣下哪里来的功劳,这天下大同全是皇上重礼施节的功绩。"

听牛弘说这话,杨广更加高兴,当即赐启民厚礼。

为迎接启民可汗,朝廷花费空前。一些官员颇有微词,背地里议论,一个边鄙附庸的东突厥可汗来朝,皇上竟然挥金如土大摆阔气奉迎。议论的官员哪里知道杨广内心想着什么,他告诉百官,一直以来突厥与华夏的关系时好时坏,现在好不等于将来好,他们反复无常,是不争的事实。朕永远提防着他们哪天翻脸,所以朕以盛情相迎启民来朝,就是以诚感动启民知晓报恩,不再追随其他心怀不轨的可汗侵袭大隋疆域。

随后杨广推出新政,将高祖创立的三省制增设改为殿内省、尚书省、门下省、内史省、秘书省;将地方州制改成郡制;将官制也进行了改动。然后诏令牛弘修订新律《大业律》,废除十恶之罪;在原有《开皇律》的五刑之内,废重就轻。

等新政推出之后,杨广召群臣于朝殿,宣诏修筑驰道和长城。这下可把满朝文武听呆了,不知说什么才好。

苏威不甘沉默,最先开口道:"朝廷大兴土木建东京,挖掘东京至江都的运河。眼下从江南余杭至东北的千里运河正在挖掘中,已赴上数百万民力。皇上再筑驰道和长城,可不是一二桩小事,又要赴上百万民力,恐怕民力不足以胜任。恕臣直言,这两项工程能否暂缓?"

杨广回应苏威道:"秦有直道抗击匈奴,运送军队和粮草,从京师出发,奔行直道,只需三四天工夫就可到达战地,多快捷!"

说起秦直道运送兵马粮草的事儿,大臣们这才明白杨广修筑驰道的用心,纷纷进言,便觉驰道的修筑刻不容缓。

杨广接着说道:"自五胡乱华以来,华夏之患乃北方胡夷。其中地处东北的高句丽,正是我朝最大的隐患,每当朕在夜里想起辽西之地,不安于高句丽的跨境侵袭。因此朕要及时修筑一条直通东北的驰道,以备北方胡夷和高句丽来犯时,便于我朝快速出兵征战。"

杨广将修筑驰道的意义说了个透彻。接着大臣们廷议修筑长城,也是为了防患北方蛮夷。

大业三年(607)五月。杨广诏令河北十多郡的男丁,开凿太行山通达太原郡(今山西太原西北),又至涿郡(今北京)的驰道,这条驰道宽百步,长三千里。然后又诏令百余万男丁修筑西起榆林(今内蒙古准格尔旗),东至紫河(今山西浑河)的长城。

六月,杨广起驾北巡。他的车驾驻跸榆林郡。榆林郡距东突厥启民可汗的牙帐不远。杨广差遣武卫将军长孙晟给启民可汗传旨。启民可汗获知杨广来到榆林,赶紧召集部落酋长前往榆林朝见。

就在杨广准备接受启民可汗和众酋长朝拜之时,随驾的太仆少卿宇文化及和弟弟宇文智及跟西突厥人私交丝绸贸易,被守边驻军抓获。朝廷早有禁令,不准官民跟敌国西突厥人私交贸易,违者当斩。宇文化及和宇文智及显然违犯朝廷禁令,杨广知道后勃然大怒,不便在东突厥启民可汗和诸酋长来朝拜之时斩宇文化及和宇文智及,便将两兄弟囚禁起来。身为父亲的左翊卫大将军宇文述随驾来到榆林,见自家两个儿子与西突厥人私交贸易犯下死罪,心急如焚,只好替儿子请罪。宇文述不仅对杨广登上皇位有佐命之功,而且还跟杨广是儿女亲家,他的第三子宇文士及娶的正是杨广长女南阳公主。然而宇文述替两个儿子请罪,并没使杨广动恻隐之心。

想到榆林没有行大礼的宫殿，杨广召随驾的宇文恺，下令道："朕身为大国的天子，在这偏荒之地，怎便接受附庸臣子的朝觐？你尽快修大帐，作观风行殿，以备朕接受启民等人朝拜。"

宇文恺领旨，建了座能容纳数千人的大帐，帐下装备了轮子，可以用马拉着前行。见到这能移动的大帐，杨广万分惊喜。启民可汗率众部落酋长到来时，看到能移动的观风行殿，震惊得目瞪口呆。杨广赐启民两千匹锦缎及车马和鼓吹，又赐众酋长厚礼，便在观风行殿大摆宴席。

在塞外巡视一圈，杨广心情欢畅地回到了京师。车驾来到青门外，跟西突厥人私交贸易的宇文化及和宇文智及戴着大枷也出现在了青门外。这时杨广想到宇文述的辅佐之功，动了恻隐之心，召宇文述到跟前，不苟言笑说道："你的两个儿子跟敌国西突厥人做买卖，是通敌卖国，触犯国法禁令，朕不杀他们，难以服天下。"宇文述跪求道："臣的两个儿子的确触犯了国法禁令。臣恨铁不成钢。臣请皇上开恩，免他们一死，即便流放远疆。臣谢皇恩！"杨广叹道："不杀你的两个有罪的儿子，也得让朕有个不杀他们的理由。你快差人回府召来南阳公主，给朕求情，朕就在青门外等候南阳公主到来。"

一听这话，宇文述感觉压在心头的一块石头落地，急忙派人回府上召来南阳公主。杨广开始在青门外摆出要斩宇文化及和宇文智及的架势，两兄弟被人扯乱了头发，脱掉了衣裳，只等一声斩令下达。两兄弟真的以为命断刀下，吓得浑身发软，怨恨父亲不出面相救。就在这时南阳公主赶到，跪在杨广车驾前，请求父皇赦免宇文化及、宇文智及死罪。杨广看在南阳公主情分上，这才下诏赦免宇文化及、宇文智及死罪。然后杨广并没流放宇文化及和宇文智及，只是将他们赐予其父宇文述府上为奴，实际上是把两个犯下死罪的儿子交给他们的父亲宇文述保护起来。

榆林之行，虽说出了宇文化及、宇文智及不养眼的插曲，但是宇文恺搭建容纳数千人的观风行殿，博得杨广欢心。随驾的一些大臣颇有微词。早在先帝朝，上至皇帝，下至臣工，几乎禁绝奢靡。此次杨广一路北巡，大耍奢靡。从先帝朝过来的老臣看不惯，接受不了。苏威委婉地劝谏过几次，杨广不听。太常卿高颎听说筑长城修驰道死了不少人，朝廷并没问责。于是高颎想起先帝惜民力、行俭朴的情形，生出忧患，禁不住地对太常丞李懿叹道："从前北周的天元帝因乐而丧命亡国，这前车之鉴不是离得太远，而皇上忘了个一干二净，蹈其覆辙，何以安国？"李懿附和道："也是的，高大人该要去御前进谏了。"高颎摇头，又叹道："早已谏阻过了，不听，也没办法。"随后高颎遇到太府卿何稠和观王杨雄，且把御前奏了等于白奏的话倾吐出来："启民何许人也，不过是边鄙一胡夷，高祖在位时，从没正眼看过启民。然皇上竟然以厚礼相赐，何求之？我大隋山川险易，启民了如指掌，就怕他反背良心，恐为后患。"何稠和杨雄没想到老臣高颎会说出此番言辞，惊得无言以对。

高颎的言辞，不经意传入裴蕴耳里。裴蕴一琢磨，高颎私下里大放厥词，其妄议大有攻讦天子和朝廷之意，不禁想起他召集三万乐户到东京，高颎为此奏过一本，幸好皇上没在意。至此裴蕴对高颎耿耿于怀，总在寻找机会反伐高颎。他拉上何稠等人去见杨广。何稠胆小，生怕惹祸上身，没等杨广开口，何稠一股脑儿把高颎的话倒了出来。裴蕴趁机奏道："高颎不忠，他肆无忌惮诽谤皇上和朝廷，此罪不问，天理难容！"何稠的奏言本就激怒杨广，裴蕴火上浇油，杨广脸色变得铁青，咬牙切齿道："拿下高颎！"

机会难得，裴蕴岂肯放过，一心就想除掉高颎，死咬高颎诽谤皇上和朝廷不放。太常丞李懿害怕隐瞒遭问罪，也把高颎对他讲的话抖了出来。接着有人抖出光禄大夫贺若弼也在背地里斥杨广宴请启民可汗过于奢侈。正在怒头上的杨广以诽谤朝政的罪名，下旨斩高颎和贺若弼；流放高颎的儿子们到边塞，贬贺若弼的妻女为官奴婢。苏威因牵涉其罪，也被免职赋闲。

# 第五章 大国韬略

## 1

魏晋南北朝的三百多年间,华夏通往西域之路几乎关闭。隋朝向西域重新开放大门,杨广早已派遣裴矩赴张掖营建互市,招揽西域诸国商人来隋朝经商。

裴矩不负重托,在张掖苦心经营,经常往来于张掖和武威之间,把互市建得有声有色。因对外开放不设限制,张掖互市的影响很快传遍万里西域,来张掖做买卖的胡商如潮水般涌来;隋朝商人不甘沉寂,也是如潮水般涌向张掖,与胡人做贸易。

来张掖的商人们生意做得热火朝天。裴矩也没闲着,揣摩到杨广有西征的意图,他广泛地结交西域胡人,留心搜集西域诸国情报。来张掖做买卖的共有四十四个国家。裴矩总是主动跟胡人往来,交谈的时候,裴矩以好奇心作幌子,引诱胡人讲述自己国家的风俗、地理、物产和典章,撰写了一部《西域图记》,又绘制出一幅西域地图。

裴矩回到京师,入朝觐见。杨广得到《西域图记》和西域地图,惊喜得几乎要失态,拍着裴矩肩膀,赞叹道:"好东西,难得的好东西!"当即赏赐裴矩五百段绢帛。

此时的杨广对《西域图记》和西域地图非常感兴趣,急着问裴矩:"这卷书和地图都记载了些啥?"

裴矩重点回答道："我朝赴西域诸国,可走三条道。北道走伊吾(今新疆哈密),经蒲类海(今新疆巴里坤湖),可至拂菻国(东罗马),最后到达里海(今地中海);中道走高昌(今新疆吐鲁番)、焉耆(今新疆焉耆)、龟兹(今新疆库车)、疏勒(今新疆疏勒),穿塔里木盆地,越过葱岭(今帕米尔高原),经过中亚,可到达波斯(今伊朗);南道从鄯善(今新疆若羌)出发,走于阗(今新疆和田)、西行越过葱岭,又经阿富汗、巴基斯坦,可至婆罗门(印度)。"

杨广紧盯着裴矩,又问:"通向西域诸国的三道,亦各有路吗?"

裴矩连忙点头道:"亦各有路。"

杨广开心地舒展眉头道:"朕还想知晓西域的地形地貌,山川河流。"

裴矩道:"臣已在《西域图记》里分别作了详尽介绍,一时难以说个透彻。"

杨广道:"朕会细研《西域图记》和西域地图的。"

接下来,裴矩透露了个令杨广更加感兴趣的情报。西域诸国都迫切盼望能成为大隋的藩属国,只因有吐谷浑人阻挡和遏制,他们不能来大隋朝贡。然而西域诸国的许多商人,已秘密捎来他们国王和酋长的书信,愿为大隋臣属。

听这话,杨广生气说:"吐谷浑的伏允可汗,一直与朕作对。"

裴矩接着说:"尽管张掖的互市来了许多胡商,仍有更多的胡商不敢来,害怕吐谷浑人……"

杨广问道:"他们为何害怕吐谷浑人?"

裴矩回答道:"吐谷浑人把持着张掖以西的河西走廊,胡商由此经过,时常遭遇吐谷浑人劫掠得血本无归。"

杨广沉默,脸色阴沉。

裴矩觉察到杨广痛恨吐谷浑人,无法用言语表达。他狠狠地奏道:"因河西走廊是西域诸国商人进入我朝的唯一通道,如果长期被吐谷浑人控制而行劫掠,西域商人一旦反复遭遇血本无归的下场,有谁还敢来我朝做买卖?恕臣直言,河西走廊这条唯一通达西域的丝路,早在汉代就被武帝刘彻收归于华夏版图。以此为据,皇上就可发兵,将河西走廊收归我华夏!"

此番话语正说到杨广心坎上,他激动得来回走动,突然站住道:"朕要收归的不仅仅是华夏失去的河西走廊,朕还要灭了吐谷浑,归于大隋版图!"

就在这时铁勒寇边,杨广派将军冯孝慈率军出敦煌驱逐铁勒人,因出师不利回返。铁勒人以为会有大股的隋军奔杀过来,吓得惶恐不安,只好派使者来隋朝请求归降。杨广怒在当头,正要严厉教训一顿铁勒来使,被裴矩劝住。

裴矩说:"皇上决计灭吐谷浑,以除河西走廊商路障碍,就不可与铁勒为敌。"

杨广说:"朕要是容忍铁勒,其他汗国都看在眼里,以为大隋好欺负。"

裴矩轻轻笑道:"说不准皇上发兵攻吐谷浑,用得上铁勒作个帮手。"

杨广的怒气稍稍平缓了些,问裴矩:"何以见得铁勒人可靠?"

裴矩又笑道:"此次铁勒人寇边,臣以为他们仅仅是获取蝇头小利,抢走我朝边民的牛羊马匹,或者抢走几个女人而已,而非疆土。如果皇上放他们一马,不加追究,兴许可以买活铁勒人的心。"

杨广觉有道理,说:"朕就接受铁勒来使归降吧。"

裴矩说:"据臣所知,铁勒跟吐谷浑面和心不和。皇上不妨派臣去趟铁勒,为攻吐谷浑提前作个准备。"

听裴矩进言,杨广心有所动说:"你去铁勒吧。"

裴矩说:"臣领旨。"

铁勒是驻扎在鄂尔浑河流域的游牧民族,是突厥的一支,属黑突厥,由契苾和薛延陀二部落组成。他们跟东、西突厥毫无瓜葛。此次入侵隋朝边境,契苾和薛延陀二部都参与了。

裴矩满载大量的绢帛首先进入契苾部的契苾歌楞可汗牙帐,他的到来令契苾歌楞可汗一阵惊惧,不知所措。

裴矩瞅着契苾歌楞惶恐的样子，冲他笑道："我不是来带走可汗的，是来慰问的。"

契苾歌楞定神打量，裴矩带来的随从不过百来人，不像是进攻打仗的样子。但契苾歌楞不信他率兵入侵隋朝，隋朝竟然会派使者来慰问他。以为有诈，他正色道："我已派使者去隋朝请罪归降了……"

裴矩道："正因可汗派使者入我大隋请罪归降，我大隋天子宽仁，不计前嫌，才派我来回访可汗的。"

契苾歌楞这才明白，冲他的侍从说："远方来了贵人，快去备酒！"

裴矩说："我顺便带来两车绢帛，是我朝天子赐予契苾歌楞可汗和薛延陀部落可汗每人一车，请卸货。"

一听隋朝天子不计前嫌，反而赐一车绢帛，契苾歌楞可汗感动得立马跪下，大谢隋朝皇恩。

裴矩倒显得平静，对契苾歌楞可汗说："你跟吐谷浑主伏允可汗做邻居得到过什么好处？只要你敢往伏允可汗的地盘上迈出一步，他不饶你，定会红了眼睛追杀过来。你跟大隋相邻为安就不一样了，大隋的天子不仅没计较你，反而赐你一车金贵的绢帛，你该懂得知恩报恩的道理了。"

裴矩句句说得契苾歌楞心服口服，他忏悔说："早知隋朝天子这般宽容仁慈，就不会随同薛延陀部做出遭天雷劈的事了。"

裴矩说："你看东突厥主启民可汗归附大隋天子，西突厥主泥撅处罗可汗就不敢随便欺负启民可汗了。往后，只要你归附大隋天子，就可得到保护，吐谷浑的伏允可汗就不敢来你部落抢人抢马匹和牛羊了。"

说罢，裴矩带着另一车绢帛去了薛延陀部。

## 2

开通通济渠和邗沟之后，杨广下诏发河北百余万民工开掘永济渠，这条运河引沁水南通黄河，自辉县至临清，顺卫河经天津至涿郡，全长二千多里。开凿永济渠，是杨广为备战高句丽而凿；在没有战事的时候，永济渠自然成为北方地区运输粮食和其他货物的重要航道。

紧接着隋朝的外事频繁,倭国、赤土、高昌派使者来大隋朝贡。杨广却把心事投入在了西域,准备将西域诸国收归大隋;然后如当年的汉武帝率雄师东征,收复高句丽为郡。

这时从铁勒回朝的裴矩也在加紧帮杨广谋划西域。他得到西突厥一个消息,进了宫,直朝杨广走了过来。

裴矩的步伐迈得有点儿疾,杨广老远瞅着了他。

待走近杨广,裴矩禀报说:"臣听说西突厥主泥撅处罗可汗思母,思得茶水不进。"

杨广说:"这匹难驯的野狼还有人性?"

裴矩说:"皇上打算先收复吐谷浑,恐怕西突厥插手添乱。泥撅处罗可汗此时思母,震慑敲打他是个契机,请皇上赶紧派人去趟西突厥。"

泥撅处罗的母亲向氏是隋朝的汉人,生下泥撅处罗之后不久回到了隋朝。向氏现在住在西京大兴,母子俩有许多年没相见,难怪泥撅处罗思母心切,到了不可自拔的地步。他的身体里虽说流着汉人的血液,但他狼性十足,一直没有诚心归附隋朝,时不时地唆使吐谷浑主伏允可汗越境来隋朝边地掠夺牲畜,是隋朝最大的心患,也是隋朝开放通往西域丝路的最大障碍。于是杨广听取裴矩进言,派遣朝谒者崔君肃携带诏书赴西突厥慰问。

崔君肃到来时,泥撅处罗可汗根本没把崔君肃放在眼里,样子十分傲慢。

崔君肃压着火气,倒显得平静,对泥撅处罗说:"大隋天子听说可汗思母,特派我送来诏书,以示慰问,请可汗接诏。"

泥撅处罗一动不动地坐着,不肯起身接诏。他说:"既然大隋天子知道我思念母亲,怎么没差你把我母亲带来?"

崔君肃再也忍受不了泥撅处罗的傲慢,严正说道:"可汗可以对他国的使者无礼相待,但不可以无礼相待隋国的使者。"

泥撅处罗依旧没把崔君肃放在眼里,他问:"为什么?"

崔君肃回答道:"可汗无视大隋天子慰问诏书,就是无视大隋的天子，当心大隋天子给可汗下道震怒诏。"

听到震怒诏，泥撅处罗生硬的态度软和了些。

崔君肃来西突厥的使命就是要震慑敲打泥撅处罗，碰到泥撅处罗傲慢相待，岂能容忍，恐吓道："东、西突厥原本是一个国家，只是后来东、西二部可汗每年举兵打仗，双方打了多年的仗，都不能消灭对方，原因是双方势均力敌。然而东突厥的启民可汗是多么的明智，亲率部落百万之众投奔我大隋，且是卑躬屈膝，甘愿对我大隋天子俯首称臣，其缘故正是对可汗好战的切齿之恨，又不能独自制伏可汗，只想凭借大国的兵力，共同消灭可汗您！"

此话一出口，泥撅处罗听蒙了。东突厥和西突厥反目为仇是事实，启民可汗归附隋朝也是事实，不由他不信。

崔君肃接着攻心恐吓说："我朝的文武百官都想接受启民可汗的请求，联军向可汗开战，灭掉可汗；只等我朝天子允许，就是可汗的末日。只是可汗的母亲向夫人害怕西突厥汗国灭亡，每天早晚守在皇宫门前，哭泣着伏地替儿子谢罪，哀求天子派人去西突厥召见可汗入朝归附。天子可怜向夫人，才派使者赴西突厥。现在可汗对大隋的使者如此的傲慢，使者回朝，如实禀报给天子，说向夫人一派胡言。结果向夫人将会以欺君之罪斩首于闹市，再将首级传示西域诸国。然后天子亲征，邀东突厥联盟发兵，来个左右夹击，可汗的西突厥汗国还会存在吗？"

有备而来的崔君肃放出一腔强硬话语，泥撅处罗好像给天雷劈了一下，倏地吓得发颤。

崔君肃不顾泥撅处罗吓成什么样子，越发强硬说道："我奉天子之命来可汗的牙帐传诏，可汗为何失礼不以恭敬之态接诏而震怒天子，落下丧失慈母的后果呢？为何吝惜说一句称臣的话，而使汗国社稷变成一片废墟呢？"

该说的狠话，崔君肃不留余地，句句让泥撅处罗听进耳里，都不是虚晃一枪。想到隋军和东突厥精骑攻打过来的情形，泥撅处罗不得不害怕了，离开坐席，如同抽掉筋骨似的，跟跟跄跄走向崔君肃，跪在地上叩拜接诏。

见傲慢的泥撅处罗趴在地上叩拜接诏的样子,崔君肃感到好笑,终没笑出来,暗骂泥撅处罗不识抬举。然后泥撅处罗判若两人,顺从多了。等崔君肃离开时,他派使者随同崔君肃赴大兴朝贡几百匹汗血宝马,以作谢罪之礼。

派崔君肃赴西突厥示强慑服泥撅处罗,正是杨广为扫除西域丝路障碍的妙计。无论是西域的陆地国家,还是东南海域诸国,只要不与大隋为敌,杨广都以开放包容的姿态相交融合。早在大业三年,倭国(今日本)派遣使者小野妹子携国书来隋朝,商谈倭国人要来隋朝学习佛教。杨广抓住这个对外交往的契机,差遣文林郎裴世清东渡到倭国,受到倭国隆重欢迎。倭国天皇派将军吉士雄率三十多艘大舰前往筑紫迎接裴世清。待裴世清被迎进倭国都城,倭国天皇和太子设宴盛情款待。

等裴世清从倭国回朝时,杨广想起赤土国继倭国之后来过使者朝贡示好,决定派人回访赤土国。

赤土(今马来半岛)在遥远的南海那边,隋朝使者必须渡海而去。杨广下诏募人,选定屯田主事常骏、虞部主事王君政等人蹈海远赴赤土,随船带去五千段名贵锦帛,赐与赤土国王。

大业四年(608)十月,常骏等人的船队驶入赤土,赤土国王赴海相迎,收下隋朝赐与的锦帛,回礼馈赠金芙蓉冠、龙脑香等特产。国王将书函用金箔封好,差遣王子那邪迦随常骏等人再次回访隋朝。

## 3

元德太子杨昭病逝后,隋炀帝杨广一直没册封皇储。大臣们进劝杨广立储,首选的便是皇次子齐王杨暕。齐王杨暕任雍州刺史、河南尹、开府仪同三司。杨广阅罢大臣们呈奏立储的折子,并没宣诏册立杨暕;但他对杨暕的宠爱与日加重,将东宫元德太子门下二万多名官兵全都划属齐王府。以示慎重辅佐齐王,杨广任命光禄少卿柳謇为齐王长史,对柳謇交待说:"齐王的德行和功绩都不错,只要你全心全意辅佐,就会得到荣华富贵;倘若齐王有什么过失,你难免会遭惩办。"柳謇喜忧参半地表态说:"臣愿肝脑涂地服侍齐王功德精进。"

皇三子杨杲还小,又是庶出,立储轮不到他。上下官吏便觉皇次子杨暕当立太子是迟早的事儿,开始放长线钓大鱼地巴结杨暕,上齐王府的车马络绎不绝,争抢着给杨暕抬轿子,抬得杨暕骄横恣肆起来。他手下一伙侍从尽量满足他的放纵,乔令则、库狄仲、陈智伟等人四处寻找歌伎美女投入齐王府,供杨暕淫乐,享乐完后一脚踢出齐王府;有时乔令则和库狄仲等人带兵前往陇西,抓住胡人施暴行,逼迫胡人交出马匹带回送进齐王府。

齐王杨暕的诸多劣迹,一直没人敢启奏御前,杨广自然蒙在鼓里。

日子久了,纸是包不住火的,齐王杨暕的骄奢淫逸传入杨广耳里,令杨广震惊。这无疑成为他难于言表的心病,是他没能当机立断册封杨暕为太子的原因。

这天杨广突然想起侍女柳氏。早些时候,杨广的姐姐乐平公主想将柳氏进献给杨广为妃,领着柳氏去见杨广,杨广见柳氏颇有姿色,并没动心娶柳氏为妃,一声不吭拂袖而去。直到今儿,杨广想起颇有姿色的柳氏,问乐平公主,乐平公主一时无以言对,支支吾吾搪塞过去。数天后,杨广才知齐王杨暕看上柳氏,乐平公主顺手将柳氏赐予杨暕;于是杨广发现杨暕贪恋美色,不禁想起美色倾国的古训,老不高兴起来。

谋划西域之事,杨广身心疲惫,想去轻松一下,起驾赴榆林狩猎,召齐王杨暕随行。父子俩驻跸汾阳宫。一大早儿,杨暕陪同父皇杨广来到猎场,放眼望去,是片茫无边际的荒野地。狩猎对杨暕来说是一次难得显现才能的机会,他不会放过,却暗自做了手脚。

等狩猎正式开始之后,杨广骑在马背上寻找猎物,始终不见天上飞的地上跑的禽兽。杨暕不断地放箭,捕获到麋鹿,这使杨广感到尴尬。直到太阳西坠时辰,杨广仍没捕获到猎物,而杨暕射杀的猎物快要堆成山丘。空手而归的杨广深感失尽颜面。之后杨广发现不对劲儿,来猎场之初,他令杨暕率领一千多名侍卫围猎,为何猎物不能围到他面前来?为何杨暕遇到猎物他不能遇到?一时恼怒,他咒骂围猎的侍卫,侍卫们不得不说出实话,正是齐王背地里给他们下令,尽量不让杨广射杀到猎物。杨广不再有狩猎的心情,下令回驾。

回到京师后,杨广对杨暕的怒气仍没消散,觉得杨暕如同小人般在他面前耍花招,日后立太子即皇帝位,耍起花招来,江山社稷定会乱套。于是杨广感到一阵阵的心凉,下令彻查齐王府,竟然查出见不得人的事儿来。

杨暕的元配王妃韦氏早已病逝,再立王妃须由皇上和皇后认可,然杨暕暗地里跟元妃的姐姐元氏私通,偷偷生下一女,并且元氏是位有夫之妇。接下来杨暕做了件令杨广盛怒的荒唐事,他派乔令则等人请相士入王府给众妃妾观相,看谁将来会是皇后;跟杨暕私通的元氏正好怀抱着女儿,那相士指着元氏说:"抱娃的这位贵不可言,将来会有凤冠入顶。"闻知此事,杨广勃然大怒,将齐王府侍卫乔令则等人斩首,元氏也被赐死。齐王府府僚一个不留被流放千里之外的边疆;齐王府长史柳謇阳奉阴违,被免职。

等处理完齐王府不称职的官吏,杨广来到齐王府,恶狠狠地教训杨暕说:"高祖一统华夏极不容易。朕继高祖大业,总是担心社稷有危而不安。而你所做之事,朕是看在失去太子,三子赵王杨杲还小的份上;不然,朕要你陈尸于闹市,昭示国家的法度!"杨暕吓得跪伏在地,发抖地哭泣谢罪。杨广恨铁不成钢,并没迁就杨暕,说了声你好自为之吧。拂袖离去。

至此杨暕给杨广落下不孝的印象。回到宫里,杨广不经意来到崇德殿的西院,此殿正是先帝杨坚居住过的地方,房舍和先帝所用之物简陋不堪,令杨广深感忧伤。他回过头来,对侍从说道:"朕目睹高祖生前奉行俭朴情形,恨不得在此修建一座享殿,召唤高祖在天之灵回返宫里安度。"触景生情的杨广随即下诏,天下父母可跟随做官的儿子赴任,颐养天年。

从齐王府回到大内的杨广心情异常复杂,想到他从前居晋王府时,也是犯有皇次子杨暕的过失,经常派侍卫到民间搜罗美女淫乐,来一拨,推出王府一拨,一直瞒着父皇和母后。直到即皇帝位,方知那等过度荒淫之事,正是亡国的隐患;诸如以前的北齐后主高纬、南陈后主陈叔宝,都是过度淫乐而亡国。由此杨广忆想早年他犯下的过失跟他的皇次子杨暕犯下的没二样，汗颜得不知如何惩处杨暕。

萧皇后生皇长子杨昭、皇次子杨暕。皇长子杨昭早逝，就剩下皇次子杨暕为嫡出，此儿便是萧皇后唯一的希望。萧皇后得知杨广去齐王府，便觉齐王不会有好果子吃，担心得不得了。

等杨广回到寝宫，萧皇后迎了上来，自然要为齐王保驾。

没等杨广开口，萧皇后先开口说道："皇上从齐王府回宫了。"

杨广没吭声，面色难看。

萧皇后赔笑道："齐王虽有过失，臣妾以为生在帝王家的齐王所犯过失已是司空见惯，请皇上没必要紧追不放了。兴许齐王得此教训，自然会改过自新。"

杨广这才开口，正色道："朕之所以欲立此儿为太子而未立，是因为此儿一直令朕放心不下。"

萧皇后道："皇上生三子，只有皇次子和皇三子了，然皇三子年幼不谙人事，岂可立？"

杨广道："次子不孝，榆林狩猎时不孝，试想一个连生父都不行孝的儿子将来君临天下，成为人间君父，怎么能孝对天下父母？"

萧皇后瞅着杨广，眼神里透露出祈求杨广放了齐王一马的愿望。

杨广似乎看懂萧皇后的眼神，忧虑地叹道："此儿宠元氏，元氏何许人也，一民间下贱人妇，此儿竟然偷偷跟元氏生有一女。更过分的是此儿背着朕，召江湖相士入王府给众妃妾看相，看谁的命好将来是皇后，那江湖相士看的是元氏将来要做皇后。真是无法无天，拿了社稷当儿戏。"

这时萧皇后意识到了齐王杨暕犯下的不是小过失，若继续劝谏，会惹杨广生怒，暂且罢了。

数天之后，西边传来谍报，吐谷浑有异动，正在边境屯兵，大有寇边的迹象。杨广暗自一怔，说道："边鄙吐谷浑，真不知天有多高地有多厚。"

这时黄门侍郎裴矩也知道了吐谷浑屯兵边塞的消息，朝杨广走了过来，催请杨广下令出兵吐谷浑。

杨广不慌不忙地问道:"吐谷浑在边地屯兵多少?"

裴矩回答说:"听说屯兵数万人。"

杨广冷笑一声道:"以前朕没个理由灭掉吐谷浑,现在他们想越过边境打家劫舍,正好给朕灭掉他们的理由。"

4

隋朝的丝绸、茶叶、瓷器、食盐等诸多特产源源不断地销往西域;西域的香料、地毯、银器、珠宝等诸多物品也是源源不断地传入隋朝。然而西域胡商行走河西丝路,遭遇吐谷浑人可谓防不胜防;吐谷浑人的马队来无影去无踪,胡商在河西丝路上避开他们全靠运气。

杨广闻知西域胡商在河西丝路上的遭遇,召心腹谋划攻打吐谷浑。众心腹七嘴八舌,痛斥吐谷浑人拦路行劫,妄图切断西域通往隋朝的商路,催促杨广尽快发兵,攻打吐谷浑。

只有宇文述提出异议,进言说:"皇上攻吐谷浑,不如先攻下伊吾。"

杨广不解地问道:"为什么?"

宇文述说:"伊吾之地,正是西域诸国进入华夏的咽喉,如果哪天这咽喉被吐谷浑人扼守住,远方的西域人就不便来我大隋了。"

杨广倏地被宇文述点醒。

宇文述接着说道:"伊吾之地,曾经是东汉与匈奴争取西域的要冲,两强为争夺伊吾控制西域,不知血战过多少回合。倘若皇上出兵先吞并伊吾,在此修筑城池投下驻军,对吐谷浑形成夹击之势,他们还敢设卡挡道吗?"

杨广采纳宇文述的进言,改变主意先攻打伊吾;诏令薛世雄为玉门道行军大将军,率师借道东突厥。薛世雄事先约好东突厥启民可汗组成盟军直赴伊吾。此时启民可汗病卧在胡榻上,不能成行。薛世雄只好孤军出征。

隋军此次西行是一次远征。薛世雄在行军路上对众部下传令,皇上要的是伊吾地盘,诸位随我攻进伊吾,不可对百姓大开杀戒,违者当斩!

将士们前行多日,遇到一眼望不到尽头的沙漠。不知这沙漠到底有多遥远,随便穿越可不是闹着玩儿,若在沙漠里找不到水源,不知要渴死多少马匹和士兵。薛世雄下令将士补足饮水和粮草后再前行。在沙漠里穿行数日,才见远方胡人撑起的帐篷和散放的羊群。这时薛世雄和部下才知距伊吾城越来越近了。

远望伊吾城那边毫无动静,薛世雄明白伊吾人根本没觉察到隋军的到来,正好给了薛世雄一个突然袭击的大好机会。他一阵兴奋,当即下令将士们催马狂奔,攻进伊吾城,打伊吾人个措手不及。

一万多匹烈马驮着血性膨胀的莽汉,如沙尘暴似的快速卷向伊吾城。大意的伊吾人只是听说隋军要来攻城,以为是传说,都没在意。当他们发现隋军雄健的马蹄直朝伊吾城奔来,万分惊恐,正要反击时,来不及了,隋军的马蹄又如滔滔洪水涌进城来。伊吾人顿时一片大乱,乱成群龙无首的局面;面对马背上隋军手里挥舞的锋利刀刃,稍作抵抗就会人头落地,只好投降。

薛世雄没费多大劲,轻轻松松收复了伊吾。

伊吾人以为隋军是来抢夺珍宝的,等得手后会自然离开。他们想错了。薛世雄和他的麾下自从占领伊吾城,并没要一丝一毫的珍宝,他们要的是比珍宝不知贵重多少倍的整个伊吾国。他们不走了,开始在伊吾驻军。

杨广没料薛世雄率军平定伊吾竟是如此地神速,异常高兴,下令薛世雄在伊吾城的东边筑建新城,又派裴矩来伊吾协助谋划。伊吾旧城,始建于汉朝,经历数百年风雨消蚀,已是破败不堪。隋军建的新城,自然取代了汉时旧城。伊吾人见一座新城拔地而起,内心甚为复杂。裴矩告诉伊吾人,隋朝的天子认为和你们往来做交易,相距太遥远,所以派人修建了这座新城,你们与隋朝商人互市做买卖,不需远行赴隋朝了。伊吾人这才明白隋朝人建新城的用意,觉得是件好事。

新城的建成,使得隋朝完全掌控了伊吾。薛世雄和裴矩回朝时,留下银青光禄大夫王威领兵戍守。

伊吾并归隋朝的消息很快传遍周边的其他国家。高昌国王麴伯雅意识到了隋炀帝有可能要把下一个并归的目标指向他的国家,他若反抗,是鸡蛋碰石头,必定遭隋军屠城,血洗高昌。麹伯雅提心吊胆害怕起来,心想到那时与其反抗,不如现在亲近隋朝,保全高昌官民性命。于是麹伯雅起驾亲赴隋朝,主动要求隋炀帝派兵接管高昌。突然从天上掉下一块肥肉,隋炀帝异常高兴,提出跟高昌和亲,让麹伯雅娶隋朝宗室女华容公主。这麹伯雅得了隋朝的小美人,乐不思蜀,在西京大兴住了些日子,才回返高昌。

## 第六章 开疆拓土

### 1

大业五年(公元609年)春正月,杨广下诏东京改称东都。他从东都起驾,回返西京。不久之后,东突厥启民可汗病逝,由其子咄吉世继承汗位,是为始毕可汗。自开皇十九年启民可汗归附隋朝至今,为隋朝大统作出贡献,杨广以示哀悼,废朝三天。紧接着杨广准备御驾西征,收复吐谷浑;然后邀请西域国王、酋长、使臣和商贾来张掖,参加万国博览会,顿时引发朝野震惊。百官上疏,谏阻杨广西巡,理由是皇帝西征不仅路途遥远,而且途中险恶不可预知,就连盛极天下的秦皇汉武,也没足踏西域。杨广不听劝谏,一意西巡。

老臣牛弘力劝道:"当年开疆拓土,霸业雄踞天下的汉代武帝刘彻,力图征服西域,也是御驾西巡,至黄河岸边,只是朝黄河西岸遥望了会儿,知难而退,回驾京师。皇上征服西域,可以发兵西域,何必要御驾西巡呢?"

杨广朝牛弘笑道:"汉代武帝西巡至黄河岸边回驾,正是他把御驾西征的机会让给了朕,朕怎可拒绝?朕决意西征,收复汉末失地,重归华夏版图,有何畏惧路途之险?"

西征攻打吐谷浑已成杨广不可动摇的行程。大臣们奈何不了,只得顺从。

吐谷浑原是辽东鲜卑族慕容部的一支。早年因部落内部出现分歧，埋下隐患。待到慕容涉归死后，他的儿子慕容廆继为单于，与兄弟慕容吐谷浑决裂；于是慕容吐谷浑选择离开辽东，率领部落万众西迁至上陇，在隋朝西边的祁连山与黄河上游谷地建立吐谷浑汗国。

吐谷浑与隋朝抗衡由来已久，早在隋开皇年间，隋高祖杨坚只是把时间和精力花在了离间和制伏突厥，使得吐谷浑有了养精蓄锐的机会做强做大。逐渐强大起来的吐谷浑一直没泯灭对隋朝的野心，多次发兵侵袭隋朝，越境骚扰隋朝边塞，掠夺牲畜；有次吐谷浑来犯激怒隋高祖杨坚下格杀令，差遣大将军贺娄子干率五州的将士出击，追寇进入吐谷浑，见人就杀，一直追杀到吐谷浑的都邑伏俟城，不知格杀了多少人。

此次隋朝收复吐谷浑，几乎是不惜一切代价。闻知吐谷浑屯兵边塞，杨广召黄门侍郎裴矩到殿。

杨广吩咐说："朕派你再去趟铁勒，游说铁勒参战，攻打吐谷浑；再约伊吾和高昌，让吐谷浑四面受困。"

裴矩为之一振，当即领旨。

因裴矩非常熟悉西域诸国的地理地貌，杨广没让裴矩告退，留下裴矩商讨平定吐谷浑的战事。在这之前，杨广反复研究过了裴矩绘制的西域地图，从地图上看吐谷浑的地理分布，是东西狭长，南北狭窄。他告诉裴矩："铁勒的地理位置处于吐谷浑的西部。吐谷浑正在汗国的东南部大量屯兵，时刻准备进攻我朝，可想近邻铁勒的吐谷浑西部会是一片虚空，若铁勒突然出兵攻打吐谷浑虚空的西部疆域，吐谷浑压在东南部的重兵将会火速撤军去救西部。这时朕下令出兵，尾随其后，攻打吐谷浑，让吐谷浑军遭遇东西夹击，必败无疑。"裴矩听罢杨广论战，却仍有疑虑。

裴矩说："我友邦东突厥在吐谷浑的东北部，但凡出手，可对吐谷浑形成腰斩，皇上为何不让东突厥出兵？"

杨广说："朕担心西突厥插手添乱。"

裴矩不解地问道："战争一旦爆发，难道西突厥不怕惹火烧身？"

杨广说："东、西突厥不和。且西突厥又跟吐谷浑关系暧昧。让东突厥出兵，恐怕西突厥坐不住，会出手救援吐谷浑；只有东突厥按兵不动,西突厥才会老实本分。"

裴矩这才明白。

杨广接着说道:"此次朕平定的是吐谷浑,而不是西突厥;只要西突厥按兵不动,平定吐谷浑之战会很快结束。你去了铁勒,告诉铁勒人,参战击败吐谷浑,除了大隋的疆土不能赏赐,他们想要什么,大隋的天子都能满足他们。"

待裴矩赴铁勒之后,杨广迅速发兵数万至伊吾和高昌驻防,对吐谷浑形成东西合围的夹击之势。然后杨广派内史侍郎虞世基出使西突厥,对虞世基交待,你到了西突厥,明确告诉泥撅处罗可汗,吐谷浑的伏允可汗不知世道深浅,大军压境,准备入侵隋朝。隋朝天子应战,打的是伏允;如果泥撅处罗插进来浑水摸鱼,隋朝天子决不手软,一起打灭。杨广的此番狠话让虞世基传给西突厥,就是警告泥撅处罗不要轻举妄动。

虞世基来到西突厥。西突厥泥撅处罗可汗刚刚获悉隋朝跟吐谷浑有大的战事发生。虞世基的突然来访,令泥撅处罗迷惑不解。早前泥撅处罗思念身处隋朝西京的母亲向氏,隋炀帝派遣朝谒者崔君肃来西突厥传递过慰问诏。此时正逢隋朝跟吐谷浑开战,泥撅处罗暗猜虞世基到来又有何种目的。

虞世基也没拐弯抹角,且是开门见山地向泥撅处罗传达了隋朝天子的口谕,然后郑重说道:"吐谷浑的伏允可汗已在边境屯下重兵,准备向隋朝开战,激怒我朝天子率百万雄师西征,灭掉吐谷浑。"

听这话,泥撅处罗大惊:"灭掉吐谷浑,并归大隋?"

虞世基点头,毫不含糊地说:"正是。"

泥撅处罗一时无语,紧绷着脸看着虞世基。

虞世基也看着泥撅处罗,放出狠话施压道:"我朝天子已邀东突厥、铁勒、高昌和伊吾组成联军,对吐谷浑形成合围之势,只等我朝天子下令,就是吐谷浑覆灭之日。"

泥撅处罗不安起来,附和虞世基说:"伏允可汗也是自不量力,何必要在边境屯兵,给自己找麻烦?"

虞世基最终抛出震慑泥撅处罗的狠话:"我朝天子差我来传诏,就是奉劝可汗不要卷入这场战事,如若不听劝告,将会震怒我朝天子亲率联军出征,一起灭掉吐谷浑和西突厥。请可汗掂量掂量利弊,好自为之。"

泥撅处罗的眼皮不断地颤动,耷拉着头,吓得声腔低低的,表态说:"请虞大人回朝替我禀报天子,既然东突厥、铁勒、高昌、伊吾等汗国都归附大隋称臣了,我西突厥岂敢有违天子之命,去插手管吐谷浑的闲事?不敢,绝对不敢!"

## 2

华夏盛产的丝绸正式远销西域始于西汉,这条遥望不到尽头的丝路是西汉武帝派遣张骞开辟的。直到魏晋南北朝的三百多年间,因华夏分裂,通往西域的丝路被割据关闭。杨广以汉武帝为楷模,决心重启华夏通往西域的丝绸商路,其狭长千里之遥的河西走廊正是一段咽喉通道,为吐谷浑所据。只有平定吐谷浑,丝绸商路方可畅通无阻。

大业五年(公元609年)三月,杨广率十万大军御驾西征,堪称帝王史上仅有的一次西域壮行。此次西征,杨广算计到了路途上会遇到意想不到的艰难险阻,担心随行大臣和将士萌发畏惧而生退缩之心,他身先士卒,令皇后、皇子、众嫔妃及皇室至亲随行,就连他的姐姐乐平公主杨丽华也应邀随行。这乐平公主可不是一般的皇家女,曾是北周的皇太后,有着万人之上的至高身份,只是父亲杨坚废周立隋时,才将她皇太后的身份降敕为乐平公主。

此次皇帝举家西征,可不是摆弄姿态作秀给人看,而是明知辽远的前方有艰险,带着家人至亲越往艰险行。随行的大臣和将士,没有谁的身家性命贵过皇帝家的人,都心悦诚服地跟随。

皇帝车驾带着庞大的随从离开西京大兴,西巡至河右,在扶风郡杨家故园祖宅祭祀。四月,车驾出临津关时,杨广眺望茫茫旷野上的农舍和田地上耕作的农人,想起西行之路距皇宫越来越遥远,对身边的礼部侍郎蔡徵感叹道:"自古天子有巡狩之礼,而往昔江东南朝的皇帝们多爱脂粉,垂青于深宫,不往乡野与百姓相见,这是什么道理?"蔡徵回答道:"这是他们王朝不能长久的原因。"杨广道:"言之有理。"蔡徵道:"皇上不忘百姓,时常出宫巡幸四方,知百姓疾苦,方可施良策治理天下。"杨广指着远处耕作的农人道:"朕不出深宫,就不知农人面朝黄土背朝天的滋味。"

车驾渡过黄河,到达西平郡(今青海乐都)。杨广开始调令部队,排兵布阵,讲习动武之事,准备进攻吐谷浑。

正在边境屯兵的吐谷浑一直监视着隋朝的动静。就在伏允可汗准备下令出兵踏过边境之际,一连串的坏消息传入他耳里,他先是听说隋朝派数万精骑借道东突厥,驻防在伊吾和高昌,然后听说东突厥边地有异动,再然后又听说铁勒要跟隋朝联军攻打过来,消息真真假假,一时难以判断准确。但伏允不得不谨慎起来,万一消息成真,他将面临多面受敌的困境。于是伏允召他儿子慕容顺,吩咐慕容顺赶紧去趟西突厥。

慕容顺说:"眼下正是攻打隋朝的紧要关头,父汗派我去西突厥,有何意义?"

伏允心情沉闷说道:"听说隋朝已跟伊吾、高昌和铁勒组成联盟;我方势单力薄,派你去西突厥,游说泥撅处罗可汗与我们组成联盟。"

明白父汗的话,慕容顺骑上快马直奔西突厥。他的到来,西突厥主泥撅处罗并不感到意外。自从隋朝使者虞世基来过之后,泥撅处罗一直在静观隋朝与吐谷浑的局势,感觉吐谷浑会派使者来,没料伏允派来的竟是他的儿子,意识到了伏允没开战就有些支撑不住了。

没等慕容顺开口,泥撅处罗试探道:"此时正是你父汗伏允要跟隋朝交兵的时候,指挥作战正缺人手,你哪有工夫从大老远跑来,有何事这么急切?"

慕容顺直言回道:"我父汗差我来,请可汗看在往昔两国的交情上,伸出援手与我父汗联军……"

没等慕容顺说完,泥撅处罗仰天笑道:"你父汗的胃口真大,是想吞下大隋?"

问得慕容顺倏地怔住。

在这之前,泥撅处罗答应过隋朝使者虞世基,又想到此次隋朝和吐谷浑将要爆发的战争,绝非以往小打小闹,权衡利弊后对慕容顺说:"我跟你父汗联军,打赢隋朝能得到什么好处?万一输了,或者你父汗全盘输光,留下我替你父汗背黑锅,成为隋朝的宿敌,到那时谁来替我解围?"

泥撅处罗明确地回绝了慕容顺,然后劝导说:"你快回吧,劝你父汗改弦易辙还来得及。"

泥撅处罗没有商量的余地是慕容顺丝毫没料到的,他不甘心,继续争取道:"只要可汗愿与我父汗联军,相信两国的精兵铁骑一定能拿下大隋的半壁江山,到那时,我父汗定会与可汗平分地盘。"

泥撅处罗又是一阵仰天大笑道:"你这毛头小子可以胸怀大志,但不可以不问青红皂白拿了鸡蛋碰石头!"

慕容顺任着性子说道:"战事都架上去了,怎能拆除得了?"

泥撅处罗似乎没了耐心,厉声道:"你父汗的四周都是对手,你父汗都成孤家寡人了,你父汗这个仗还能开打吗?你快回去劝你父汗撤军,派人去隋朝求和,平息事端;不听,你们去打吧,打个天旋地转也行!"

说罢,泥撅处罗转身离去,把个慕容顺晾在了一边。

慕容顺十分沮丧地回到吐谷浑,见父亲伏允后没一句话,只是摇头又摇头。

## 3

伏允见儿子慕容顺灰头土脸地回来,不说话直摇头,明白泥撅处罗不肯联军,生气地大骂泥撅处罗绝情。他骂够了,慕容顺才开口:"您别骂了,别骂泥撅处罗不讲交情了,如果换成是您,也会像泥撅处罗一样。"

伏允问:"为什么?"

慕容顺回答说:"父汗的周边都是敌人,父汗都快成孤家寡人了,泥撅处罗不会为了父汗去得罪周边,所以咱们跟隋朝的仗打不起了。"

听这话,伏允倏地心凉了半截。

随后伏允获悉隋朝天子御驾西征,把皇家至亲都带上了,摆出的架势是要跟吐谷浑血拼到底,伏允的底气就在这时全然垮下。没办法只好求和,派儿子慕容顺赴隋朝朝贡求和。

从西突厥回来的慕容顺已是垂头丧气。此刻又要远行赴隋朝,向敌对的隋朝天子低三下四地朝贡求和,他的心情糟透了,就有几分怨父汗惹是生非。为了汗国,他又不能拒绝父汗的指令,只好带了若干随从和贡品上路。越过边境,方知隋朝天子在拔延山围猎,慕容顺急追到拔延山,扑了个空,继续追到长宁谷,才追上隋朝天子车驾。

就在杨广车驾准备翻越星岭时,慕容顺出现了。

杨广霸气十足朝慕容顺瞪眼,问道:"你就是伏允的儿子顺?"

慕容顺垂首回道:"正是。"

霸气的杨广突然提高了声音:"朕西征,要灭的是伏允,这个伏允怎么把儿子顺送给朕,是想试探朕有没有胆量扣下他的儿子?朕当即扣下!"

慕容顺吓得发抖,连忙跪下:"我是来朝贡求和的……"

杨广吼道:"大隋物产丰盛,不缺你的丝丝朝贡之礼。吐谷浑都兵临边地了,一个劲儿挑战朕,你来求什么和?"

慕容顺仍在发抖说:"我汗国正在撤军,请陛下息怒。"

杨广更加怒道:"拿下,不得让顺回返!"

话音一落,几个近侍急奔过来,架住慕容顺不得动弹。

杨广扬了下手说:"朕就等伏允来领回儿子。"

就在杨广扣下慕容顺的当儿,黄门侍郎裴矩来到铁勒,直奔契苾歌楞可汗牙帐。早前的时候,因铁勒寇边,杨广派裴矩来铁勒安抚,赐给一车绢帛给契苾歌楞可汗,此番宽仁相待,令契苾歌楞深受感动。这次裴矩到来,又给契苾歌楞带来一车绢帛。隋朝产的绢帛贵重如黄金,是西域贵族们梦寐以求的稀世珍品,裴矩代表隋朝天子出手大方,表明契苾歌楞在隋朝天子心中的地位高过其他汗国的可汗,这使契苾歌楞格外地感到荣耀。

但是裴矩来铁勒赏赐丝绸不是不求回报,开始凭借巧舌游说契苾歌楞出兵攻打吐谷浑。他明确抛出来意,契苾歌楞一番权衡并没随即接

71

受,心想裴矩用一车丝绸的代价换取他率军去攻打吐谷浑,是不是太便宜了。裴矩不达目的不肯罢休,继续游说铁勒出兵攻打吐谷浑。

契苾歌楞说:"周边西域的汗国,东突厥是很强盛的,几代的可汗都与隋朝天子交好如亲兄弟,隋朝怎么忘了约东突厥出兵呢?"

裴矩回答说:"东、西突厥不和,人所共知,如果我朝约东突厥先出兵,西突厥一定会参战支援吐谷浑,是我朝不愿看到的。"

契苾歌楞不便干脆推辞,低下头说:"让我想想。"

裴矩觉察出契苾歌楞心有所动,趁热打铁说:"可汗有什么好想的?今日伏允生野心,敢对我朝动手,虽说他是自不量力痴心妄想;可他明日敢对铁勒动手,试图称霸西域。可汗为何不在这关键时刻与我朝联军,一起灭掉伏允呢?只有灭了伏允,可汗无忧于后患。"

契苾歌楞突然抬头,看着了裴矩:"我先出兵,大隋的天子如何增援?"

裴矩坚定说道:"大隋永远是铁勒最可信赖的后盾。只要可汗先出兵,御驾西征的我朝天子紧接着发兵攻进吐谷浑,快速来个东西夹击,到那时,伊吾、高昌同时发兵合围,伏允不亡,谁亡?"

## 4

权衡不定的契苾歌楞想到吐谷浑主伏允的确有称霸西域的野心,若放纵伏允,必然会做强做大,是契苾歌楞不愿看到的。于是契苾歌楞最终决定与大隋联手,趁此时机依靠大隋的力量,灭掉伏允,答应裴矩出兵吐谷浑。

这会儿,吐谷浑的伏允可汗正把精力投入在了应对东南的隋朝,毫没防备西部的铁勒。他派儿子慕容顺赶赴隋朝朝贡求和,求来的是隋朝皇帝不买账,竟然拿他儿子慕容顺当人质扣押了,预示着隋朝讲和的大门关闭。伏允万分气恼而又无可奈何,只有跟隋朝决一死战。没等伏允来得及下令攻打隋朝,铁勒的契苾歌楞可汗率领十万精骑闯入吐谷浑虚空的后院,直接杀向都邑伏俟城。铁勒精骑来得太快太猛,镇守伏俟城的吐谷浑士兵没来得及关上城门,铁勒精骑如溃堤洪水涌进城来,杀得守城将士措手不及。

由于应对隋朝大兵压境,伏允将主力重兵派往了东南部,导致京师伏俟城虚空,使得铁勒精骑攻下伏俟城没费多大的劲儿。这时城里男人大多赴往与隋朝接壤的边地,留在城里的尽是女人;鲁莽的铁勒汉子开始对女人产生兴趣,到处抢女人用作发泄工具。

伏俟城被铁勒人攻破时,伏允可汗就在伏俟城里,当他知道铁勒军队攻进城来的消息,大惊失色,携带弓箭正要上马指挥守城将士反击,被侍卫拦住。侍卫们告诉伏允,说铁勒精骑来的太多,守城将士太少,不足以击败来犯的铁勒人。伏允想到儿子慕容顺被隋朝当作人质扣留,眼下又遭铁勒侵袭,盛怒难忍,一口恶气难咽,使劲推开阻拦他的侍卫。但是侍卫们也使出力气拉住他。一个侍卫阻拦急了,口无遮拦对伏允说:"可汗带兵去迎战铁勒人,是送死!"听到一个"死"字,伏允才冷静下来。这时有混乱的马蹄声传来,伏允明白传来的马蹄声意味着什么,他眼里涌出泪花,对众侍卫说:"诸位快随我离开伏俟城吧。"

驮着伏允和众侍卫的马群逃离伏俟城后,背向铁勒人,直朝东边飞驰而去。待铁勒人来到伏允的牙帐时,扑了个空。

当铁勒人的马蹄叩响吐谷浑的大地时,杨广当即下令观王杨雄率军出浇河郡(今青海省贵德),许国公宇文述出西平郡(今青海省乐都),围堵出逃伏俟城的伏允。因都城沦陷,伏允可汗处于被铁勒人追击,又遇隋军阻击的逃亡路上。杨广掐住吐谷浑军心大乱之际,令内史元寿南屯金山(今托来山),兵部尚书段文振北屯雪山(今祁连山),太仆卿杨义臣东屯琵琶峡(今甘肃张掖西南),大将军张寿西屯泥岭(今大通河上游),从四面合围吐谷浑。

礼部尚书杨玄感应征随驾。见杨广没授命他领兵出征,便觉立功的机会与他无缘,只好对兵部尚书段文振请战说:"我家世代承蒙朝廷恩惠,得到的宠爱令其他臣工羡慕,此次如不立功于边塞,何以对得起浩大皇恩?我要策马出征,请主管兵马的段公替我转禀皇上。"兵部尚书段文振立马把杨玄感的请战转禀杨广,杨广非常高兴,当即夸赞杨玄感说:

"将门必出将帅,相门必出相国,此言一点不假。"即兴赐杨玄感缣彩千段。在这平定吐谷浑的关键时刻,杨玄感巧施心术,真正想要的不是临阵疆场夺取战功,而是抢在他人之先表态,博取杨广对他的好感和信任,以便得到更多机会参与朝政。

几路隋军奉旨急速挺进河西走廊,进入吐谷浑。吐谷浑主伏允可汗被追击得无法指挥大部队迎战,只好率部分将士退守覆袁川。隋朝四个方面的军队擒贼先擒王,直朝覆袁川围剿过来。

伏允可汗已被逼到了无路可去的绝境,他巧施金蝉脱壳计,用了个替身诈降。那替身乔装一番,带了一群人马直朝隋军走来,替身冒充伏允,让隋军麻痹了,使伏允趁机脱逃,逃至车我真山。杨广令右屯卫大将军张定和去抓伏允。张定和率军来到车我真山,将整座山围了个水泄不通。伏允和随从正藏在山上的林子里,看山下动静且是一目了然。随从们看到山下都是黑压压的隋军,惶恐不安没了主张。九死一生的伏允倒显得格外镇定,说咱们居高临下,有什么可怕的?大不了杀几个隋军抵上一条性命。

这时隋军主将张定和朝山上攻心喊话,劝伏允投降,归附大隋,争取获得天子赦免。这样的套路伏允经历得太多,不会当真,吩咐随从说:"隋军朝山上叫嚷,咱们不应,他们会失去耐心派人到山上来的。诸位放出一条上山的路,然后在左右两边伏击。隋军一旦遇到伏击,定会恐慌大乱,正好给了咱们逃生的机会。"山上静悄悄的没有回应。张定和和部下继续朝山上喊话。没多会儿,天色开始发暗,从山上传来回话:"咱们的可汗受伤,不能走下山去,请隋军主帅上山来,接可汗下山。"

山上终于传来回话。隋军主将张定和想到山上未曾射下一箭,以为伏允已是穷途末路,抓获伏允不会出现一波三折,约副将柳武建上山。柳武建心存疑惑,说山上的林子看上去静得异常,好像不太正常,会不会有诈?张定和不以为然,说山上藏一走投无路的穷寇,能使出什么诈来?柳武建说还是小心点儿。张定和说山下全是我们的人,伏允已是插翅难飞了,他胆敢动手,便是他的死期。你尽管随我上山抓人吧。登山是桩费劲的事儿,张定和脱下沉重的铠甲轻装登山;待他登到大半山腰时,一支冷箭从树干的缝隙间嗖嗖飞来,直接射进没穿铠甲的张定和胸膛,他当即倒地身亡。这突如其来的一支冷箭,引发雨丝般的乱箭从树干的缝隙间飘来,射得上山的隋军猝不及防。隋军果然恐慌大乱起来。副将柳武建赶紧差人将主将张定和的遗体抬下山,然后他接替张定和指挥作战,虽说斩杀了数百吐谷浑人,但伏允施计得逞,趁着夜色掩护,在大乱的隋军眼皮底下逃走了。

伏允被隋军追击得不知去向。吐谷浑仙头王也被隋军追击得走投无路,心想伏允可汗被隋军追击在逃亡路上,且是生死不明又联系不上,便觉吐谷浑汗国大势已去,若继续让隋军追杀下去,到最后,他手下十余万人有可能被隋军一个不留地坑杀掉。仙头王不想看到遭坑杀的惨状,干脆率领众部下向隋军投降,留下一条活路。

十余万吐谷浑人主动向隋军投降,几乎在顷刻间摧垮吐谷浑人的士气。处于逃亡路上的伏允获知仙头王率众麾下投降隋军,再也支撑不住,派出使者向隋军请降。隋朝许国公宇文述接到伏允的请降书,急忙前往临羌城(今青海省湟源东南),接受伏允归降,没料伏允改变主意,耍了宇文述,待宇文述赶到临羌城时,伏允早已离开。宇文述领兵沿着伏允的逃路朝西追去,追到曼头城(今青海省兴海北),又追到赤水城(兴海东南),斩杀三千多吐谷浑军,俘获王公贵族二百多人。然伏允再次逃脱,奔向雪山,逃到了遥远的党项部落。他管辖的地域东西四千里,南北二千里,全被隋朝收入版图。

# 第七章　万国博览

## 1

平定吐谷浑,杨广兴奋得彻夜难眠。

就在隋军欢庆收复吐谷浑之际,西突厥酋长射匮派来使者朝见。杨广想起平定吐谷浑之初,特派御史韦节赴西突厥邀请泥撅处罗可汗来张掖参加万国博览会,遭泥撅处罗拒绝,令他很不高兴。这会儿却来了西突厥酋长射匮的使者,听说是来帮射匮求婚的,杨广顿时生怒,就想把一肚子怒气发泄出来,让射匮的使者带回到西突厥去。他答应接受朝见。

射匮的使者帮射匮求娶的是隋朝的公主。杨广不忘傲慢的泥撅处罗,对射匮的使者生气说:"早些时候,朕数次派使者赴西突厥安抚泥撅处罗可汗,又邀他来张掖参加万国博览会,他孤傲不来。现在你们跑来求婚,要朕下嫁公主去西突厥过牛马一般受苦受罪的日子,朕忍心吗?"杨广婉言拒绝。射匮的来使纠缠着说道:"陛下不可拿射匮跟泥撅处罗相比,射匮是射匮,泥撅处罗是泥撅处罗。"杨广听蒙了,绷着脸问:"此话什么意思?"射匮的来使回道:"酋长射匮与隋朝和亲,是诚心愿与大隋血脉相连,百年相好。"

裴矩听出射匮来使话里有话。

之后裴矩对杨广奏道:"射匮跟泥撅处罗不和。"

杨广吃惊问道:"你是怎么知道的?"

裴矩说:"射匮派使者来我朝求和亲,求的是得到我朝的保护。"

杨广恍然大悟,点头说:"有道理。"

裴矩献计道:"当年高祖唯恐强大的突厥掠夺我朝疆域,听取长孙晟'远交而近攻,离强而合弱'之计,才将大突厥分裂成两虎相斗的东、西突厥。现在皇上可以利用射匮和亲之事施计,千万不可拒绝射匮的来使。"

杨广兴趣大增问道:"如何使计?快说。"

裴矩回道:"皇上平定吐谷浑,西突厥主泥撅处罗自以为是西域的最强者,所以皇上派使者召他来张掖参加万国博览会,他自视甚高不来,是对皇上示强。"

杨广再次点头说:"对,说得很对。"

裴矩接着说:"射匮可不是一般的酋长,他祖父达头可汗曾是称雄突厥的大可汗,在讲究高贵族系和世袭的突厥,射匮这一支的身份高过了泥撅处罗家的。可想射匮这一支在西突厥的影响力一定很大,只要皇上在背后支撑射匮跟泥撅处罗抗衡,一定会削弱泥撅处罗的强势。到那时,被削弱了的泥撅处罗,自然会乖乖地俯首跪膝在皇上脚尖下。"

这时射匮的使者以为杨广真的拒绝他们的请求,回去不好交差,只好暂住在了驿馆。没料裴矩突然闯入驿馆来,他是来传天子口谕的,说天子要在仁风殿召见西突厥来使。一听这话,射匮的来使为之一振,好像看到了希望,随裴矩来到仁风殿朝见。

杨广的态度来了个大转弯,竟然当着射匮的来使,夸射匮仁厚友善。

然后杨广言简意赅说道:"射匮家的世代都是突厥大可汗,到了射匮名下,被降为酋长,实为不公。朕打算扶持射匮成为西突厥大可汗,等他灭了不仁不义的泥撅处罗之后,再来求娶大隋公主,为时不晚。"

天子口谕此言,令射匮的来使震惊不已,以为听到了梦呓之语而不敢相信,发痴地看着杨广。

透过射匮来使震惊的表情,杨广明白他们的心情,接着说道:"君无戏言,你们回去,传旨射匮,起兵诛灭泥撅处罗刻不容缓。"

来使这才缓过神来,叩拜道:"大隋天子力助射匮酋长成为西突厥大可汗,皇恩浩荡!我等替射匮酋长大谢天子隆恩!"

杨广吩咐近侍取来一支桃竹白羽箭,递给射匮来使说:"这支箭是朕赐予射匮的。告诉他,哪天诛灭了泥撅处罗,他就是西突厥的大可汗了。"

## 2

杨广车驾离开吐谷浑,朝东驶去。早在西巡之前,杨广派大匠宇文恺到张掖建造行宫观风行殿,又令张掖和武威两郡官吏筹备万国博览会,只等他驾临张掖。

河西走廊长达二千里。张掖和武威地处河西走廊中段。数万随侍簇拥杨广车驾朝着湟水谷地西行,再沿长宁谷西北行驶,翻越达坂山,经门源和祁连山,最后穿越大斗拔谷,就可到达张掖。

从吐谷浑起驾的当儿,正逢初夏;待车驾行至河西走廊深处,已是六月盛夏了。

皇帝和数万侍从承受着酷暑天的折腾,不经意间进入大斗拔谷。这谷地处于常年积雪的祁连山脉附近,虽说不足百里,堪称河西走廊最难行的一段险道,其峡谷深邃,左右奇峰嶙峋,那崎岖的山路大都缠绕在悬崖边上。最令人难以招架的是气候反复无常。杨广的车驾进入大斗拔谷不久,气温骤降,下起暴雪。中原内地的雪下起来,会把天空和大地变得白净而又明亮,可这雪山附近的大斗拔谷的雪下起来就不一样,下得像密集的烟尘,又如巨大无比的瀑布从天而降,整个大斗拔谷昏天黑地、晦气茫茫。

谁也没料到这让人汗流浃背的大热天会下起雪来,下得令人猝不及防。杨广和数万侍从如同从酷热难耐的夏天一步迈进冰冷刺骨的寒冬。尤其是数万人都穿得单薄,找不到御寒的厚衣,又没地方躲避风雪,人人冻得直发抖。

随行官员只好围向杨广车驾商议对策。

杨广心急如焚,想不出应对风雪的办法,愁苦着脸说:"往后退挨冻,朝前走也挨冻,朕只能祈求上天尽快停止降雪,让日光照射这谷地。"

见杨广毫无办法,大臣们更无办法。

随后杨广问熟悉张掖地形的裴矩:"走完大斗拔谷还有多少里?"

裴矩回答说:"大概还有四十几里。"

杨广又问:"是不是越过大斗拔谷就是张掖了?"

裴矩点头说:"是的。"

杨广对众侍臣打气说:"最后的四十几里走起来,应该快了,等到了张掖,御寒就有办法了。"

一大队人马从战地吐谷浑走到大斗拔谷,走了一个多月,再坚持走完最后剩下的四十几里,就可到达终点,众人有了信心,都不情愿退出大斗拔谷。于是皇帝车驾引领数万侍从继续前行。

哪知越往前走,六月雪越下越猛,看不出停歇的兆头。那缠绕在崖壁上的崎岖山路已被积雪掩埋,一不小心踩空一脚,就会跌落悬崖粉身碎骨。人和马只能鱼贯而行,行得胆战心惊。大风吹在人身上,像刀子刮得生疼。这最后充满希望的四十几里路,走得实在是难熬,好像无法走到尽头。

走到天黑,大斗拔谷的尽头仿佛仍在遥远的天边。天黑之后不能再走了,就得在谷地宿营。杨广带出来的嫔妃和其他至亲,大多在风雪里走散,夹杂在了队伍里;黑夜里杨广想他们,想找回他们,却不知他们在何处。黑夜里的雪,好像下得小了点儿,然那风,在谷地发狂地吼,比鬼哭狼嚎还要吓人。

这一夜的人和马匹,如同撞进地狱鬼门关。熬到天亮时分,谷地里呈现一片可怖景象,不知冻死多少人和马,有的人和马死后被雪埋葬,只露出丁点儿身影,如秃石块样镶嵌在石缝里,冻得如石头一样坚硬,怎么使劲儿也拔不出来。

那些在极寒的谷地里活到天亮的人,不过是捡了枯木树枝点燃取暖才保住性命,可这谷地枯木残枝,一时供给不了数万人取暖。到天亮,才见遍地冻死的人和马匹。

见这可怖景象,杨广意识到还会有人接连冻死,心情沉重,对左右侍臣说:"反复无常的大斗拔谷极寒,将士们不可在此久留,赶快前行。"

虞世基说:"冻死的将士如何安葬?"

杨广说:"遍地都是冻死的将士,派人安葬,也会冻死谷地,等雪停后气温升起,再派人来安葬吧。"

这时宇文述跑来,禀告说:"前边的路,已被积雪封住。"

杨广说:"快点派人去探路。"

被困大斗拔谷,又冻死成千上万的人。礼部尚书杨玄感心有所动,不禁想起父亲杨素临终前病卧床榻的样子,埋在心里的隐恨难以言表。尤其是杨广对太医反复唠叨"杨素怎么还没死?";父亲杨素临终前悲叹"君要臣亡,臣不敢不亡"之言,从没在杨玄感的记忆里消失。

握有军权的杨玄感叔父杨慎这会儿也在大斗拔谷。杨玄感背地里相会叔父杨慎,吐露心思说:"皇上率数万侍从来大斗拔谷送死,一夜之间至少死了一半的人,死者沉冤,活着的人积怨。此时正是一呼百应的绝佳时机。"

杨慎明白了杨玄感的意思,倏地惊怔住。片刻后,问杨玄感:"你想在此造反,你拿什么实力造反?"

杨玄感说:"我想利用父亲随驾西巡的旧部将士,他们正在大斗拔谷忍受饥寒,且是命悬一线,一定有怨无处发泄,我想利用他们发泄怨气,这是个难得的机会。"

杨慎并不认同杨玄感,他说:"泼出去的水再也收不回来。你冒险开了口,你父亲的旧部会听你使唤吗?"

杨玄感说:"皇上周围护驾并不森严,行动起来无需太多的人,只要劫杀成功,便可大功告成。"

杨慎以为杨玄感想的太简单,摇了摇头说:"找来的人,你能保证可靠吗?若有一人打退堂鼓出卖你,咱杨家将要大祸临头!"

杨玄感仍不死心。

杨慎慎重地警告说:"尽管眼下在这谷地里冻死很多人,但官员和将士倾向皇上的心还是一致的,你千万不可胡来!"

得不到叔父杨慎的支持,杨玄感只好打消造反的念头。

## 3

幸好老天发了慈悲,山谷里的六月暴雪终于停止飘落。天气转晴,日光暖暖地洒进大斗拔谷,给谷里的人和马匹带来生的希望。杨广这才想起走失散了的嫔妃和至亲,发现有两个妃子已经冻死。他走向冻死的妃子,蹲下身子,从积雪里抠出妃子僵硬的遗体,苦着脸悲叹道:"爱妃去了天国,依旧不失美貌。"不忍久久地目睹爱妃熟睡般的遗容,杨广无奈地走开,不禁想起姐姐乐平公主,差人寻找乐平公主的下落。

等差去的人找到乐平公主时,已冻得奄奄一息,她的四周全是冻死的人和马匹。杨广获知姐姐还活着的消息,亡命似的朝姐姐奔去。当他第一眼见到雪地里的姐姐,一张风韵犹存的脸被冻伤呈青紫色;他想抚摸下姐姐冻伤的脸,怕摸痛姐姐,不敢伸出指头。他赶紧抱住姐姐,差人快点儿引火给姐姐取暖。

乐平公主的确在等兄弟杨广到来,见最后一面。她努力地翕动嘴唇,有话要告诉杨广,却发不出声响来。这时帝王冷酷的心肠,被姐姐乐平公主嘴里发出的微弱气息摧垮;杨广罕见的泪水,垂落在了姐姐乐平公主冻伤的脸上。

"姐姐,朕要是早知路途上遭遇六月暴雪,就不会带你随驾西巡了。"杨广好像亏欠乐平公主太多,不断地责备自己。

乐平公主在升起的火焰旁,身子感受到了温暖,她半睁着眼,格外费力地冲杨广说道:"恐怕我回不了大兴……"

杨广柔声说道:"朕会带姐姐回大兴的。"

乐平公主微微地摆了下头说:"回不去了。托付皇上将我死后的遗骨合葬于北周宣帝定陵。"

乐平公主曾是北周宣帝宇文赟的皇后,又是北周静帝朝的太后,有着万人之上的显赫身份。只是父亲杨坚代周立隋称帝时,才将她降封为乐平公主。她娘家的兄弟姐妹,只有她一人受到父亲的降封;看上去对她来说该有多不公平,而她为了父亲开创的大隋帝业,一直承受着多舛的命运。

杨广比谁都清楚乐平公主多舛的命运,不便拒绝乐平公主的请求,点头说:"朕答应姐姐。"

得到杨广的答应,乐平公主合拢了双眼,眼角流出泪水说:"我没有儿子,只有唯一的女儿宇文娥英,我将不久人世了,把女儿宇文娥英托付给皇上了。"

杨广再次点头说:"好,朕接受。"

说罢,乐平主公咽下最后一口气。

这时日光洒满谷地,气温渐渐回升,积雪开始融化。杨广只好差人先将乐平公主的遗体送回大兴,与北周宣帝宇文赟合葬于定陵。

车驾艰难地前行到第三天,终于驶出大斗拔谷,差不多有大半的人,永远留在了大斗拔谷。直到六月二十一日,车驾抵达张掖。这时的张掖已成为万国交易大都会,且是胡商遍地,商贸往来如梭,繁荣景象堪比京师。

六月的张掖如初夏一般,气候宜人,水草葱绿肥美。应邀来张掖参加隋朝万国博览会的三十多个西域国的王臣使者全都来到了张掖。武威和张掖两郡已完成万国博览会的筹办,正恭候着皇帝车驾到来。别说皇帝西征的车驾远程跋涉一个多月,只说在大斗拔谷陡然经历极寒暴雪,可谓九死一生;抵达张掖的杨广和随从,人人衣衫褴褛狼狈不堪。好的是一大队人马在张掖改换衣装,才恢复了模样。

万国博览会的会场设在山丹境内的焉支山。此时的焉支山上正开满绚丽夺目的山丹花,景色秀美得令人欲醉;这山丹花正是制作女人们喜欢的胭脂的原料,也被称作胭脂花。山丹一带不仅山美花美,辽阔的大草原水草更肥美,是隋朝皇家牧马场,为河西地区提供军需战骑。焉支山下的万国博览会会场是片可以容纳数十万人的开阔草原,青草如茵,似绿毯无限地铺展开去。

杨广抵达张掖后的第七天,起驾赴焉支山。张掖和武威两郡仕女盛装仪仗,随御辇到焉支山,一路战旗飞扬,金戈铁马,歌舞伴香车,连绵数十里,场面豪华,气场惊天。

东突厥、新罗、靺鞨、毕大辞、诃咄、传越、乌那曷、波腊、吐火罗、俱虑建、忽论、诃多、沛汗、龟兹、疏勒、于阗、安国、曹国、何国、穆国、毕、衣密、失范延、伽折、契丹等三十余国的王臣使者和商贾，正在焉支山恭候着大隋天子驾到。

待大隋天子乘坐的龙凤辇抵达焉支山，西域三十余国的王臣使者和商贾身佩金玉，着装锦绣守候在道旁迎驾拜谒，豪华气场也是十分空前。

大匠宇文恺在胭脂花盛开的焉支山下的草原上建起行宫，彰显出大隋帝王的霸气。行宫由六合城、六合殿和千人帐组成。其中的六合城为天子寝宫，可容纳侍卫六百人，底部装有轮子，可用马带动；六合殿被称观风行殿，是天子用作接受西域诸国王臣使者朝见的可移动宫殿；千人帐可容纳千人聚会，是用作议事庆典、大宴群臣的地方。

## 4

杨广匠心独运在美丽而又舒适的焉支山举办万国博览会，不仅仅为了华夏与西域诸国商贸畅通共荣。这焉支山具有非凡的政治和军事象征意义。早在汉代元狩二年（前121），武帝刘彻派遣骠骑将军霍去病西征，在焉支山一带大败匈奴，歼敌四万，俘获五位匈奴王及他们的王母，又接连俘获单于阏氏、王子、贤王、万骑长等一百多人。匈奴浑邪王被霍去病的部下追杀得走投无路，只好率部落四万余众归降大汉。霍去病为打通华夏通往西域的道路扫除了障碍。匈奴人为此而悲歌：

> 失我祁连山，
> 使我六畜不蕃息。
> 失我焉支山，
> 使我嫁妇无颜色。

被邀请来的西域诸国王臣富贾，不会忘记霍去病以胜利者的姿态在焉支山威震华夏雄风。

平定吐谷浑的杨广正是以胜利者的姿态出现在焉支山,一边展示大隋的富庶与强大,一边警告前来参加万国博览会的西域王臣们不要冒犯大隋。大隋皇帝此次登焉支山,意味着封禅,率万国臣子迎大隋盛世,祭拜天地。

然后万国使者入观风行殿,参观陈列在观风行殿里的华夏文物珍宝、丝绸锦缎等物,显示华夏文明昌盛。设国宴请万国贵宾品尝大隋美味佳肴。宴会上,伊吾吐屯设向隋朝献地数千里,杨广大悦,当即在吐屯设所献的土地上设西海(今青海湖西)、河源(今青海湖南)、鄯善(今新疆罗布泊西南)、且末(今新疆且末县)四郡;调配军民去驻扎,大兴屯田。

万国博览会既是一次东西商贸交流,也是一次东西文化交流的盛会。待宴会结束后,在千人帐里各国艺人争相比拼,献上优美动听的歌曲和多姿别样的舞蹈。隋朝皇家仪仗队演奏《西凉》《龟兹》《清乐》等九部国乐,将表演推向高潮。当一曲《西凉》奏响时,如万古石缝中涌出的清泉,洗耳润心,将西凉武威之地胡、汉民族的纠葛与缠绵渲染得淋漓尽致,令人感伤而又回肠荡气。

盛况空前的万国博览会在焉支山持续了六天。尽管耗资巨大,收获也巨大;尤其是吐屯设进献数千里土地,使得隋朝的疆域继收复吐谷浑之后,又向西部延伸了数千里。西域三十多国来使目睹焉支山博览盛会,又观张掖互市无与伦比的繁荣,臣服得五体投地。

杨广似乎预感到了二千里河西走廊将会出现胡商如潮的景象,张掖互市过度膨胀,恐怕承受不了。他召裴矩、宇文述、虞世基到观风行殿商议。

宇文述说:"以前有吐谷浑作梗在河西走廊丝路上,如今没有了,可想将来会有更多胡商来张掖做买卖,繁荣我朝商贸是一大利事。"

宇文述的话杨广并不感兴趣,他看着裴矩,道:"开通西域丝路,在张掖建互市,你功不可没。接下来如何扩展互市,朕不知如何是好,想听听你的高见。"

裴矩慢声说道:"臣以为我朝只有一个张掖互市远远不够,应向西域商人开放大兴或者洛阳。"

此言一出,杨广、虞世基和宇文述都大吃一惊。

虞世基说:"以前的西晋八王之乱,引来五胡乱华,就是个血的教训,我朝决不可以放胡人进入中原。"

宇文述说:"放胡人入中原,等于把赶走了的胡人重新请回来了,使不得,万万使不得。"

虞世基和宇文述反对,裴矩的话梗塞在了喉咙里。

既然裴矩进言向胡人开放西京大兴或者东都洛阳,杨广就想听一听裴矩的理由,对裴矩说:"向胡人开放西京和东都,朕的确不放心。难道你替朕放得了心吗?"

裴矩笑了下说:"皇上有什么不放心的?我朝开放张掖建互市,西域多国的胡人早就进来了,他们把我朝通过战争才能获得的黄金白银、钻石珠宝、香料和地毯等物,不远千里送到我朝来,至今未曾见到胡人在我朝侵占一寸土地。"

虞世基和宇文述仍旧反对开放胡人进入中原。只有杨广对裴矩的话感兴趣,冲裴矩说道:"朕还没听你说完,你接着往下说吧。"

裴矩说:"国与国发动战争,无一例外是为了掠夺财富。西域诸国都想得到我朝产的丝绸、瓷器、茶叶等物;我朝想得到西域诸国的黄金、银器、钻石、珠宝、香料、地毯等物,没有开放的互市做贸易交换,只有靠战争手段获取,然而国与国之间发动战争的最后结果是财富大减两败俱伤。如果我朝继续对西域胡人开放中原,不必发动掠夺战争,胡人会不远千里万里把我朝想得到的财富送上门来,乃上上策也。至于胡人想从我朝带走珍贵的丝绸、瓷器和茶叶等物,除了提高价钱还是提高价钱。这样的掠夺岂不又是一上上策吗?"

杨广笑了起来。虞世基和宇文述虽然没笑,但他们总算明白裴矩提议开放中原的策略。

见杨广倾向裴矩,虞世基疑惑说:"我朝一旦开放西京或者东都,万一胡人打着来经商的幌子,入侵我朝,防不胜防。"

裴矩胸有成竹说:"二千里河西走廊是唯一的丝绸通道。自汉代张骞凿通西域,武帝刘彻在河西走廊设有驿站。我朝也可在河西走廊设驿站,明里让进来的胡人有个歇脚之处,暗里可以监视胡人。大凡胡人走河西走廊进入我朝,会结伴而来,或数十一伙,或数百一群,不会对我朝构成威胁;若成千上万结伴而来,不准进入。最好的办法是让沿途驿站士卒监控进入我朝的胡人,一旦发现胡人有不轨行为,快速上报朝廷,岂不是解决了对胡人的担忧吗?"

杨广听了个仔细,赞同说:"开放西京或者东都,朕取西域财宝,不用发动战争了。"

九月,车驾返回西京。

民部侍郎裴蕴在杨广车驾回返西京后的数天从地方郡县回到了西京,进宫奏报查实户籍疏漏之事。早在先帝朝,天下百姓按年龄划分,规定二十一岁至六十岁为成年人丁,需纳税。时过境迁,地方郡县人口申报户籍,或报小,或报老,便于逃税。裴蕴如实奏报,查出疏漏人口四十四万三千丁,六十四万一千五百口。国家共有一百九十郡,一千二百五十五县,八百九十余万户。然后裴蕴又奏报,隋朝国土东西九千三百里,南北一万四千八百一十五里,已进入极盛时期。

听罢裴蕴奏报,杨广龙颜大悦,对百官说:"前代没有贤才,以致户籍罔骗冒充,现在各地郡县的户籍都核实了,全是由于有了裴蕴。"不久之后,擢升裴蕴为御史大夫,让裴蕴和裴矩、虞世基参与掌管朝政机密。

# 第八章 收复流求

## 1

隋朝驻军东南沿海的海师将领何蛮入朝觐见,向隋炀帝杨广奏报:"臣驾舟游历东海,每遇春秋二时,天清云淡,风静水止之日,东望依稀可见海上有一岛,似有烟雾之气,亦不知几千里。"

何蛮的此番奏报,令杨广大惊,问道:"莫非是你依稀望到了高句丽?"

何蛮摇头道:"不会,臣望海所处位置相距高句丽几千里,因此臣望见到的海上一岛绝非高句丽。"

听何蛮说得具体而又透彻,杨广非常好奇。

大隋朝的东南海岸线长有万里,临海岛屿大多是无人之境,岛上山石泥土被林木异草覆盖,惟有鸟兽横行。何蛮望见的岛屿似有烟雾之气,杨广怀疑岛上有人烟,就想派人上岛查寻。

其实何蛮依稀见到的海上一岛,是隋朝沿海一带渔民称作的流求岛。好奇的杨广急召羽骑尉朱宽到殿,下诏说:"我朝东南海域有座数千里大的岛屿,朕派你随何蛮去登岛探寻个究竟,若有人烟,你俩仔细查访异俗民情,回朝奏报。"

朱宽点头领旨,随何蛮南行。

何蛮是建安(今福建建瓯)人,他带着朱宽来到故里建安,顺江而下到闽县(今福州)出海,驾乘数十艘五牙大舰,率师万余,经过五天横渡海峡,抵达流求岛。朱宽和何蛮发现岛上果然有人烟,感到格外惊奇。这时岛上原住民也发现从海上来的大舰,受到惊吓,出现恐慌,直往岛屿深处逃去。何蛮正要吩咐手下截获,被朱宽阻拦住。

朱宽说:"皇上派我们来岛上查访异俗民情,此时下令追击,恐怕会发生冲突,开杀戒生出仇恨不可避免,流求人就不会接受我们到来。"

何蛮说:"流求人见到我们就逃跑,根本不愿与我们接触。"

朱宽颇有耐心地说:"慢慢来,等流求人知道我们没有恶意,会接受我们到来的。"

海师们开始释放善意,将随船带来的物品馈赠给流求人,流求人得到馈赠,不像最初那样惊吓得只顾逃避。然而海师们跟流求人交流的最大障碍是语言不通,几乎无人听得懂流求话语,幸好岛上有极少的人懂得大陆闽语,才有了沟通的途径。

朱宽和何蛮登岛之初,以为流求人跟大陆人长得一个模样儿,结果并不是,流求人大多长得凹眼眶高鼻梁,相貌酷似西域胡人。他们依山凿洞而居,仍处于刀耕火种的原始状态。岛上铁器甚少,多用利石和兽骨作器物,譬如他们耕地的犁,用的是一尺余长,数寸宽的石犁。岛上家畜多见鸡和猪,却少见牛羊驴马。男人们用鸟羽为冠,服饰珍珠和贝壳;妇女大都戴着用罗纹白布做成的方形帽子,用麻和动物皮毛制成衣服,式样各异,脖子上都挂着贝螺和珍珠,喜好文身,文上虫蛇之象。无论男女,都用细麻绳缠扎头发,从后颈向上一直缠扎到额头。可怖的是流求人都喜欢在居住的洞穴门口悬挂人兽骷髅。

海师们是奉旨来查访异俗民情的,尽量忍让着不跟流求人发生摩擦。他们不断地释放善意,使得流求人放松警惕,渐渐消除对他们的敌意。随之他们打听到了流求国的土王住在都邑波罗檀洞。土王姓欢斯,名渴剌兜;王妃叫多拔茶。土王宫殿波罗檀洞四面环水,有三道堑栅,又植了树棘为藩防护,外人要想闯入波罗檀洞,非常困难。土王之下有四五个小王,全都依山凿洞而居,维护着波罗檀洞。

朱宽和何蛮摸清流求国的都城之后,率师来到波罗檀洞,被堑栅、护城河和树棘阻拦住。他们的到来惊动波罗檀洞里的土王欢斯渴剌兜,下令诸小王固守城池,准备抗击来犯之敌。朱宽和何蛮不是来攻打流求都邑的,是以隋朝使者身份来波罗檀洞拜谒土王的,没料土王拒绝了他们的来访,将他们隔绝在了堑栅外边。朱宽只好派人释放善意,拿了食物馈赠欢斯渴剌兜,被拒绝。

会讲闽语的何蛮只好亲自出马来到堑栅前,朝波罗檀洞里喊话,没想这招显灵,土王欢斯渴剌兜也派出一位懂闽语的人出来,隔着堑栅跟何蛮对话。

两人像鸟儿吱吱喳喳对叫了会儿,朱宽一句也没听懂。等何蛮转身回来,朱宽忙不迭地迎上去问道:"你跟那人吱喳了半天,都说了些啥?"

何蛮告诉朱宽说:"波罗檀洞里的土王要我们尽快离开。"

朱宽想到堂堂大隋使臣兴师动众渡海而来,受到岛上蛮夷土王驱逐,老不高兴。没多会儿,那个进得波罗檀洞的流求人又回到了堑栅跟前,发出警告,说他们的土王叫何蛮带人赶快离开,不然土王要下令出动勇士围剿他们了。何蛮说:"隋国使者来寻访流求国,并没恶意,土王为何不欢迎?"堑栅里的那人反问何蛮:"天下哪有携带兵器的万众使者寻访他国的礼节?"

何蛮眼看没有希望拜见到流求土王,失去耐心,劝说朱宽攻进堑栅,俘获土王带回朝廷邀功请赏。朱宽不准,说皇上没有下旨俘获流求土王,我们攻进波罗檀洞抓获土王是违皇上旨意,回去交不了差。

何蛮说:"那可怎么办?"

朱宽说:"只能回去了。"

在回返海边的途中,朱宽想到傲慢的流求土王,心里郁闷。这时一个流求男子从林子里钻出来,郁闷的朱宽下令说:"快抓住此人。"男子正要转身逃走,一伙随从追了过去,将那男子捕获,带到朱宽面前,听候发落。朱宽闷声说道:"咱们从大老远渡海而来,总不得空手而归,带这人回去交差吧。"

历经千山万水,朱宽将流求男子带回了西京。随后他带着流求男子进宫朝见。这时的杨广又萌发好奇,急忙吩咐太监带朱宽进殿。见到杨广,朱宽拜道:"臣从流求归朝,所见所闻如实禀报。"

　　杨广一看朱宽不是一个人进殿来的,竟然带来一位身披兽皮的奇异男子,吃惊问道:"此人是谁?为何带进宫来?"

　　朱宽回答道:"此人是流求人,臣在回返海边的路上抓获了他,以作证物进献给皇上。"

　　杨广脸上的惊色仍没褪去,又问道:"你以此人作证物,有何意义?"

　　朱宽答道:"与世隔绝的流求不是一般的蛮荒,简直不见一丝文明气息。臣带回这个男子,让他一路见识我朝的文明与富庶,为的是皇上下次派遣使臣渡海登流求,将这见过世面的男子送回流求充当说客,以便我朝使者与流求人沟通交流。"

　　杨广这才明白朱宽的用心,赞叹道:"好主意。"

　　朱宽接着说道:"与流求人沟通的最大障碍是言语不通,但有少数人会讲我朝沿海一带的闽语。"

　　杨广好奇问道:"难道岛上有我朝闽人居住?"

　　朱宽回道:"据臣所知,岛上由原住民和我朝闽人依山凿洞相居,组建成寨子。"

　　杨广接着问道:"那里的水土如何?"

　　朱宽回道:"那岛上山川秀美,风土气候类似岭南;水土肥沃,物产丰富,是一方宝地。"

　　杨广问:"那里的人如何劳作,如何穿衣着装?"

　　朱宽回道:"他们以望月观草木枯荣定时节,去劳作,更换衣装。男子以鸟羽为冠,用珠贝红毛饰衣;女子挂螺悬贝,颈项挂珰钏珠贝项链,喜好文身。他们作战后,带回髑髅向藩王报功。男女相好自由婚配。"

　　杨广问:"流求由何人统治着?"

　　朱宽答道:"流求有一土王,依山凿洞而建都邑,土王之下有四五个小王。他们无君臣之礼,也无律法之规。如有人违犯规章,施刑无枷锁,用绳索捆绑赴刑,判决死罪,用大如箸的铁锥从头顶刺下。至于民间部落,各自为阵容,且相互好斗,败者甘愿收兵回寨穴,胜者将败者留下的财产据为己有。"

# 2

西突厥酋长射匮派到隋朝求婚的使者早已回到西突厥,当射匮得到隋朝天子赐的那支桃竹白羽箭,无尽欢喜,对身边心腹说:"用隋朝天子赐的这支箭射杀泥撅处罗,我就是大隋的女婿,就是西突厥的大可汗了。"射匮并不认为自己在做白日梦。他清楚自视甚高的泥撅处罗对隋朝的疏离,使得隋朝天子十分地不放心;隋朝天子赐的这支桃竹白羽箭,如同给他下了道密令,好让他取代汗位,是个难得的机会。

虽说泥撅处罗是西突厥最强势的可汗,但身为酋长的射匮有着祖父达头可汗和父亲都六可汗的双重背景,挑战泥撅处罗的实力明摆着。想到泥撅处罗的强势,射匮并没公开向泥撅处罗宣战,他开始讨好泥撅处罗,派人赶着牛羊和马匹送往泥撅处罗的牙帐,麻痹泥撅处罗。得到射匮的馈赠,泥撅处罗很是开心。

就在泥撅处罗毫无防备的当儿,射匮率领部落十多万骑士以迅雷不及掩耳之势杀进泥撅处罗的牙帐。没等泥撅处罗缓过神来,牙帐里已是血流成河,就连泥撅处罗本人也被射匮的骑士围困住,使得泥撅处罗完全失去调兵遣将进行反击的能力,只好保全性命尽快逃走。

几经拼杀,泥撅处罗终于杀出一条血路,来不及带上妻儿,领着数千骑兵向东逃去。射匮就是要取泥撅处罗的首级,一边留人占领泥撅处罗的牙帐,一边朝着泥撅处罗的逃路追杀过去。

射匮要将泥撅处罗及其逃兵赶尽杀绝。等泥撅处罗刚刚停歇下来,射匮率兵追杀到了跟前;这样在逃路上不间断地遭遇射匮追击,泥撅处罗在西突厥几乎毫无立足之地,只好丢弃汗国,败走高昌,以高昌时罗漫山为据点驻扎下来,待到来日东山再起杀回西突厥。

隋朝天子赐的那支桃竹白羽箭,终没让射匮射杀掉泥撅处罗;然而泥撅处罗败失汗国,让射匮获取可汗之位,令射匮欣喜。

高昌王麴伯雅获知泥撅处罗败失西突厥,竟然不打个招呼,占据高昌时罗漫山造事,慌了神,急召心腹谋士商议对策。谋士们便觉败走的泥撅处罗是想把西突厥战火引向高昌来,催促麹伯雅赶紧发兵驱逐泥撅处罗离开高昌。麹伯雅说此事非同小可,若发兵驱赶泥撅处罗,视同我高昌宣战,卷入到了西突厥人的战火之中,恐怕不是幸事。此话一出,众心腹都看着麹伯雅,似乎再也想不出应对的高招。麹伯雅冷静地想了会儿,对众心腹说道:"只有派人飞报朝廷,让天子去处理吧。"

于是麹伯雅当即派人走驿站飞报至西京大兴。杨广得到麹伯雅送来的飞报,笑了起来,封射匮为西突厥可汗,准备派使者赴西突厥宣布诏令。随后杨广召裴矩到殿。等裴矩匆匆赶到朝殿时,杨广脸上的笑意仍没消失。

裴矩一看杨广要比往日开心,忙问:"今日皇上得啥喜了?"

杨广回道:"是桩天大之喜。射匮得朕赐的桃竹白羽箭,没负朕心,打得泥撅处罗败走到了高昌,成为一介草寇,不敢回西突厥了。"

裴矩一阵惊喜道:"请皇上赶快扶持射匮为可汗,此后皇上无忧于西突厥了。"

杨广说:"朕已宣诏承认射匮为西突厥可汗了。"

裴矩说:"皇上召臣有何事务?"

杨广说:"眼下泥撅处罗正落难在高昌。若不安抚,恐怕他不会服输,到时东山再起,闹得西突厥鸡犬不宁,是朕不愿看到的。朕派你去趟高昌,劝说泥撅处罗服输罢了。"

裴矩知道泥撅处罗的性情,担心他去了高昌,泥撅处罗不肯服输,那可不是他劝得住的。对杨广说:"泥撅处罗倔强,万一他不听劝说,臣可能无功而返了。"

杨广说:"他不听劝说,朕派一将军收拾他。"

裴矩说:"此时的泥撅处罗已是丧家之犬,皇上没必要遣一将军大动干戈了。"

杨广灵机一动说:"泥撅处罗还是个孝子,早些时候他思念母亲,忧郁成疾,朕差遣崔君肃去安慰过他。此次你去见他,可以带上他母亲向夫人,让他母亲劝他,总得要听上几句。"

裴矩觉得是个好主意。

向夫人就住在西京大兴。她跟儿子泥撅处罗的确有很多年没相见了。裴矩上路时,请向夫人一同前往。身居西京的向夫人一直思念着儿子泥撅处罗,因西突厥和隋朝的关系不是那么和谐,隋朝拿了向夫人当人质扣留着,有意遏制泥撅处罗不要对隋朝胡来。跟随裴矩离开西京时,向夫人激动得泪流满面,说她盼这个时候到来,不知盼望了多少年。

　　随后向夫人才知裴矩带她去高昌而不是去西突厥,立马疑惑地问裴矩,我儿怎么在高昌?裴矩也不隐瞒,告诉向夫人,西突厥的汗位已经更迭了。向夫人一阵惊诧,感觉儿子泥撅处罗的处境不妙,还想知道西突厥汗位是怎么更迭的。裴矩对向夫人说:"等到了高昌,你就知道了。"

　　一路上裴矩不再提及西突厥汗位更迭的事儿。向夫人闷闷不乐,少有言语。一行人到达玉门关的晋昌城,跟约好的泥撅处罗见面。失去汗国的泥撅处罗无颜见母亲,发誓要杀回西突厥,从射匮手里夺回汗位。

　　裴矩打压泥撅处罗陡然爆发的盛气说:"仅凭你手下几千人,能夺得回汗位吗?你都成丧家犬了,倘若高昌的麴伯雅驱逐你离开,你真的无处可去了。"

　　儿子的处境要比向夫人想象的更糟。向夫人近于崩溃,突然跪在了裴矩面前,流泪祈求道:"我跟我儿难得相聚。我的余生也不多了,恳请裴大人开恩,准许我儿随我回大兴吧。"

　　这突然一跪,令裴矩猝不及防,赶紧扶起向夫人。泥撅处罗心里一阵发酸,扶着母亲潸然泪下。向夫人扬起手,抹了把泥撅处罗脸上的泪水,说儿啊,娘夜深人静时想你想得心疼,那个汗位不要也罢,随娘回西京好了。泥撅处罗如垮塌的一堵墙,跪在了母亲膝下,说我跟娘走,不知人家愿不愿意接受?来高昌之前,裴矩以为泥撅处罗不会听他劝说,甚至会任性杀回西突厥,他没想到母子俩见面后会出现这样的情形。他只好答应了向夫人。

　　泥撅处罗来到了西京。杨广急召泥撅处罗进宫。等泥撅处罗被裴矩带进临朔宫时,杨广高兴地朝泥撅处罗走了过来,笑道:"来了就别再回去了,朕准许你久住西京。"泥撅处罗愧疚得很,立马跪拜谢罪。杨广似乎不再计较泥撅处罗的过去,在临朔宫宴请泥撅处罗。而泥撅处罗无法从流亡的心态里脱离出来,一直怏怏不乐。

## 3

射匮成为西突厥大可汗,在龟兹之北的三弥山建牙帐。他派使者入西京大兴朝见,恩谢皇帝。杨广有话要让西突厥来使传给射匮,他说:"朕已将射匮可汗的宿敌泥撅处罗留在了西京,此生他再也回不了西突厥。要知射匮的祖父达头可汗对我朝高祖文皇帝不讲诚信,经常出尔反尔,最终被高祖发兵镇压,才使达头败走到吐谷浑。射匮能有今日的汗位,叫他以后别忘了朕赐他的那支桃竹白羽箭,朕的桃竹白羽箭多得很,到时也可另赐他人。"杨广拿桃竹白羽箭说事,明确地警告射匮臣服大隋,千万不要胡来。来使心领神会,叩拜道:"臣下一定会将天子忠告,转告给射匮可汗。"杨广道:"你们回去后,叮嘱射匮可汗不要像他祖父达头那样出尔反尔,朕不会另眼待他。"

可以说杨广收复西部数千里疆域,凿通西域丝路,成为最大的赢家。接下来,高句丽和新近发现的流求,是杨广决意征服的。早前他令羽骑尉朱宽和海师将领何蛮驾驶舟舰航海至流求,没料流求人不愿跟隋朝来使接触。

这时杨广驾幸到了东都,召心腹裴矩、宇文述、虞世基和裴蕴会聚显仁宫,商议征服流求之事。

虞世基说:"上次皇上派何蛮和朱宽登流求岛,只抓回一人,毫无意义。"

杨广突然想起那个被抓来的俘虏,忙问道:"那个流求人在何处?"

裴蕴回答说:"已经病死。"

杨广说:"朕当初说了让他带人到流求游说招抚的。"

宇文述说:"臣以为最便捷的办法不是招抚,而是朝廷派出水师,武力拿下流求。"

杨广摇头说:"流求有会闽语者,说明岛上有我华夏胞族,决不可以事先当作外族动武,还是先礼后兵。"

裴矩认为先礼后兵浪费工夫："依臣之见，流求人是不会轻易臣服的，礼不发兵为下策。"

杨广仍旧坚持先礼后兵："朕早年率师渡江平定南陈，最后剩下南越蛮夷之地没拿下。百官奏请高祖对南越动武，高祖不准，说取的是南越民心，而不是取南越人头。最终派大将军韦洸赴南越抚慰众心，劝说冼夫人率众部落归附了朝廷。"

裴蕴说："既然皇上施先礼后兵之策，收流求归华夏版图，就派大臣登流求岛招抚，万一受拒，发兵动武也不嫌迟。"

杨广最终采纳了裴蕴进言，希望派往流求的大臣会有当年韦洸赴南越抚慰的结果。他再次令朱宽和何蛮航海去流求招抚。

朱宽和何蛮受命后，率海师再登流求岛。岛上的原住民发现海上来了一群大舰，跟上次来过的大舰一个样儿，知道从那大舰上下来的人都很友善，没像上次那样受到惊吓而逃离。深感震惊的原住民一个劲儿望着海上来的大舰发呆，毫无办法阻止大舰上的人登陆。朱宽和何蛮率师上岸后，并没侵扰岛上居民，而是直接去了土王欢斯渴剌兜的波罗檀洞。他们顺便带了些布帛和瓷器送给土王欢斯渴剌兜。

等到达波罗檀洞，被三道堑栅堵住。何蛮跟堑栅里会讲闽语的卫兵叽叽呱呱，卫兵明白了何蛮的意思，收下布帛和瓷器。

过了会儿，一群头戴鸟羽冠，身穿珠贝红毛饰衣的男人从波罗檀洞里出来，来到了堑栅跟前，并没打开堑栅的大门，而是隔着堑栅会见何蛮。其中被簇拥的那人就是土王欢斯渴剌兜。

土王欢斯渴剌兜居然会讲闽语。何蛮吃了一惊，觉得总算有办法跟流求人沟通了。他和颜悦色地问道："我是大海对岸的隋国闽人。土王会讲闽语，难道也是大海对岸的闽人？"欢斯渴剌兜没有回答何蛮。他高度警惕着，问何蛮说："你们带布帛和瓷器来，是想换取流求国？"

欢斯渴剌兜一开口就说到正题上，何蛮抓住火候说："我们是大隋国的天子派来招抚土王的，请土王归附。"

欢斯渴剌兜立马拒绝说："我流求国为何要接受招抚？"

何蛮说："大隋国的疆域有几万里，非常的强盛。土王接受招抚，就可得到大隋国的保护,不会受到他国欺负了。"

欢斯渴剌兜立刻变脸说:"我流求国大小岛屿四周都是茫茫大海,无一国接壤,不需要谁来保护。"

何蛮威胁说:"哪天大隋国发兵来攻打流求,土王能抵挡得住吗?"

欢斯渴剌兜也强硬起来,警告说:"你们不离开流求,恐怕回不去了。"

当何蛮和朱宽率领的舰队还没泊岸时,就有人通报给了土王。土王算计到了舰船上的人登岸后会来波罗檀洞,下令部落勇士埋伏在了波罗檀洞周围的山林里。

朱宽和何蛮带来的海师不足一万人。眨眼工夫,他们被从山林里钻出来的弓箭手包围,无论往哪里走,上弦的箭都对准了他们。

山林里到底藏下多少弓箭手,谁也不知道。何蛮想,此时下令部下反击,恐怕真的回不去了,只好走为上计。他对堑栅里的欢斯渴剌兜说:"请土王的人让出一条路,我们这就离开。"

## 4

朱宽和何蛮回朝,入东都显仁宫觐见。杨广一看朱宽和何蛮怏怏不乐的样子,明白他俩十有八九是无功而返。

朱宽上前奏道:"禀皇上,臣等费尽口舌,流求人拒绝招抚。"

接着何蛮奏道:"禀皇上,流求人不仅不奉招抚,还以武力胁迫,臣等不便违旨出击,差点回不来了。"

杨广抑制着怒气,开口说道:"朕施礼在前,既然流求人不愿受礼,那就只有动武了。"

随之杨广召百官入显仁宫,宣诏道:"朕即皇帝位立大业,平定西北,开疆拓土数千里。朕遥望东南海疆,流求之岛,不可因海而隔离,应尽快并归华夏,迫在眉睫。"

杨广终于放弃对流求的招抚之策。宇文述和虞世基等人相继请战,率师出海攻取流求。杨广不准。

以前隋朝军队应对西北边的胡人,大多是翻山越岭的陆战;此次进军流求就不一样了,尤其中原内地的将士不识水性,不知东南海域方位,更不懂得如何驾驶五牙和黄龙大舰躲避海上风浪。杨广只能依靠沿海一带的海师出征流求,下诏令武贲郎将陈棱和朝请大夫张镇州挂帅,率东阳兵一万余人,从义安(今广东潮州)的韩江泛舟出海,直奔流求。舰队在海上行驶一个来月,到达高华屿(今澎湖列岛),又行驶二日,终于抵达流求岛。

陈棱和张镇州靠岸的码头,是大陆商船经常出现的地方,也就说这岸边的流求人,早已跟大陆人通商了,大多是以物换物的贸易。陈棱和张镇州率领的舰队一靠岸,住在岸边的流求人以为来了大陆商船,争抢着跑到舰船上做交易。陈棱带来懂流求语的人,派去告诉流求人,他们不是来做买卖的,是奉皇旨来攻打流求并归隋朝的。这时流求人才明白,都下了舰船,气氛不一样了,开始弥漫着不安。

隋军登岸后,不像早前来的朱宽和何蛮那样斯文地招抚,而是摆出动武的架势,由张镇州冲在前边打头阵,只要碰到流求人抵抗就格杀。流求土王欢斯渴剌兜闻知又有大舰泊岸的消息,意识到了此次来的大舰不同以往,下令部落将士准备抗击。

打头阵的张镇州跟出了波罗檀洞的欢斯渴剌兜一碰面就开始交锋。土王欢斯渴剌兜的坐骑看上去很可笑,不是马不是驴也不是牛,他骑坐的是用树木制作的怪兽,木制怪兽下边装有轮子,由十多位卫士护驾推行。张镇州的麾下身着厚厚的盔甲,又有盾牌护身,一次又一次地抵挡住了流求人的飞箭。流求人的甲衣有的是用麻丝编制的,有的是用熊豹皮缝制的,完全抵挡不了隋军的飞箭,他们中箭后纷纷倒下。欢斯渴剌兜见自家的箭射出去大多失效,被隋军的盾牌挡住,倒是自家将士一个接一个地遭遇敌箭射杀,这样对阵下去,他的军队必败无疑。想到败局,欢斯渴剌兜有些畏惧而心慌了,下令撤退。

就在张镇州跟欢斯渴剌兜对阵厮杀的当儿,隋军将领陈棱带着人马绕道直闯流求都邑波罗檀洞。欢斯渴剌兜率军出征时,留下小王欢斯老模镇守波罗檀洞。陈棱到来后,镇守波罗檀洞的小王欢斯老模不得不迎战,没经几个回合,陈棱放出一箭,不偏不倚射中欢斯老模胸口,欢斯老模倒地身亡。

其他守城士兵见欢斯老模战死,没了主张,吓得拔腿逃进山林。这时天色晦暗,正下着雨,波罗檀洞里里外外被雨雾笼罩。陈棱下令将士攻进波罗檀洞,剿灭残寇,待将士们进入堑栅之后,发现城池建得诡异。土王依山而建的宫殿共有一百多间。石壁上雕刻着怪异的禽兽,而那成片的洞穴在阴森森的绿荫和雨雾里,到处可见悬挂着的白惨惨的骷髅,有头颅,也有四肢扭曲的骨架,令人毛骨悚然。将士们不敢闯进山洞搜索残寇。陈棱无奈,只好斩杀一匹白马祭祀海神来给将士们壮胆。

陈棱杀马祭祀海神似乎很有效果,没多会儿,云开雾散雨停了,灿烂的阳光重新回到了流求岛上。

张镇州跟欢斯渴刺兜的交战从辰时打到未时,苦战不休,两军都打得非常疲惫。欢斯渴刺兜倏忽心生一计,就想把张镇州诱进波罗檀洞,利用成片的洞穴作掩体,一举歼灭张镇州。追击不止的张镇州果然上了套,紧随欢斯渴刺兜追到了波罗檀洞。欢斯渴刺兜这才知道隋军射杀了守城的小王欢斯老模,城池已被隋军占领,他进不去了。他是腹背受敌,后悔不该回波罗檀洞,只好背对堑栅列阵。

这当儿,张镇州本可劝说腹背受敌的欢斯渴刺兜投降。他没劝降,下令麾下朝既无进路也无退路的流求人放箭,欢斯渴刺兜被雨丝般的乱箭射杀,浑身挂满箭支,只有他的儿子岛槌活了下来,成为隋军俘虏。

土王欢斯渴刺兜一死,流求各部落降服。

张镇州和陈棱下令将士放火烧毁流求人的都邑波罗檀洞。

然后隋军押着数千名俘虏而归。

在东都洛阳献俘时,杨广为成功征服流求而大悦。加封陈棱右光禄大夫,加封张镇州为金紫光禄大夫。

## 第九章　威服四夷

### 1

收复西北疆域数千里,又迎来征服东南海域流求岛,大隋的国土伸展得无比辽阔。杨广的心情要比以往任何时候都要欢愉,宣诏开放东都,准备在明年的新年之际,致函邀请西域诸国使者和商贾来东都互市交易,共庆大隋盛世。

黄门侍郎裴矩对杨广奏道:"东都街市略显庞杂,该要整治一番。"

起初杨广并没在意,回应裴矩说:"东都街市庞大得很,又是人来人往地杂乱,如何整治?"

裴矩说:"到了明年的新年之际,东都将要迎来万国使者和商人,正是皇上继开放张掖互市之后,首次对外开放中原都邑。我朝既然向万国开放中原商贸,这东都可不是一般的都市,乃大隋国都,正是我大隋的颜面,若街市杂乱无章,万国贵宾就会低看了。"

裴矩的进言颇有道理,杨广道:"整治街市,朕一时没有头绪。"

裴矩道:"整治后的街市,要能处处彰显我大隋的繁华与富足。"

杨广点头,吩咐裴矩去办理。

裴矩道:"臣这就差遣人去整治。"

自大业元年至今,短短的数年,杨广没负他所立大业。建东都,凿运河,修驰道,筑长城,拓疆域,通丝路,这一系列的千秋大事已使杨广费尽心思,深感气力不足,正需要得力翘楚治理国家。这般想时,杨广对近侍说道:"召苏威回朝。"话音一落,左右近侍惊呆。见无人吭声,杨广又说:"召苏威入朝,怎么没个领旨的?"

虞世基勾着头说:"苏威已被皇上革职,身为平民了……"

杨广说:"苏威早年因朋党案,被高祖革职,难得苏威又被高祖召入朝中任纳言,后又任右仆射。此人虽已成为平民,但他料理朝政以一当十,朕不能让他虚度光阴。"

虞世基顺遂说:"臣这就派人去召苏威。"

此时的杨广身在中原的东都,心却牵挂着北方,召裴矩随驾北巡永济渠。早在大业四年,杨广诏令民夫开挖永济渠,正是为备战高句丽而掘,他担心永济渠水路受阻,影响备战军需的运输。风尘北上的车驾到达永济渠时,二千里运河已是水道通畅,河上船只络绎不绝,杨广这才放下心来。接着车驾驶向东北,来到东突厥。因东突厥主启民可汗病逝不久,正是启民的儿子咄吉世继承汗位之初,杨广选在这个当口来慰问,显示隋朝与东突厥的盟友关系非同一般。继位的咄吉世是为始毕可汗,他受宠若惊,率部落万众盛情迎接圣驾。

就在杨广到来之际,高句丽婴阳王高元派出使者来到了东突厥,与杨广狭路相逢。高句丽是隋朝的藩属国,跟隋朝面和心不和由来已久。始毕可汗不敢隐瞒高句丽使者的来访,带着高句丽使者拜见杨广。

当高句丽使者出现在杨广面前时,并没跪下行叩拜礼,令杨广很不高兴。

高句丽使者无视杨广,激怒一旁的裴矩。

于是裴矩冲高句丽使者厉声说道:"高句丽所占辽东之地,原本是周朝天子封给商朝遗臣箕子的。直到汉朝,高句丽被汉武帝收归华夏,设立乐浪、玄菟、真番、临屯四郡。藩属国使者今见大隋天子,为何不拜?"

高句丽使者以为裴矩出言狂妄,回敬道:"汉代之后,我高句丽复国都有数百年了,从何而来的华夏四郡?"

裴矩更加恼怒道:"汉代以后的晋代,眼下高句丽的半壁江山,也属于华夏的辽东。现在翅膀硬了,不愿对华夏称臣了?"

裴矩言激气昂,又说道:"高句丽一直想自立为异域之国。我朝先帝早就想收复高句丽,只是当年错派汉王杨谅率师出征,因杨谅缺乏才干,半途而归。"

此时的杨广要比裴矩更加生怒,他抑制着,声腔平缓地说道:"记得汉王杨谅出征回朝后,高祖给高句丽下过一道诏书,问婴阳王高元,辽河无论有多宽,比之长江如何?高句丽人再多,多得过昔日的陈国人吗?吓得高元自称粪土臣元。你这粪土臣元的小厮儿,竟敢对朕不行叩拜?又无视朕,朕这就斩你,派个人提你头颅赴高句丽送还给粪土臣元,当如何?"

高句丽使者这才意识到他出言不逊,惹怒杨广和裴矩,不敢继续顶撞,吓得急忙跪在杨广面前请罪,求得宽恕。杨广不会借东突厥一席之地斩高句丽使者让始毕可汗难堪,有失大国天子风范,他只是以言训斥,让高句丽使者知晓主仆尊卑。

裴矩不肯罢休,对杨广进言:"皇上威临天下,四方友邦都顺从大隋的教化,惟高句丽人自视甚高,皇上怎能忽视征伐野蛮的狂傲之邦呢?臣请求皇上当面对高句丽使者宣诏,放他回国,告诉他的国君,高句丽占据的辽东,正是周朝天子给箕子的封地,自古就是华夏疆土,若不归还,皇上当如汉代武帝出兵收复高句丽,设置四郡罢了!"

裴矩摆出强硬姿态,始毕可汗越发尴尬,不知如何进劝。高句丽使者再也待不住,迅速地退出了牙帐。

# 2

北巡的车驾返回了东都。第二天,杨广听说苏威奉旨来到东都,召苏威进宫。其实苏威已经习惯了以平民身份过着闲云野鹤般的生活。他身居朝廷高位几起几落,相比受诛斩的高颎,他的幸运使他无憾于做个乡间野老。今日天子召他入朝,是他毫没料到的,他是不情不愿来到东都的。

他不得不奉召进入显仁宫朝见天子,躬身拜道:"老臣来东都,听说皇上北巡去了……"

"苏先生请坐吧。"杨广打量苏威,语声柔和。"朕北巡永济渠,刚回东都,听说苏先生来了,才召苏先生进宫。"

苏威坐下,样子有些拘谨。

杨广开门见山说:"朕召苏先生入朝,想起用苏先生。"

苏威委婉说:"臣已年迈,精力不如以往充沛,且思维也迟钝了,恐怕胜任不了皇上的委命。"

一年多前,苏威因言获罪而被削籍为民。杨广明白对苏威的处置过重了,现在召苏威入朝,就想弥补一下苏威。然而苏威不是一般的大臣,他在先帝朝素有宰相之称,是先帝首屈一指的核心幕僚。他安抚苏威,当即敕封苏威左光禄大夫,高升正二品。苏威受封正二品,还能有什么怨气和托辞呢,只好谢皇恩。

以往高祖面临困局,问苏威如何破局,总有奇招使出。虽说杨广未曾遇到过不去的坎,但他清楚开疆拓土后的治理,还有即将亲征高句丽,定会出现一波三折的困局,是他起用苏威的缘故。

"朕西征,征服了几千里疆域,近期又征服东南流求岛,华夏版图要比往昔扩大了不少。"杨广慎重说道,"国家的疆域越来越大了,治理起来,不是一桩易事。苏先生素有奇谋,朕恳请您献治理良策。"

"陛下开疆数千里,重启畅通西域丝路,又凿通数千里运河便于漕运,功载千秋不可磨灭!"苏威赞叹道。"然胡人一有机会,就会侵袭中原,陛下不可让其放纵。高祖所施的离强合弱之策对待胡人依旧管用。"

杨广道:"朕征服吐谷浑设置郡县,一直担心治理不当,引发胡人叛乱,让胡人失而复得疆土。"

苏威道:"以前高祖施计,将突厥分裂成东、西突厥,大大地弱化了突厥的势力。吐谷浑之地正是隔离东、西突厥的一堵高墙。陛下得吐谷浑,是全面掌控西域的要冲。老臣劝陛下除了在收复的疆土上派驻军队,还要推行汉化风俗,多施惠民之策,笼络人心归附朝廷。"

杨广道:"朕收复东南海域流求岛,据说岛上有食人的恶俗,令朕治理倍感困惑。"

苏威道："老臣以为治理流求要比治理西域容易,因流求没有领土接壤的邻邦,在大海上孤立无援。无论流求人有多野蛮,只要陛下派人去统治,经教化数代,就可与大隋融为一体了。"

议罢疆域的治理,杨广抛出收复高句丽的计划。苏威摇头,说收复高句丽不可操之过急。杨广似乎接受不了苏威的劝谏。

苏威继续谏阻道："陛下近年宣诏营建东都、凿运河、筑长城、修驰道,这一系列的浩大工程耗费国力和民力过于沉重;如果陛下再宣诏攻打高句丽,恐怕国力和民力难以承受,缓一缓,喘上几口气,再去收复高句丽,也不嫌晚。"

攻打高句丽收归大隋,杨广在心里酝酿不是一天两天了。尤其在东突厥始毕可汗牙帐里邂逅相遇高句丽使者的无视和傲慢,使得杨广坚定了收复高句丽的决心。

苏威刚退下,裴矩匆匆迈进显仁宫,他来到杨广面前,奏道："禀皇上,有西域使者已经来到东都。"

杨广问："来了多少人?"

裴矩回道："来了近百人。"

西域使者是隋朝致函邀请来的,之后会有大量西域国王、酋长和商人应邀来东都,如何接待,裴矩请杨广下旨。

杨广说："让他们入住东都客栈吧。"

裴矩说："西域国王、酋长和商人是我朝邀请来的贵宾,若让他们自掏腰包住宿餐饮,恐怕不太妥当。"

杨广说："也是的。"

裴矩说："我朝毕竟是礼仪之邦,又是具有影响力的大国。此次东都盛会,是个向西域胡人展示我朝强盛与富足的机会,不可让胡人小看了,他们来到东都后的食宿,应免费提供。"

杨广说："他们的住宿和餐饮,可由朝廷负担。"

裴矩说："无需朝廷负担,只需东都的客栈和酒家免费提供食宿,足够了。"

杨广表示认同,对裴矩说:"你去通告客栈和酒家,让他们免费接待西域贵宾。"

一晃挨近岁末,受邀的西域各国国王、酋长和商人陆续抵达东都洛阳。东都洛阳随处可见凹眼高鼻的胡人还是北魏太和年间的事,正是北魏孝文帝拓拔宏迁都洛阳,引来遍地胡人。之后的王朝更迭,洛阳不再是国都京师,胡人们相继离去,洛阳重新恢复为汉人的天下。

隋朝在张掖开放互市,又在焉支山举办万国博览会,东都洛阳开放互市在情理之中。精明的胡人赶着满载货物的驼队和马帮来到了东都。胡人们一时找不到固定的市场交易,他们驮着物产的骆驼和马匹到处穿行,使得东都街市出现混乱。

胡商们希望能进入固定的市场交易。裴矩获知此事,奏请杨广准许胡商进入丰都市场。这丰都市场是东都最大的商贸中心,店铺林立。杨广着便装来丰都市场巡视,发现丰都市场杂乱无序,当即下旨尽快整修,要求临街店铺屋檐整齐划一,门前张灯结彩,店内挂设帷帐,店家商人们服饰华丽,店内必须摆满珍稀货物。等胡商正式进入丰都市场时,所见繁荣景象令他们震惊不已。

正当裴矩奏请杨广向西域胡人开放东都互市时,内史侍郎薛道衡再也沉不住气,当廷提醒杨广道:"自西晋八王之乱,引来五胡乱华,至此三百多年,胡人盘踞中原……"

没等薛道衡说完,裴矩知道薛道衡接下来会说什么,他上前说道:"薛先生看不惯胡人回到中原,以为胡人永远是乱华的祸水?"

见裴矩当面驳斥,薛道衡也不示弱,严正回应道:"自秦至汉,以至我朝为何要不断地修筑长城,难道不是为了抵御这帮胡人吗?"

裴矩朝薛道衡轻蔑地笑道:"薛先生说得不错。秦汉两朝虽强盛,其富庶能与我朝相提并论吗? 我富强的大隋对胡人开放商贸,让胡人以货易货,与我大隋互惠互利,共荣其间,不因欲念不可获而相互敌对,有何不好呢?"

薛道衡豁出去了,怒视裴矩道:"裴先生不会忘了魏晋南北朝时期,胡人视我华族为异类,逼我华族衣冠南渡,是我华族难于启齿之辱!"

裴矩与薛道衡无法共语,都争得脸红脖子粗。其他大臣似乎不便参与相争,都在看杨广的脸色。

杨广静听了半天,打了个手势,薛道衡和裴矩之争才平息下来。

随后杨广对百官说道:"裴矩非常了解朕的心意,他每次上奏,都是朕想过或未能想过的。如果他不是为国家尽心,哪里会有胡人将西域特产源源不断地驮运到我大隋来?"

杨广明确地肯定裴矩的功绩,令薛道衡颜面扫地。薛道衡可与两朝大儒牛弘相提并论,也是经纶满腹文章天下知。就因在朝殿上颜面扫地,回家后,他气得吐血,卧床不起,没过多日,病死家中。

## 3

尽管一些大臣上疏反对朝廷向胡人开放东都,但杨广不听诤谏。他开放东都互市的理由非常直接,隋朝的丝绸、茶叶、金银器、瓷器、漆器、铁器、竹器、纸张和雕刻品等诸多特产可以远销西域;西域的珍珠、玛瑙、珊瑚、玳瑁、象牙、犀角、红宝石、蓝宝石、白胡椒、黑胡椒,甚至骏马、大象、狮子以及鹦鹉等,还有许多香料和一些如紫檀木、沉香木等木材,可由胡商运到东都来。通过互市贸易,各取所需,两全其美。

朝廷已出告示,由东都的饭馆和客栈免费迎宾。来到东都的西域藩属国的国王、酋长和商人进饭馆吃饱喝足离开,店家不收取分文;夜晚投宿客栈,也不收取分文。那些国王、酋长和商人在东都白吃白住,感受到了大隋的友善。藩属国的国王、酋长和商人最想带回去的商品是丝绸,可以说隋朝的丝绸在西域贵如黄金,不是一般人家可以享用的。杨广要在云集东都的胡人面前炫耀大隋的富足,下令用丝绸包裹东都街道两旁的树干以作装饰。一时间胡人们见到大街小巷的树木都披上金贵的丝绸,震惊得无法用言语形容。

早前在张掖的焉支山举办盛大的万国博览会,让西域胡人大开眼界。此次邀请西域藩属国的国王、酋长和商人来东都,隋朝准备在东都的端门街开设盛大空前的百戏场。

端门街是东都最繁华的街市,经过一番治理,街市整洁,焕然一新。

由御史大夫裴蕴召来的三万散乐,一直住在东都的西苑里,这些人善歌舞、器乐、角抵、武术、杂技、魔术和杂剧。到了新年的正月十五日,朝廷举办的百戏要在端门街上演;西苑的散乐们,可谓养兵千日用兵一时,就要登场演出。

在新年快要到来之际,整个东都洋溢着节日的喜庆气氛;每当夜幕降临,大街小巷亮起的灯笼如同浩瀚的繁星,将东都装点得好似天上银河。

整治东都街市,开放丰都市场,在端门街上演百戏,耗资巨大,百官颇有微词。杨广不以为然,对身边僚佐说:"魏晋南北朝的三百多年分裂乱世,乱在胡人割据华夏。自高祖一统天下,总是不安于胡人。朕耗巨资迎胡人入东都,就是要让存有野心的胡人目睹大隋的强盛,不敢藐视,甘愿臣服。"

虞世基迎合道:"威胁我朝的最大敌人不是东边的高句丽,正是西北边的胡人。皇上震慑胡人,而不敢对我朝轻举妄动,天下方可太平无事。"

裴矩道:"应邀来的胡人,享受免费食宿,又览东都一派富庶强盛的景象,惊叹而羡慕不已。"

宇文述道:"只要胡人目睹我大隋的富强,将会朝贡不断。"

杨广道:"朕向胡人开放东都,有大臣反对,只是他们不明朕的用心。西域诸国不知有多少珍宝是大隋没有的,仅凭藩属朝贡,远远不能满足。若不开放张掖和东都互市,只能靠发动战争掠夺,代价高昂。到如今,胡人走河西丝路,不远万里送珍宝入东都,要比发动战争掠夺容易得多,何乐而不为呢!"

### 4

给西域人观赏的百戏如期在端门街上演。裴蕴从东都西苑拉出的散乐表演阵容,规模异常庞大。整个演出场地一圈就有五千步,上场演奏器乐的就有一万八千余人,那阵势和气场真的是惊天动地,声震四方。从夜色降临开始,五花八门的百戏在耀眼如同白昼的灯光下依次上场,除了优美的音乐和舞蹈,还有角抵、武术、杂技、魔术和杂剧等节目,演出直到天明。

端门街从没有上演百戏过,东都洛阳万人空巷。杨广也被端门街的百戏吸引,想去看戏,不便以皇帝身份出现在端门街,只好乔装一番,打发侍卫出宫,找来百姓家的布衣布鞋穿在了身上,问侍卫瞧他像不像百姓模样。侍卫们说他不像百姓,说他无论穿什么衣裳都是皇帝模样。杨广愣住了,又问侍卫,朕打扮成百姓出宫,这衣裳又没写上"皇帝"二字,怎可让人认得出来?侍卫们依旧讨好说皇上就是皇上。想去看戏的杨广有些犹豫了,后来他发现侍卫们出宫找来的是新衣裳,又吩咐侍卫出宫,找来缝上补丁的旧衣裳。侍卫们再次出宫,终于找来几件缝了补丁的衣裤给杨广穿上。杨广仔细打量自己,问侍卫,这回朕穿百姓的补丁衣裳出宫看戏,难道还会被人认出来吗?侍卫们瞅着杨广,不作声。杨广对侍卫说,朕都认不出自己是皇上了,你们再敢说朕穿补丁衣裳去端门街看戏还是皇上,朕这就割掉你们的舌头。于是杨广趁着夜色掩护,带了少许侍卫悄悄地溜出宫,来到端门街,挤在人群里看百戏,看到大半夜,一直没人认出他来。

百戏演期半月,直到正月底结束。

这时候正是春暖花开的季节。杨广心情颇好,怀念着江都扬州,他想等他从东都起驾巡幸江都时,江南已是烟花三月了,景色秀丽如画,气候宜人。想到烟花三月的江南,杨广思绪万千回到寝宫,对皇后萧氏柔声柔气说:"再过些时,江南扬州的琼花就要盛开了。"

萧皇后没料杨广会对她提起琼花,问道:"皇上想去巡幸江南了?"

杨广回答道:"爱妃喜欢江南的气候,更喜江南的美食,趁着阳春好时节,随朕去江南吧。"

萧皇后开心道:"托皇上好福气。"

随后杨广召裴矩、宇文述、裴蕴和虞世基到殿,表明他要巡幸江都。在这之前,杨广从没透露巡幸江都的念头,使得进殿来的几位大臣感到意外。

杨广冲他们说道:"近年诸卿随朕忙于西巡,收复西疆平胡人,使得江北的中原归于安宁;朕却疏忽对江南的安抚,该要巡幸江南查访民情了。"

皇帝南巡的意图已明确。宇文述顺遂道:"近年皇上一直忙于巡幸西北,收复西疆,让胡族与汉族融合一体,的确疏忽了江南,也该要去安抚了。"

虞世基道:"江南富贾居多,早有形成门阀的惯例,皇上去了江南,安抚门阀不可忽视。"

裴蕴道:"皇上打算何时起驾?"

杨广回答裴蕴说:"兴许就在近日。"

其实杨广另有巡幸江南的意图,那是为他亲征高句丽作准备,他暂且不便透露。他在离开东都之前,下诏开凿江南河,这条八百里长的运河将京口和余杭相连,以备攻打高句丽时便于运输粮草。

起驾的时候,杨广特地召大将军来护儿随侍左右。来护儿是江都人,在江南颇有声望。杨广要让来护儿体面地衣锦还乡,明显地释放出天子器重江南人。虽说大江南北早已统一,但在隋朝之前的分离太久,又因江南江北的风俗各异,使得江南江北的官民难以真正地融合。杨广第一次巡幸江都时,用心笼络具有广泛影响力的佛教天台宗高僧灌顶导引信众归附国家大统;这次杨广赴江都要做的事也是安抚江南。

天子也有难以言表的苦衷,担心率师亲征高句丽,江南门阀趁机作乱。他才召来护儿到身边,让来护儿乘龙舟随着南下的运河衣锦昼游。来护儿戎马征战,并非朝廷重臣,能有机会随侍皇帝衣锦还乡,可谓光祖耀宗,他受宠若惊得无法形容。

天子乘坐的龙舟到达江都,刚驻跸江都宫,来护儿衣锦还乡回归故里。然后杨广赐财物和祭品,让来护儿上坟祭祀祖先。

回归故里的来护儿惊动四方乡邻,随从天子,这可不得了,可谓一桩盛事迅速传开。欣喜若狂的来护儿这时本该要宴请乡邻喜庆他衣锦还乡,杨广不准,对来护儿说:"朕从前在江都做过总管,江都也是朕的老家,朕回老家了,你不能跟朕抢着宴请,由朕来宴请江东父老乡亲。"此言一出,甚是暖心。

皇帝宴请江东父老。酒过数巡,杨广宣诏:江南籍三品以上官员可以衣锦还乡,炫耀功名。身为江南籍的三品以上官员获此诏令,激动得热血沸腾。随后杨广又宣诏:制江都太守秩同京尹。提高江都行政级别,成为陪都;意味着继西京大兴,东都洛阳之后,江都扬州便是隋朝设在江南的第三大政治中心。

江都升级为陪都便于朝廷统治江南。但江南人不这样看,因以往的西京和东都设在江北,江南人便觉朝廷忽视江南,现在江南有了类似于东都级别的江都,江南人自然开心而自信。然杨广给江都提升级别,不过是帝王施平衡之术,安抚江南人心。

其实杨广第一次巡幸江都时,送来免除江南三年赋税大礼,又特赦流放边疆的江南人可以返回家乡。这大礼深得江南人心。此次杨广虽没下诏免赋税,却以亲民的姿态感动江南,为的是让江南与江北消除隔阂,融为一体。

第一次巡幸江都时,杨广去过佛教天台宗祖庭国清寺。这不仅是天台宗开山祖师智顗和尚跟杨广有过一段佛缘,而且智顗和尚和他开创的天台宗在江南有着广泛的影响力,迫于政治需要,杨广礼拜天台宗,会见灌顶法师,表明天子对天台宗的支持,赢得信众归附朝廷。

从来护儿故里回驾江都宫后,杨广稍作休歇,起驾赴天台山国清寺拜谒佛祖。当他在国清寺跟灌顶法师重逢时,大谈佛法。因他早年在江都做总管时,天台宗祖师智顗和尚给他授过菩萨戒。他跟智顗的徒弟灌顶大谈佛法,明示当朝天子对佛教的信仰和推崇。

从国清寺回驾江都宫,杨广开始谋划亲征高句丽,准备调集江南粮草通过运河输送到北方。

恰逢此时,倭国派来使者朝贡。杨广在江都宫相迎倭国使者,便觉倭国使者来的正是时候。因倭国跟高句丽相邻,杨广担心攻高句丽之战打响后,高句丽婴阳王高元求助倭国组成联盟。

于是杨广试探地询问倭国使者:"朕准备在江都调兵遣将征伐高句

丽,倭国是什么态度?"

倭国使者没料杨广这么问他,看着杨广。

杨广也看着倭国使者,等倭国使者表态。

倭国使者看了半天杨广,回答说:"辽东之地,自古就是华夏的疆域,被高句丽占为己有许多年,也该到了归还的时候。大隋朝的天子讨伐高句丽,收复辽东,天经地义。"

此话正说到杨广心坎上,他很高兴,接着说道:"辽东本是我华夏周天子赐箕子的封地,被高句丽占据,朕率兵收复是正义之战。"

倭国使者意识到了杨广问他的用意,明确表态说:"大隋朝的天子收复失地,与倭国无关,倭国既然是大隋朝的友邦,决不会插手添乱。"

继倭国使者来朝贡之后,韦室、赤土等多国派来使者朝贡,唯独不见高句丽使者,令杨广耿耿于怀。杨广心里闷着口郁气,对近臣裴矩叹道:"该来朝贡的藩属都派人来了,唯高句丽不来,高元那鼠辈果真没把朕放在眼里。"提及高句丽,裴矩来了气,对杨广说:"早前臣随侍皇上巡幸东突厥,在始毕可汗的牙帐里,见高句丽使者那副自视甚高的样子,臣发狠话教训,皇上也发狠话教训。那使者一定把话传回去了,一直不见高元那鼠辈有何动静,可想高元的确没把我大隋当主子。"听裴矩言说,杨广心里又翻腾着了怒气:"高元派出使者赴东突厥,就是不派使者来大隋,就是要气朕率师亲征去讨伐他。"

# 第十章 饥荒盗起

## 1

大业六年(610)仲秋之后,一连串的坏消息折腾得杨广心情哀伤,刑部尚书梁毗、民部尚书长孙炽、吏部尚书牛弘接二连三地在任上病倒,没过多日相继病逝。光禄大夫、真定侯郭衍见朝廷三大尚书病逝,想是他们操劳过度才犯病而亡。郭衍来到杨广面前,进劝道:"皇上要保重龙体,没必要日日上朝理政,五日里皇上只需上一次朝就够了。"听这话暖心,杨广笑道:"郭衍效忠,唯郭衍最懂朕。"这话说过数天,谁也没料到郭衍突发重疾病逝。所以杨广想起大臣们接连病逝,格外地哀伤。

这一年里,上至皇帝下至臣工忙于谋划征伐高句丽,累得够呛。可以说征伐高句丽,是隋朝两代天子的心愿。早在前朝的开皇十八年(598),高句丽婴阳王高元率师一万余众侵犯隋朝辽西地区,被隋朝营州总管韦冲击退。高祖杨坚甚为愤怒,下令汉王杨谅、上柱国王世积领兵三十万,分水陆两路进击高句丽,因遇恶劣天气,大军半途而返。杨广决计攻打高句丽,是因高句丽严重地威胁到了隋王朝的政权和国家利益。此次备战高句丽,杨广几乎是铆足了劲儿。

大业七年(611)二月已未,杨广升钓台,在运河边的扬子津大宴群臣,正式启动亲征高句丽。他面对群臣宣诏道:"武有七德,先之以安民。政有六本,兴之以教义。高句丽高元,亏失藩礼,将欲问罪辽左,恢宣胜略。虽怀伐国,仍事省方。今往涿郡,巡抚民俗。其河北诸郡及山西、山东年九十以上者,版授太守,八十者,授县令。"

大宴完毕,杨广下令群臣和护驾大军踏上讨伐高句丽的征程,从江都出发,乘舟走通济渠北上,直抵涿郡(今北京)。他率领的大军路过东都洛阳时,也没停靠上岸,直接过黄河走永济渠继续北上。四月十五日,杨广车驾到达涿郡,驻跸临朔宫,随从的九品以上官吏也都得到安置。

涿郡是进攻高句丽的大本营。杨广首先命令幽州总管元弘嗣赴东莱海口造船三百艘。下诏全国征兵来涿郡;又诏令江淮以南水手一万人,弓弩手三万人,岭南排镩手三万人赴涿郡。

元弘嗣受命赴东莱海口(今山东掖县)。开皇九年,元弘嗣随晋王杨广收复陈朝,功授上仪同,曾任观州和幽州总管府长史。他来到东莱海口后,急令诸郡县造船工匠和丁役数日内赶到东莱海口,逾期不到视同违抗皇旨论处,各郡县官吏一并受罚。

元弘嗣性情暴虐,留下酷吏恶名,各郡县官吏不敢得罪钦差元弘嗣,火速将管辖内的造船工匠和丁役督促到东莱海口,交给元弘嗣。朝廷早已派人到大山里伐木,那粗壮的木料都堆放在东莱海口。元弘嗣下令开工,造船工匠和丁役开始搬运木材叮叮当当做起活儿来。三百条船可不是那种浮游在湖泊河汊里的小渔船,而是泛海的战舰,打造起来耗时费工。怕拖延工期交不了皇差,元弘嗣只好拿了造船工匠和打杂的丁役当牛马使唤,指使手下日以继夜监工,不得停工。

刚开始,工匠和丁役们还扛得住没日没夜地干活,日子稍稍一久,那四肢和身躯不是铁铸的,有人支撑不了,躺下歇会儿。元弘嗣不准他们偷懒,催促干活儿,他哪里感受过连续干活的人太辛苦太疲乏,整个身子就像没了筋骨似的发软,软如棉条,就想美美地睡一觉,让筋骨恢复元气。元弘嗣认为工匠和丁役偷懒,不想干活儿,唤来手下挥舞棍棒滥打。

人的耐劳是有极限的,越过耐劳的极限就要垮下。工匠和丁役们瞅着监工不在场的时候,偷偷摸摸地趴在木材上打会儿盹。有三个搬运木材的年轻人实在是劳累过度,倒在木材角落里睡着了,被监工捉住。元弘嗣走过来,气得青头黑脸,瞅着三个睡觉的年轻人,恶狠狠地骂道:

"打,往死里打！打得他们长睡不醒！"三个年轻人在众目睽睽之下被活活地打死,这下震慑住所有工匠和丁役;不就是打造三百艘泛海的战舰嘛,谁都不想被元弘嗣和他的监工打死,都想造完三百艘战舰后活着回家。

在东莱造船的海口之外,备战的高潮正席卷全国。五月,杨广令河南、淮南和江南等地制造了五万辆兵车送往高阳(今河北高阳),供军队装载衣甲和幔幕;征发河南、河北丁役运输军需补给。

从江都随驾北上的军队只有十多万,而涿郡一带的驻军也不充足。军队和粮草大多囤积在中原和南方。自从杨广下过征兵诏后,全国各地入伍的兵卒正川流不息涌向涿郡。

诸多备战的事务积在一起办理,又是举全国之力。苏威见有些乱套,提醒杨广道:"朝涿郡奔来的兵卒有一百多万,要不了多少时日,就要抵达涿郡了,而粮草的运输显然滞后,此事不可马虎,皇上该要尽快下旨调运粮草了。"

杨广一怔,醒悟过来说:"朕只顾调兵遣将,调运兵器,的确忘了粮草先行的大事。"

经苏威提醒,杨广召心腹议粮,宇文述和裴矩主张就近调运北方的粮食储备涿郡,供给军需。

裴蕴摇头说:"北方地区没有大的储粮仓窖,朝廷大量调拨北方的粮食用作军需,显然会使北方地区亏空,发生粮荒。"

苏威赞同裴蕴的话,再次提醒道:"此次出征高句丽,用兵空前。若就地取粮,军需耗尽北方粮食,容易引发北方闹饥荒而生动荡,且前线军需用粮必然断炊,千万不可儿戏。"

杨广、宇文述和裴矩看着苏威。

苏威接着说道:"东都洛阳一带早就囤积了大量的粮食,用船载了走通济渠和永济渠直抵涿郡,是最佳途径。"

起初杨广以为从东都运粮至涿郡,路途遥远,恐怕耽误时机。苏威坚持从东都运粮。

苏威说:"眼下军队和军需尚未整装齐备,不可以发兵出征。从东都运粮,还来得及。"

裴蕴说:"皇上征召入伍的兵卒,大多来自南方,而南方人习惯饮食大米,东都一带的几大仓窖,正好都储藏着大米,赶紧去调拨吧,别三心二意了。"

裴蕴一锤子定音。杨广急令沿途驿站传旨运大米。中原和南方的民间船只统统调集黎阳和洛口仓,装载粮食行走通济渠和永济渠北上涿郡,一时间运输粮食的船队首尾相连,连绵千余里。

这时的陆路更显繁忙,征发来的数十万运输兵器铠甲及攻城器械的民夫正日夜奔行在三千里驰道上。这条运送军需的三千里宽阔驰道,一下子变成人间地狱,饿死累死途中的民夫不计其数,他们死后如破砖烂瓦躺在路上,正是大热天,尸骨经烈日曝晒,散发着恶臭。

苏威获悉驰道上推车运输军需器械的民夫接连累死没人收尸埋葬,大热天里引来苍蝇叮咬,散发恶臭,生出蛆虫,心里猛地一沉,便觉民夫死后无人收尸下葬的事态照这样延续下去,兴许会招惹民愤。于是苏威向杨广奏请,尽快采取措施,避免驰道上大量死亡民夫。

宇文述以为苏威大惊小怪,说道:"苏先生担心死了民夫,没人运输军需器械了?"

苏威冷着脸回应宇文述道:"宇文将军也该听说过驰道上死去的民夫一直没人下葬,大热天的都发臭生蛆了,倘若发生瘟疫,如何收拾?要知三千里驰道上朝涿郡奔来的不仅仅是运输军需器械的民夫,还有朝廷征调的数十万大军也奔行在驰道上。他们一路看到民夫为国征战,死后无人收尸,自然会想到他们在战地死后无人收尸,而生恐惧。"

宇文述不满苏威当杨广的面驳斥他,涨红脸说:"军士们连抗死的意志都没有,怎可上战场?再说驰道三千里,累死若干人,不足为怪。只是当前备战紧迫,顾及不上亡者安息地下,只好生敬畏罢了。"

就在宇文述和苏威相互争议的当儿,杨广一直没言声。

此时的杨广的确顾及不了漫漫驰道上的死亡民夫,他拂袖离开时,仍旧没有言声。

其实驰道上接连死亡民夫并非个例。为出征高句丽,杨广早在山东置府。下诏征发车夫六十余万,将南方的粮食运到北方的泸河、怀远二镇储备,规定二人推辆载有三石粮食的木车,一趟千里之遥;可想二人从南方推着三石粮食到泸河、怀远,要比行驶在宽阔的驰道上还要艰难。因运粮的道路十分险阻,三石粮食还没有运到泸河和怀远,就有人不断地累死路途。加上车夫们一路缺乏补给,只能用车上的粮食充饥,即便到了泸河和怀远,缺斤缺两交不了差,于是很多车夫畏罪,干脆丢弃木车逃亡,成为难民。

## 2

山东、河南、河北距涿郡较近。朝廷在这三地征召的成年男丁最多,年轻的应征入伍,年老的运输军需。这三地因缺乏男人耕作,荒芜大片田地,许多地方的粮食几乎绝收。到秋天陈粮食尽,留守妇人们只好拖儿带女出门乞讨,流民多了起来。

这时候涿郡备战接近尾声。杨广正准备发兵东行去渡辽河,遇黄河涨大水,水势来得凶猛。黄河砥柱崩塌,堵塞河道,形成堰塞湖,洪水逆流高涨几十里,冲垮堤坝,淹没河南、山东三十多个郡,冲毁房屋无数,不知淹死多少人。

灾情上报朝廷,杨广束手无策。一边是出兵东行进攻高句丽迫在眉睫;一边是山东、河南抗洪赈灾不可延误。一时想不出两全其美的办法,杨广只好召百官议计。

杨广焦虑不安说:"黄河涨大水来得突然,河南、山东灾情严重。朕苦心谋划一年多的亲征,看来要被这洪灾耽误了。"

虞世基抱怨说:"往年的这个时候,黄河上游快要冰冻,中下游不见多少来水了;今年真是奇怪,猛地下来这么大的水,淹了这么多的郡,这是少遇的。"

裴矩说:"眼下投入抗洪赈灾,举国备战高句丽的计划将会被彻底打乱。怪只怪大水来的不是时候。"

苏威说:"山东、河南数十郡既然出了这么大的天灾,赈灾是头等大事,皇上东征高句丽,只能往后推延了。"

宇文述说:"往后就要入冬了,高句丽会被大雪笼罩,气候十分寒冷。若推迟到大雪笼罩的严寒日子出兵高句丽,许多来自南方的将士恐怕受冻得伸展不开手脚,如何打仗杀敌?"

苏威不服宇文述抬杠,抖了下官袍说:"黄河每年都发大水,为何今年发大水淹了数十郡,是因那些地方的成年男丁被征发出来备战了,沿岸缺乏人手防汛,才溃口闹水灾。眼下朝廷应尽快放人回乡赈灾为上策。"

宇文述不放心地说:"放人回乡赈灾,万一不回来出征咋办?"

苏威说:"不放人回去抗洪赈灾,人即使去了高句丽,想到自家的房屋和父母妻儿都泡在大水里度日,能安心进攻杀敌吗?"

杨广没插嘴,一直在听大臣们争议,觉得苏威说得有道理。他开口说道:"丢下三十多个遭受水灾的郡县去东征高句丽,朕也不放心,何况家乡受灾的将士们更不放心。他们想着受水灾的家人,心情不好,士气也会低落。还是苏爱卿说的对,抗洪赈灾是头等大事。朕亲征高句丽的事,只能往后推延了。"

身居涿郡的杨广和他的大臣们只顾备战高句丽,却忽视山东、河南因荒芜田地绝收庄稼,又闹起水灾,可谓雪上加霜。粮价暴涨得厉害,一斗米邪乎地涨到数百钱,闹起饥荒,民不聊生。于是山东、河南一带开始有人抢劫大户,当地官府派人捉拿,且是水里按压葫芦——此起彼伏。

尤其山东境内,不仅仅遭受严重的水灾,朝廷备战征发走的男丁超过其他地区,百姓的日子苦不堪言。一些男人承受不了运输军需的苦役,寻找机会逃脱,又害怕回家被抓走,只好流窜着打家劫舍。

山东邹平县人王薄起初应征,从南方运输军粮至怀远,载着粮食的木车还没到达怀远,车上的军粮被王薄和另一位推车的搭档吃掉大半。见军粮所剩无几,到了怀远交不了差儿,王薄和搭档干脆弃车而逃。

王薄是个铁匠,儿时念过几年书,要比不识字的人多些智慧。眼看山东各地盗贼四起,官府没办法打压禁绝,王薄纠集一伙人加入打家劫舍的行列,频频得手,如同在自家菜地里摘瓜。这时王薄不再是个锤打铁器的粗汉,他嗅到世态不同以往,朝廷只顾征兵攻打高句丽,山东、河南因闹水灾,已是哀鸿遍野乱成一锅粥,皇帝和他的百官在涿郡蹲着,并没有采取好措施。王薄便觉乱世即将来临,何不趁早儿抢座山头大捞一把,他身边只有数十人,干不成大事。于是王薄想到他的几位发小兄弟在不远的东莱海口打造舰船,他来到了东莱海口。

造船工匠和打杂丁役是在五月里来到东莱海口的。监工元弘嗣和他的手下一直拿他们当牛马使唤,不许他们离开。整个夏天,工匠和丁役们大多站在海水里劳作,一些人的下半身被海水泡成溃烂,生出蛆虫,得不到医治,死后被海浪卷走。王薄见到发小兄弟被折腾得不成人样,甚是吃惊。几个发小兄弟不知王薄来意,告诉说这里比阴间的地狱还苦,你来投地狱,自找苦吃。劝说王薄赶紧离开,别给地狱套住出不去。王薄这才说明来意,众兄弟异常兴奋,开始暗地里鼓动。

在东莱海口造船的大概有三千多人,他们在监工的威逼下,已是逆来顺受,想逃离想得发疯,就是没人牵头。王薄的到来,自然成为他们逃离的牵头人。于是王薄背着监工当即策反,说乱世将至,众兄弟都有高堂父母,妻室儿女,不得在这生毒疮的海水里泡死,都随我离开打出一片天地,求得个大富大贵。王薄的策反正合工匠和丁役们的心意。王薄明白不可延误时机走漏风声,当天夜里,他率众人携带造船的斧头锤子一起动手,杀了监工,只有工头元弘嗣侥幸逃走。王薄领着三千多人迅速离开了东莱海口。

元弘嗣做梦都没想到,平日里顺从他的造船工匠和丁役会在一夜之间暴动,朝他和监工们大开杀戒,他为逃脱屠刀而庆幸。黑夜里,他并没逃得太远,等天亮后,他悄悄回到海口的造船工地,不见一个工匠和丁役的影子。海上起了风。海浪逐高成叠状,反复拍打着正在制造中的船舶摇摇晃晃。仿佛经历一场海难,那数千劳工全被海浪吞噬了。元弘嗣知道那些离去的劳工不会再回来,他沮丧地眺望海边的摇晃船只,感觉自己留在此地是多余的。

沮丧的元弘嗣再也没有办法找来工匠继续打造船舶。然而工匠和丁役们的暴动又不可隐瞒,他不得不回涿郡奏报。这时的杨广也知道了山东和河南两地闹水灾，粮价暴涨，引发民变，正焦头烂额。元弘嗣的到来，只是增添杨广的烦恼。

元弘嗣不仅仅是无功而返，而且把杨广派他去东莱海口监工造船的事全办砸了，杨广追究他的罪责，是眼前的事儿。进殿后，他吓得直打哆嗦跪在杨广脚尖下，叩头说："臣无颜见皇上。"

一看元弘嗣的猥琐样子，杨广意识到元弘嗣在东莱海口监工造船，十有八九出了乱子，绷着脸问："你的颜面哪儿去了？"

元弘嗣低三下四回答道："东莱海口一夜之间发生暴乱，那些工匠和打杂的杀了众监工，都逃走了。臣特来请罪……"

杨广脸色大变，怒骂道："你也是监工，那些暴乱的劳工怎么没砍下你的头颅？免得朕治你罪过！"

元弘嗣吓出一身冷汗："暴乱发生之前没有先兆。臣当即率众监工镇压，终是寡不敌众……"

杨广又问："造船劳工为何暴乱？"

元弘嗣不敢实言因他对造船劳工的残暴而引发暴乱，回道："兴许是劳工想家不能回家，才发动了暴乱。"

正处焦头烂额的杨广好像多看几眼元弘嗣，心里更麻乱，脚尖踢了下元弘嗣的头顶说："你退下吧，别惹朕心烦。"

元弘嗣生怕杨广治罪，宣出一个"斩"字。他总算松了口气，身子弯成月牙形，退出了大殿。

宇文述走进殿来，见身子弯成月牙形的元弘嗣，都没打个招呼。

杨广气不打一处来，冲宇文述发泄道："元弘嗣在东莱监工造船，监出暴乱，劳工都跑光了，将没完工的船舶丢弃在了海边，真是坏了大事。"

宇文述一惊道："东莱正是我朝海师出征高句丽的大本营。元弘嗣监工造船，半途而废，应当即问罪！"

杨广好像没有心情，摇了摇头说："都成这个样子了。问罪元弘嗣，也没办法改变劳工暴乱的现实。只怪朕差遣错了人。"

宇文述话题一转，奏报说："嵩山道士潘诞来涿郡了，要觐见皇上。"

一听道士潘诞来涿郡觐见，杨广对元弘嗣生出的怒和怨全然消失，精神一振,忙问道:"潘诞给朕炼的金丹带来没有?"

宇文述说:"臣没问过潘诞,还不知晓他带来金丹没有。"

杨广说:"带他进殿吧。"

早在大业二年,杨广听说嵩山有位叫潘诞的道士活了数百岁,非常震惊,急召潘诞入大兴。等潘诞来到大兴时,鹤发童颜,下巴长出的银须垂至膝盖,这样长的银须不知要生长多少年,杨广从没见过。于是杨广好奇地问潘诞高寿几何,潘诞说他寿辰已过三百年。杨广和在场的大臣都惊呆了。然后杨广又问潘诞:"你忘了寿数,虚报了吧?"潘诞轻声笑着回道:"贫道知晓欺君之罪不可赦,不敢虚报寿数。"杨广这才信了潘诞寿高三百有余,赔笑称潘诞是个百年难遇的奇人。随之杨广对潘诞产生兴趣,问潘诞是如何活到三百岁的。潘诞说他咽食金丹得了长寿。

先前有秦皇、汉武服食丹丸求长寿求成仙,杨广效仿秦皇、汉武,令潘诞炼丹供他服食。

潘诞奉旨回嵩山炼丹。杨广不仅给了潘诞正三品待遇,还大兴土木,给潘诞盖起嵩阳观,观舍有数百间,且是十分的华丽。潘诞需要二百四十个童男童女相随,杨广给他配备。潘诞要在嵩山开凿山石取石胆、石髓炼丹,杨广给他派去数千人到山里凿石,凿了数十处,有的深达百尺。也就说潘诞需要什么,欲求金丹的杨广都满足他,只等金丹炼成。

一晃六年过去,杨广以为潘诞是来进献金丹的。待潘诞被太监带进殿来,杨广高兴地迎了上去,想一睹金丹大饱眼福;没料潘诞是空着手来的,令杨广扫兴。

潘诞行毕朝拜礼。

杨广责问道:"都过去这么久了,金丹为何还没炼成?"

潘诞回答说:"只因贫道在嵩山取石胆、石髓,未能获得,才耽误了工夫。"

杨广觉得潘诞之言不是理由,而是开脱之辞,生气道:"朕给了你数千人凿山取石胆、石髓,耗费巨大,难道你要朕再派更多的人,把个嵩山凿为平地?"

潘诞狡黠笑道:"不用石胆、石髓作原料,用其他之物也可代替。"

杨广问道:"何物可以代替石胆、石髓?"

潘诞回答道:"要是得到童男童女的胆、髓各三斛六斗,就可代替石胆、石髓了。"

一听此言荒谬至极,杨广这才醒悟潘诞欺骗他整整六年,拍案而起,盛怒道:"你以为你是大秦的徐福转世,像哄秦皇一样哄朕?要朕下旨斩杀一群无辜孩童,让朕背负千古骂名?"

潘诞竟然没被杨广的盛怒吓倒,继续骗道:"贫道句句实言,反被陛下误解,贫道只得罢了。"

杨广朝左右怒喝道:"赐奸恶潘诞车裂之刑!"

潘诞被押出大殿时,毫无惧色,如同邪魔附体,冲杨广笑道:"别怪贫道未能炼成金丹,是陛下没有福气。待贫道蜕骨成仙时,就可升天了。"

## 3

王薄两手空空去了趟东莱海口,收获三千多人,好似蝗虫一样,一路蚕食过来;沿途又有数千流民加入,回到邹平时,形成一支可以干点大事的队伍。王薄想到这支近万人的队伍投靠他,容易招惹官府眼目,也得有处安营扎寨的地方,他领着队伍上了长白山(今山东邹平)。王薄的家离长白山不远,这里的山势地形他非常熟悉。山里的雕窝峪林木茂密,山峦叠嶂,地势十分险要,易守难攻。王薄选择雕窝峪建山寨,此处的东南西三面是高山绝壁,唯北边有条崎岖的山路可以攀上,只要扼守住这条上山的路,且是一夫当关,万夫莫开。

从昔日的铁匠摇身变成今日的山寨王,王薄的野心油然而生,期盼做成大事得到一片天下。但他明白他做山寨王才刚开始起步,如何笼络众心归附于他,可不是提着抢来的银子大把地发放给众兄弟那般简单,兴许队伍里隐藏着高人,跟他较劲儿过不去,由他拉起的队伍最终拱手给了高人,是他不情愿的。

队伍里大多是逃避徭役的农民。他们本不想占山为寇,只是官府连年征发他们挖运河、修长城、服兵役、运军需,徭役超重,得不到补偿,生出怨气,萌发反官府反朝廷的心念。王薄抓住他们的心念,跟他们玩起玄术,自诩知世郎,有神通,能上知天文下知地理。

知世郎的名号很快传出长白山,王薄名声鹊起。黄河下游闹饥荒的农民投奔长白山,王薄来者不拒;眨眼之间,长白山雕窝峪的寨子里聚集了一万多人。王薄率领众兄弟经常出没在齐郡(今山东济南)和齐北郡(今山东平阴)之间,杀人放火,劫持钱财,只等时机到来,再出手争夺天下。

当地官府无力剿灭长白山贼匪,只能听之任之。然王薄上山做贼匪不过是为他的野心铺路。他得要显示他的存在,作《无向辽东浪死歌》,劝告民众抵制服兵役出征高句丽,这正是民众无处倾吐的心声,被王薄一嗓子呼喊出来,在民间广为流传。

清河漳南(今山东德州)人孙安祖闻知王薄作的《无向辽东浪死歌》,深有同感。此时孙安祖正遇当地官府催他服兵役,想到王薄的《无向辽东浪死歌》,孙安祖不从。其实孙安祖在这年里遭遇太多的不幸,先是他家的房屋被黄河洪水冲走,然后闹饥荒,他的老婆孩子都饿死了,他成了孤家寡人。他没心情服兵役。

孙安祖练就一身好武功,挥刀持剑不输人;朝廷征兵杀敌正需他这样的士兵。他是漳南县县令圈点的征兵对象。当地官府催他从军催得急,他再拖延,官府就要来人押他去了。他没办法,只好上县衙门,找县令说情。漳南县令听说孙安祖来求见,他对孙安祖的武功有印象,让孙安祖进了衙门。

孙安祖见到县令,直吐苦水,诉说不幸的遭遇,请求县令开恩,免除他服兵役。

自从奉朝旨征兵以来,漳南县未曾有人跑到县衙门,要求免除服兵役,孙安祖是第一例。县令想破例答应孙安祖,就会引发接二连三的人来县衙门请求免除服兵役,怎可收场?于是他板着脸对孙安祖说:"你的请求有违朝旨,本县令不会同意。"

孙安祖傻了眼,他说:"我一无所有了,征兵去打仗,死在战场上,都没个家人替我下葬……"

县令宽慰道:"虽说你一无所有,此次征兵上前线去打仗,对你是个难得的机会。"

孙安祖不明白,问县令:"上前线打仗就是拼死,何来机会?"

县令说:"你有一身好武艺,上战场勇猛杀敌立功,可得朝廷奖赏,兴许战功卓绝,晋升一将军,到那时你想要的东西都能得到。"

县令讲的话,好比雁在天上飞。孙安祖以为县令哄他,性子一急,说道:"我不想要这个机会,我只想重建家业。"

县令宽慰了半天等于白搭,怒从心起,瞪眼竖眉冲孙安祖喝道:"你拒服兵役就是违抗朝旨,本县令就要问你罪过!"

孙安祖性子倔强,不从就是不从。县令更是恼怒,叫来两个差役揍打孙安祖。哪知两个差役不是孙安祖的对手,被孙安祖几拳几腿打得趴在地上动弹不得。此时的孙安祖脑海里陡然冒出王薄作的《无向辽东浪死歌》,心想他在这世间已是孤家寡人一无所有了,还有啥让他牵挂的?他打趴两个差役之后,红了眼,就把一肚子怨气朝县令发泄过来。起初县令挨孙安祖几拳,还扛得住,立马施威,叫嚷你反了,不怕满门抄斩?情绪失控的孙安祖不在乎威慑,回应说:"我家的房屋给大水冲走了,妻儿老小都饿死了,没有满门给谁抄斩了,要杀要剐只有我这条人命了。"意识到惹上牢狱之灾,孙安祖没了退路。正是县令对他的威慑,更加激怒他继续揍打县令发泄怨恨。

一时冲动,孙安祖在县衙里打死县令。这时县衙里的差役反而被孙安祖的拳脚给震慑住,谁也不敢不顾自家性命去抓孙安祖,让孙安祖大摇大摆地离开了衙门。孙安祖明白自己不能回去了,他的眼前便是一条毫无希望的逃亡之路。他开始后怕,本能驱使他必须逃亡,他不知朝哪里逃去。

自从孙安祖逃离县衙之后不久,官军开始到处搜捕孙安祖。孙安祖先是在热闹的街市里与抓捕他的人擦肩而过,便觉他在街市现身,总有一天会被人抓住。仿佛这个世间不再属于他,几乎所有人都不敢收留他,他不得不逃到了荒野地带,又觉荒野地带也不安全,到了走投无路的地步。

绝望中,孙安祖想到漳南老乡窦建德,此人在漳南一带仗义好施,颇有名望。孙安祖只好抱着试试看的心态去求窦建德相助。窦建德正在军中服役,任二百人长的小军官。他从没见过孙安祖。当逃亡的孙安祖找到窦建德时,窦建德一看孙安祖高大魁梧,一副武士之相,以为孙安祖是来找他投身军营的。孙安祖约窦建德来到僻静处,说他压根儿都不想从军,他因拒绝从军杀了人,欠了血债,无处可逃,才来求助的。

窦建德大吃一惊,问孙安祖杀了何人?

孙安祖说他杀了漳南县令。

窦建德问为何要杀县令?

孙安祖只好从头至尾说了个透彻。

窦建德明白过来,说:"你杀了官府的县令,这事非同小可,官府会不惜一切代价捉拿你。我只能暂且收留你,等有了办法你再离开。"

有人暂且收留,孙安祖稍稍踏实了一些。

数天之后,窦建德对孙安祖说:"第一眼见到兄弟,感觉兄弟非一般大丈夫,且是那种肩负千斤不折腰的猛士,若被官府抓去就刑,太可惜了。"

孙安祖明白窦建德要他离开了,拱手拜谢道:"窦兄长虽与我不同父母,能助我落难亲如手足,此大恩终有一天会来报答。"

窦建德道:"别怪我不长留兄弟,这世间几乎无人可长留兄弟。有个地方叫高鸡泊,方圆几百里都是荒野湖沼,遍地生长着高深的蒲草,兄弟可以去高鸡泊躲藏。"

孙安祖听说过高鸡泊(今河北故城西南),的确是个藏身的好地方,可就是让他独自一人藏在数百里的荒湖里,叫天天不应,叫地地不灵,不便施展。窦建德早就安排周全了,他帮孙安祖招集引诱逃避兵役和没有家产的数百人,让孙安祖为头领,带他们进高鸡泊落草为寇。这样的打发令走投无路的孙安祖喜出望外。

孙安祖垂泪辞别窦建德时,窦建德告诫说:"今年发生水灾,百姓贫困潦倒,但皇上不体恤民苦,要亲自到辽东督战,加上往年西征,国家的元气还没恢复,如今又要出兵东征,天下容易酿成动乱。大丈夫只要在难中不死,就有建功立业的时候。你带领众兄弟去了高鸡泊,找机会出来抢劫钱财,先满足生活,再作积蓄,等待时局出现动荡,再拉出人马,干出一番惊天动地的大事业。"

## 4

山东、河南闹水灾,引发饥荒愈加严重,民不聊生,怨声载道,有的地方还出现卖儿卖女,是以往年代从没发生过的,朝野震惊。杨广不得不推迟东征高句丽,将赈灾作为头等大事。苏威进言,说东都的洛口仓、含嘉仓、回洛仓等几大仓窖储蓄了足够解决山东、河南的饥荒用粮,马上就要进入严寒的冬季了,趁通济渠和永济渠没封冻之前,朝廷应加快组织船只运粮至灾区。杨广当即采纳苏威进言,下诏所有船只去东都运粮赈灾。

然后苏威又进言,可将储积涿郡一带的备战军粮拿出一部分赈灾,遭到宇文述和裴矩反对。

宇文述说:"东征高句丽在即,备战军粮岂可随意开仓供给灾民?"

苏威愠怒回道:"山东、河南都淹了三十多个郡,涉及灾民众多,有的地方到了卖儿卖女的地步,朝廷发放一点备战军粮救人命,有何不妥呢?"

裴矩道:"朝廷此次东征高句丽,派出一百多万大军,眼下动了储备军粮,就怕开战之后,缺粮供应前线。"

苏威道:"要不了多久,会有大量的粮食从东都运来,再填补赈灾所用军粮,两不误。"

杨广听罢两边之辞,犹豫不决。

苏威直言奏道:"闹饥荒最易引发民变,无论什么粮食,应尽快地拿出赈灾,安抚天下,避免生乱。"

正议着赈灾的事儿,裴蕴急匆匆迈进临朔宫,顾及不了杨广和大臣们商议何种大事,急奏道:"禀皇上,山东邹平人王薄集数万众聚长白山为匪贼,在齐郡和齐北郡一带打家劫舍杀人越货……"

没等裴蕴说完,杨广和议事的大臣全都震惊住。

随之杨广拉长脸问道:"这个王薄何许人也？他哪来的能耐集数万众据山为匪？"

裴蕴回答道:"听说王薄是个铁匠,为朝廷运输军粮时逃脱,笼络了一些逃避服兵役的人和服徭役的人,还有一些流民,大有造反之势,请皇上尽快派出军队前往长白山镇压。"

宇文述当即请战道:"臣愿率兵赴长白山,剿灭王薄一伙毛贼！"

裴蕴还没启奏完,继续说道:"漳南县人孙安祖在县衙抗拒服兵役,先打伤衙役数人,然后打死县令,此人作案后在逃,官军正在全力搜捕。"

接着裴蕴又奏报平原（今山东德州）人刘霸道聚众在豆子航（今山东惠民）为匪；信都（今河北景县）人高士达聚众在高鸡泊为匪；清河鄃县（今山东夏津）人张金称聚众在河曲（今山东夏津）为匪。

裴蕴奏报出一连串的匪首,表明山东民变非常严峻。杨广脸上的表情出现少见的沉重:"朕驾临涿郡,还没来得及讨伐高句丽,山东的几个毛贼,对朕示威,朕要让他们不得好死。"

裴矩意会到了杨广心急如焚,宽慰道:"涿郡已屯兵逾百万,出兵山东剿灭贼寇乃轻易之举,那贼寇不过是一群窃财的乌合之众,皇上没必要过于费心。"

迟缓赈灾容易引发民变,是苏威预料中事。苏威立马警觉奏道:"贼寇们打家劫舍,没必要聚合数万众,迹象表明他们有谋反之嫌。邹平人王薄更甚,此人开了据山为贼匪之先河,才有之后的贼匪相继响应。"

苏威说到要害处,杨广的目光投向苏威:"正是王薄开了据山为匪之先河,依你之见如何应对？"

苏威毫不犹豫说:"枪打出头鸟,先灭王薄,再除后边的贼寇。"

宇文述再次请战灭王薄。杨广不准,说东征高句丽在即,你不可以赴长白山剿匪。裴矩问:"皇上准备派谁领兵？"杨广说:"派齐郡丞张须陀如何？"苏威对张须陀有印象,说:"张须陀曾随史万岁前往昆州平叛乱,是位少见的猛将。"杨广说:"贼首王薄盘踞的长白山就在齐郡附近,就让熟悉长白山地势地形的张须陀剿匪不会有错。"

  此时的齐郡已被王薄一伙窃贼侵扰得鸡犬不宁,窃贼们白天派人侦察,遇上殷实人家,半夜里等人沉睡,跑来砸门抢了迅速离开。当地官府派人捉拿,窃贼们早已消失得无影无踪。窃贼们已在长白山修筑堡垒,当地官府派人上长白山攻克窃贼的堡垒几乎不可能。再加上齐郡也在闹饥荒,粮价飞涨,百姓饥饿难耐。齐郡丞张须陀担心王薄一伙窃匪砸开仓窖劫持仓粮,决定向灾民开仓放粮。僚属们以为张须陀私自开仓赈粮,提醒说:"开仓赈灾,必须等待朝廷诏敕,恐怕事后朝廷追责,不好交代。"张须陀说:"等朝廷诏敕到来,不知要饿死多少百姓。倘若不开仓赈灾救百姓,就怕王薄那伙贼匪砸仓抢走粮食,让百姓挨饿,咱们更加不好交代。"张须陀先斩后奏开仓赈灾。杨广闻知后,并没追责,反而给了张须陀奖赏。

  就在张须陀获朝廷奖赏之后,一道皇旨传入齐郡,命令张须陀率军赴长白山剿匪。

  以前围剿王薄的都是地方武装,是临时凑合的杂牌队伍。那些人没受过训练,也没上过战场,遇到真刀真剑砍杀过来,全都没了招儿,又贪生怕死,总是节节败退;因此王薄的队伍几乎没吃过败仗,盘踞长白山越来越猖狂。

  张须陀掌管的不是杂牌军,是朝廷的正规军,他们中的很多人从前出生入死远征西域。就是曾经在战火里厮杀过来的这支队伍,在皇旨传入齐郡的同时交给了张须陀。

## 5

  朝廷派来的数万军队驻扎在了齐郡。张须陀并不急于围困长白山,也没下令将士直接攻打长白山。他派了个探子冒充流民投奔王薄。半月后探子从长白山偷偷溜回来,告诉张须陀,长白山上的堡垒建得非常坚固,易守难攻。

张须陀问:"王薄一伙下山有何规律?"

探子说:"他们大多在天黑之后下山打家劫舍。"

张须陀又问:"据说山上聚集了数万人,吃喝拉撒供给如何?"

探子说:"山上虽是储积不少抢来的金银财宝,但吃的粮食供给不太充足。"

张须陀接着再问:"那伙人的纲纪如何?"

探子说:"他们懒散得很,没有纲纪约束。"

张须陀不再细问,对探子说:"你快回长白山吧,告诉山上的人,说近日朝廷有一批赈灾的粮食要运到齐郡来。"

探子不解地问张须陀:"张丞为何不下令攻打长白山?"

张须陀说:"你告诉我,那山上堡垒坚固,易守难攻,我下令进攻,岂不徒劳无益?"

探子还是不解张须陀的用心,便说:"窃贼们巴不得抢到粮食囤积山上,张丞要我上山相告朝廷运粮到齐郡赈灾,他们一定会下山来抢粮的。"

张须陀说:"这事儿你就别管了。"

探子不得不奉命返回了长白山。

张须陀开始布局,打开官属仓粮装了十来车,让士兵扮作民夫运粮从长白山附近经过。叮嘱说:"遇到山上窃匪抢粮,让他们抢。"运粮的士兵们犯糊涂:"齐郡正闹饥荒,百姓都没粮吃,张丞为何差遣我们给长白山窃贼送粮?"张须陀说:"舍得孩子,才可套得住狼。"运粮的士兵们又问:"遇到抢粮的窃贼,可以反击吗?"

张须陀说:"不反击。你们随窃匪上山入伙,告诉他们,后边还有大批的赈灾粮食运来。然后想办法把山上的动静传给我,以便开战之时里应外合。"

扮成民夫的士兵运着粮食刚到达长白山附近,一伙人从路两旁的草丛里钻了出来,凶神恶煞包围了运粮车队,摆出的阵势是有谁反抗,拿谁开刀。张须陀早有叮嘱,不许跟窃贼交战,伪装成民夫的士兵全都木桩似的立着。窃贼们被他们的伪装蒙骗住,以为他们真的是手无寸铁的民夫，又见运粮车队里没有携带兵器的镖客，不再当回事儿，开始卸粮。伪装成民夫的士兵对窃贼说："我们不想给官府运粮了，你们不用卸粮了，把车和粮食全拖走吧。"

窃贼们接过运粮车回长白山。扮成民夫的张须陀手下跟随了窃贼，说粮没了，我们回去要杀头，只能投奔长白山保全性命了。窃贼们不答应，说山上人满为患，容不下你们了。张须陀的一个手下说："你们的首领知世郎王薄从前跟我们一样，是为官府运粮的，因交不了粮差，逼上了长白山。你们抢走粮食，我们也交不了粮差，不上山投奔知世郎王薄，真的没地方去了。"窃贼们听这话儿有点可怜，想到自己从前有过类似可怜的经历，心软了，这才答应张须陀的手下跟随了他们。

因山东饥荒闹得严重，长白山上的粮食自然匮乏。窃贼们下山抢回十多车粮食，也算是可观的收获。这时投奔到长白山来的张须陀手下告诉王薄，朝廷已从东都运来很多粮食，近日就要转运到齐郡了，是个难得的机会。听到这个消息，王薄心动，问有多少粮食转运到齐郡来？张须陀的手下说至少有好几千车，还把王薄很想知道的运粮路线说了出来。这弥天大谎撒得王薄心花怒放，疏忽大意了；再说张须陀手下拱手交出粮食，又上山来投靠王薄，没留下可疑的痕迹，王薄相信了他们的谎言；心想只要成功劫持几千车粮食囤积山上，度荒无忧矣。

张须陀很快知道王薄准备率众贼下山抢粮，异常兴奋。他开始布阵，兵分两路出击，首先挑选数千精兵赴长白山攻取匪穴雕窝峪；另一路将士扮成运粮民夫，用布袋盛了稻草冒充大米堆在车上，把兵器也藏在车上，看上去就是一支庞大的运粮队伍。

伪装的运粮队伍行驶在路途上，天快要黑时，故意停歇在了距长白山十多里的地方，只等窃贼到来。王薄派下山探寻运粮踪迹的人正好碰到张须陀的队伍，赶紧回山上通报。一心想劫持大批粮食囤积山上的王薄信以为真，生怕错失时机，下令众贼等到天黑之后下山抢粮。

因长白山的东南西三面是陡峭的绝壁，唯一的通道在北边。西边离北边的通道最近。张须陀攻取王薄巢穴的精兵趁着夜色掩护，隐藏在了西边的密林里，正窥视着北边通道上的动静。

三更过后,北边的山道上出现移动的火把,众贼下山了,几乎是倾巢而出。潜伏在西边密林里的张须陀精兵听到马嘶声和人语声,并没迎上去阻击。大约过了一个时辰,山道上恢复宁静。张须陀的精兵抓住山上虚空之机,迅速攻进了雕窝峪,山上只有若干人守护着,张须陀的精兵没费吹灰之力攻占了雕窝峪。

# 6

王薄被张须陀诱骗下山后,直朝张须陀运粮的车队奔了过来。尽管夜色深沉漆黑,奔来的王薄还是弄出一路的动静。张须陀发现王薄带人来劫粮,下令麾下丢弃车辆,埋伏在道路两边的草丛里,准备伏击。王薄领着窃贼来到歇在路上的车队跟前,不见一个人看护车辆,以为运粮的人擅自离开,找地方睡觉去了。真是机会难得,窃贼们没来得及查看车上的布袋里到底盛的啥粮,正要推车回长白山的雕窝峪。突然间道路两旁万箭齐发,窃贼们中箭后纷纷倒下。冷不丁儿遭遇伏击,黑暗中又不见飞箭来自何方,打得窃贼惊慌失措乱作一团。王薄见势不妙,赶紧下令撤退。张须陀率军追杀过来,一直追到长白山。

窃贼们一个劲儿逃向雕窝峪,进山的路已被张须陀的数千精兵封堵住,进不了。眼看前后受敌,王薄一阵心慌,只好丢弃巢穴雕窝峪,突围逃离。

失去巢穴,王薄和部下如同漂在水上的浮萍,再也没了藏身固守的地方。他逃到哪里,张须陀跟着追打到哪里,他只好引贼南下,一路抢夺补给,来到鲁郡(今山东兖州),张须陀率军穷追不舍。待追至岱山之下,张须陀生出一计,不再追了,故意做出往后撤军的假相。

其实王薄已被张须陀追击得毫无喘息之机,难得在岱山之下停歇下来作一番休整,以为张须陀班师回了齐郡,大意起来,未设防备。哪知张须陀挑选精锐杀了个回马枪,以迅雷不及掩耳之势闯入岱山脚下,出其不意杀进王薄营帐,斩首数千级。王薄溃不成军,他的麾下被追杀得四处逃散。之后他收拢被打散的万余部下,北上渡黄河。张须陀乘胜追击到临邑（今山东临邑），又击败王薄，斩首五千余级。王薄侥幸率残兵逃走。

自从中了张须陀之计以后，王薄接连被张须陀打得大伤元气，兵力所剩无几，才知他不是张须陀的对手。这时候山东一带的贼群好似雨后春笋不断地冒出。王薄再次北上，去见孙宣雅。

这孙宣雅正是豆子航新近冒出的贼首。就在张须陀追击王薄的时候，一些自立山头的贼首巴不得张须陀灭掉王薄，好让自己做大。孙宣雅并不希望王薄被张须陀灭掉，而是希望王薄灭掉张须陀，以便震慑朝廷官军不敢轻易来山东。当王薄连连吃下败仗后，孙宣雅似乎预感到将来的某一天张须陀会把矛头对准他。没料王薄突然跑来见他，以为王薄找他借兵，有点厌恶王薄的到来。

王薄开门见山说明来意，约孙宣雅联盟。

孙宣雅毫无准备，直接问王薄："联盟有何好处？"

王薄回答说："诸义军各自为政，势单力薄，容易被官军各个击破；只有联盟，形成足够强大的势力盘踞一方，官军奈何不了。"

一听此言有道理，孙宣雅陡然来了兴趣："组成联盟，然后联军攻打张须陀？"

王薄点头说："正是此意。"

孙宣雅笑道："你拉我去复仇？"

王薄摇头说："不尽然。"

孙宣雅又笑道："不复仇，你约我联盟有何意义？"

王薄回答说："天下大乱，诸侯割据就在眼前，咱俩联盟，消灭张须陀，再收复其他义军于帐下，还愁在大乱之中得不到半壁江山？"

说到江山，吊起了孙宣雅的胃口："要想成就一番大业，你我联军还不够，还得再联上几个山头王。"

联盟义军，王薄不嫌多，急忙问道："再去联盟谁呢？"

孙宣雅建议说："你去见一下郝孝德和石秪阇吧。"

王薄毕竟是第一个举起义旗的，他的影响力明摆着。辞别孙宣雅后，王薄奔走其他山头，游说贼首郝孝德加入联盟攻打张须陀。最初郝孝德以为王薄吃了败仗,约他去复仇,不太情愿被人当枪使。

王薄陈述利害说:"张须陀为朝廷所用,说不准哪天率军来攻打郝头领,万一郝头领打不过官军又该如何安身立命呢?"

听这话,郝孝德怔了下。

王薄瞅了眼郝孝德,继续陈述利害说:"咱们靠了打家劫舍过活,不是长久之计,会有一天走到尽头的。"

郝孝德又怔了下,似乎有所领悟;想着王薄失去山头,遭遇张须陀追击,只好到处逃窜,心有所动。

王薄接着劝道:"咱们各自为战,终归会被官军一个接一个吃掉,到那时悔之晚矣。眼下的张须陀是咱们共同的敌人,豆子航的孙宣雅都答应联盟灭张须陀,郝头领为何不愿参与联盟攻打张须陀?"

郝孝德权衡了会儿,终于答应联盟。

有孙宣雅和郝孝德愿意联盟,王薄找贼首石秪阇游说时,没费多少口舌,石秪阇也答应了。

四股势力合军十万,准备攻打章丘。章丘在齐郡治所附近,攻章丘就是直冲张须陀而来。得到以王薄为头的四贼首联军攻章丘的情报,张须陀急忙准备迎战。

这回有十万大军挺进章丘,王薄底气十足,胜算也十足。张须陀跟王薄有过数次对决,知晓由流民组成的贼军底细,不过是一群不经打的乌合之众。他派人找来水师将领周法尚说:"此次贼军联盟袭章丘,会渡黄河,等他们渡过黄河,你率水师封锁河道,不让贼军退逃。"周法尚受命说:"我这就去调遣水师。"张须陀最后叮嘱说:"贼军过黄河北上的时候,不要阻击,让他们过河。由我率陆军迎战,他们大败后一定会撤退到黄河岸边,逃往南岸,这时你与我水陆夹击,全歼贼军。"

跟周法尚合谋妥当后,张须陀亲自挑选二万精骑,策马朝章丘奔去,在黄河与章丘之间的荒野地上,与迎面的贼军相遇。两军二话不讲,直接开战。正如张须陀所料,贼军不过是一伙由流民组成的乌合之众,决不是他率领的精骑兵的对手,两军仅仅厮杀了几个回合,贼军指挥乱套,出击没了章法,乱作一团,只好转身败退。

贼军蜂拥般败退到黄河岸边,正要南渡归去,被赶来的水师周法尚封堵住了河道。追到黄河岸边的张须陀与河道上的水师周法尚正好对贼军形成夹击之势,贼军大败,众贼首毫无转败为胜的希望,只好趁乱之机迅速逃走。张须陀缴获辎重不计其数。

　　当章丘剿贼大捷传至涿郡的临朔宫时,杨广龙颜大悦,重奖张须陀,诏令宫廷画师为张须陀画像,在朝廷各处传阅。

# 第十一章　挥师东征

## 1

朝廷从东都运来粮食赈灾,河南、山东的饥荒有所缓解。东征高句丽的战事摆在了首位。这时从全国各地征召来的军队都会聚在了涿郡。杨广正酝酿着排兵东行。太史令庚质来朝见。每年的天下吉凶,庚质都要观察天象,奏报天子,以作应对。

杨广觉得庚质来得正好,他问庚质:"朕承奉先帝遗愿,准备亲征高句丽。高句丽的土地和人口,相当于大隋的一个郡,朕率领百万大军讨伐高句丽,依你之见,能打败高句丽吗?"

问得突然,庚质不便回避,他说:"征讨可以获胜。依臣之愚见,不希望陛下亲自率军出征。"

杨广不高兴,脸色一变说:"朕集结这么多的军队,未见一敌,朕怎可率先退却?"

庚质回答道:"胜败乃兵家常事。若征战而不能取胜,恐怕有损陛下威名。若陛下留在此地,出谋指挥前线军队作战,命令勇猛的将士出其不意攻克高句丽城池;军机贵在神速,迟缓就会徒劳无功。"

亲征高句丽,本是杨广坚定不移的意愿。遇太史令庚质谏阻,杨广忍怒对庚质说道:"你既然害怕讨伐高句丽,你就留在此地吧。"

见杨广气色不对,庚质只好躬身垂首告退。

然而杨广并没受庾质奏言影响,下诏军队分左右十二军。命令左十二军出镂方道、长岑道、海冥道、盖马道、建安道、南苏道、辽东道、玄菟道、扶余道、朝鲜道、沃沮道、乐浪道;右十二军出黏蝉道、含资道、浑弥道、临屯道、候城道、提奚道、踏顿道、肃慎道、碣石道、东暆道、带方道、襄平道。以兵部尚书段文振为左侯卫大将军,指挥全线作战。

进攻高句丽分水陆两路出兵,陆军从涿郡出发,水师从东莱出发,最终在高句丽平壤城会师。总兵力共计一百一十三万三千八百人,号称二百万雄师。左右十二军里每军设大将、副将各一人;骑兵四十队,每队一百人,十队为一团;步兵八十队,分为四团,每团各有偏将一名;每团的铠甲、缨拂、旗幡颜色不同;设受降使者一名,负责奉授诏书,慰劳巡抚,不受大将节制;其他的辎重、散兵也分为四团,由步兵护送。军队的前进,停止或者设营,全由礼法依次而行。

大军离开涿郡,浩浩荡荡,威震苍穹。杨广对左右十二军将士宣诏道:"辽东故地,是我华夏周朝箕子的封地,为高句丽窃为己有,朕率百万雄师亲征,是为收复辽东而战!眷彼华壤,翦为夷类;然高句丽曾不怀恩,翻为长恶,乃兼契丹之党,虔刘海戍,习鞨靺之服,侵轶辽西,野心昭然,必讨伐!"

左翊卫大将军宇文述率军出扶余道,右翊卫大将军于仲文率军出乐浪道,左骁卫大将军荆元恒率军出辽东道,右骁卫大将军薛世雄率军出沃沮道,右屯卫将军辛世雄率军出玄菟道,右御卫将军张瑾率军出襄平道,右武侯将军赵孝才率军出碣石道。各路大军全部到鸭绿江西岸会集。

第一军从涿郡出发,之后每天发出一军,前后相距四十里,一营接着一营前行,经过四十天才出发完毕。各军首尾相连,号鼓声相闻,那出征的旌旗相连近千里。其中杨广的御营共有十二卫、三台、九省、九寺,分别隶属内、外、前、后、左、右六军,依次最后出发,连绵八十里。这等出征盛况,可谓空前。

出南苏道的兵部尚书、左侯卫大将军段文振在行军途中犯病,最初以为是小毛病,要不了多久就会康复,每天坚持骑在马背上带领部队前行。可他的病症不见好转,反而愈加重了,意识到了他此次随天子征伐高句丽,有可能半途而止,心情很是沮丧。

杨广闻知段文振犯下重病,一直没有请求回返,而是让士兵抬着他继续行军。他按捺不住前去看望,见段文振躺在担架上的样子,安慰道:"朕一定要让随军太医尽快治愈你。"

段文振好像对他的病症失去信心,心情越发沮丧道:"臣枉为左侯卫大将军,恐怕不能率军上前线斩杀敌人了。"

杨广蹲下来,握住段文振的手说:"大隋需要你收复辽东,老天不会这么早就叫走你的,会让你留在朕的身边的。"

段文振摇头道:"天定人寿,臣无奈。臣有话要对皇上奏表,若有不妥之言,也是臣对皇上的忠诚表述。"

杨广点头道:"你讲吧,朕不会怪罪你。"

段文振道:"边鄙高句丽不服从朝廷法令,致使皇上率千里之兵亲征讨伐。然高句丽人狡诈,他们往往口说投降,实为哄骗之术,皇上要多加防备,不要随便接受他们的谎言。眼下辽河之水刚好退下,我军不可耽误渡河。请皇上严令水陆大军快捷进发,出其不意攻下高句丽首府平壤城,只要快速拿下平壤城,如同挖掉高句丽人的根基,其余城池会不攻自破。如不能一环接一环地抓住时机而拖延,到了秋季阴雨连绵之时,我军便会深陷艰难险阻的境地;到那时,我军粮草枯竭,前有强兵,后有靺鞨人,令我军腹背受困,绝非上策。"

此番进谏乃段文振临终前的肺腑之言。待杨广离开后不久,段文振就病逝了。杨广十分惋惜,亲自送段文振下葬。然段文振的临终之言,令杨广担心将士们为了获取功名,与高句丽人交锋不听指挥擅自作战,乱了阵势,导致战事久拖不决,陷入泥潭,诏令道:"今者吊民伐罪,非为功名,诸将士若有人不明朕意,欲以轻兵掩袭,孤军独斗,立一身之名以邀勋赏,不符合大军征行之法。"

渡辽河的共有九部大军,原是由段文振调度。因段文振病逝,杨广下诏出乐浪道的右翊卫大将军于仲文调度指挥全军,诸将领都得听从于仲文调遣,不可违抗于仲文之命。

## 2

杨广任命右翊卫大将军来护儿为平壤道行军总管,率江淮水师从东莱海口泛舟,进击高句丽都邑平壤城。连绵数百里的战舰出渤海海峡,横渡黄海,再由浿水(今朝鲜大同江)进入高句丽。

大军出征之前,杨广原定水陆两军在高句丽都邑平壤城会师。陆军正在辽河岸边集结,来护儿的水师先期进入高句丽。登陆后的来护儿水师并没受到高句丽人的阻击,他们直趋平壤城,惊动高句丽婴阳王高元。在这之前,高元已经知道隋炀帝动了大驾,率百万大军来讨伐他,甚是惶恐,没料隋朝水师这么快从浿水登陆,直朝平壤城奔来。高元在王宫里静坐了会儿,想到不可坐以待毙,唯一的选择就是迎战,驱逐隋军来犯。

高元的僚属想到出兵硬拼,肯定拼不过隋军,于是进劝高元,施空城计来消灭隋军。高元表示赞同。他披挂出宫,在距平壤城六十里的地方与来护儿的水师相遇。

高句丽军列阵数十里,誓死保卫平壤城。这数十里的列阵,如同一堵坚不可摧的城墙立在来护儿和他的部下面前;两军对峙一个多时辰,不见有出阵的迹象。高元的弟弟高建观察到隋军不敢出击,多有畏惧,于是高建决计试探来犯隋军,率领数百死士出阵攻击隋军,隋军将士果然被高建吓得往后退却。

隋军的退缩立马激怒主将来护儿,冲退缩的将士吼道:"我率领你们是为了随我攻下平壤城,等王师相会的,哪知你们竟是如此的胆小贪生!"

来护儿身先士卒,唤来儿子来整、部将费青奴率精兵出阵。高元的弟弟高建因主动出阵迎战,他和死士们没了回避的余地,只得硬打硬拼地奉陪到底。高建作战非常骁勇,一剑一个隋兵;他的死士也是杀出士气,令出阵的隋军有点招架不住。隋将费青奴和来护儿的儿子来整见情形不妙,两人合力直冲高建而来。杀红眼的高建刚刚刺中一位隋兵,没来得及拔出剑,费青奴朝高建背上射出一箭,高建的身子猛地一挺,正要回头看一眼,来整手疾眼快,挥剑朝高建的脖子刺去,高建倒地身亡。

高建突然阵亡,高句丽死士群龙无首,一阵惊慌;来护儿抓住高句丽死士惊慌之机,领兵猛烈进攻,打得高句丽死士乱了方寸,大败逃回。

弟弟高建出阵战死,令高元沮丧。高元只好施诈降计,派出一位使者来隋军营地递送降书,降书的大致内容是高元骂自己不知天高地厚,只要隋朝王师不去侵扰平壤城的百姓,他高元愿收兵,降服隋朝王师。

来护儿看罢高元送来的降书,高兴说:"高元那小厮儿的确不知天高地厚,以为派出他的弟弟高建就可轻易征服我大隋王师,结果是派出送死的。"

水师副总管周法尚一目十行看罢高元的降书,说:"来将军相信这份降书的诚意?"

来护儿说:"我大隋水陆王师号称二百万,马上就要扫荡高句丽全境,高元这小厮不降服,又怎奈何?"

周法尚摇头笑道:"高元性狡诈。难道来将军忘了先帝朝的开皇十八年,高元率军寇边,侵犯我朝辽西,高祖派汉王和王世积讨伐,高元降服,派使者赴大兴递送降书,骂自己是粪土臣元。这粪土臣元直到如今,从没臣服过我朝天子,所以他的降书不可信。"

周法尚显然不愿接受高句丽婴阳王高元投降,劝说来护儿等渡过辽河的陆路大军赶来后,一同进攻平壤城。来护儿执意乘胜追击。高元见诈降计落空,又施一计,下令将士边抵抗边往平壤城方向撤退,把隋军引诱到平壤城里歼灭。

水师副总管周法尚再次劝说来护儿不要往前进攻了。

来护儿依旧不听劝阻,对周法尚说:"兵败如山倒。眼下高句丽军被我军攻打得节节败退,士气大跌,若不趁此时机攻克平壤城,等过辽河的大军到来时,恐怕高元那小厮将平壤城高筑得坚不可摧。"

周法尚实在劝说不住来护儿,只好随来护儿罢了。

来护儿让周法尚留守浿水岸边看护战舰,然后他挑选精锐将士四万,直趋平壤城。

高元再施计,令士兵埋伏在城外的寺院里,等来护儿率军到来时,作一番伏击,故意暴露出高句丽军无备而战不堪一击的假相,佯装战败,逃散而去,只有少量的士兵逃进了平壤城,为的是引诱隋军入城。来护儿果然被高句丽军的假相迷惑,真的以为高句丽军不堪一击,大意起来,直接追击进城。当他们来到城池跟前时,城门大开,几个把守城门的士兵吓得拔腿就跑,不见了踪影。平壤城的守卫看上去孱弱得如同一堵泥巴墙,来护儿率军闯进大开的城门,发现到处可见兵器和散落的钱财,却不见守城士兵冲过来阻击。这情形有些蹊跷,来护儿怀疑有诈,提醒将士加倍小心。

攻进平壤城的隋军只见散落的兵器和钱财,一直不见护城军出来抵抗,以为婴阳王高元胆怯,弃城而逃,护城军也跟着逃离了平壤城,才使大街小巷出现空荡荡的景象,便觉平壤城收归囊中已成定局。这时隋军经受不住钱财的诱惑,先是捡拾散落地上的钱财,然后开始在城中大肆抢掠,队伍一下子乱不成军。

其实高元早知来护儿率军是为夺取平壤城而来。来护儿军不过是隋朝派出的先遣部队,后边还会有更多的隋军进入高句丽。高元明白他跟隋军公开对阵,决不是隋军的对手,他才施空城计。哪知攻城心切的来护儿稳不住神,中了高元的空城计。

仿佛平壤城是座巨大的宝库。隋军抢夺钱财愈演愈烈,大多散开了,他们怀抱着抢来的东西,竟然丢弃了手中的兵器。埋伏城中的高句丽军抓住隋军毫无防备又乱作一团之机,如天兵从天而降似的从隐藏的地方陡然冒出,对隋军大开杀戒,杀得隋军措手不及。

突然冒出的高句丽军来势凶猛,要将隋军赶尽杀绝,杀得隋军在转瞬间完全丧失战斗力。

来护儿被眼前的情形折腾糊涂了,很快他清醒过来,后悔未能及时阻止攻进城来的将士抢夺钱财。他毫无办法指挥战斗,只能干着急。

只顾抢夺钱财的隋军大败,想挽回战局已经不可能了。来护儿只好下令将士赶紧撤退。攻进平壤城的四万精锐,到仓皇撤离平壤城的时候,只剩几千人,伤亡十分惨重。来护儿率领数千残兵朝着浿水方向逃去,高句丽军在后边紧追不放,等逃到浿水岸边,周法尚领兵接迎,摆开阵势准备出击。眼看隋军黑压压的阵势和停在江岸边的战舰,高句丽军不敢贸然进攻,这才转身退离。

# 3

隋朝各路大军会聚辽河西岸,准备渡过辽河。辽河东岸的高句丽军严阵以待,早已列阵据守着。三月的气候不再那么严寒,原本冰冻的辽河开始解冻,隋军似乎来晚了,不可踏冰过河。没有那么多的船舶运载人马到河的东岸,与高句丽军隔河相望不是个办法。杨广命令工部尚书宇文恺尽快搭建三座浮桥,便于大军渡过辽河。

宇文恺奉命,差遣士兵砍伐树木在河里建浮桥。左屯卫大将军麦铁杖主动请战,愿打头阵领兵过浮桥杀向东岸的高句丽军,对部下说道:"大丈夫自有宿命,终有一死,不可安稳地死在儿女们的面前!"然后唤来随军的三个儿子,敦促说:"我享国家的恩惠厚实,眼下正是我为国家收复辽东赴汤蹈火的时候,我若为国战死,死而无憾。你们不必牵挂,国家会给你们富贵。"三个儿子听罢,频频点头。

待三座浮桥建成之后,宇文恺差遣士兵将浮桥推向东岸,没料尺寸建得短了些,距东岸码头相差数丈远,够不着岸;过桥的士兵一步迈不到岸上去,就得跳到河里游上岸。这时高句丽军感觉不妙,纷纷朝浮桥奔了过来。麦铁杖领军踏上浮桥,在东岸与高句丽军交上火。高句丽军全力阻止隋军登岸。高句丽军处于河岸边的至高地势,攻击起来明显地占了优势,打得泅水的隋军无法登岸;加上三月的辽河春水刚刚融化,依旧寒冷刺骨,许多士兵泡在河水里冻得浑身发抖,被高句丽军射杀。

左屯卫大将军麦铁杖、武贲郎将钱士雄、孟叉以死相拼,率领一群人终于登上河岸,正要杀出一条通道,好让身后的士兵过浮桥能顺畅地登岸。高句丽军觉察到麦铁杖、钱士雄和孟叉等人的动机,如蝗虫般扑了过来,将麦铁杖、钱士雄和孟叉等人围困住。麦铁杖、钱士雄和孟叉等人誓死也不愿转身回到河里的浮桥上,一个劲地挥剑突围,终因寡不敌众,三位大将在辽河东岸战死。

这般继续登岸,不知会有多少人死在高句丽人的刀剑之下。隋军息鼓收兵,将浮桥拖回西岸。杨广面对战死的士兵和三位大将,心情十分沉重。下诏追封麦铁杖宿公,让麦铁杖的长子麦孟才承袭父亲的爵位,授麦铁杖的次子麦仲才和三子麦季才为正义大夫。

原本计划抢渡辽河,只因浮桥建得出了问题,导致渡河失败伤亡惨重。杨广非常恼火,召来工部尚书宇文恺,绷着脸斥责道:"你身为朝廷大匠,从前主持营建大兴城和东都,工程浩大且又繁琐,都没建造出毛病。可你在大军压制高句丽境的关键时刻,建个谁都会建的浮桥,竟然建出重大差错,是何缘故?"

宇文恺吓得发抖,回答道:"是臣的一时疏忽,才使浮桥出了差错,臣愿接受皇上问罪!"

杨广的火气一点不减,继续斥责道:"正因你的疏忽,让大军渡河彻底失败,影响战事推进。朕要拿你问罪,本该要对你重罪惩处,即便杀你剐你,也挽回不了今日的渡河失败!"

宇文恺双膝跪下,垂泪自责道:"臣要是受诛斩赴地下,无颜去见英勇阵亡的麦铁杖、钱士雄和孟叉等人。"

杨广发泄完怒气,心情倒是平和了些,想着宇文恺以往的功绩,不忍下诏治罪,心里发软说:"去吧,找个僻静地方自省自责!"

借助浮桥抢渡辽河,再也输不起。杨广不再指望宇文恺,命令少府监何稠尽快接长浮桥。何稠曾参与营造宫殿,是位有名的工匠,他奉命后不敢有丝毫的马虎,召来懂得制作的匠人加长浮桥,又对浮桥的稳定性作了改进,足足忙碌了两天。到第三天寅时,辽河东岸的高句丽人正处在睡梦中,何稠将接长的浮桥不声不响地横贯在了辽河上,不再因尺寸短缺让过河的士兵踏不到岸上。这天的一清早儿,隋军挑选一千多名身强体壮的年轻勇士作先锋,抢先迈上浮桥登东岸,打了高句丽军一个措手不及,等高句丽军赶到浮桥时,一千多位隋兵先锋成功渡过辽河,他们多为死士,亡命地抵挡扑来的高句丽军。隋军吃尽过河失败的苦头,吸取教训,争分夺秒如疾风穿越浮桥,在前边先锋的掩护下,迅捷登岸加入前边先锋攻打高句丽军。

渡过辽河的隋军正式进入辽东。他们要为先前的抢渡失败而复仇，杀得辽河东岸血流成河。高句丽军在浮桥上阻截隋军的计划不得不彻底落空，又见从西岸过浮桥的隋军络绎不绝，只好放弃封堵浮桥，边抵抗边往后撤退，呈现出败阵的迹象。

两军交战到未时，隋军射杀高句丽军数万，杀得高句丽军大败而逃。杨广的车驾乘胜渡过辽河，他身边随侍着泥撅处罗和麴伯雅。泥撅处罗自从被酋长射匮篡取汗位随母亲向夫人来到隋朝，一直没有回返西突厥；高昌王麴伯雅自从娶了隋朝公主，乐而忘返地客居在了隋朝。杨广让他俩随侍车驾过辽河观睹辽东战地，就是要震慑他俩死心塌地臣服大隋。

辽东战地到处可见血肉模糊的高句丽人。杨广为将士们勇猛杀敌感到欣慰，对身边的泥撅处罗和麴伯雅说："高句丽人自不量力，时常寇边入侵我朝，妄想吞并我朝辽西，被我朝将士杀得尸横遍野，是罪有应得！"

泥撅处罗和麴伯雅目睹高句丽人惨败，被隋军杀得如瓦砾堆砌，打着寒噤。

随后泥撅处罗附和杨广说："陛下的军队是名副其实的威武之师，高句丽王高元对抗大隋，也不想一下后果。"

麴伯雅说："要是高元归附大隋臣服陛下，不会有这么多的子民送死在辽河岸边。"

这时虞世基前来奏报，说高句丽军溃败，大多逃往了辽东城。

杨广当即下诏攻辽东城（今辽宁辽阳）。

大军奉旨赶赴辽东城。

辽东城是高句丽人在西部修筑的最大一座城池。高句丽婴阳王高元知晓隋朝会出兵渡过辽河，攻打辽东城，将辽东城的城墙筑得固若金汤。隋军到来时，城门紧闭，高句丽人手持弓箭列阵城墙上，居高临下地制造出威慑气氛。见这情形，打了胜仗匆匆赶来的隋军并没盲目攻城，开始围城，将辽东城围了个水泄不通。

围城是兵家惯用的一种手段，只等城中粮草枯竭，固守的高句丽人熬不住饥饿,会开启城门投降。隋军不知辽东城里的底细,也就不知固守城中的高句丽人会熬多久。这时杨广的车驾来到辽东城外,少府监何稠在辽东城外搭建寝宫六合城。杨广想到大军渡过辽河射杀数万高句丽人,辽东已收归囊中,准备在辽东设置郡县,不便再次大开杀戒,以免结怨辽东百姓,宣诏道:"诸将士攻城,不许轻军独进,凡是军事上的进止,皆须奏请,等待朕的命令,不得擅自行事。若遇高句丽人请求投降,应安抚接纳,不得纵兵再攻。"此诏表明天子施宽仁之策,收买辽东人心,不准将士们随意使用武力攻城。

自从辽东大片区域被隋军占领之后,辽东城已成一座孤城,粮草的补给完全中断。出辽东道的左骁卫大将军荆元恒不敢违旨擅自使用武力攻城,只好继续围城,耐着性子等待高句丽人饿得嗷嗷待哺,开启城门投降。

一晃隋军围城一个多月,高句丽人意识到了隋军不会轻易班师。这天一扇城门谨慎地洞开,露出一面白旗示意投降。见到白旗,隋军终于盼来高句丽人投降,左骁卫大将军荆元恒奉旨率领士兵朝开启的城门奔了过来,准备安抚接纳降兵,刚到达城门口,城门迅速关闭。埋伏城墙上的高句丽人突然冒出头,朝城门口的隋军发功进攻,那密如雨丝的乱箭,打得隋军纷纷倒地。

高句丽人诈降,激怒隋军。荆元恒派人到城外的六合城作了番奏请,杨广批复可以攻城。荆元恒正要下令麾下架设云梯攻进城里,兼任左武卫大将军的苏威立马劝阻。

苏威说:"辽东城高筑,没等诸将士登上云梯,会被城墙上的高句丽人射杀坠地,下策也。"

攻城的主将荆元恒讨教道:"架设云梯不便破城,苏公有何高招?"

苏威道:"皇上有旨不准滥杀,窃以为火攻城门为上策。"

荆元恒问道:"何以见得?"

苏威回道:"辽东城的所有城门都为木质,引火焚毁城门,再攻进城去,尚可避免我军大量伤亡,即便遇到阻击,扫除障碍并非难事。"

荆元恒采纳苏威之计,到了夜深人静时分,派遣士兵搂了干柴悄悄堆放在紧闭的城门口,围绕城墙的几座城门同时点火燃烧起来。藏在城门附近黑暗里的隋军原打算见到高句丽人打开城门灭火时立即射杀他们,趁势攻进城里。

可是高句丽人并没打开城门灭火,他们拼命地往城门的背面浇水,让城门吸收水分。等堆积的干柴化为灰烬,吸收水分的城门只是烧了个黢黑。然隋军趁着夜色焚烧城门,这一着也够狠毒,高句丽人便觉隋军还会焚烧城门,若反复架柴点火,城门终归会被烧毁。没有城门的城池面对来犯的隋军,高句丽人深感不安。

但隋军并没继续火攻城门。主帅荆元恒再也耐不住性子,下令武力攻城,多处城墙被毁成残垣断壁,引起高句丽人的恐慌,害怕隋军屠城。高句丽人不再坚持固守,派人出城请降。杨广之前诏令军队攻城,遇高句丽人请求投降,应安抚接纳,不得纵兵进攻。攻城主帅荆元恒等人不敢抓住这个机会一气呵成攻进城里,传令麾下休战,连忙派人到城外数里远的六合城奏报天子,等到派去的人带着天子的答复回来,高句丽人利用隋军休战的时机,已经抢修好了残垣断壁,继续坚守城池。

高句丽人反复请降有变,导致辽东城久攻不下,杨广仍不觉醒。他驾临到了辽东城南视察,不为他给攻城将士下的那道迂腐诏令感到后悔,反而怒斥攻城将士无能。

接下来,杨广不太在意一座辽东城久攻不下,他在意的是将辽东部分地区收于囊中。下诏大赦天下。在辽东设置郡县,免去辽东百姓十年徭役。命令刑部尚书卫文升、尚书右丞刘士龙安抚辽东百姓归顺朝廷。

# 4

虽说高句丽人在平壤城击败隋朝水师来护儿,但隋朝的九路陆军如洪水般袭来,势不可挡。高句丽王朝出现一片恐慌。婴阳王高元忧心如焚,召大将乙支文德商议对策。

高元不安说:"隋国人已渡过辽河,我高句丽国到了岌岌可危的时候……"

乙支文德并不显得紧张,宽慰说:"王上不必过于忧心隋国人来袭,无论他们来多少,终归会败走的。"

高元一惊,问道:"你怎么知道他们会败走?"

乙支文德回答说:"据臣所知,隋国号称出兵二百万,士兵是自带粮饷,后方缺乏补给,正是他们败走之因。"

经乙支文德提醒,高元连忙下令,不让隋军在占领区获取一粒粮食。

乙支文德接着说道:"上百万的隋军一旦闹起粮荒,还能在我高句丽国待得住吗?自然会撤回。眼下唯一的办法只能对隋国人采取迂回之策,让他们耗尽粮草,等他们粮草枯竭,还赖着不走,我军出其不意反击,他们必败无疑。"

高元但愿隋军尽快耗尽粮草,命令乙支文德赴前线跟隋朝人周旋。

隋军左翊卫将军宇文述、右翊卫将军于仲文等九军共计三十余万众。他们当初从泸河、怀远二镇出发渡辽河,宇文述下令士兵带足一百天的军粮,摊在每人头上差不多要带三石,加上必要的军事装备,又是远程跋涉,士兵们承受的重量不轻。宇文述又下令,士兵有谁丢弃军粮的斩首。这道军令震慑住为减轻负重的士兵不敢公开弃粮,只好在夜宿的营帐里挖掘坑洞偷偷埋下部分军粮。队伍走了一半的路程,携带的军粮快要吃完。

乙支文德奉命成为高句丽军的主帅后,抓住隋军缺粮的软肋,排兵布阵,准备反击隋军。这时隋朝的陆路大军正在赶往鸭绿江边,准备渡江直趋平壤城。乙支文德下令鸭绿江南至平壤,不得给来袭的隋军留下颗粒粮食。想到隋军攻平壤,必经萨水,乙支文德要在萨水以水攻对付隋军,他命令士兵在萨水上游筑坝蓄水,让下游露出河床。

在萨水攻击隋朝人,是乙支文德下的一盘赌注,成败在此一举,于是在萨水一带留下重兵,然后率领一支部队开往鸭绿江诱敌来萨水。隋军左翊卫将军宇文述和右翊卫将军于仲文一直在九军前边扫除障碍,不断遭遇高句丽军。出乐浪道的于仲文打过几次胜仗,驻扎在乌骨城,准备渡过鸭绿江。高句丽军主帅乙支文德就在这时来到乌骨城,打着投降的幌子打探虚实。他的突然出现令于仲文大吃一惊。

见到于仲文，乙支文德没有别的话，言简意赅说："于将军不必大动干戈了，我是奉婴阳王之命来请降的。"

听到"请降"二字，于仲文又是大吃一惊，疑惑说："我军攻辽东城，守城的高句丽人几番请降又几番反悔，你来请降，如何服人？"

有备而来的乙支文德说："高句丽从来不想称霸一方，也从来不是隋国的对手，因此婴阳王派我来请降，愿归顺隋国天子。"

于仲文冷笑一声说道："既然高句丽愿归顺我朝天子，为何常做出寇边我朝辽西的事来？"

乙支文德解释说："那不过是边民之间发生的小冲突，纯系误会。"

乙支文德凭借巧舌请降，不露丝毫破绽。

在这之前，于仲文已获皇帝密旨，只要遇到高句丽婴阳王高元和大将乙支文德，立即抓获。没料乙支文德把自己送上门来，给了于仲文抓获他的绝好机会。于仲文正要扣留乙支文德，被尚书右丞刘士龙阻拦住。自从杨广在辽东设置辽东郡，诏令刘士龙安抚辽东百姓，刘士龙开始在辽东地区奔走抚慰，他来到乌骨城，正好遇见乙支文德。

刘士龙对于仲文劝道："皇上有旨，只要遇到高句丽人投降，不可纵兵攻打，应安抚。既然乙支文德主动来于将军帐下请降，若扣押他，兴许会逼迫高句丽人反悔请降，还是放他走吧。"

于仲文纠结说："皇上已下密旨抓获高元和乙支文德，难得有机会抓住乙支文德，这下放他走，再抓他，恐怕是难上加难。"

刘士龙说："我朝大军已渡过辽水，高句丽大败已成定局，高元和乙支文德最终会以败寇之名出现在皇上面前，难道于将军还怕他们插翅飞了？"

刘士龙一味地抛出安抚的皇旨反对于仲文扣押乙支文德，反复劝说于仲文放走乙支文德，可以起到安抚高句丽百姓的作用。犹豫不决的于仲文最终放走了乙支文德。

放走乙支文德之后，于仲文想到皇帝抓捕乙支文德的密旨，但他听罢刘士龙的劝说放走乙支文德，担心日后皇上问罪，他多有不安地后悔了。他立即派人追了过去，哄骗乙支文德回来，再抓获。哪知乙支文德头也不回,匆匆渡过鸭绿江而去。

这时宇文述的部队赶到了鸭绿江边,与于仲文会合。于仲文仍在为放走乙支文德快要悔青肠子,内心藏有对刘士龙的不满,仿佛上了刘士龙的当放走乙支文德。他告诉宇文述,说乙支文德来过了。宇文述一惊,问乙支文德在哪里?

于仲文略有几分沮丧说:"他来诈降,然后走了。"

宇文述不解地问道:"既然他来诈降,怎么没逮住他?"

于仲文叹道:"我正要逮住他,来乌骨城安抚的刘士龙拿出皇旨劝阻,我一时恍惚,放了乙支文德。"

宇文述失望地说:"多好的机会,怎么失手了呢!"

于仲文眺望鸭绿江南说:"乙支文德渡江不久,派精兵追上他兴许还来得及。"

宇文述叉腰,跟着眺望鸭绿江南的景象,说道:"兴许乙支文德去如飞箭,多半追不上他了。"

于仲文叹息道:"多好的机会,就是刘士龙那几句话,放跑了乙支文德……"

这时宇文述的部队粮草告急,后方的补给几乎不作指望。他委婉说道:"大军过了鸭绿江,不到平壤城,无米下锅的士兵们恐怕都要饿得支撑不住,哪来的力气打仗?"

宇文述流露出班师之意,于仲文吃一惊,道:"你我率师来鸭绿江边看一眼流水荡漾,还没攻克平壤城就班师,何来功绩彪炳天下?"

听出于仲文的话里有嘲讽之意,宇文述仍旧以军中缺乏粮草为由,推迟渡江。

于仲文本来就有对刘士龙劝说他放跑乙支文德的怨气,不怕得罪宇文述:"将军依仗数十万王师,不敢渡江打败高句丽小贼,甚至想半途而返,有什么脸面去见皇上?"

话说得很重,宇文述无言以对。

想到军中粮草短缺,无法支撑渡过鸭绿江,就怕军队因无粮补给而受困于高句丽,宇文述滋生出了悲观情绪。

于仲文并没受到宇文述悲观情绪的影响。他心里不仅藏有对刘士龙的怨气。出征的时候,杨广看重于仲文多谋略,授权于仲文调度指挥诸路大军;抓乙支文德时受到刘士龙的阻拦;此刻约宇文述率军渡过鸭绿江,又遇宇文述的畏缩。他发泄怨气说:"出征的时候,我就知道不会有功……"

宇文述这才开口问道:"于将军如何知晓无功?"

于仲文回答说:"从前汉代良将周亚夫能很快平定七国之乱,决策在于他一人作主,而今诸将领各怀心思,怎能战胜敌人?"

迫于皇帝授权于仲文节度指挥各部军队,宇文述只好答应随同于仲文渡江。

# 5

于仲文和宇文述率先领军渡过鸭绿江,追击乙支文德。这时候乙支文德开始跟于仲文和宇文述等人周旋,佯装迎头痛击的样子,朝前打一阵子往后退,再朝前打一阵子再往后退,迂回着拖延,就是要让本已缺粮的隋军在迂回中耗尽粮食。虽说隋军一路往前推进,但乙支文德早已下手,将隋军所到之处的粮食提前清理得干干净净,不让隋军得到补给;隋军一旦处于饥饿状态,在四面沿海的半岛上真的是叫天天不应,叫地地不灵,彻底丧失战斗力。

尽管隋军每天能打几场胜仗,离平壤城却依旧遥远,总在跟高句丽人周旋,有时隋军冲破阻击,高句丽人冷不丁儿从后边杀来,隋军不得不转身反击。这样的周旋使宇文述和于仲文意识到了高句丽人在跟他们玩猫捉老鼠的游戏。

宇文述提醒于仲文说:"水师来护儿正等着和我们在平壤城会师,咱们别理途中小贼了,直趋平壤城吧。"

于仲文点头说:"跟途中小贼较劲儿,的确浪费了不少工夫,咱们尽快攻下平壤城,让将士们吃上饱饭。"

宇文述和于仲文仍不知晓好大喜功且又轻敌的来护儿不听副将周

法尚的劝说，任性攻进平壤城，中婴阳王高元之计，被高句丽伏兵痛打得一败涂地，逃遁的兵力所剩无几。这里直趋平壤城的宇文述七战七胜，也不顾及饥饿难耐的麾下将士困乏得快要趴在地上，仍指挥军队乘胜前行。

被胜利冲昏头脑的宇文述丝毫没觉察他指挥士兵正走向乙支文德设下的死亡陷阱。大军东渡萨水时，见河水退去显露出河床，以为遇上枯水季节，将士们几乎是徒步过了萨水，实在走不动了，在距平壤城三十里处依山扎营。等后边的大军赶来，会师攻打平壤城。

大量的隋军距高句丽都邑平壤城只有半日路程，眨眼工夫就可兵临城下。高句丽主帅乙支文德早已排布好军阵。他再施诈降计，派出使者离间宇文述。

高句丽使者来到宇文述营地，对宇文述跪求道："隋国大军一路过来，我高句丽军总是节节败退，根本不是隋国大军的对手。高句丽愿服输，这个仗，没必要再打了。"

宇文述瞅着高句丽使者说："是乙支文德派你来诈降的吧？"

高句丽使者说："是我国的婴阳王派我来请降的。"

宇文述摇头说："高句丽人奸诈，不可信也。"

高句丽使者说："宇文将军为何不信呢？我高句丽大片疆域都已在隋国人手里了，隋国人得手平壤城，不是难事。因此我国的国王有话传给宇文将军。"

宇文述立刻问道："婴王阳高元有何话遣你传来？"

高句丽使者回道："只要隋军撤离，婴阳王立马赴隋国朝拜天子。"

此话真假难辨，宇文述露出威严道："你敢编造谎言哄我，我让你死无全尸！"

高句丽使者是冒死而来的，无所畏惧继续说道："如果宇文将军认为我编造谎言，这就可以杀我。但我在临死之前，完成传递我国国王的旨意，死而无憾。"

其实宇文述早就想回师，只因于仲文的激将，不得不来。自从渡过鸭绿江之后，他的部队几乎到了无米下锅的地步，部下们找他要粮，催得他焦头烂额两眼发黑。一些士兵饿得面黄肌瘦,而他天天催促面黄肌瘦的士兵打仗前行,令他无可奈何,不知所措。

渡过萨水的其他部队无一例外地缺粮。各路大军以为纵深进入高句丽,可以利用高句丽人的粮食得到补给,没料一路行进过来,所获一场空。于是饥荒开始在军中蔓延。尽管距高句丽都邑只有短短的三十里,许多将士又饥又乏,没了信心攻克下平壤城。

更难堪的是来护儿水师惨败平壤城的消息传来,给了准备攻打平壤城的陆军沉重打击。宇文述宁可相信高句丽使者传婴阳王高元的话是真的,也不情愿让饿得面黄肌瘦的将士去攻打平壤城。想到率军进攻平壤城的结果有可能是大败而归,宇文述单方面下令部队班师。这时于仲文也处在了没粮喂饱士兵肚子的内外交困之中,想到来护儿惨败平壤城,猜想平壤城一定建得险峻坚固,估计很难一下子攻破,兴许会步来护儿后尘。主帅们动摇了,大军畏缩不前,只好回师。

隋军数十万人马在距平壤城三十里的地方班师,正中乙支文德大计。等隋军大批人马过干涸的萨水时,乙支文德下令萨水上游开闸放水;因上游拦水大坝处在山峡,山峡之上便是宽广浩瀚的延丰湖,蓄水落差较大,突然开闸,从上游的延丰湖泄水,形成来势凶猛的洪水;行走在河床上的隋军来不及躲避,转瞬间被洪水冲走,淹死的人不计其数。回师的隋军顿时大乱,不知如何应对这凶猛的洪水。乙支文德就在这时下令埋伏在萨水附近的高句丽军向恐慌的隋军发动围攻,打得隋军既没进路也没退路。右屯卫将军辛世雄当场战死,大军越发慌乱得无法收拾。

幸好后路有大将军王仁恭招架抵挡,阻截住了高句丽军的绝杀阵势,好让前边的将士奔逃。那逃过萨水的将士,一刻不敢停留,一天一夜行程数百里,才逃到鸭绿江边。等到达辽东城时,数十万大军只有卫文升军独以保全,其他能活着回来的只剩二千七百人。

杨广惊悉大军在萨水阵亡空前,龙颜大怒。

活着回来的九军首领不知如何能让杨广息怒,蔫头耷脑地立着,听候发落。

杨广不停地走来走去,怒气冲天喝道:"当年项羽率军八千,败于乌江,无颜渡江见江东父老,拔剑自刎。可你们,你们率军一百多万,打不过一边鄙小贼乙支文德,大败于萨水,居然厚颜无耻地回来,有何颜面渡过辽河,去见华夏大江南北父老?"

败归的将军们听此怒斥,都接连跪下,纷纷谢罪。宇文述率先撤军,首当其罪,杨广考虑到宇文述当年谋划他获取太子位之功,又将南阳公主下嫁给宇文述的第三子宇文士及,不忍诛杀宇文述。此时杨广不再有心情驻跸辽东城,下旨班师回返东都。将宇文述、于仲文等人戴上大枷押回东都治罪。

从高句丽班师的隋军毫无一点生气,羞于颜面,几乎无人挺胸阔步,大多行走时抬不起头。八月,杨广派民部尚书樊子盖留守涿郡。九月,杨广车驾回到东都。这时溃败的残军也随皇帝车驾回到了东都。杨广的怒气再次爆发,不忘追究大军溃败之责。

宇文述率先撤军,皇帝问罪,首当伏罪,为己推卸罪责道:"高句丽大将乙支文德把自己送到了于仲文面前,不知为何缘故,于仲文放跑了他。"

此言一出,等于给其他将领推脱罪责找到一个理由,众人异口同声怪罪于仲文,于仲文成为众矢之的。于仲文百般辩驳,他的一张嘴,一时对付不了多张嘴,他的辩驳显得苍白无力。

宇文述接着奏道:"如果当初于仲文抓获了乙支文德,就不会有后来的乙支文德在萨水利用水攻之计,大败我军。"

盛怒之下,于仲文痛斥宇文述道:"军需粮草严重短缺,以至后来军中出现饥荒,让全军将士饿得面黄肌瘦无力打仗,全因你后勤补给指挥失灵。你走到鸭绿江边,畏惧高句丽人,不敢渡江,是我劝你渡江。大军距平壤城三十里处,又是你率先撤军回返,才带动其他大军班师。可你,却将大军溃败之罪,推我名下,让我一人承担,为你洗清罪过,无耻,无耻!"

大军毕竟败在高句丽大将乙支文德手里,乙支文德才是最可恨的人。于仲文痛斥宇文述之过,不如他放走乙支文德之过。杨广抓住于仲文放走乙支文德之过,问罪于仲文。

杨广说:"大军出征之时,朕看你多谋略,诏令你节度协调全军;大军渡过辽河后,朕又对你下过密旨,遇到乙支文德当即抓获。既然乙支文德来到你面前,可你为何违朕密旨放走了他?"

于仲文为己申冤回答说:"臣当即要抓获前来诈降的乙支文德,正是奉旨安抚辽东百姓的刘士龙全力阻拦臣抓捕乙支文德,刘士龙说乙支文德是来投降的,抓捕他有违皇旨,臣一时糊涂,放走了乙支文德。倘若没有刘士龙阻止,臣绝对不会放走乙支文德。"

事情的来龙去脉显现得一清二楚。

杨广怒喝道:"传刘士龙。"

自从出征大军渡过辽河,尚书右丞刘士龙没指挥一兵一卒赴前线作战,一直奉旨安抚辽东百姓归顺朝廷。至于大军在高句丽溃败,刘士龙做梦都没想到罪责竟然会落到他头上。他吓得屁滚尿流来到杨广面前,大气不敢吭一声。

杨广怒视刘士龙,问道:"乙支文德找于仲文诈降,于仲文本可逮捕乙支文德,是你劝说于仲文放走乙支文德的吗?"

刘士龙勾着头,不吭声。

于仲文以为刘士龙想抵赖,冲刘士龙怒道:"我要逮住乙支文德,正是你反复劝阻,我才放了乙支文德,你敢不承认?"

刘士龙这才开口说道:"我没说不承认……"

于仲文气急道:"听你的话放走乙支文德,觉得不妥,我还派人追过乙支文德,可惜没有追上。"

证实于仲文放走乙支文德是刘士龙所为,杨广气得头顶快要炸开,大声喝道:"斩刘士龙,以谢天下!"

随后杨广释放了其他败归将领,将他们削职为民,唯独将于仲文下了大狱。

于仲文有着显赫家世,他祖父于谨既是北周太师又是隋朝开国元勋,父亲于寔袭北周上柱国,他本人功勋在身。只因兵败高句丽,由他一人承受牢狱之灾,他深感冤屈无法忍受,在狱中忧愤成疾,放出监牢后不久,病逝于家中。

隋军败走高句丽,这等无颜之事构成的阴影还没来得及抹去,各地闹贼的奏报雪球样滚到了杨广的御案。其中闹得最凶的贼首便是张金称,有报奏张金称在清河杀掉朝廷右侯卫将军冯孝慈,清河等地的郡县无力抵御张金称。杨广显然有点不安。这时御史大夫裴蕴走了过来,杨广顺便问裴蕴如何尽快平定张金称作乱。

裴蕴不以为然道:"皇上派一将军去收拾张金称足矣。"

杨广道:"冯孝慈正是一将军,遭张金称擒杀,可想灭张金称不是那么简单。"

裴蕴道:"张金称不过是一毛贼,盘踞巴掌大一块地方,打家劫舍,灭那毛贼,皇上无须大动干戈。"

杨广听取裴蕴进言,召左翊卫将军段达到殿。

杨广对段达郑重说道:"清河鄃县人张金称纠集一伙贼寇无恶不作,抢掠百姓,焚毁房屋,又杀朝廷官吏冯孝慈,罪行累累。朕派你率军剿灭张金称。"

段达为之一振,领旨道:"臣这就带人去灭张金称。"

杨广叮嘱道:"抓到张金称及其贼寇,不用献俘,一律就地格杀!"

段达应声道:"臣遵旨。"

自从张金称在清河擒杀朝廷右侯卫将军冯孝慈,张金称预感朝廷不会罢休,定会出兵讨伐他,拿他当出头鸟攻打。他立马作了应对,与渤海贼首孙宣雅组成联盟,共破黎阳,声震一方。

此时的张金称仍在清河一带活动,段达率军直赴清河。因清河鄃县县令杨善会跟张金称有过交锋,段达首先来到了鄃县,拜见杨善会,便于摸清张金称的底细。他见到杨善会后,杨善会冲他直吐苦水。

杨善会说:"贼匪张金称恶贯满盈、丧尽天良,世间所有的恶事,他都做尽了,百姓怕他恨他,又无可奈何。"

段达不是来听杨善会诉苦咒骂张金称的,他是来打听张金称的实力的,问杨善会:"张金称手里握有多少兵马?"

杨善会说:"大概有数万人。"

段达又问:"他们在何处扎寨,又经常出现在何地?"

杨善会说："他们没有固定的寨子，像尘埃一样在清河郡县飘来飘去。"

段达连连点头，信心满满说："我奉旨来灭张金称，他的日子不多了。"

杨善会告诉段达，张金称相比其他贼匪，要狡诈凶残得多。

段达依仗朝廷靠山，对杨善会说："张金称不过一毛贼，跟朝廷作对，又能掀起多高的浪呢？无论他有多狡诈多凶残，我就不信灭不了他。"

杨善会意识到段达轻敌，轻笑着提醒说："张金称杀人如麻，出手绝情绝意，无所忌惮，段将军遇到他，千万不可轻敌。"

段达告辞杨善会道："为民除害灭张金称，到时还得请杨县令配合。"

杨善会送走段达道："我随时恭候段将军的指令。"

## 6

张金称发现朝廷派段达来攻打他，立马警觉起来。他派出探子监视段达的一举一动，以便应对。段达以为有朝廷作后盾，率领一万多名部下追寻张金称的下落，只要找到张金称，立即进攻。这时候的张金称并没躲避段达，他在寻找有利地形跟段达交战，终于找到一片茅草丛生的沼泽地，在此扎营布阵。

段达知晓张金称的下落后，一阵惊喜，直接率军赶赴那片沼泽地。张金称好像等段达到来等了很久，他率数十贼匪站在沼泽边的茅草里，面无表情地瞪着段达及其部下。

段达没来得及观察地形，冲张金称亮开了嗓子："老子找你好几天，今天总算找到你了！"

张金称刺激段达道："想抓老子回京师邀功请赏，就过来抓吧！"

段达厉声骂道："你个龟孙子别逃了。"

张金称回骂道："狗日的你快过来呀！"

三言两语不对劲儿,段达上了张金称的套,领军朝张金称奔了过去。张金称和数十贼匪转身往茅草地里逃,不动声色把段达和他的部下引进被茅草覆盖的沼泽里。段达和部下们生怕张金称借助茅草掩护逃走了,几千人迅速涌进茅草地,冷不丁儿陷入膝盖深的泥泞中。这时藏在附近草丛里的贼匪如蝗虫般钻了出来,左右合围,堵住了段达和部下们的后路。

等段达醒悟过来时,想撤离被茅草覆盖的沼泽为时已晚。他的一万多人一半困在沼泽里,另一半没了后路,全窝在一块儿施展不开,落下受困挨打的局面,打得他们几乎没有多少还手的余地。剩下来的工夫只好冒死突围。段达别无选择,指挥部下跟围歼他们的贼匪硬打硬拼,杀出一条血路,终于逃出茅草地。

张金称怎可让段达逃走,率军追杀过来,要将段达赶尽杀绝。前边突然遇到一条河流隔断了去路,慌不择路的段达下令部下跳水游向河对岸。张金称这才停止追杀。

可以说段达是信心满满来清河剿灭张金称的,他轻敌,反被张金称骗进沼泽射杀二千多人,可谓伤亡惨重。接下来,他还要继续剿张金称,不然,他班师回朝,以此败绩有何颜面见天子?

在高鸡泊为匪的窦建德闻知朝廷派左翊卫将军段达来清河剿张金称,便觉替孙安祖报仇的机会来了。早些时候,清河郡的官员获知窦建德通匪,相助杀漳南县令的逃犯孙安祖落草高鸡泊,将窦建德全家斩杀。窦建德不得不逃离军队,投奔高鸡泊匪高士达。

孙安祖得知窦建德因助他脱离困境而被清河官府灭门,于是率领众部下替窦建德报仇,血洗了清河郡的衙门。队伍返回高鸡泊的路上遭遇张金称。这时夜色降临,张金称看走眼,以为遇上官军,下令手下伏击,杀掉了孙安祖。

正因孙安祖为窦建德复仇,在回返高鸡泊的路上被张金称射杀,窦建德就想趁此时机除掉张金称。他跟匪首高士达商量,配合段达攻打张金称。

高士达犹豫了,问窦建德:"我们为何要配合段达攻打张金称?"

窦建德怂恿高士达说:"东海公可别小瞧了张金称,他为何要杀与他毫无仇怨的孙安祖,就是要扫清他做大做强的障碍。眼下他在清河一带的势力最强,此人大有称帝的野心,是个混世魔王,恐怕有一天他会来高鸡泊,吃掉东海公,到那时悔之晚矣。何不趁此时机,助段达一把,灭掉张金称呢?"

高士达疑惑地又问窦建德:"眼下义军遍地开花,朝廷为何只剿张金称呢?"

窦建德说:"只因张金称擒杀了朝廷右侯卫将军冯孝慈,惹怒天子,才派段达来剿张金称。"

高士达点了点头说:"如何配合段达灭张金称呢?"

窦建德说:"请东海公允许我去见段达一面。"

高士达一惊说:"你去见段达,恐怕不能回来了。"

窦建德说:"段达要的是张金称的命,他不会要我的命。请东海公放心。"

高士达说:"何以见得?"

窦建德说:"既然段达奉皇旨来剿张金称,必提张金称的人头回去邀功请赏,若他留下张金称,提着我的人头回去见天子,天子岂会认账?"

高士达沉默了会儿说:"你去吧。"

窦建德是高士达的军司马,握有军事指挥权,凭他手握军权助段达一臂之力灭张金称,共同的利益搅和在一起,他相信段达不会拒绝。这时段达领军回到了鄃县,正跟鄃县县令杨善会谋划第二次攻打张金称。窦建德突然出现了。

段达不识窦建德,忙问:"你是何人?"

窦建德拱手道:"我是落草高鸡泊的窦建德,来帮段将军灭张金称的。"

段达一惊,又问:"你为何帮我灭张金称?"

窦建德笑道:"张金称跟我有不解的私仇。"

段达接着问道:"什么私仇?"

窦建德道:"请段将军不必问个仔细。"

段达怀疑有诈,但他正需人手灭掉张金称,不便拒绝窦建德。

窦建德直接说道:"段将军是公干,我是报私仇,我若斩下张金称的人头,定会交给段将军带回京师邀功请赏。"

见窦建德说得恳切,段达试探道:"你有什么要求,请直言。"

窦建德道:"等我报完私仇后,就带兄弟回高鸡泊,请段将军不要为难我和我兄弟。"

段达表态道:"我答应你。"

就这样窦建德跟段达达成联手的默契,两人密谋好攻打张金称的计策。窦建德回高鸡泊带兵。段达假装班师离开清河地区,迷惑张金称,他领兵朝回路走了一百多里,又偷偷地折了回来,且是夜行昼伏。

其实段达假装班师对张金称而言没有意义。自从段达败走茅草地,张金称就瞧不起段达,给段达取了个非常不中听的绰号"段姥姥",也就是说张金称不再把段达放在眼里。

窦建德是用了心的,在张金称的队伍里安插了眼线。这天张金称的麾下从中午开始吃肉喝酒,直到天黑也不停歇。毫无节制地饮酒,醉倒许多人。窦建德的眼线送回了情报,窦建德又将情报快速地传给段达,两人商定就在这天夜里行动。

张金称的队伍在一片空旷的野地上扎帐过夜。他们喝酒喝得乱了套,人人摆出老子天下第一的样子,过后醉倒在营帐里睡成死猪样。到了后半夜,营帐里鼾声如雷,所有的防务如同虚设;就连晃动的哨兵,支撑不住困乏,蹲个地方也打瞌睡了。

段达和窦建德各领队伍形成前后夹击之势,趁夜色掩护悄悄袭向张金称的营帐。窦建德带来的人就有许多孙安祖的部下,他们要为孙安祖复仇,难得有这样的机会。段达的部下在那沼泽地里吃过败仗,此时也有复仇的欲望,加上出征时,皇帝下有就地格杀令。两路人马的念头里惟有一个"杀"字,他们闯进张金称的营帐,都没停顿一下,挥刀舞剑大开了杀戒。

夜袭来得突然而又凶猛,张金称的士兵惊醒后,来不及在黑暗里找到兵器反击,被乱刀乱剑杀死。许多醉倒的士兵仍没醒过酒来,昏昏迷迷之中成为刀下鬼。张金称也饮过酒,他是被喊杀声吵醒的,披上铠甲出了帐篷,一看到处晃动着喊杀声的人影,立马冒出冷汗,正要指挥士兵反击夜袭者,才知他的士兵被杀得毫无还手之力。他指挥不了谁,见那挥舞的刀剑就要落到他头上,他的脑海里冒出一个"逃"字,赶紧带了若干随从趁大乱之机逃出了营帐。

直到天亮日出时分,营帐里已是血流成河,成千上万的张金称士兵躺在血泊里一动不动。段达和窦建德这才知道张金称早已逃走。

窦建德见好就收,不便随段达继续追剿张金称,对段达说:"请段将军收拾战场,我得带兄弟回高鸡泊了。"

尽管张金称逃走,段达夜袭堪称打赢胜仗,他很开心,朝窦建德拱手拜谢道:"祝窦将军一路好走!"

逃走的张金称兵力所剩无几,不知去向。段达班师回返,待他回到东都洛阳,入显仁宫朝见。杨广刚刚走出兵败高句丽的阴影,见段达剿匪获胜归朝,甚为高兴,给了段达一些赏赐。

数天之后,裴蕴和虞世基进显仁宫奏段达。

裴蕴道:"禀皇上,段达通匪……"

没等裴蕴说完,杨广一惊问道:"他通何匪?"

虞世基道:"他通高鸡泊匪窦建德。"

杨广又是一惊:"他通高鸡泊匪窦建德有何证据?"

裴蕴和虞世基诉说了一番。

杨广脸色一沉道:"看来朕赏赐段达,是白赏赐了。"

虞世基道:"尽管段达打败贼寇张金称,赢得并不光彩。"

裴蕴道:"窦建德跟张金称同为贼匪,段达只剿张金称,却不剿窦建德,段达不忠啊!"

听罢虞世基和裴蕴奏言,杨广起了猜忌,召段达进殿,劈头盖脸问段达是否通贼匪窦建德。段达不敢隐瞒,如实说道:"臣当初低估了贼寇张金称的实力,只带了一万余人追剿张金称。哪知张金称却有数万众,两军实力明摆着不相称,幸好窦建德报私仇参与攻剿张金称,臣也不便拒绝。"

杨广又问:"你剿过了张金称,为何放走了窦建德?"

段达答道:"窦建德帮臣剿张金称,事先要求等剿完张金称,放他走人,臣答应过他。事后臣翻脸再剿窦建德,显得不厚道……"

杨广不再往下追问,想到段达大胜张金称毕竟有功,遇窦建德不剿则有过失,免了追责段达。

# 第十二章　讨恶剪暴

## 1

杨广准备再次亲征高句丽。他下诏恢复兵败萨水的宇文述等将领的官职。特别是宇文述在距平壤城三十里地带头撤军，使得其他大军跟随宇文述撤军至萨水溃败，他负主要责任。杨广为宇文述恢复官职和爵位的理由是军粮未能供给上，才使饥肠辘辘的大军溃败，这不是宇文述的罪过，而是后勤军吏犯下军需供应不足的过失。

自从隋军溃败而归，高句丽人正在加强城防和边关屯兵，样子看上去大有出兵辽西的征兆。早在开皇十八年（598），高句丽婴阳王高元率军侵犯隋朝辽西，激怒杨坚出兵讨伐，杨广至今历历在目，岂能容忍边鄙附庸高句丽无视大隋，为报溃败之仇，他心结难解。

等百官上朝议政时，杨广吐露再次亲征高句丽的计划，对百官说："高句丽小虏，竟敢侮辱我大隋上国，如今即便拔海移山也是可以做到的，何况灭掉这个小虏呢！"

在殿百官想到兵败高句丽班师回东都不久，再发兵讨伐高句丽，恐怕不是时候。

左光禄大夫郭荣进劝道："戎狄之国无礼，由臣子们去处理就行。千钧之弩，不会对小鼠之辈发射，皇上何必亲自征讨一小鼠之辈呢？"

杨广瞅了眼郭荣，并没在意郭荣的进劝。其他大臣见杨广执意亲征高句丽的态度,不知如何回应。只有宇文述来了激情,兵败高句丽他明知自己负有主要责任,杨广对他免罪又恢复官职和爵位,他就有立功赎罪,为己挽回败绩的冲动。

"皇上班师回朝,附庸高句丽至今也没派出使节来我朝谢罪,他们一意孤行,要与我朝对抗到底!"宇文述亢奋道。"皇上若不一鼓作气征服高句丽,婴阳王高元兴许以为我朝太好欺负,会做出侵犯我朝辽西的事来。"

"朕要灭了高句丽收归大隋!此事刻不容缓。"杨广上了怒气。"高元那小子的好日子不会太多!"

就在宇文述附和杨广大议再征高句丽的当儿,苏威降温道:"去年我朝北方地区遇水灾,今年又遇大旱,百姓急需开仓赈灾。皇上廷议再次讨伐高句丽,臣以为不可操之过急⋯⋯"

裴蕴驳斥苏威道:"高句丽自古系华夏箕子所立侯国,后由汉代武帝收复,设汉四郡。眼下高句丽对我大隋示强,若不趁早征服收归,恐怕来日成为后患。"

苏威哪里忍得了裴蕴抬杠,直言奏道:"眼下群贼四起,内患之忧正需根除,朝廷再次发兵攻打高句丽,等于放任贼寇泛滥。"

提及贼寇,杨广怔了一下,扭过头来问宇文述:"早些时候朕听说山东、河北一带贼寇闹得猖獗,你是否知晓闹贼的情形?"

宇文述回答道:"相比早些时候,盗贼的确少了许多,不足为虑了。"

苏威听出宇文述在说假话,并没反驳,感觉心凉。他移步到了宫殿里的一根柱子旁,作回避状。然闹贼是苏威说起来的,杨广问过宇文述,再问苏威:"到底有多少贼匪闹得百姓无宁日?"

苏威说:"臣不知天下贼寇有多少,臣只知道贼寇离东都越来越近了。"

杨广暗自一惊,又问:"此话怎讲?"

苏威说:"盗贼以前只是盘踞长白山,现今近在荥阳、汜水一带了。"

杨广又是一怔,但他并没将盗贼四起的问题看得甚为严重,他说:"决不可让盗贼泛滥,更不可因剿灭盗贼拖延征伐高句丽。"

攻高句丽而忽视盗贼，分明是本末倒置，想到杨广任性要攻高句丽，苏威不再进谏。又想到自己老矣，几次请辞还乡，杨广不准，还要留他在朝中参与政务。

再攻高句丽，已成既定决策。礼部尚书杨玄感预感到了杨广执意攻打高句丽，盗贼动乱天下不可避免。早在杨广西征过河西走廊大斗拔谷时，因遇六月风雪之困，杨玄感动过造反的念头，被叔父杨慎劝阻住。退朝后杨玄感回到府上，他的二弟杨玄纵来了。杨玄感心潮起伏，正在琢磨着造反的念头，便将那念头透露给了二弟杨玄纵。

杨玄纵沉默了会儿说："皇上第二次亲征高句丽，的确给了盗贼动乱的机会，你想抓住这个机会起事，兵从何处得来？"

杨玄感说："一个名不见经传的草寇振臂一呼，都可呼来数万甚至十来万人，不信我呼不来数十万人。若皇上亲征遇到阻力，胶着在了高句丽，我取天下可谓易如反掌。"

杨玄纵点了点头，忠告道："开弓没有回头箭。你要多加考虑，好自为之。"

第二天，杨玄感听说好友李密来到了东都，赶紧约见李密。

李密出生在四世三公贵族之家。他曾祖父是西魏司徒、柱国将军、北周太师李弼；祖父李曜为北周太保、邢国公；父亲李宽为隋朝上柱国、蒲山郡公。开皇年间，李密袭父亲李宽蒲山郡公爵位。大业初年入东宫任职，受杨广猜忌，离开东宫隐居乡野苦读圣贤经典。有次杨玄感的父亲杨素遇到李密，李密谈吐不凡，深得杨素赏识。杨素对儿子杨玄感说，李密勤奋读书，学识气度都超过了你，你可去拜访李密，学人之长补己之短。杨玄感遵从父亲杨素之言，开始结识李密，两人从此成为挚友。

杨玄感约李密相聚一家偏僻的小酒馆，两人一边饮酒，一边叙旧聊天。李密时不时地流露出厌世的情绪，杨玄感看出李密怀才不遇。

杨玄感恭维说："以李密兄的学问和才智，可以指挥千军万马。"

李密也不谦逊，大言不惭地说："若是天下大乱，我材必有用也。"

既然李密说起天下大乱，杨玄感兴致倍增："近来各地盗贼群聚，闹得猖獗，尤以瓦岗贼翟让、高鸡泊贼高士达、窦建德，豆子航贼刘霸道闹得最凶。"

李密说:"朝廷为何不出兵去镇压?"

杨玄感跟李密碰了下杯说:"皇上执意要去攻打高句丽,好像没有在意盗贼四起。"

李密呷了口酒说:"今日的盗贼,兴许会在明日揭竿而起,就是天下大乱之时。"

杨玄感放纵说:"到那时,李密兄的大材就可派上用场了。"

李密抬举杨玄感说:"若是玄感兄揭竿而起,我李密定会出山保驾护航。"

杨玄感欢悦一笑说:"遇天下大乱之时,说不准我会浑水摸鱼,揭竿而起,与群雄风风火火争夺天下,就怕李密兄言而无信。"

李密怔了一下,赔笑说:"只要玄感兄有争霸天下的雄心,我李密岂能袖手旁观?岂不是枉费多年研习兵法?"

杨玄感再次跟李密碰杯。

两人看上去说的是一腔酒话,但绝非说说而已。等李密回返西京时,杨玄感施厚礼相送,可那酒话,都刻在了两人心里。

## 2

大业九年(公元613年)正月,杨广正式启动第二次东征高句丽,下诏各地征兵赴涿郡。又下诏整修辽东古城,以便储备军粮。这当儿,山东贼匪形成众多势力,齐郡贼王薄、孟让,北海贼郭方预,清河贼张金称,平原贼郝孝德,河间贼格谦,勃海贼孙宣雅各自聚众攻掠,多者十余万,少者数万人,侵扰山东,百姓苦不堪言。因天下太平日久,人不习战,郡县官吏和地方武装每次与贼交战,总是望风散败。奏报传至朝廷,杨广召百官到殿,商议应对贼匪造反之事。

虞世基说:"齐郡贼孟让曾一度联合长白山贼王薄,势力壮大后另立山头,他率十余万众,正在南下江淮,对东都和江都形成威胁,皇上下令剿孟让迫在眉睫。"

苏威针对宇文述曾经说过盗贼见少的谎言，愤恨地奏道："盗贼不是少了许多，而是越来越多，譬如北海贼郭方预率众三万，接连攻打郡城，公开反朝廷，皇上不可小视。"

杨广随即说道："传令江都丞王世充进击孟让；传令齐郡丞张须陀进击郭方预。"

虞世基接着奏道："瓦岗贼翟让，早已出没在荥阳和汜水，距东都洛阳近在咫尺。无论翟让，或者孟让和郭方预等人，他们都是强盗。洛口仓等几大仓窖，储积着朝廷的军粮和民粮，就怕被强盗们盯上下手。臣提醒皇上万万不可大意，赶紧屯兵洛口仓等几大仓窖，防备贼寇抢粮。"

杨广以为虞世基夸大其辞，会给东都造成恐慌，对虞世基说："一群群鼠辈狗犬之徒，岂敢抢洛口仓？你别过于书生气了。"

虞世基的一番诚谏，竟然被杨广视为书生气，他心里很是憋闷。退朝后，虞世基走近苏威，直吐闷气说："如今盗贼满天飞，都飞到东都附近了。洛口仓、含嘉仓储有千万石的粮食。然皇上只顾再征高句丽，忽视仓窖防守，这些仓窖储粮一旦落入盗贼之手，必将危及社稷。"

其实苏威早就意识到了盗贼有可能袭击仓窖，他吃透杨广的性情，正如虞世基上疏而被忽视，所以他没进谏。此刻虞世基对他言及仓窖储粮，他巧舌说道："刚才在朝殿上，你为何不将此事详尽奏上？"

虞世基说："皇上讽我书生气，令我不便继续进谏。"

苏威明白虞世基希望他作一番启奏，他摇了摇头，不再对虞世基说啥，拂袖而去了。

进击北海贼郭方预的皇旨很快传到齐郡丞张须陀手里。这时郭方预联合秦君弘正在围攻北海郡（今山东青州）治所。郭方预攻北海郡仿佛大有荡平天下无敌之势，城内守军吓得惶惶不可终日，渴望援军几乎望眼欲穿。郭方预以为自己兵威强盛，官军畏惧，不敢来北海郡救援。张须陀闻知郭方预在北海郡嚣张，对部下们说道："郭方预一伙乱贼自恃兵力强盛，以为没人敢赴北海救援，我急速前往北海，定能击败他们。"众将士听罢张须陀信誓旦旦的话语，唯恐郭方预兵强马壮，不敢接嘴响应，只有部将罗士信请战。

早前罗士信随张须陀攻打长白山贼王薄、孟让,年仅十四岁。张须陀瞧罗士信是个满脸稚气的小屁孩儿,说你连穿盔甲的力气都没有,怎么能上前线打仗杀敌呢?罗士信不服,当即披上铠甲,腰间悬挂两壶箭支,一跃上马,飞奔自如。张须陀见状大惊,这才答应罗士信随军出战。队伍刚走到潍水,与贼军相遇,罗士信策马率先出阵,冷不丁儿连杀数贼,斩下一贼首级抛向空中,快捷使出长矛接住,在阵前目空一切来回巡走。贼军一下子吓得目瞪口呆,都不敢靠近罗士信。张须陀乘势发动进攻,大破贼军。

此次罗士信请战攻北海贼郭方预,张须陀没有不放心的,让罗士信挑选精兵打头阵赶赴北海郡。这时攻城的郭方预毫无任何防备,罗士信没给郭方预调整时机,凶狠地杀向贼军后背;城里守军见来了救援,连忙开启城门奔杀出来,几乎在转瞬间,郭方预腹背受敌,遭遇夹击而大败。

罗士信每杀一贼,割下鼻子,杀到最后,斩贼首级数万,缴获辎重不可胜计。罗士信不知收获多少贼寇的鼻子。张须陀见到罗士信割下贼寇的鼻子,叹服罗士信勇猛善战有过人之处,当即将坐骑奖赏给了罗士信。

在北海郡剿贼之战大获全胜,张须陀威震山东,功升齐郡通守。

## 3

张须陀军在北海郡斩杀风头正劲的郭方预数万人马,一下子令其他贼军闻风丧胆,贼军们只要听说张须陀来了,立马吓得拔营而逃,不敢与张须陀交锋。江都丞王世充也有捷报传至朝廷,打得孟让不敢继续南下。有张须陀和王世充对付贼军,杨广总算松了口气。这时各地征兵正在陆续赶往涿郡。有了第一次东征高句丽军粮补给线断裂的教训,杨广下令从东都附近的大仓运粮至涿郡,再由涿郡运至辽东古城,最后补给战地便捷多了。

从东都附近的洛口仓、含嘉仓运出粮食必走永济渠到达涿郡,路途之遥可不是闹着玩儿。

这回老臣苏威憋不住嘴,对杨广提醒说:"永济渠至涿郡数千里,一路孤野,粮船行驶河道上,一旦出现闪失,那可是一场空。"

杨广猛地醒悟过来,连忙说:"朕事多,竟忽视了这个问题。"

苏威说:"尤其是瓦岗贼翟让时常出没在永济渠劫持官民货船,臣料定翟让不会放过朝廷去涿郡的粮船,定会反复劫持,臣请皇上尽快派军队随粮船督运。"

杨广采纳苏威进言,下旨齐郡通守张须陀领军护卫永济渠的漕运,以防翟让等贼匪打劫粮船。

张须陀受命来到永济渠一带护卫漕运。在这之前,瓦岗贼翟让一直出没在汴水所经的荥阳(今河南荥阳)和梁郡(今河南商丘)抢夺官民货船。翟让出瓦岗入永济渠,必经汴水。张须陀决定在汴水伏击翟让。

这时朝廷粮船成群结队从东都洛阳启航顺永济渠北上,不想惊动瓦岗贼是不可能的。在瓦岗寨里,入伙为贼的人越来越多,寨子里最缺乏的便是粮食,抢粮成为瓦岗贼的主要任务。当他们发现载粮的船队经永济渠北上涿郡时,便觉机会难得,人人兴奋得摩拳擦掌。

为保实力,瓦岗贼首翟让从不跟朝廷作对。经永济渠北上的粮船正好是朝廷发出的,那船上满载的便是朝廷军粮,翟让掂量着,犹豫着。然那成群结队的粮船行驶在永济渠上,格外诱人;瓦岗副将单雄信和徐世勣见翟让迟迟没有下令抢粮,按捺不住催促翟让尽快行动。

翟让仍旧犹豫说:"我令众兄弟赴永济渠抢粮,是直接跟朝廷作对,不比跟地方官府作对。"

单雄信不耐烦地说:"翟头领真是迂腐了,朝廷和地方官府的粮船有何区别?"

徐世勣冲翟让劝道:"无论朝廷或者地方官府,都视咱们为贼,咱们何必管他是谁的粮,抢到手就是自己的了。"

见单雄信和徐世勣一个劲儿鼓动,翟让心有所动,但他仍有顾忌。

单雄信说:"只因朝廷发兵东行讨伐高句丽,才有大量的军粮途经永济渠,若错失这个时机,以后永济渠不会出现众多的粮船了。我瓦岗寨里屯兵数万,一旦缺粮,又从何处弄到众多粮食喂饱数万张嘴呢?到那时,兄弟们还能聚一块吗?恐怕难。"

翟让依旧担心说:"咱们抢了朝廷军粮,就怕激怒天子下震怒诏,发重兵来瓦岗对付咱们。"

徐世勣又劝道:"听说千里永济渠上处处可见朝廷粮船,咱们抢得的不过是九牛一毛。去年朝廷发兵讨伐高句丽大败而归,今年再次讨伐高句丽,可想天子定会全力以赴东征高句丽,哪来心思顾及咱们抢得的粮食?"

翟让不再犹豫,下令赴永济渠抢粮。

张须陀早已料定瓦岗贼出动后必行汴水入永济渠,他在汴水与永济渠的交汇处等候了多日。眼下正是初春时节,汴水已经解冻,河水平缓。张须陀为伏击瓦岗贼,命令部下砍伐树木在汴水和永济渠的交汇处设下暗桩,就是将砍伐的树木排插在河道交汇处。瓦岗贼的船只每次行驶在这交汇处时都是畅通无阻,这回遇到看不见的水下障碍,在劫难逃。他们出动了一百多条船舶,准备在千里永济渠上大捞一把,抢回朝廷军粮储备在寨子里。等船儿到达两河交汇处时,一只接一只的船儿搁浅在水里的暗桩上,后边的船儿不知前边船儿遭遇水下暗桩,紧跟上来时,使得所有船只扎堆在了一块儿。

张须陀和副将罗士信各领兵埋伏在河道两岸的野草林子里,抓住瓦岗贼受阻扎堆在河道交汇处的时机,如两股潮水涌向河岸,操起弓箭朝河道上的瓦岗贼猛烈射击。袭击来得突然,打得船上瓦岗贼猝不及防,纷纷中箭倒下。瓦岗贼一阵恐慌,很快镇定下来还击,他们大多是渔猎手,善使长枪,只是出来时少带了弓箭,那长枪离河岸太远,使不出杀伤力。见这情形,头领翟让立马下令返航。

没抢到一粒粮食,反而在两河交汇处遭遇伏击,瓦岗贼伤亡惨重,只好加快速度往回逃去。张须陀和罗士信沿着汴水岸边追击了一段路,才停歇下来。

罗士信年少气盛,正要乘胜追击到瓦岗寨,一鼓作气全歼瓦岗贼寇,被张须陀阻止住。

张须陀说:"听说瓦岗寨墙筑得坚不可摧,那寨墙一圈就有二十多里。咱们贸然去了,就怕落入圈套,攻不破那寨子,反遭暗算。"

罗士信不服说:"瓦岗贼不堪一击,何以见得咱们歼灭不了他们呢?"

张须陀郑重道:"瓦岗到处是如浪的土岭,地形十分复杂,适应隐藏。咱们不可毫无准备去闯瓦岗,来日方长,剿灭瓦岗贼机会多多。"

其实翟让已闻张须陀威震山东,没料在汴水和永济渠的交汇处相遇张须陀,冷不丁儿吃上张须陀的苦头。待逃回瓦岗寨子之后,他不想再遇到张须陀。

此次张须陀转战到永济渠,为保河道漕运畅通,始终盯梢着沿河一带贼寇动向。因他先有威震山东之名,又出其不意打得瓦岗贼落花流水,沿河一带的贼寇惧他威名,总是躲避他而行。

## 4

击败隋朝数十万大军,高句丽人大喜过望。婴阳王高元一度被胜利冲昏头脑,以为块头巨大的隋朝不过是虚大,终于露出不堪一击的面目。吞并隋朝辽西,正是高元多年的夙愿。早在开皇十八年,继承王位不久的高元率一万多名将士跨过辽河,进入辽西,遭遇隋朝营州总管韦冲反击,兵败柳城的黑山。

过去了多年,高元一直没有放弃辽西,只是吞并辽西的时机没有出现。此次隋朝举全国之力东征高句丽,伤亡甚为惨重,班师寥寥无几。高元估计隋朝的国力差不多快要消耗殆尽。他召大将乙支文德到殿,密谋进攻辽西。

高元对乙支文德说:"你快派使者去趟契丹和靺鞨,请求他们出兵……"

乙支文德不知高元用心,忙问:"婴阳王为何请求契丹和靺鞨出兵?"

高元明确说道:"隋朝军队大败而归,大伤元气,正是我国吞并辽西的最佳时机,只要游说契丹和靺鞨出手相助,取辽西于囊中不是一桩难事。"

乙支文德这才明白高元之意,垂首回道:"臣下立马派人赴契丹和靺鞨。"

乙支文德正要退下,高元叫住他说:"屯兵辽东,准备出击辽西。"

乙支文德点头道:"臣下领旨,这就去调兵辽东。"

高元的野心由来已久,除了夺取隋朝辽西之外,周边的百济和新罗两国,也是高元准备征服的对象。他不像突厥人那样为蝇头小利跟隋朝发生冲突,使得隋朝时刻提防着突厥。他总是闷声闷气高筑城防广积粮草积蓄实力,便于时机成熟与隋朝抗衡。

就在高句丽往辽东屯兵之际,隋朝也没闲着,正源源不断地屯兵涿郡。

去年亲征高句丽,杨广召太史令庾质占卜,问卦吉凶。这次出征之前,杨广又召太史令庾质到殿。

"朕又要去亲征高句丽了,能顺利拿下高句丽吗?"杨广直接问庾质。

庾质不便回避,直言回道:"臣下实在是既愚痴又少悟性。皇上若亲动万乘之驾,劳费颇多……"

杨广脸色一变,不高兴了,怒道:"朕若亲征不能获胜,难道派其他人去就可战胜高句丽?"

庾质垂首于胸,不再言语。

杨广留下庾质,转身离去。

这时高句丽大将乙支文德奉婴阳王高元之命派使者到契丹游说,被契丹王拒绝。近年隋朝与契丹交好,契丹王不愿被高句丽利用,更不愿被高句丽当枪使而与隋朝结下仇怨,得不偿失。等高句丽使者离开,契丹王速遣使者赴隋朝,奏报高句丽准备攻占辽西的事。杨广获此奏报,大怒。随后杨广召百官,严正说道:"先帝朝开皇九年,朕身为晋王,率五十余万大军渡过长江,平定南陈;朕即皇帝位,西开疆域吐谷浑,南拓流求,日理万机,广得天下归一统。边鄙高句丽,自不量力,妄图侵吞我朝辽西,朕当亲征,讨伐高句丽,刻不容缓!"在这之前,许多大臣对于杨广接连东征高句丽缺乏信心,甚至心存抵触;因高句丽密派使者游说契丹联军进攻辽西之事败露,大臣们几乎是一边倒地义愤填膺,征伐高句丽不再有异议。

君臣开始廷议第二次出征高句丽,吸取第一次败归的教训,廷议言激气昂。虽说应征的士兵和军粮通过水陆两路正在前往涿郡,到如今还没确定周密的出征计划。

极力主张第二次东征的宇文述、裴矩和裴蕴获知高句丽准备邀约契丹侵犯辽西,异常愤怒。

宇文述说:"我军此次蹈海而进,登陆上岸,主攻平壤城,只要尽快攻下平壤城,高句丽必败。"

苏威摇头说道:"所有大军蹈海登陆,何来那么多的船只?再说大海之险不可预测,如若遇到风浪,怎么避险?以前的汉王杨谅率军讨伐高句丽,进攻平壤城的水师就在海上遇到风浪,几乎全军覆没。窃以为最稳妥的计划,是兵分水陆两路进击高句丽,既可保持我军实力,也可打得高句丽人身分多处而乱套。"

苏威进言有道理,杨广当即采纳兵分水陆两路进击高句丽。

裴蕴道:"我朝开皇十八年,附庸高句丽国婴阳王高元妄图吞我辽西,先帝震怒,对高元下过一道废黜诏,吓得高元上表朝廷,自辱辽东粪土臣元。现在皇上就可对高元下道废黜诏,废掉他的王位和爵位,以免他吞我辽西之心不死!"

裴蕴的提议立马得到许多大臣赞同。高句丽毕竟是隋朝的藩国,隋朝天子下诏废黜高句丽王在法理之中,大臣们异口同声奏请杨广下废黜诏,废掉高元。杨广何曾不想对高元下废黜诏,只是事态不是那么简单。

杨广正色道:"现在下废黜诏,恐怕高元不会奉诏了。"

裴蕴语气强硬道:"废高元再立其弟,有何不当?"

杨广道:"当年先帝想下废黜诏,正是高元继承王位之初,他根基不稳,唯恐内外势力颠覆,才对先帝作些妥协;到如今他的王位稳固,朕的废黜诏再也吓唬不了他。再说朕已跟他开弓,形成势不两立的敌对态势,诸卿别指望他见了朕的废黜诏,会吓得自辱粪土臣元。"

杨广的态度非常明确,抛弃对高句丽婴阳王高元的幻想,剩下来的就是讨伐。

此时高句丽婴阳王高元也没少有动作,一边下令加固城池,一边往辽东屯兵,时刻准备渡过辽河直趋辽西。没料派往契丹的使者回来,禀报契丹不愿出兵,使高元的心倏地凉了半截。

高元召来乙支文德,问道:"没有契丹参与,进攻辽西还能继续吗?"

乙支文德回答说:"契丹人剽悍,有他们的精骑打头阵,隋国人多半不是他们的对手,我军取辽西,容易得多。遗憾的是契丹人不够交情……"

高元道:"指望靺鞨人如何?"

乙支文德道:"靺鞨人不如契丹人。"

高元一怔,道:"靺鞨人为何不如契丹人?"

乙支文德道:"婴阳王曾经用过靺鞨人,他们作战虽是勇猛,但性情散漫,到了战场喜欢策马随性而战,最终形成一盘散沙,这样的军队打仗,只能凭运气获胜了。"

高元道:"依你之见,进攻辽西暂缓而行?"

乙支文德忠告道:"婴阳王取辽西,没有可靠的外援支持,决不可草率行事。隋国毕竟是天下头号大国。我高句丽去年大胜隋国,不过是侥幸获胜。隋国南平陈国,西收吐谷浑,正是大国实力所现。"

# 第十三章 后院起火

## 1

第二次东征高句丽在即。杨广诏令刑部尚书卫文升辅佐代王杨侑留守西京大兴；诏令民部尚书樊子盖辅佐越王杨侗留守东都洛阳。

四月初，杨广车驾抵达涿郡。涿郡屯兵紧随车驾直渡辽河。过了辽河，杨广坐镇辽东古城指挥作战，派遣宇文述和上大将军杨义臣率军进攻平壤城。从辽东抵达平壤城，想来不会一帆风顺；攻下平壤城，更加不会一帆风顺。杨广担心出现闪失，召宇文述和杨义臣到跟前，厉声说道："去年来护儿本可拿下平壤城，可他轻敌，反而在平壤城遭遇伏击，伤亡惨重。朕派你俩去攻平壤城，不可再犯轻敌的毛病，不攻下平壤城，不要回来见朕。"杨义臣当即表态说："臣一定提着小房高元的人头回来见皇上！"杨广爱听这话，高兴说："好，朕就等在辽东古城里见高元的人头。"宇文述不甘示弱说："臣和义臣珠联璧合攻下平壤城，还要随皇上平定高句丽，臣决不食言！"杨广激励宇文述说："去年你从高句丽败归，朕相信你此次将功补过，屡建奇功！"

随后杨广派遣左光禄大夫王仁恭出扶余道。王仁恭率军行至新城，高句丽派出数万兵马阻击。王仁恭没有退路，拼死一搏，率一千多名精骑杀向敌阵；高句丽人迎战几个回合，抵挡不住，不得不往后撤退，退进新城，火速关上了城门。王仁恭担心逃进新城的数万高句丽兵出城包抄宇文述和杨义臣的后路，拖住宇文述和杨义臣前往平壤城的步伐，下令麾下围城，不让高句丽人出城。

就在杨广坐镇辽东指挥大军与高句丽人交战的当儿，礼部尚书杨玄感趁此时机开始策划谋反。此次东征高句丽，杨玄感并没随杨广车驾赴往辽东，而是被杨广差遣到黎阳（今河南浚县东北）督运粮草，这差事仿佛上天安排，似乎有意促使杨玄感反叛。杨玄感首先想到执友李密和三弟杨玄挺，派家奴去西京大兴召唤李密和杨玄挺。又想到二弟武贲郎将杨玄纵、五弟鹰扬郎将杨万硕等人都随军去了辽东，若他举兵起事，杨玄纵和杨万硕无疑成为在押的人质，能唤回他们做帮手，如虎添翼。杨玄感差使一个亲信前往辽东唤回两个兄弟。那亲信担心去了辽东唤不回人，对杨玄感说："我去了辽东，万一暴露来意，就怕坏了大事。"杨玄感慎重起来，对亲信说："兵部侍郎斛斯政是我父亲的嫡系旧部，你去辽东先见斛斯政，请他帮忙，他会照办的。"

杨玄感生出反心绝非一时冲动，他的反心深藏了多年，只是没遇上天时和地利。他家累世显贵，父亲杨素曾经贵在一人之下万人之上，他和他的兄弟自然贵在豪门和官场。父亲杨素在世时，皇帝杨广放出一句话，假若杨素不死，终有一天会诛灭九族。杨玄感对天子的这句话刻骨铭心，想到天子的猜忌是灾祸的前奏，他无法改变天子的猜忌，才起反心。

尽管东征高句丽的大军去了一些日子，不见捷报传来，也没凯旋班师的消息。杨玄感抓住这个有利时机，和武贲郎将王仲伯、汲郡赞治赵怀义等人密谋造反。王仲伯和赵怀义提议断其粮草。杨玄感身为朝廷派往黎阳漕运的督军首领，黎阳囤积着大量军粮正由杨玄感指挥发往辽东战地，于是杨玄感采纳王仲伯和赵怀义的提议，故意迟滞漕运，不按时发放军粮运往前线。去年征伐高句丽，就因军粮补给严重短缺，大军最终溃败，伤亡惨重。杨玄感使出迟滞漕运这一招儿，渡过辽河的各路隋军开始缺乏粮食。杨广速派使者回朝催促杨玄感尽快地加强粮草漕运。杨玄感自有对策，谎称水路河道上盗贼猖獗，才使军粮不能按时发运。

一晃到了六月，右骁卫大将军来护儿率领水师准备从东莱出海，进军平壤城。去年来护儿率军攻平壤城，犯了轻敌大忌；此番出征平壤城，来护儿吸取教训，做足了备战的功课。

就在来护儿准备率军出海之际，一时找不到理由说服民众造反的杨玄感茅塞顿开，栽赃来护儿，指使一位家奴装扮成从东莱而来的使者，谎报来护儿在东莱举兵造反。杨玄感以国主不在朝位为幌子，自己则以讨伐来护儿兵变谋反的救国姿态挺身而出，率领手下进入黎阳城，关闭城门，便在黎阳城内征召男丁，用帆布制成统一的头盔铠甲武装男丁，听从他的指挥。紧接着杨玄感利用先帝朝开皇年间的旧制笼络人心，派人向附近诸郡发放文书，以讨伐来护儿为名，命令诸郡派兵来黎阳仓集结。又以运粮之名，任命汲郡赞治赵怀义为卫州刺史、东光县尉元务本为黎州刺史、河内郡主簿唐祎为怀州刺史。这些地方小吏真的以为来护儿谋反。他们突然被杨玄感高封刺史，如同坠入梦境；只有赵怀义不糊涂，随杨玄感赌一注，如若赌赢，赢得的是大富大贵。

杨玄感还想拉拢督运军粮的治书侍御史游元为左右，他召见游元，被游元觉察出他谋逆，不便顺从。

游元当即质问杨玄感："当今天子早已废除先帝开皇年间的旧制，你又恢复旧制，旨从何来？"

杨玄感哄骗说："皇旨已从辽东传来，授予我执行。"

游元不信，又问："你一公卿，岂可行使皇权擢小吏刺史高位？"

杨玄感不再遮掩，跟游元摊牌说："独夫逞肆暴虐，现已陷入辽远的绝域，是上天要灭他。我率义军诛无道之君，你意如何？"

游元顿时拉下情面，怒从心起回应说："你父亲受国家大恩，是近世无人可比的，你和你的兄弟们都位居高官显爵，本应为国效劳，以报鸿恩。没想到你父亲坟土未干，你就想谋反？"

游元毫不客气跟杨玄感撕脸，激怒杨玄感，将游元关押。游元依然不从，杨玄感差人杀掉了游元。

杀掉游元，杨玄感没了退路，从运输军粮的民夫里挑选五千多位身强体壮的人，又从丹阳、宣城的船夫里挑选三千多位壮汉，组成义军。他对手下义军鼓动道："皇上无道，从不体恤百姓疾苦，使天下受到骚扰。

远征死在辽东的人数以万计。现在我与你们起兵,拯救天下万民于水火,怎么样?"

相聚誓师的民夫,在外做着苦役,不能回家,多有怨气,经杨玄感鼓动,热血直往上冲,按捺不住跳跃着直朝杨玄感呼喊万岁,喊得杨玄感满面春风。惟有河内郡主簿唐祎看清杨玄感邀人谋反,惊出一身冷汗,便觉杨玄感封他怀州刺史,是笼络他参与谋反。于是唐祎趁夜里偷偷离开黎阳,返回了河内。

就在唐祎返回河内的第二天,应召的李密和杨玄挺从西京大兴赶到了黎阳。见到李密,杨玄感大喜,上前迎道:"盼蒲山公来黎阳,终于盼到了。"李密下马,被杨玄感迎进门槛。

这时杨玄感正为唐祎的不辞而别感到恼火,对李密说:"河内郡主簿唐祎不识抬举,我特地召他来黎阳,封他怀州刺史,他竟然在昨夜里偷着离开了。"

李密一惊说:"这个唐祎跟我们不是一路的,偷着走人,兴许会坏事。派人追他没有?"

杨玄感说:"才发现他离开,还没来得及派人追他。"

李密言归正传问道:"起兵准备得如何了?"

杨玄感回道:"一切准备就绪,只等蒲山公做谋主。"

李密下意识地点了下头。

因两人曾在东都有过一次对酒密谈,见面后直奔主题。

杨玄感迫切问道:"你常以拯救天下苍生离苦得乐为己任,眼下正是时候,如何出谋施策为妙呢?"

李密也不客套,扬起手摸了摸下巴说:"依我之见,北据幽州,以断天子后路为上策;西进大兴,以控潼关为中策;直攻东都为下策。"

杨玄感准备首攻的是东都,却被李密视为下策,暗自一怔说:"此三策有何利弊,能否详尽道来?"

李密说:"天子出征,远在辽西,离幽州也有千里之遥。天子回驾的路线是南临大海,北有强大的胡人,只有中间一条狭道可行,按理说十分险恶。你出其不意率兵直趋蓟州,据守临渝关,牢牢扼住狭道咽喉,切断讨伐高句丽大军归路。如果高句丽人知道隋军归路被切断,无疑给了他们复仇的机会,定会尾随追击而来,不出一月,隋军将会粮草断尽,能不投降吗?能不溃散吗?到那时,天子成为孤家寡人,不战被擒,乃上策。"

杨玄感问:"中策如何呢?"

李密说:"至于关中之地,物产丰盛,历来为兵家必争之地。此地四面有要塞屏障,虽有卫文升把守,但不足为虑,只要你率军西进,经过城池不要攻取,直取大兴,再招纳大兴豪杰之士,用心安抚百姓,即使天子从高句丽回驾,已失根本之地,我们有的是工夫徐徐进取。"

杨玄感又问:"下策如何呢?"

李密说:"可挑选精锐士卒攻取东都,借以号令四方。可你刚才提及的那个唐祎,恐怕他已跑到东都告密,东都的守备就会加强防卫。要是率军攻东都,难得轻取,若数月攻城不下,各地的军队会从四面八方赶来,那就结果难料了。"

杨玄感颇有异议说:"百官的家属都住在东都,要是先攻取东都,挟持其家属为人质,可以扰乱百官之心,惶恐不安无心恋战。再说我军所经城池却不攻取,怎能显示我军之威?"

## 2

上次隋军东征并没完全收复辽东。此次杨广命令诸将领进攻辽东,不再下诏限制军队作战方式,允许诸将领随着战事变化调整进攻方案;也就说杨广彻底放权,让各路大军不择手段为收复辽东而战。高句丽人原本进攻隋朝辽西,已在辽东大量屯兵,又加强城防,还没来得及出征辽西,没料隋朝军队以迅雷不及掩耳之势进入辽东,迫使高句丽人不得不放弃进军辽西,改进攻为防守抵抗。

隋军进入辽东后,遇到的阻力不小,朝前推进得比较缓慢。出扶余道的左光禄大夫王仁恭自从围困了辽东新城,一刻都没停止攻击,都快攻打一个月了,仍没攻下城池。这新城的确筑得坚固。城里守军差不多三万余人,他们去年有过战胜隋军的经历,底气十足,站在城墙上迎战隋军毫不畏惧。再说高句丽人提前做好城防,城里军需准备得相当充足。王仁恭领军久攻不下辽东新城,坐镇辽东古城的杨广再也待不住,移驾到了辽东新城,亲自指挥督战。

主将王仁恭豁出去了,下令将士利用飞楼、云梯、地道从四面昼夜攻城。战争陡然升级,两军伤亡惨重。指挥督战的杨广宁愿不惜一切代价,也要攻下辽东新城,他派人缝制一百多万条布袋,往布袋里装满泥土,堆成一条宽三十步、直抵城墙上的坡道,便于将士们直接登坡道攻城;又下令制作高出城墙的八轮楼车,让将士登上楼车,居高临下射杀城里人。战局随之突变,站在城墙上的高句丽人失去进攻优势,被冲上坡道和楼车上的隋军打得惊慌失措。

隋军使用的冲梯竿长十五丈,一位叫沈光的年轻士兵身手不凡,他攀上冲梯,与城墙上的高句丽士兵短兵相接。沈光一口气杀死高句丽士兵十多人,终因气力耗尽,从冲梯上掉落下来,幸好冲梯上有根下垂的粗麻绳,身手敏捷的沈光一把抓住麻绳,避免了从高处摔在地上。这惊心动魄的情形正好被督战的杨广看在眼里,盛赞沈光骁勇,当即赐沈光朝散大夫,吩咐沈光做了随侍。

攻下辽东新城,整个辽东才算彻底平定。杨广非常在意收复辽东新城。这时攻城的隋军差不多围聚了四十来万人,城里的高句丽军不见援军,加上隋军借助筑起的坡道和可移动八轮楼车作战,城池沦陷是迟早的事儿,现已出现危在旦夕的迹象。

就在辽东新城快要攻克下来的节骨眼上,一份紧急奏报通过驿站传入辽东,杨广大为惊恐。他召苏威入帐,严正说道:"朕远在数千里之外为收复辽东而战,没料杨玄感在黎阳谋反,朕获此消息忧心如焚。"

苏威大惊失色问道:"杨玄感何故反?"

杨广不安地走来走去:"杨素至杨玄感二代,享尽国恩,官至令人羡慕的高位,朕和国家何曾薄待?直到今日,杨玄感趁朕亲征,为收复辽东不在朝位之机,动乱天下,别怪朕将要灭他整族,以谢天下。"

苏威趁机奏道:"杨素在世时构陷忠良,谗言祸政,搜刮民财,富贵齐天;杨玄感结党营私,阴谋祸国,他们家早该灭族,只是皇上仁慈,放了一马。"

杨广点头,忧虑道:"朕的确放了他们一马。玄感很聪明,就怕他的祸患成为气候。"

苏威宽慰说:"能辨别是非、判断成败的人,才可称得上聪明。杨玄感为人粗疏,皇上不必为他谋反而过分忧患。就怕因他谋反,成为动乱的开头,引发一连串的谋逆。"

杨广说:"听说一些达官子弟,被杨玄感召去了。"

提及达官子弟,苏威倏地缓过神说:"杨玄感的二弟杨玄纵、五弟杨万硕不是随军来到了辽东吗?杨玄感造反,这么大的事儿他们兄弟不会不知道,兴许有过参与,皇上快点派人在军中找到他们,别让他们逃回去了。"

苏威的提醒非常及时,杨广立马差人寻找杨玄纵和杨万硕。派去的人回来禀报,杨玄纵和杨万硕两兄弟早就离开了部队。杨广大怒,立即追查是谁大胆放走杨玄纵和杨万硕的,绕着弯儿查来查去,最终查到兵部侍郎斛斯政名下,正是斛斯政自作主张,偷偷送走杨玄纵和杨万硕。不用怀疑,杨广认定斛斯政是杨玄感的党羽,盛怒之下喝令逮捕斛斯政问罪。

斛斯政已知事情败露,极度恐惧,叛逃了高句丽。

没逮住斛斯政,杨广预感到了杨玄感谋反的事态严峻。随驾的裴蕴、虞世基和裴矩奏请杨广给高句丽施压,交还叛逃的斛斯政。杨广摇头,叹息道:"斛斯政叛逃,正中高句丽下怀,此时他们不会交还斛斯政。"随后杨广下令封锁斛斯政叛逃的消息,以免动摇心军。过了两天,待到夜里二更时分,杨广密召诸军将领,神情不安地说道:"斛斯政和杨玄感,一个叛逃高句丽,一个举兵谋反,这两人不是民间打家劫舍的草寇,而是身任朝廷要职的高官。朕不可赢得区区高句丽,让杨玄感这个反贼亡我大隋江山!"众将领心情沉闷,瞅着杨广不知如何是好。杨广再次叹息说:"不能因小失大,拔营回吧;待到来日征讨高句丽也不嫌晚。"众将领苦战多日,眼看就要攻下辽东新城,突然冒出杨玄感谋反,导致东征大功半途而废,既恼怒又沮丧。

皇旨不可违。撤军连夜进行，将士们轻装回返，所有的军资器械、攻城之具堆积如山，那营垒、帐幕，都原地不动，丢弃而去。等到天亮，高句丽人从城墙上往外张望，静悄悄的不见一个隋军身影，只见遍地攻城的器物、营垒、帐幕杂乱地堆放着。高句丽人怀疑隋军用计，吓得不敢开启城门探视个究竟。直到中午过后，仍不见城外有隋军的身影晃动，倍感奇怪。直到第二天，高句丽方面谨慎地派出若干士兵出城侦察，还是不见隋军去了哪儿，仿佛在一夜之间全部消失，这不同寻常的消失，使高句丽人越发觉得隋军行迹可疑。

等高句丽人找到隋军踪迹时，隋军已过辽河。

这时杨玄感的五弟杨万硕从辽东来到高阳，他的兄长杨玄感起兵谋反路人皆知，他被高阳监事许华逮住。许华闻知皇帝车驾即将回到涿郡，押着杨万硕赴涿郡献俘。回到涿郡的杨广见到杨万硕，想起斛斯政偷偷送走杨万硕的情景，怒从心起，懒得审讯，当即对左右侍从说道："拖去车裂，让叛贼死无全尸！"

## 3

李密献出起兵三策。杨玄感反复思忖，终将李密攻东都洛阳下策视为上策，准备率军朝东都洛阳进发。他的三弟杨玄挺不解，说李密精通战术，兄长为何不愿采纳李密的上策呢？

杨玄感说："李密所献攻幽州为上策，攻西京的大兴城为中策，无论幽州还是西京的大兴城，都距黎阳千里之外。我率民夫不过数千人，他们能随我背井离乡走那么远去打仗攻城吗？万一他们坚持不了，在半途思乡逃走，什么计策全都泡汤了。"

杨玄挺说："兄长打出为天下万民谋福祉的旗号，定会召来更多的义军，何愁率军到达不了千里之外？"

杨玄感摇头说："我率数千人去千里之外的幽州或者西京，十分显眼，恐怕没到达目的地，遇到截击，那可是功亏一篑，这个险冒得太大了。再说幽州和西京，不可能没有强大的守军。尤其是西京的大兴城，筑得空前高大坚固,随便带上几千人去攻打,是拿了鸡蛋碰石头。"

杨玄挺说:"兄长首攻东都,恐怕守军不会薄弱。"

杨玄感说:"东都距黎阳较近。我率军攻城快捷。再说东都的地位胜于西京,百官都住在东都,只要攻下东都,控制百官家人,等讨伐高句丽的百官归来,眼看家人成为被扣押的人质,定会急成热锅上的蚂蚁,谁敢不顾及家人的死活?为救家人,百官会妥协,人心自然乱了。到那时,我再收买百官人心,倒戈从我,正是上策。至于李密献上策攻幽州,献中策攻西京,才是下策。"

哪知河内郡主簿唐祎离开黎阳后并没返回河内,他想到黎阳距东都不远,杨玄感很有可能率军攻打东都,深感事态严重,骑马直奔到了东都。留守东都的越王杨侗和民部尚书樊子盖见唐祎火急火燎跑来,忙问发生了什么事。唐祎都没喝口水压惊,将杨玄感在黎阳纠集民夫谋反的事儿禀报了一番。樊子盖和杨侗大惊,好像不太相信杨玄感会做出举兵造反的事来。

唐祎告急说:"要不了多日,杨玄感有可能率军直趋东都,东都城防不可儿戏。"

樊子盖不得不相信唐祎,为之一震说:"杨玄感胆敢来攻东都,我亲斩他的人头悬挂城门上,示众百日!"

越王杨侗不足十岁,是已故元德太子杨昭的次子。杨广亲征高句丽之前,把杨侗托付给樊子盖留守东都监国,实为樊子盖在东都料理国事。突遇唐祎奏报杨玄感举兵谋反,杨侗吓得没辙。樊子盖颇感事大,立马警觉起来,夸赞唐祎来得及时,不然误了大事。

随后樊子盖下令军队备战城防,严阵以待;又将写好的文书派人骑快马传送到东都周围的郡县,通告郡县加强防御,全力抵抗杨玄感的叛军。

从黎阳起事,杨玄感率军进发东都洛阳。过临清关(今河南新乡东北)时,东都守将樊子盖已经传令严守临清关,就连当地百姓也参与官军扼守临清关,杨玄感指挥士兵出击好几个回合,无法过关,只好改道走汲郡(今河南卫辉)渡黄河。渡过黄河后,杨玄感继续领军奔向东都,几乎没遇到抵抗,部队很快到达偃师(今河南偃师)。杨玄感命令三弟杨玄挺率领一千人攻打河内,命令七弟杨积善领兵三千从偃师南沿洛水西进。

杨玄挺率先抵达河内,早有防备的唐祎从东都赶回河内,严防固守城池。杨玄挺攻打了多日,始终破不了城池,只好放弃。杨玄挺前行至白司马坂,翻越邙山,从南边向东都进攻。杨玄感率兵三千尾随杨玄挺,以作后援。

进军东都,杨玄感、杨玄挺和杨积善兵分三路,摆开围城的架势。东都守将樊子盖毫不含糊,派遣河南令达奚善意率五千精兵迎战杨积善;派遣河南赞治裴弘策率八千精兵迎战杨玄挺。杨家三兄弟的士兵大多由没经训练的民夫组成,人人手持简易的单刀柳盾,既没配备弓箭,也没披戴甲胄,但他们的士气极高,攻破东都仿佛胸有成竹。

东都守将樊子盖坐镇洛阳,迎击杨玄挺和杨积善两股叛军先锋,指望裴弘策和达奚善意大发神威。达奚善意率五千精兵渡过洛水,扎营汉王寺,等叛军杨积善到来。第二天,杨积善领兵来到洛水之南的汉王寺。达奚善意一看杨积善列阵的队伍士气高昂,喊杀声响彻云霄,被震慑住了。

主帅达奚善意突然生出畏惧,不敢下令迎击叛军;他的麾下五千将士畏缩不前,不战自溃,丢下兵器和铠甲逃散而去。

率军抵达白司马坂的裴弘策不比达奚善意强到哪里,遇到杨玄挺,交锋一两个回合,乱了阵势,士兵们丢下兵器往回撤逃。杨玄挺一看樊子盖居然派出这般怕死的军队,感觉好笑,也不乘胜追击。裴弘策退军数里后,召集散兵,重新列阵,等候杨玄挺到来。杨玄挺不急不忙地领兵接近裴弘策,也不下令出击,他一眼看穿裴弘策是个无用的孬种,应对这样的孬种,没必要劳神费劲。他让士兵坐在地上,瞅着裴弘策的队伍休息了会儿,突然下令士兵站起来攻打裴弘策,没料裴弘策的八千人个个都是孬种,吓得转身逃跑;就这样交战五次,裴弘策的部队不战而逃了五次,就把杨玄挺的队伍引到了东都的太阳门。裴弘策自顾逃命,带着十几位随从逃进了太阳门,其他人全都归降了杨玄挺。

达奚善意领军不战自败逃回东都,紧接着裴弘策把带去的八千精兵统统送给了叛军杨玄挺,气得樊子盖恨不得拔出佩剑斩了达奚善意和裴弘策。越王杨侗更气,涨红脸下令樊子盖杀了达奚善意和裴弘策。

其实樊子盖何曾不想杀掉达奚善意和裴弘策,他忍了下来,对杨侗说:"只怪臣下用人不当!"

杨侗仍旧气得涨红脸说:"裴弘策和达奚善意不战自败,他们是故意的,故意的,不杀他们,岂能震慑其他将领?"

杨侗耍孩子气。樊子盖劝谏道:"胜负乃兵家常事。此时叛军围东都,东都遇孤危,不得不再派其他将军领兵出征,倘若杀了裴弘策和达奚善意,谁还敢领兵出征击败叛军呢?"

就在杨玄挺到达太阳门之后不久,杨玄感和杨积善也赶到了东都。守将樊子盖不再轻信他人,亲率士兵坚守城池。杨玄感一时攻克不了城池,他在上春门招兵买马,对围观的众人说道:"我身为上柱国,累积的家产数以巨万,富贵于我无所求,但我愿冒杀头灭族的风险,就是要拯救天下百姓脱离水火!"此番话语一出,杨玄感似乎成为新的救世主,非常振奋人心,前来加入杨玄感队伍的每天都有上千人。

樊子盖听说一些达官贵人的儿子都归降了杨玄感,他们中有开国元勋韩擒虎的儿子韩世谔;有当今高官虞世基的儿子虞柔、观王杨雄的儿子杨恭道、裴蕴的儿子裴爽、来护儿的儿子来渊、大理卿郑善果的儿子郑俨,一共四十多人。杨玄感给了他们重要职位。这个消息对樊子盖而言如五雷轰顶。他不知天子亲征高句丽归期,东都失守兴许就在眼前,于是樊子盖迅速派人走驿站赴西京求援军,里应外合歼灭叛军。

## 4

内史舍人韦福嗣抗击叛军,被叛军俘获。韦福嗣性情温和,叛军抓到他时也没反抗。杨玄感非常欣赏韦福嗣的文采,叫人带来韦福嗣,笼络说:"朝廷许多高官的儿子都归顺了我。韦先生挥毫常见神来之笔,愿韦先生与我共谋大业,恭候了。"韦福嗣明白此时拒绝,会激怒盛气正旺的杨玄感杀掉他，委婉道："我不才，杨尚书高看了。"杨玄感对韦福嗣厚礼相待，让韦福嗣跟心腹胡师耽掌管公文信札。韦福嗣尽管不愿意，为保性命，没办法推辞。

杨玄感差使韦福嗣以杨玄感的名义给城里守将樊子盖写劝降书，书中写道："我准备废黜昏君拥立明君，希望你不要死守小的礼法，自找麻烦。你顺遂天意，自有福来……"樊子盖收到杨玄感的劝降书，怒从心起，拍案骂道："一个小小叛贼，竟敢厚颜无耻，不知天高地厚废立国君！"樊子盖忍受不了杨玄感对他劝降，要跟杨玄感血拼到底。这时留守东都的官吏眼看朝廷许多重臣的儿子归降杨玄感，意识到了东都沦陷指日可待，他们观望着局势，不太买樊子盖的账，其至轻慢樊子盖。再说樊子盖不久之前是从外地调入东都辅佐越王杨侗的，樊子盖还没在东都官场合群，东都留守官吏大多排斥他，很少向他汇报请示；至于他调遣指挥人员，往往不当回事儿。

既然樊子盖发誓要跟杨玄感血拼到底，就不会闭城固守。他再次下令裴弘策领兵出战，叮嘱说："上次我派你率军歼击杨玄感的叛军，你轻敌败阵而归；此次攻打杨玄感，关系到东都的存亡，千万败不得！"

裴弘策的官职跟樊子盖是一个级别。听樊子盖用居高临下的口气来一番教训，裴弘策不高兴了，当面顶撞樊子盖说："我没那个本事击败杨玄感，你另请高人率军出征吧。"

就这句话，激起樊子盖内心的宿怨，他大怒道："上次你遇到贼军杨玄挺不战而退，且把贼军引到了太阳门不说，我给你的八千精兵，统统被你送给了贼军杨玄挺，是我留下情面，放你一马。此次你不肯立功赎罪，竟敢拒绝军令，斩！"

樊子盖突然对裴弘策翻脸，怒喝出一个"斩"字，在场的人全都惊呆，以为樊子盖要性子，要得离谱，看樊子盖如何收场。樊子盖既然翻脸，也不打算收回，动真格对左右厉声喝道："你们还站着干啥，快拖裴弘策出去斩首！"左右们看着不远的越王杨侗。杨侗已是非常厌恶裴弘策，顺遂樊子盖说："既然樊子盖要斩裴弘策，那就拖出去斩了吧。"

越王杨侗最后一句，斩裴弘策没了挽回的余地。

国子监祭酒杨汪就在这时走了出来,拱手替裴弘策求情,言辞里含有对樊子盖的不恭。樊子盖便觉杨汪添乱实在可恶,趁着盛怒喝道:"叛军谋反,国难当头,杨汪替奸细裴弘策说情,罪该斩!"

刚刚拖走裴弘策,樊子盖又喝令斩杨汪。是杨汪做梦都没想到的,他立马改口,浑身发软地跪在地上,不断地叩头请罪。樊子盖见杨汪叩得满脸是血,动了恻隐之心,才免杨汪一死。

裴弘策的一颗人头,要比说上千万句狠话还有威力,就这样血淋淋地被震慑住的东都留守官吏在樊子盖面前服服帖帖。樊子盖还嫌不够,他披上铠甲,一手握持弓箭,一手提着裴弘策的人头登上城楼,将裴弘策的人头高悬在了城门口上,还在人头下边挂了块白布,书写下"奸细裴弘策贼头"七个字示众,引来攻城叛军人头攒动地围观。

其实樊子盖非常在意朝廷高官的儿子们归降杨玄感,这帮官二代正是攻破城池的杀手锏,只要他们伙同叛军攻城,具有极强的影响力和号召力。樊子盖就要利用裴弘策的人头,震慑归降叛军的官二代。他站在裴弘策的人头旁边,朝城墙外边高声说道:"韩擒虎的儿子韩世谔,裴蕴的儿子裴爽,虞世基的儿子虞柔,来护儿的儿子来渊,杨雄的儿子杨恭道,你们的父辈有的是大隋的开国元勋,有的是护国的朝中重臣。眼下,你们的父辈远赴高句丽,为收复辽东而战,生死不明。可你们作为他们的后代,居然追随叛贼杨玄感,背叛你们的父辈,大罪不可赦啊!"

围观裴弘策人头的叛军,这时都把注意力投向了樊子盖。

樊子盖动情,泪水如雨飘下,嘶声说道:"来渊我告诉你,你父亲来护儿根本没起兵造反,叛贼杨玄感诬陷你父亲来护儿造反,假借镇压来护儿的名义,欺骗百姓追随他谋反。可你糊里糊涂跟随一个陷害自己父亲的骗子谋反,对得起蒙冤的父亲吗?"

这时一支冷箭飞向城楼上,从樊子盖的头顶呼啸而过。樊子盖暗自一惊,知道会有第二支冷箭朝他射来,匆匆离开了城楼。

在城楼上樊子盖针对一伙官二代追随杨玄感的言辞,句句如针,刺扎得来渊等人有所收敛,不敢继续参与攻城。尤其是裴弘策那颗高悬的可怖人头,每天都在攻城叛军的眼前晃动,其震慑力不可低估,许多叛军开始消极攻城,才使东都久攻不破。

从黎阳到东都,杨玄感并没枉费心机,收编投降官军,招募百姓,得兵五万多人。他兵分五千把守慈硐道(今河南洛阳西);又分五千人把守伊阙道(今河南洛阳南);派韩擒虎的儿子韩世谔率兵三千包围荥阳(今河南荥阳东北);派顾觉率兵五千攻取虎牢(今河南荥阳西北至汜水镇西)。他这般排兵布阵出击,是为堵住四方援军赶赴东都救洛阳,好让剩下来的三万多名士兵攻城。

这时留守西京大兴的代王杨侑派遣刑部尚书卫文升领兵四万正赶赴来东都的路上。部队走到华阴,卫文升想起杨玄感的父亲杨素葬在华阴。传说杨素死后,他的后人偷偷请术十踏过墓地,踏到的是处冒出天子气的吉穴,将来杨家后人必出天子。卫文升想他既然来到华阴,陡起好奇心,要去看看葬杨素的那处吉穴究竟是个什么样子,领着部队来到杨素墓前,不禁大吃一惊,只见杨素的墓地后靠青山,前有流水,正合风水堪舆前有明堂水口后有靠山之说,果真是处吉穴。墓园的建筑规模,几乎超过了隋高祖文皇帝在咸阳的陵寝。卫文升看得双眼发胀,下令说:"杨素想让后人出天子,才选择此地安葬;难怪杨玄感邀他兄弟举兵起事,妄图夺取皇位称帝。至此斩断龙脉,让其墓穴成为一处闭气的死穴!"

士兵们得到命令,开始掘毁杨素的坟墓,挖出棺材,掏出杨素尸骨敲碎,又架起树木焚烧骸骨,然后到处抛弃得七零八落。

# 第十四章　造反遭诛

## 1

右武侯大将军李子雄因罪被革职,杨广东征高句丽时,留他在来护儿的水师效力。后来杨广信不过李子雄,下诏将李子雄戴上枷锁押到东都入监,李子雄闻讯逃走,投奔了杨玄感。

杨玄感武有李子雄,文有韦福嗣,李密夹在其中,显然受到冷落。但是李密并没因为受到冷落离开杨玄感,反而觉得乱世将至,借杨玄感举兵起事的机会,可以大捞一把。

其实李密的文采并不亚于韦福嗣,只是韦福嗣书写公文要比李密专业,他毕竟曾是朝廷的文官,接触公文的频率自然要比李密多。日子久了,李密发现韦福嗣身在曹营心在汉,就想除掉韦福嗣,悄悄对杨玄感说:"每次议大计,韦福嗣总是言不由衷,他本是俘虏,不像武将李子雄那样受刑后憎恨朝廷而来投奔,兴许此人就是个奸细。"李密进言杀掉韦福嗣,以除后患。杨玄感笑了笑说:"韦福嗣胆小迂腐,不至于是那种人吧。"李密不再多言,退下了。后来李密对亲信调侃说:"楚公玄感喜欢谋反,又不打算取胜,说不准哪天,我们都成为别人的俘虏。"

但是李子雄的确跟韦福嗣不同,他是天子赐罪在逃的囚犯,巴不得杨玄感尽快称帝,他就不再是在逃的囚犯了。杨玄感多次听到李子雄劝他称帝,征求李密的意见。李密直言说道:"从前陈胜起兵时打算称王,张耳劝他缓称,遭到排斥;魏武帝曹操向献帝谋求加赐衣服、朱户、纳陛、虎贲、弓矢等九锡,荀彧劝曹操缓行,却被诛杀。如今我像张耳、荀彧那样规劝,恐怕落得像张耳、荀彧那样的下场。但是阿谀奉承迎逢上意,又不是我的真心之言。要知自从我们起兵至今,虽有多次胜利,但郡县却无人响应。尤其是东都的防卫依然十分强大,全国各地的援军陆续赶来,主上应一马当先指挥作战,尽快攻下东都接着平定关中,何必急于称帝呢?若急于称帝,反倒成为众矢之的。"杨玄感听后感触颇深,称帝之事就此罢了。

恰逢此时,在华阴捣毁杨玄感父亲杨素墓穴的卫文升率军赶到了东都城北。杨玄感迎战卫文升。卫文升就想把攻城的杨玄感诱骗离开,他一会儿出击,一会儿往后撤退,杨玄感果然中计,追击卫文升离开了东都城下。卫文升似乎松了口气,在金谷驻扎下来,牵制杨玄感。

这时东征高句丽的隋军已经全部回师。杨广迅速发兵南下镇压杨玄感叛乱,派遣左翊卫大将军宇文述、右侯卫将军屈突通乘驿站的传车发兵讨伐杨玄感;派遣虎贲将军陈棱赶赴黎阳歼击元务本。

水师将领来护儿刚班师回到东莱,听说杨玄感举兵起事的理由是诬陷他来护儿误了出征的军期谋反,杨玄感率师赴东莱讨伐他来护儿,来护儿无比愤怒,大骂杨玄感。随后来护儿又听到他的儿子来渊在东都归降了杨玄感,为之一震,坐立不安起来。

儿子来渊归降杨玄感意味着什么,来护儿非常清楚。他召随军的儿子来弘和来整到跟前,告诉他们说:"你们的兄弟来渊闯下大祸……"

来弘大吃一惊问道:"来渊闯下什么大祸?"

来护儿说:"来渊在东都归降杨玄感谋反,参与攻城,犯下的是灭族之罪。"

来弘和来整傻了眼。

片刻后,来整问:"来渊为何这般糊涂呢?"

来护儿咽了口气,叹息说:"忠国为大,逆子不可救也!"

说罢,来护儿急着性子下令部下随他去东都讨伐杨玄感。部下们认为没有得到皇旨,擅自出兵多有不妥。这时杨广驻跸涿郡的临朔宫。来护儿差使儿子来弘、来整骑快马赶到涿郡。两兄弟到来之时,正是杨广准备派人传旨给来护儿救援东都的当口。见到来弘、来整替父亲传递出征东都的请战书,杨广异常高兴。

南下的宇文述、屈突通、来护儿正急速行进在来东都的路上。屈突通先到一步,驻扎河阳,等随后到来的宇文述、来护儿一块儿合围杨玄感。杨玄感闻知屈突通驻扎河阳按兵不动,有点出乎意料,不得不在乎起来,问计李子雄。

李子雄说:"屈突通的确善于兵术,如果他渡过河来,我军与他交战,鹿死谁手,恐怕难料。若他不能渡河,樊子盖和卫文升就得不到援助。"

杨玄感点了点头,准备阻击屈突通过河。

守城的樊子盖盼屈突通来解围,盼得两眼滴血,知道杨玄感在河岸边阻击屈突通不能过河。樊子盖使出一招,抄杨玄感的后路,只要杨玄感领兵到河岸边阻止屈突通过河,樊子盖就出兵攻击杨玄感的营垒,不干别的,只负责放火焚烧帐篷和粮草,只要营垒里烟雾袅袅,杨玄感和将士们在河岸边再也待不住,就得赶回营垒灭火。屈突通才有机会抢渡过河,驻扎在了破陵。

这时候杨玄感不得不把军队分成两半,一半抵抗西边的卫文升,另一半阻击东边的屈突通。

卫文升率步骑二万渡过瀍水,与杨玄感交锋。此时杨玄感拥兵十万,卫文升寡不敌众,部将死伤一半。但卫文升已知宇文述、屈突通和来护儿马上就要赶到,他牵制杨玄感的底气十足。

正因卫文升不断地骚扰,跟守城的樊子盖里应外合,杨玄感攻取东都洛阳几乎泡汤。现在东边又多了个屈突通,杨玄感应接不暇,又找李子雄问计。

李子雄抱恨说:"若不是卫文升跑来添乱,樊子盖多半挺不住,东都已被我们收于囊中。"

杨玄感说:"援东都的官军日见增多,我军继续攻城恐怕愈加艰难,下一步如何迈开,方可稳操胜券?"

李子雄说:"主上握有十万大军,不必畏惧谁,赶在官军没有合兵之前,采取各个击破,万一失策,主上可以西进大兴。"

杨玄感就把主攻的目标锁定在了卫文升身上。他跟卫文升多次交锋,卫文升多半以败阵收场,便觉卫文升是官军里最弱的一支。

得到杨玄感来袭的战报,卫文升也不示弱,引杨玄感入邙山。卫文升抢先占据邙山南边有利地势,没料杨玄感号令全军倾巢出动,打算在邙山全歼卫文升的部队,以便回过头去再歼灭屈突通的部队。两军的实力对比,卫文升虽然占了阵地的优势,但实力明显不如杨玄感。逼得卫文升没了退路,只能跟杨玄感血拼到底。

两军从上午开始交锋,直到下午,打得十分惨烈,伤亡不计其数。卫文升和他的将士宁可血战而死,也不愿成为杨玄感的俘虏。就在两军打得不可开交,卫文升军难以支撑之际,一支流箭鬼使神差似的不偏不倚射进杨玄挺胸口,这支流箭来势凶猛,将杨玄挺的胸膛射了个透穿,杨玄挺当即倒地身亡。

主将杨玄挺冷不丁儿中箭阵亡,杨玄感军顿时惊慌大乱。就连杨玄感突遇三弟杨玄挺阵亡,也禁不住地悲伤不已。卫文升军才得以脱身,撤离了邙山。

## 2

杨玄挺阵亡后,给了杨玄感不小的打击。紧接着掌管文书的韦福嗣突然失踪,不知去向,令杨玄感十分窝火。杨玄感不服地问左右心腹,我对韦福嗣不薄,他为何要背离我而去呢?李密憋不住了,说早前我提醒过主上,韦福嗣靠不住,是个奸细,应尽快除掉以绝后患。杨玄感后悔了,说当初我是鬼迷心窍,过于信任韦福嗣,没想此人脚踏两只船。

城池久攻不下,又引来众多援军。杨玄感和他的心腹们似乎没了信心继续攻取东都。于是杨玄感召心腹谋划,寻找出路。

李子雄说:"眼下救援东都的军队越来越多,东都再也不可久留,不如直趋关中,打开永丰仓赈济贫苦百姓,三辅之地就可挥手而定了。等我们据有府库,再向东南争夺天下,也可成就一番大业。"

此话正说在李密心坎上。

李密补充说:"弘化留守元弘嗣在陇右地区掌握着强兵,我们可以扬言诬蔑他谋反,再派使者迎接主上西行,借此时机入关中,就可以瞒哄住百姓。"

李子雄觉得李密的主意不错,敦促杨玄感照办。

杨玄感心想东都城久攻不下,继续攻城的确毫无意义,决计率军西行。

弘化留守元弘嗣是隋朝有名的酷吏。隋军第一次东征高句丽之前,杨广派元弘嗣到东莱海口制造战舰,元弘嗣对造船工匠施暴留下恶名。后来此人掌管陇右十三郡军权,是个难对付的主儿。李密开始组织人员捏造事实,散布元弘嗣在陇右谋反。借此哄骗弘化百姓,让杨玄感以平叛的名义率军开进关中。哪知谣言很快传入朝廷,让杨广知道了。因元弘嗣跟叛逃高句丽的兵部侍郎斛斯政是亲戚,杨广顿起猜忌,想到奏报称杨玄感举兵西进大兴,以为元弘嗣暗通杨玄感谋反。杨广当即派遣卫尉少卿李渊驰马到弘化将元弘嗣关押起来。李渊从此接替元弘嗣为留守,关西一带十三郡的军队都受李渊调遣。

放弃东都的杨玄感率军向潼关逼进,一路声称他已攻破东都,要去直取关西。宇文述、屈突通、来护儿和卫文升领兵追了上来。等杨玄感到达弘农宫(今河南陕县),当地百姓真的以为杨玄感攻取东都,再去直取西京,都迎了上来,告知弘农宫城一片虚空,城里储有很多粮食,容易攻下得手。杨玄感听罢非常高兴,下令军队攻取弘农宫。

弘农宫太守、蔡王杨智积已知杨玄感后边跟来朝廷追兵。面对杨玄感兵临城下,杨智积一点也不惊恐,连忙召集僚属,严正说道:"叛贼杨玄感率军西行,是去攻夺大兴,谋取关中的,要是让他成功,很难打败他了。"

僚属们一听这话,都惊得不知所措,大有出城逃离之意,只是没有说出口。

杨智积瞅着僚属们惊恐的表情,沉稳地说道:"大伙儿别怕。杨玄感身后追来大批朝廷军队,只要我们固守城中,牵制杨玄感停止西行的步伐,不出十来天,朝廷大军就会赶到,歼灭他易如反掌。"

僚属们这才安定下来。

等杨玄感率兵抵达弘农宫城下,四周的城门紧闭,进不了城。这时弘农宫太守杨智积不慌不忙地登到城楼上,故意刺激杨玄感,大骂杨玄感是乱臣贼子,不得好死。杨玄感被骂得勃然大怒,亲自指挥军队攻城,正中杨智积下怀。

李密打量弘农宫城,估计数天攻克不下,劝说杨玄感放弃攻打弘农宫城。但是杨玄感受不了杨智积当众咒骂他乱臣贼子不得好死,他跟杨智积横了心较上劲儿,不攻进城里砍下杨智积的人头誓不罢休。

李密继续劝道:"主上不可以跟一位小小太守杨智积过不去,切莫耽误了大事。何况后边追兵将到。兵贵神速,赶快上路离开吧。"

杨玄感仍不听李密劝告。

李密急了,厉声说道:"主上在此耽误,若让追兵赶来,我军前没占据潼关,后无退地可守,如何得了?"

杨玄感似乎没听到,命令士兵搂来干柴点火焚烧弘农宫城门。杨智积也不示弱,下令守城军往城外放更大的火,熊熊大火烧得杨玄感的士兵进不了城。攻城一共进行了三天,弘农宫城依旧岿然不动,杨玄感这才死心放弃,率军继续西行。他的部队刚到达阌乡(今河南灵宝),宇文述、卫文升、来护儿、屈突通等诸路大军在董杜原追上了他。

因卫文升早已率领数万西京守军南下救东都,西京的大兴城十分虚空。四位领兵大将军非常担心追不上杨玄感,让杨玄感乘虚而入攻进大兴城,而大兴城坚不可摧,要再想剿灭杨玄感的叛军,便是难上加难。没料在董杜原追上杨玄感,四位大将军才松了口气。

宇文述轻松道:"杨玄感插翅难飞了。"

来护儿迫不及待道:"开始出阵吧。"

屈突通说:"别慌忙出阵,先看清楚这里的地势地貌再出阵不迟,别让杨玄感借地势掩护逃跑了。"

卫文升笑了笑道:"他逃,哪里又是他的藏身之地呢?"

有那么一阵儿,杨玄感见到突然出现的追兵惊怔住了,但很快就调整心态,给自己压惊,鼓舞士气说:"大军暂且去不了潼关,在此免不了一场恶战,等战败宇文述、卫文升等人再上路也不嫌迟。"李密暗自心惊,明白大限到来,再怪杨玄感跟杨智积较劲攻城耽误行程毫无意义,深为投错主子感到沮丧。

杨玄感毫不迟疑地布阵,连绵五十余里。宇文述、卫文升、来护儿和屈突通联军追杀上去。杨玄感的部队一边迎战,一边朝着潼关方向逃去,直到天黑,杨玄感军连吃三次败仗。

天黑之后两军鸣金休战。李密想到杨玄感败局已定,趁着夜色悄悄骑马独自逃往潼关。第二天一早儿,杨玄感发现李密不见了,他的心开始乱了。心一乱,他指挥布阵走了样儿。各路官军如惊涛骇浪朝杨玄感军席卷过来,两军没交上几个回合,杨玄感军大败。眼看自己的军队四散逃去,杨玄感慌了神,带着十几位精骑逃往上洛(今陕西商洛)。后边的追兵紧追不舍。杨玄感和随从策马逃进一片阴森的树林,他突然勒住马,朝身后追兵大声吼叫,几个追兵害怕树林里有埋伏,吓得退出了树林。

逃到葭芦戍,杨玄感身边只有小弟杨积善了。他扫视葭芦戍的荒野景象,跟繁盛的东都或者西京相差甚远,心中陡起悲凉,对杨积善说:"我忍受不了别人对我的侮辱,你杀了我吧!"

杨积善看着杨玄感,翕动嘴唇欲哭无泪。

这时杨玄感听到不远的地方传来马蹄声,催促杨积善说:"兄弟快点杀了我吧,我赴地下不会怪罪你的。"

杨积善的手握住剑柄,狠不了心拔出剑来。

马蹄声夹杂着人语声越来越近。"嗖"地一响,杨积善拔剑刺向杨玄感,杨玄感被剑刺死倒在了草地里。杨积善顿感孤独和恐惧,给自己刺上一剑,却没致死,被追来的官军捕获。

# 3

就在杨玄感离开东都西进关中的时候,韦福嗣逃到东都投案自首,东都守将樊子盖一边接受韦福嗣投案,一边痛骂韦福嗣,骂得韦福嗣狗血淋头。樊子盖收缴杨玄感遗弃的公文,得到韦福嗣写给樊子盖的信函,不敢私自处理,以免沾上通寇之嫌,派人将信函连同收缴的公文一起呈送给皇帝。

逃往潼关的李密已被截获,加上捕获的杨积善、王仲伯等十多人都被押解到了东都。如何处置,东都守将樊子盖听候皇旨。杨广命令樊子盖派人将李密、杨积善、韦福嗣和王仲伯等十多人押送到他的行宫受审。这时杨广住在高阳,樊子盖派人将李密、杨积善、韦福嗣和王仲伯等十多人戴上枷锁押往高阳。

杨积善被抓时给自己来过一剑,虽没自尽但伤得不轻,想逃都逃不动。李密和王仲伯自从离开东都的监牢就不本分了,在赴高阳的途中杀掉狱卒显然不太可能。狱卒们知道送李密等人到高阳,就是送他们上西天赴黄泉,都没把他们当活人看待。

这时李密特别能忍受侮辱。他暗劝韦福嗣、王仲伯学会忍受侮辱,更要学会跟押送他们的狱卒处理好关系,说都快要死的人了,跟那等继续活着的人有什么好计较的呢,忍吧。

一路押送的狱卒全是四肢发达的鲁莽粗人。对付粗人李密觉得要比对付饱读诗书善使心计的细人容易。他情愿被狱卒侮辱,有时狱卒侮辱他如同逗一条小狗那样开心地大笑,他也跟着狱卒同乐。

有了同乐,狱卒和李密他们似乎消解了敌意。李密暗自跟王仲伯谋划逃跑,他们拿出随身携带的金子给狱卒们看,看得狱卒们眼睛发直。

然后李密对狱卒说:"到了高阳,天子就要赐死我们了,死在他乡没人收尸,这些金子你们收下,等我们死后,拜托你们帮我们收尸安葬,余下来的金子以作报答感恩。"

这么好的差事儿有谁会拒绝呢,狱卒收下金子,答应了李密。他们对李密等人的看守渐渐松懈起来。李密还有一些散银,对狱卒大耍江湖义气,求人买来酒肉犒劳狱卒,有时夜饮,嘻嘻哈哈喧闹至天明。

走到魏郡(今河南安阳)石梁驿站,距高阳不远了。在高阳遇到天子,就是死期来临之时。李密压抑内心的不安,决计在魏郡逃走,不然过了魏郡,再也没了机会。李密掏出最后的散银,求人买了许多酒肉,请狱卒们夜饮,他跟王仲伯不断地敬酒;一路走过来,狱卒们没少吃喝李密犒劳的酒肉,一直相安无事,也就麻痹得没有提防。喝着喝着,劝酒的李密和王仲伯等人把狱卒们全灌醉了,像死猪死狗似的躺下昏昏大睡。李密等人趁此时机凿穿墙壁逃走,只有韦福嗣无动于衷。

李密好心约上韦福嗣说:"天快要亮了,同我们走吧,不然到了高阳,必死无疑。"

对李密的好意,韦福嗣并不领情,他说:"我跟你们不一样。"

李密吃一惊,问道:"你跟我们有什么不一样?"

韦福嗣说:"我是俘虏,不是自愿投奔杨玄感谋反的。因此我没罪,即使到了高阳,皇上不过是当面责骂我几句罢了。"

李密觉得韦福嗣迂腐得过于天真,是不见棺材不落泪。他冷声地笑了下,钻出墙洞逃走了。

到第二天早晨,醒酒过来的狱卒发现在押的犯人只剩韦福嗣和自杀未遂的杨积善,其他犯人都逃得无影无踪,非常懊悔。不管遇到何种处置,也得硬着头皮押解剩余的犯人赶赴高阳。

到了高阳,杨广听说李密等人从魏郡逃走,不知去向,大为光火,将押解李密等人的狱卒以玩忽职守罪关进了监牢。

韦福嗣最先押到行宫大殿。没等杨广开口问罪,韦福嗣为自己开脱罪责说:"臣下韦福嗣在东都抗击杨玄感叛军,不幸被俘,臣下一时不能脱身,被叛寇杨玄感利用。后来臣下找了个机会脱离叛军,赴东都投案自首了。"

杨广哪里听得进韦福嗣的一番自述,反问道:"你的意思是要朕赦免你无罪?"

韦福嗣点头道:"臣下是被迫的,被俘后受叛军控制,身不由己。臣下不是主动叛离皇上的。"

见韦福嗣没有一点悔罪之心,杨广说:"你被俘后,杨玄感既没关你也没囚你,甚至让你自由自在地当他心腹,你咋没机会离开杨玄感?等杨玄感大败之时,你觉得没有希望了,才逃回来,让朕接纳你,是吗?"

韦福嗣勾下头，不吭声了。

杨广差人拿出韦福嗣替杨玄感写给樊子盖的劝降书，朝韦福嗣的脚下一扔说："这是你亲笔写给樊子盖的劝降书吧？你归降杨玄感还嫌不够，还要帮杨玄感劝说樊子盖归降，幸好樊子盖没听你的胡言。"

见到劝降书，韦福嗣无地自容。

杨广懒得再说什么，轻轻扬了下手说："带下去吧，交给大理寺处置。"

宇文述就在一旁，他奏道："韦福嗣堪称罪孽深重的叛逆之徒，忠臣没有一人不痛恨他，若不将他处以极刑，何以警戒后人？"

杨广一听，言之有理，对宇文述说："此等叛逆之徒，交由你处置吧。"

下一个押到殿堂的便是杨积善，他自杀身负的伤口还没痊愈。他知道自己死期将至，求生的本能使他并没放弃继续活下去的愿望。出于对杨素及其诸子埋藏心底的厌恶，杨广并不想见到杨积善。当杨积善被宫廷侍卫押到杨广面前时，杨广的两道目光如同两把锋利的剑刺向杨积善。

杨广厉声说道："朕家两代天子，给了你们家累世之贵，为何不知感恩？"

杨积善不知如何回答，痛哭流涕。

杨广并不同情杨积善的眼泪，又说道："先帝治吏，贪赃受贿无论多少，一旦查办都得处斩。你父杨素，大肆敛财，富可敌国，先帝看在你父功高盖世，总是睁一只眼闭一只眼不加追究。到了你们兄弟这一代，朕及大隋朝廷也没薄待，给了你们兄弟高官厚禄，为何还不知足？为何趁朕亲征高句丽收复辽东之机招集暴民造反动乱天下？"

杨积善未曾想到杨广会这般问他，问得他无颜回答。此刻，他没有别的念头，只想继续活下去，终于开口说道："叛臣杨玄感，是我亲自杀掉的，请皇上免我死罪……"

杨广以胜利者的姿态，陡然放声笑道："你不过是一枭类，留着你，让朕情何以堪？"

杨积善最终没给自己求来免死,反而求来早已废除的车裂之刑。行刑的这天,杨积善、韦福嗣等人被囚车运出城外,来到一片空旷的野地上。宇文述、裴蕴和虞世基领着九品以上官员携带弓箭随了囚车来到刑场。然后宇文述命令行刑手将杨积善、韦福嗣的脖子和四肢用绳子套住,另一头拴在不同的马车上,再然后几辆马车同时朝不同的方向奔驰,犯人开始悬空。宇文述下令九品以上官员朝犯人放箭,眨眼之间,韦福嗣和杨积善被乱箭射成刺猬状,一具完整的身子随着马车用劲奔驰炸裂开了,如碎片样七零八落。其他受斩的叛军,都依照车裂受刑。

虽说杨玄感死于上洛的荒野地里,杨广要活见人死见尸,宇文述用棺木装了杨玄感的尸体早已运到东都,一直没有埋葬。斩过杨积善后,杨玄感的尸体该要葬下了。杨广不解恨,下令将杨玄感的尸首在东都闹市陈尸三天,处以车裂之刑,又将尸骨剁碎焚烧,抛弃野地。

## 4

就在杨玄感举兵攻打东都之初,江南余杭人刘元进起事响应杨玄感。刘元进长相奇异,手长过膝;早年他请术士观相,称他将来有盖主之运。眼下世间各路豪杰风起云涌,刘元进按捺不住顺势而动。正逢朝廷在三吴征兵讨伐高句丽。朝廷以往讨伐高句丽,从三吴征去的士兵回来的寥寥无几,大多战死在高句丽;此次征兵,三吴人害怕去高句丽送死,很多人到处逃亡,成为流民。三吴郡县官吏交不了差,只好派人捕捉逃亡者当兵。一些逃避兵役的人闻知刘元进起事,纷纷跑来投奔,不足一月,刘元进拥兵数万。

除了刘元进,江南还有两股叛军,一位是还俗的和尚朱燮,另一位是管崇。朱燮原是昆山县的博士,他和几十个学生起事后,当地百姓前来入伙,在江南一带流动打劫。管崇曾在常熟隐居,自称有王者之相,笼络各路盗匪相聚麾下,部众高达十万。那时杨广在涿郡,诏令武贲郎将赵六儿率兵一万入驻扬子津,兵分五营防备江南的刘元进、管崇和朱燮等人进攻江都。

刘元进率领数万将士准备渡江归附杨玄感,才知杨玄感兵败,死在上洛的荒野,其部下全都作鸟兽散。刘元进大失所望,心里凉透了。没料朱燮和管崇相迎,归附刘元进,推举刘元进为盟主。刘元进以吴郡为据点,自称天子,任命朱燮、管崇等人为尚书仆射,同时任命百官,另立朝廷。

渡江归附杨玄感不成,刘元进意外地笑纳朱燮和管崇,摇身成为三吴最强大的一股势力。这股势力很快震惊了大隋朝野。杨广显然被刘元进在吴郡自称天子而震怒,在高阳行宫急召大臣商议对策。

纳言苏威陈述利害道:"先帝一统天下,延续至今,不过数十年。刘元进在江南自称天子,又任命百官,另设朝廷,分裂国家,决不可以让刘元进得逞!皇上即派强兵灭刘元进,不惜代价,刻不容缓!"

裴矩道:"听说刘元进派麾下到毗陵、东阳、会稽、建安逼迫官吏响应,可想江南差不多要被刘元进掌控了。"

虞世基道:"高鸡泊贼窦建德、高士达,瓦岗贼翟让等人不过是为劫财而聚。刘元进则不同,野心昭然若揭妄图称帝,此逆贼一定要在近期剿灭,不然我大隋一统天下,就要被刘元进切割两半,分江而治了。"

杨广听罢大臣们进言,诏令左屯卫大将军吐万绪渡江剿刘元进,诏令光禄大夫鱼俱罗渡江灭朱燮和管崇。

这时刘元进正在一个劲地攻打润州(今江苏镇江)。吐万绪率军赶到润州,迅速包围了刘元进的人马。刘元进的人马毕竟是由一群乌合之众组成,面对训练有素的正规军突然来袭,他们全都惊怔住,还没缓过神来,吐万绪的士兵闪电出击,将刘元进的人马逼到了城墙脚下,前无出路后无退路。

见这施展不开的被动情形,刘元进只好放弃攻城,指挥部下拼命突围,杀出一条血路逃走,逃到茅浦,吐万绪从后边追来。两军交锋几个回合,刘元进又败,逃到了曲阿(今江苏丹阳)。曲阿有刘元进的据点,等吐万绪追到曲阿时,被一排排的栅栏阻隔住。

另一路的鱼俱罗军开赴会稽郡剿管崇和朱燮,刚刚打散叛军,没多工夫,叛军又聚拢来了。叛军所到之处,沿途会有许多民夫加入队伍,仿佛杀不尽除不绝。鱼俱罗紧盯着叛军穷追不舍,就将朱燮和管崇逼到了曲阿,准备与刘元进会合。这时鱼俱罗趁机跟吐万绪合军了。

鱼俱罗没来曲阿之前,吐万绪久攻不下刘元进,他跟鱼俱罗合计发起总攻。首先是吐万绪率领精骑杀向刘元进的据点,打得刘元进的军队大乱溃败,慌不择路跳进江里淹死数万人。刘元进趁着夜色逃往毗陵(今江苏常州)。这时管崇和朱燮的部队正好驻扎在毗陵,刘元进逃到毗陵跟管崇和朱燮会合。吐万绪和鱼俱罗乘胜追击到毗陵,出其不意击败管崇和朱燮。管崇和朱燮退至黄山,吐万绪和鱼俱罗包围了黄山。刘元进和朱燮只身逃脱。管崇领着五千人马从另一条道上逃走时,被吐万绪和鱼俱罗的主力截获,一个不剩全部杀尽。

尽管刘元进和朱燮败走黄山,又从黄山败走会稽郡(今浙江绍兴),沿途民夫加入他们的队伍络绎不绝。在吐万绪和鱼俱罗连续追击下,他们最终退守建安(今福建建瓯)。

接连数月与叛军交战,吐万绪和鱼俱罗的部队十分疲惫。这时冬日将至,吐万绪派人飞报朝廷,奏报叛寇管崇已除,只是刘元进和朱燮逃到建安,因叛寇所到之处,民夫响应如归,未能除尽。加之累战不休,将士多疲乏,又遇严寒冬日,军队暂作休整蓄锐,待到明年春日再战,方可除尽刘元进一伙叛寇。杨广得此奏报,老不高兴,便觉刘元进这个心腹大患不除,令他寝食不安,不由分说下令吐万绪率军赴建安继续剿刘元进一伙叛寇。

裴蕴和虞世基正好在场,见吐万绪派人来奏请天子准许对刘元进休战,愤然而起,直斥吐万绪无能。

裴蕴道:"刘元进等叛寇,不过是一群乌合之众。朝廷给吐万绪的是最优良的精兵,派去打了这么久,都没消灭一群乌合之众,反而让乌合之众跑到临海的边地建安,他有什么脸奏请皇上准他休战?"

虞世基出言更猛:"吐万绪懦弱而违诏,应问罪!"

受虞世基和裴蕴谗言左右,杨广真的以为吐万绪懦弱,消极平叛,留下隐患,怒从心头起,下诏将吐万绪削职为民,又令吐万绪来行宫请罪。

吐万绪做梦都没想到他派人朝见天子请求冬日休战,让疲惫的将士得到休整,以备来年春季全歼刘元进叛军,却给自己招来大祸。他赴高阳行宫,一路忧愤,走到永嘉(今浙江温州),突发重疾,病死路途。

鱼俱罗只能一人留在三吴率军平叛了,当他听到赴高阳请罪的吐万绪忧愤成疾死在路途上,悲从心起,问他的部下:"天子受谗言所惑,问罪吐万绪,他有何罪可问?"部下无从回答,替吐万绪惋惜。鱼俱罗接着叹道:"三吴叛乱,不是一年半载可以平定。吐万绪去了,留我一人指挥平叛,任重而道远。"

过了几天,鱼俱罗的儿子从东都来。鱼俱罗大吃一惊,问儿子为何来江南。儿子说:"天下已乱,就怕战事频发,隔江封道,父亲回不了东都,我是来接父亲回东都的。"鱼俱罗说:"不得皇旨,我不能擅自离开江南回东都。"儿子又说:"东都闹饥荒,粮价暴涨。"鱼俱罗灵机一动,派遣仆人装了一船大米运往东都,叫儿子先行一步回东都,到码头等候接货。

没想运粮东都之事被人告发,杨广知道后非常气愤,加上鱼俱罗三吴平叛不见起色,杨广恼恨在心,差遣大理司直梁敬真查办鱼俱罗。梁敬真正是杨坚朝大理寺卿梁毗的儿子,梁敬真办案跟他父亲梁毗一样毫无情面,他赴东都,查了个人赃俱获。鱼俱罗获罪,斩于东都。

## 第十五章　高官杀子

### 1

　　杨玄感兵败死在上洛之后,杨广下诏清剿杨玄感的残余势力。那些跟随杨玄感造反的人,有的投案了,有的在逃。左翊卫大将军来护儿率军歼灭杨玄感有功,本该心情大悦,只等邀功请赏。可他怎么也高兴不起来,就因他的次子来渊投奔杨玄感造反。这当儿,来护儿心里明白,去年他率水师东渡,攻进高句丽平壤城,一时大意轻敌,在平壤城里遇到伏击,伤亡惨重,逃出来的水师所剩无几,到末了杨广虽没对他革职问罪,但杨广不会忘记他进攻平壤城的败绩。就怕儿子来渊跟随杨玄感造反,引发追究的连锁反应,杨广迁怒他们来家,到时候杀头的不仅仅是来渊一人了,因此来护儿就有大祸临头无法逃避的惶恐。

　　虽说来护儿已从上洛返回到了东都,部队清剿杨玄感残党却不见来渊的身影。想到闯下大祸的来渊,来护儿寝食不安,他召来跟随出征的儿子来弘和来整到跟前,没一句话。

　　过了会儿,来护儿抬手摸了摸下巴上的胡须,问道:"你俩有没有来渊的消息?"

　　来弘摇头道:"没有,不知他在哪里。"

　　来护儿来回走了几步,转身对来弘、来整说:"你俩尽快找到他,活见人,死见尸!"

见父亲的口气有些绝情,来整劝慰道:"参与杨玄感造反的人不仅仅只有咱们家来渊一人,还有朝廷重臣裴蕴的儿子裴爽……"

来护儿大怒,拔出佩剑直指来整道:"你给我闭嘴!"

来整吓得直打寒战。

然后来护儿气急说道:"谁家的儿子背叛朝廷谋反,不关我的事,我也管不着,我只管我的儿子来渊!"

这时来整意识到了来渊闯下的大祸让父亲束手无策,他木着脸问:"找到来渊咋办?"

来护儿道:"带回来!"

担心来整、来弘找到来渊后不肯回来,来护儿将憋在心里话儿和盘托出道:"你俩要知朝廷高官,无论谁家的公子追随杨玄感造反,犯了皇上大忌,皇上决不会放过,都逃不脱问罪或者处斩的下场,兴许会是满门抄斩!咱家的来渊参加造反,也不例外。因此咱家要赶在皇上还没下旨抓捕高官造反的儿子之前,抢先一步行家规惩治来渊,争取得到皇上宽恕,以保全家人的性命。"

这时大理卿郑善果、御史大夫裴蕴、东都留守樊子盖领皇旨正在东都一带搜捕杨玄感的党羽。樊子盖性情残暴,加上裴蕴和郑善果的极力配合,只要逮住与杨玄感有染的人员,不用多审,就地砍头。短短数天工夫,不知砍下多少人头。

在忙于搜捕杨玄感党羽之际,樊子盖突然想起一桩事,对裴蕴和郑善果说:"杨玄感领兵围困东都之初,曾开仓赈粮,收买人心。"

裴蕴看了眼郑善果说:"可想而知,得到杨玄感开仓赈粮的人,一定归心杨玄感了。"

郑善果朝裴蕴点头说:"此类人等,无疑是杨玄感的帮凶!"

樊子盖插嘴说:"此类人等该不该抓捕归案?"

裴蕴毫不犹豫说:"抓!"

郑善果附和说:"有多少人抓多少人。"

东都一带虽说停止了战事,依然显得混乱。那些与杨玄感有染的人,那些得到过杨玄感开仓赈粮的人,都惊慌失措地躲避着逃离着。只有裴蕴的儿子裴爽,郑善果的儿子郑俨若无其事,大摇大摆地出现在东都的街市上,不怕谁来抓走他们。

尤其裴蕴的儿子裴爽实在是嚣张,仗着父亲裴蕴在东都一带抓捕杨玄感党羽的权势,以为没人敢动他一根汗毛。他照旧酒馆里出,妓院里进。这天裴爽在一家妓院里跟人闹得打起来,他叫来一帮人,砸了这家妓院,打打闹闹引来搜捕杨玄感余党的守城军。最初守城军不知裴爽是裴蕴家的公子,正好有位守城军认出裴爽曾经参与杨玄感的叛军围攻过东都城,便将裴爽抓了起来。

这伙守城军正是樊子盖的部下,绑了裴爽押去交给樊子盖处置。樊子盖不认识裴爽,好像没工夫多审讯几句,横眉瞪眼对裴爽说:"既然你跟随杨玄感造反,这就送你去地下见杨玄感!"

去地下见杨玄感,就是砍头赴死。裴爽早就听说过了樊子盖杀杨玄感党羽如同削葱,立马吓白了脸,急嚷道:"我爹是裴蕴!"

"你爹是裴蕴?"樊子盖一惊,以为裴爽撒谎。"你是否知道天下有几个裴蕴?"

吓白脸的裴爽回道:"知道,就我爹一人。"

樊子盖暗自一怔道:"你爹叫裴蕴,你叫什么?"

裴爽瞅了眼樊子盖道:"我叫裴爽。"

樊子盖想起来了,早些时候追随杨玄感围攻东都城的裴蕴儿子的确叫裴爽,便觉手下给他送来一只烫手的山芋。他沉默了好一会儿,不知如何处置裴爽,只好吩咐手下暂且扣留裴爽。

之后樊子盖琢磨,杀裴爽,无疑跟裴蕴结下仇怨;放走裴爽,哪天让朝廷知道,罪过由他背负。于是樊子盖想出一招,既然裴爽被他手下抓进来,裴蕴不会无动于衷,定会替儿子出面,到那时他把裴爽推给裴蕴,自然甩掉了烫手的山芋。

裴爽被抓的消息很快传入裴蕴耳里。如急火攻心,裴蕴再也坐不住,急着去找樊子盖说情,走到半路便觉不妥,转身回来。想到朝廷高官的儿子跟随杨玄感反叛,并非只有他的儿子,樊子盖只抓他的儿子似乎不太公平。他直接去找樊子盖说情,要樊子盖放人,留下了把柄;也就是说他身负皇旨清剿杨玄感党羽,却对自家儿子网开一面,此事一旦穿帮,皇上问罪,且是罪加一等。

裴蕴闷闷不乐躺在床铺上想了一夜,最终想到大理卿郑善果的儿子郑俨跟他儿子裴爽一样都追随过杨玄感,樊子盖敢抓他儿子裴爽,接下来有可能抓捕郑善果的儿子郑俨。裴蕴只好利用郑善果了,希望郑善果施压,救出他儿子裴爽,阻止樊子盖抓捕朝廷高官造反的儿子。

带了些银两,裴蕴去见郑善果。

见到郑善果后,没等裴蕴开口,郑善果说:"听说裴大人家的公子裴爽被樊子盖的手下抓了……"

裴蕴苦笑道:"消息传得真快,都让郑大人晓得了。"

裴蕴接着说道:"就为儿子被抓的事,特来请郑大人帮忙的。"

郑善果皱了下眉头说:"也不打声招呼,就把人抓了。"

裴蕴点头说:"抓了人不说,也不给家属通报一声。"

随后裴蕴把带来的银两轻轻放在了一张八仙桌上。郑善果连忙说道:"裴大人难得来府上坐坐,何必厚礼相待,讲这么大的客气?"

裴蕴笑了笑,然后叹道:"为儿子被抓的事,我彻夜难眠。想到皇上都没下旨抓捕朝廷高官的儿子,樊子盖竟然不识轻重,又不知天有多高地有多厚,先抓我儿子开了个头,看来他不会住手,就怕哪天他的手伸向郑大人的公子。所以我特来请求郑大人出马,劝说樊子盖对高官的儿子们手下留情!"

一听此言,郑善果怔了一下,忙说:"裴大人别急,等我去见一趟樊子盖,他多少要给一点面子的。"

裴蕴仰起脸,又叹道:"但愿樊子盖肯给郑大人一点面子。"

裴蕴离开郑善果府上不久,来护儿的儿子来弘来登门。来弘很少来郑善果家的府上,郑善果见到来弘格外吃惊。这几天来弘不停地寻找兄弟来渊,想到平日里来渊跟郑俨有交往,他来找郑俨打听来渊的下落。

郑俨不在家。来弘只好问郑善果,他兄弟来渊近日来过府上没有?

郑善果告诉说:"来渊好久没来过了。"

来弘有些失望,对郑善果说:"要是来渊来您家府上,叫他快些回家。"

见来弘着急的样子,郑善果问:"令尊令堂还好吗?"

来弘灵机撒谎说:"近日母亲身体有点不适,找来渊回家侍候母亲。"

郑善果说:"要是来渊来府上,我催他快点回家。"

来弘不便久留,告辞了。

郑善果开始琢磨樊子盖,相信樊子盖敢抓裴蕴的儿子裴爽,多半不会住手,他去见樊子盖。

其实樊子盖并非郑善果猜想的那样。樊子盖非常恼火手下抓了烫手的裴爽,他左右为难,不知如何是好。他在等裴蕴到来,却等来郑善果。最初郑善果以为樊子盖不太好说话,他放低架子对樊子盖说:"裴大人的儿子裴爽在樊大人手里,他人还好吧?"

樊子盖很快明白郑善果的来意,忙说:"都过了好几天,裴大人也不来一下。"

郑善果语气平缓说:"知道儿子闯了大祸,裴大人不好意思来见樊大人,只好托我来了。"

樊子盖脱手交出裴爽心切,对郑善果说:"如果郑大人想帮裴大人领走裴爽,这就可以领人。"

没料樊子盖竟是如此慷慨大度地放人,郑善果这才踏实下来。

郑善果笑了笑说:"樊大人菩萨心肠,裴大人会来感谢的。"

樊子盖赔笑道:"请郑大人替我转告裴大人,误会了。他儿子在我这里也没吃啥苦头。"

## 2

东都一带仍在继续搜捕杨玄感的余党,有的人抓到后处斩了,有的人流放到了遥远的边地,他们的家产没收后归了官府。会稽郡人虞绰、琅邪郡人王胄,不过是两个文士,平日里跟杨玄感有着书信往来。杨玄感举兵起事直到失败,虞绰和王胄都在各自的家乡,一直没有参与,就因书信往来的缘故,两人成为官府抓捕的对象。虞绰和王胄深感冤屈,不想束手就擒,正准备逃离家乡,被官府抓获,发配边地。在赴往流放边地的路上,两人相约逃跑,又被抓获,就地处决了。

樊子盖、裴蕴和郑善果等人搜捕杨玄感余党的行动越来越扩大化。一些家庭的某人突然失踪,下落不明,不是什么稀奇事儿。一连数日,来整和来弘始终找不到来渊。兄弟俩有些气馁,决定放弃寻找。

来整怀疑来渊不在人世了,对来弘说:"来渊有可能被东都守城军抓住后处斩了。"

来弘摇头说:"不会的。"

来整说:"要是来渊还在人世,咱们为何找不到他?眼下这时候搜捕正紧……"

来弘说:"裴爽是第一个被抓的朝廷高官的儿子,听说无罪放出来了。来渊跟裴爽一起围攻过东都城,既然裴爽无罪释放,来渊不会获罪遭处斩,相信他还活着。"

来整叹息说:"难道来渊离开了东都?"

来弘说:"但愿来渊离开了东都。"

来整和来弘未能找回来渊,父亲来护儿高兴不起来。

其实来渊并没离开东都,他害怕回家见父亲。父亲的性情他了如指掌。想他一旦回家,父亲不会袒护他、纵容他、包庇他、同情他,父亲定会扭送他去官府投案,结局可想而知,至少逃不脱流放边地。所以来渊害怕回家,明知兄弟来整、来弘游走东都找他,他回避着,东躲西藏着。

自从杨玄感兵败上洛,来渊逃回了东都。他担心被抓,一直跟开国元勋韩擒虎的儿子韩世谔、观王杨雄的儿子杨恭道在一块儿,他们不再抛头露面,整天泡在酒缸里不能自拔。

算起来,追随杨玄感的朝廷高官后代就有数十人,这些人本该列入抓捕对象,一个都没动。这些人每天看到其他平民被抓,如惊弓之鸟惶惶不可终日。尤其是守城军在那妓院抓获裴爽之后,躲藏暗处饮酒消愁的来渊、韩世谔、杨恭道似乎预感末日降临,吓得不知所措。没过几天,他们得到裴爽无罪释放的消息,皆大欢喜。

这天郑俨来见韩世谔,跟来渊相遇。

郑俨对来渊说:"你兄弟来弘、来整到处找你,都找到我家了。"

来渊说:"我知道他们在找我。"

郑俨说:"听说你娘身体不适,你该回家看看了。"

韩世谔说:"来渊有点担心回家后,被他爹送至官府。"

郑俨说:"就连裴蕴家的公子裴爽抓进去后都没治罪,还是我爹帮忙领出来的。来渊你回家,有什么好担心的?"

来渊向郑俨打听道:"你爹领皇旨回东都清剿杨玄感余党,当初都有数十位高官子弟参与围困东都,这些人如何处置?你爹该清楚。"

郑俨回道:"数十位高官子弟,绝非普通平民家的,不得皇旨,谁敢轻易出手冒犯?"

从郑俨口里讨得实信,来渊似乎踏实了些。想到自己许久没有回家,来渊告别了韩世谔他们。

当来渊突然出现在家门口时,正好遇上准备出门的来整。仿佛来渊是从天上掉下来的一块石头,倏地砸在了家门口,来整大惊,看着了来渊。来渊翕动嘴唇,叫了声来整。

来整这才开口:"你还知道有家,舍得回来?"

来渊走向来整时,歉疚地笑了一下。

想到寻找来渊的牵挂和烦恼,来整说:"我和来弘找你找得好苦,这些日子你在哪里度过的?"

来渊不作声了。

毕竟是亲兄弟,来整不再计较,不再抱怨,将来渊迎进了家门。

来渊回家很快惊动来家府邸。

天天盼着来渊回家的来护儿似乎不愿见到来渊,他心情沉闷地来到一间偏僻的厢房。这间厢房好久没住过人了,光线暗淡,到处挂着蛛网。来护儿拖了把灰扑扑的椅子,一屁股坐了下来。没多会儿,来渊进了厢房,见到父亲像尊石碑一样笔挺挺地坐着,喊了声爹。来护儿不吭声。来渊顿时被父亲石碑似的样子给震慑住,又叫了声爹。

这时来护儿霍地从椅子上站起来,身子骨依是笔挺挺的,怒道:"我做梦都没想到,来家会出你这个不忠不孝的逆子!我拼了条老命率领水师为国渡海讨伐高句丽,杨玄感却在黎阳举兵谋反,动乱天下;他大肆造谣,诬陷我在东莱海口率水师反叛朝廷,他谋反打着讨伐我的旗号蒙骗天下,加害我为千古罪人!可你,你这王八羔子不知家仇国恨,居然追随杨玄感反叛朝廷,你还是我的儿子吗?如果此时有人上书天子,直斥咱来家父子谋反,是祸国的乱臣贼子,咱来家掉进黄河,如何洗得清白?"

来渊双腿发软,跪了下来,自责道:"孩儿不忠不孝,一时糊涂,犯了错,请父亲依照家规惩罚!"

"你这不食油盐的东西犯的是家规能惩罚的错吗?"来护儿指着来渊大骂。"历代帝王最忌臣民谋逆,可你伙同他人谋逆,犯了帝王的大忌!帝王差人斩你不打紧儿,就怕处斩整个家族,咱来家人做鬼也要在人世间留下恶名!"

来护儿的咒骂声不断,骂得来渊狗血喷头,不敢抬头喘口大气。之后来护儿不再咒骂,阴沉着脸说:"你闯下大祸,没人为你顶替,就待在这间厢房里,哪都别想去了。"说罢,来护儿离开了。来渊明白父亲将他软禁在了这间厢房里。

自从来渊回家后,来护儿变了个人,言语少多了,总是愁苦着脸安静地坐着,好像有想不完的心事。来整走过来,劝慰来护儿。

来整说:"来渊能平安回家,他不会有事了。"

来护儿说:"你怎么晓得来渊没事了?"

来整说:"当初围攻东都城,有数十位朝廷高官的子弟参加了杨玄感的队伍,至今没见一人受到刑罚。"

来护儿说:"现在不受刑罚,不等于日后不受刑罚。"

来整说:"前些天,御史大夫裴蕴的儿子裴爽被樊子盖的部下抓获,都无罪释放了,听说还是大理卿郑善果出面,把裴爽领出来的。咱们家的来渊要说有谋逆之罪,那么裴爽也有谋逆之罪。"

来护儿一惊说:"他们徇私枉法,好大的胆!"

来整好奇问道:"谁徇私枉法?"

来护儿说:"皇上在遥远的高阳,不知东都清剿杨玄感余党的实情。

裴蕴家的公子裴爽本是杨玄感的余党,属于清剿的对象,被抓了,是罪有应得。郑善果身为朝廷大理卿,执法犯法,真是胆大得撑破了天。"

来整说:"大理卿郑善果的公子郑俨也是杨玄感的余党。既然郑善果能帮裴蕴家领回公子裴爽,说明他们会有办法保全自家的公子,只要他们的公子没事,咱们家的来渊也会没事。"

来护儿仰天叹道:"要知十恶不赦之罪,谋反为首恶,岂能随便蒙混过关?有可能郑善果和裴蕴串通一气,对朝廷作了隐瞒。此事终有一天会浮出水面的。"

## 3

来渊以为父亲使用家规惩罚他,让他待在这间偏僻的厢房里闭门思过,不敢轻易迈出厢房一步。当初杨玄感打出旗号的确有号召力,来渊参加了杨玄感的队伍围攻东都城池,哪里顾及得了杨玄感举旗之初,正是捏造他父亲在东莱海口谋反的谎言给予加害,更没顾及到杨玄感的反叛万一失败,所犯之罪便是十恶之首。来护儿厌恶来渊不计后果,成为杨玄感加害他的帮凶,气得快要吐血。他焦虑不安,总在担心朝廷派人来府邸抓捕来渊。

过度的焦虑,使来护儿的脾气反复无常。来整时不时地陪伴来护儿坐会儿,宽慰来护儿别再为来渊提心吊胆。

来整说:"倘若朝廷派人来抓走来渊,是他自作自受,父亲这般替他犯愁,又有何用呢?"

来护儿说:"朝廷派人来逮捕来渊,我何来颜面出门见人?"

来整说:"皇上即使下旨抓人,决不会只抓咱们家的来渊,还有其他高官的儿子不会成为漏网之鱼。"

来护儿叹道:"我戎马一生为国征战,从没生过奸邪的念头,我的儿子来渊为何奸邪呢?隋朝的两代天子,对我们来家所施恩惠从没薄过,记得皇上第二次巡幸江南,特地召我上龙舟随侍左右,那时不知有多少江南籍的将士羡慕我。待皇上到了江都扬州,车驾又随我衣锦还乡,祭祀祖先,让咱来家享尽天下荣耀!可就是咱来家出了谋逆之子来渊,毁了咱来家精忠的清白,真是愧对皇上。"

来护儿越说情绪越激动,他站了起来,愤恨说道:"杨玄感无疑是当朝最大的国贼!追随他的人统统都是国贼!咱来家怎可容忍国贼存在?"

至此来护儿不想再进那间偏僻的厢房见到来渊。数天后的一个下午,来护儿打发家人做了几道来渊爱吃的膳食,然后拿出一只精美的漆盒,叫一位家佣给来渊送去。那家佣端着膳食和漆木盒子来到厢房,送到了来渊面前。

家佣说:"老爷吩咐二公子用罢膳后,才可打开盒子。"

来渊瞅着膳食和漆木盒子,问道:"怎么没有酒?"

家佣回道:"老爷没让送酒。"

来渊经不住美食诱惑,拿起碗筷吃得津津有味。他吃到中途,憋不住好奇,放下碗筷,随手打开漆木盒子,里边藏着的竟是一匹折叠整齐的白绫,惊得他打了个寒战,顿时明白父亲要他自缢,这美食不过是父亲送他上路时的最后一顿饭了。他没了食欲。想到东躲西藏的日子,又想到回家后遭父亲斥责怒骂和囚禁,来渊感觉活得没啥意思。他走出厢房,朝着长长的甬道说道:"爹,我随您心意,这就去赴死……"甬道里不见一个人影晃动,自然没人听到他的声音。他双腿发抖,跌撞进了厢房,扯开白绫悬梁自尽了。

就在家佣端着美食和漆木盒子给来渊送去的当儿,来护儿非常难受,又无处倾泄,独自来到宅院后边用石头堆起的假山旁。平常日子,来护儿到这儿散步,闻到奇花异草的馨香,心情是格外的舒畅,此时他的心情,如乱剑穿刺,不断地朝着身边的奇花异草发出低沉的哼叹。

来弘是最早发现来渊在那厢房里悬梁自尽的,一时吓得魂不附体。随后来弘喊来一伙家佣从房梁上取下来渊,身子硬邦邦的已经发凉,没了一丝气息。这厢房里从没存放过白绫,来渊从何处得到白绫,他的死似乎有些蹊跷。这时来弘和他的兄弟不见父亲来护儿,家里突然出了这么大的事,得由父亲作主安葬来渊。派人找了好一会儿,才在后院的假山那边找到独自一人的来护儿。

得到来渊在那厢房自缢而亡的消息,来护儿低头哭了几声,戛然而止。他随人来到厢房,见到躺在地上的来渊,什么都没说。差人拿来一把剪刀,从来渊头上剪下一绺头发,放进盛过白绫的漆木盒子,递给来弘说:"放好,日后会有用处的。"

这时候来家人大多知道来渊自缢的白绫正是来护儿差使家佣送到来渊手上的,想问来护儿为何这般狠心赐死来渊,都不敢开口,看着来护儿。看到多双惊异的目光从不同角度投来,来护儿意识到了该给家人一个交代。

"所有参与杨玄感谋反的高官的儿子们不会永远被人隐瞒下去,哪天皇上从高阳回驾东都,谋反的高官的儿子们一个都逃不脱,定会受到严惩!"来护儿郑重说道,"谋反就是国贼,自古历朝的国贼有谁逃脱了严惩呢?来渊做了国贼,是咱来家的耻辱!他现在死,要比皇上赐他死体面。"身子晃动了一下,老泪夺眶而出。

来护儿共有十二个儿子,十一个儿子陆续来到了来渊的尸体旁。

来护儿扫视儿子们,接着说道:"杨玄感的党羽韦福嗣、杨积善等人抓到后是怎么死的,受五马分尸的车裂之刑,惨得很!难道高官的儿子谋反,动乱国家,能免除刑斩吗?一旦皇上知道有人隐瞒高官的儿子们谋反,定会震怒。如果来渊获刑牵连家人,无论我有多少子孙,都将成为刀剑下的鬼魂,这么大的一片宅院,就会空荡荡的,阴森森的了。我在马背上玩命快一辈子了,从没把生死当回事儿。赶在皇上没下震怒诏之前,让负罪的来渊去死,就想感动皇上,保全我的其他子孙继续活下去。你们可以办理丧事下葬了,多给点祭品让来渊带到地下……"

说罢,来护儿转身离开了厢房。

第二天,来护儿大义灭亲,处死谋反的儿子来渊,在东都城里传开,惊动在东都清剿杨玄感余党的裴蕴,这消息对裴蕴来说可不是件好事,他为之一震。想到自己的儿子裴爽被樊子盖的人抓获,放出来没过半月工夫,来护儿在家处死儿子来渊,裴蕴心急,再也坐不住了,匆匆去见大理卿郑善果。

见到郑善果,裴蕴急切说:"来护儿处死他儿子来渊,郑大人听说过了没有?"

郑善果一时没有反应过来,忙问:"来护儿为何处死自家儿子?"

裴蕴挑拨说:"他是做给咱们看的,逼迫咱们像他那样处死儿子!"

听这话,郑善果一怔:"这个来护儿心好毒啊!"

裴蕴随之说道:"时间还来得及,咱们该要尽快地想些办法应对了。"

涉及自家儿子郑俨,郑善果觉得棘手,沉着脸说:"此事重大,不能草率应对,让我想想……"

裴蕴告辞后,郑善果就像得了块心病。想到来护儿处死儿子来渊的事儿一旦传至高阳,让皇上知道了,他郑善果恐怕要背上欺君的罪名,他的儿子郑俨难逃一劫。他开始憎恨来护儿。

他当然不想像来护儿那样处死自己的儿子郑俨。

不便对人诉说心病,一连数天,郑善果寝食难安。他的儿子郑俨照旧出出进进花天酒地。仿佛看到郑俨花天酒地的日子不多了,郑善果差人叫郑俨来到他跟前。郑俨一点不觉父亲郑善果被心病折磨着。

郑善果冲郑俨抱怨道:"我为官至今,处理政务也罢,料理公堂也罢,清正廉洁,从没留下污点,这回恐怕要被你毁了。"

听这话,郑俨怔住了。

郑善果又说道:"你参与围攻东都城的事儿,我有可能保不住你了,你得作好准备……"

郑俨心口猛地一紧道:"难道父亲要我像来渊那样离开?"

郑善果连忙堵郑俨的嘴说:"不,你是我儿子,我实在舍不得你像来渊那样离开,希望你继续活下去,可我还没替你想出一条活命的路来。"

郑俨心里泛起恐惧,说愿听从父亲的安排。然后郑俨出门去了。

任职大理卿的郑善果毕竟掌管朝廷司法,有着生杀审判的大权。裴蕴当然要依靠郑善果,希望儿子裴爽能逃过一劫,他又来到了郑善果的府上,替儿子商议对策。

郑善果对裴蕴说:"让儿子们剃度出家去吧。"

裴蕴一时接受不了,傻了眼儿,说:"他们一旦出家,再也不能还俗了,实在是太可怜了。"

郑善果说:"我想了几天,想到的路都行不通,只有剃度出家这条路了,让他们远离红尘,兴许可以保全性命。"

裴蕴担心说:"儿子们过惯了花天酒地的日子,突然打发他们剃度,做苦行僧……"

裴蕴的话还没说完,郑俨回家了。

郑善果逮住郑俨直说道:"近日你跟裴爽一道剃度出家去吧。"

郑俨一惊,怔住了,摇了摇头,看着郑善果。

郑善果累积多日的怨气陡然爆发:"我身为朝廷大理卿,清剿杨玄感党羽,杀的人也不少了,留下自己的儿子不杀,老天都不会饶了我!我欠下那么多的血债,别人会放过你吗?我要你剃度远离红尘,是给条活路你走,你不愿意,那就走你的死路去吧!"

## 4

获知郑善果的儿子郑俨和裴蕴的儿子裴爽被人送到西京的一座寺院里剃度出家,来护儿深感悲凉。仿佛受骗吃了哑巴亏,来护儿闷在心里愤愤不平。来整回家了,听到来护儿粗口叫骂,以为来护儿在骂来渊,走过去劝止,说来渊不在人世了,您为何骂他?来护儿仍在叫骂,来整细听,听出父亲骂的不是来渊,好奇问道:"谁惹您不高兴了?"

来护儿不再骂了,对来整说:"皇上在高阳,不知何日回驾。我想去高阳,你陪我走一趟。"

来整有点纳闷,问道:"皇上又没下旨召见您,您去高阳干什么?"

来护儿说:"准备行囊去备马吧。"

来整不太情愿说:"去趟高阳,不是三五天的路程……"

来护儿急了,说:"你兄弟来渊之死,皇上并不知晓,等皇上回驾再作禀报,那就迟了,说不清了。"

来整说:"皇上驻跸高阳这么久,想是回驾了,说不准车驾早已离开了高阳。"

来护儿说:"东都这边一直没有皇上回驾的消息,皇上一定还在高阳。"

来整拗不过来护儿,只好答应陪同来护儿前往高阳。父子俩带了若干随从,又带上盛有来渊一绺头发的漆木盒子,骑上马背离开了东都。

一行人马奔走了多日,来到高阳。来护儿怀揣那只漆木盒子直进高阳的行宫。剿灭杨玄感叛军,来护儿毕竟是有功之臣,杨广听到来护儿觐见,非常高兴,吩咐身边近侍带来护儿进殿。

见到杨广,来护儿霍地跪下叩首道:"臣不远千里而来,特向皇上请罪。"

杨广的笑脸立马一绷,吃惊地问道:"你灭叛寇杨玄感立功,朕还没来得及赏你,你有何罪要请?"

来护儿又叩了下头说:"臣率水师从东莱出征高句丽之际,杨玄感诬陷臣谋反,借讨伐臣之名,在黎阳起兵围困东都……"

杨广道:"此事朕已知晓,的确是杨玄感诬陷你了。"

来护儿道:"就在杨玄感率叛军围攻东都城池之时,臣的次子来渊听信杨玄感的唆使,加入了叛军的队伍……"

杨广大惊道:"你次子加入了叛军?"

来护儿点头道:"是的。待臣率师剿灭杨玄感叛军回来,才知家里出了谋逆之子。谋逆之子就是国贼,臣不容家里出了国贼,羞辱祖先宗亲,使用家规惩处,赐他一匹白绫,叫他悬梁自尽了。"

杨广怒而不发地瞅着来护儿。

来护儿从怀里掏出漆木盒子,杨广立刻盯住盒子,问:"这盒子里盛的是什么东西?"

来护儿手指发抖地打开盒盖,回道:"臣那谋逆之子,皇上不能活见人,死见尸了。他死后,臣亲自剪下他的一绺头发,带到高阳,请皇上验证。"

杨广只是冲盒子里的头发瞅了几眼。

因家人跟随杨玄感反叛,主动来高阳行宫如实奏报又请罪的朝廷高官,来护儿是第一人。杨广思忖了片刻,考虑是否接受来护儿请罪,来护儿毕竟大义灭亲,赐死了有罪的儿子。于是杨广拒绝了来护儿的请罪,严正说道:"你那谋逆的儿子既然已死,朕不再追究你和其他家人的罪过了,你快起来吧,别跪了。"

来护儿高悬的心,这才安落下来,偷偷地叹了口长气。

## 5

来护儿开始启程,回返东都,没走多远,被杨广派人追了回来。他随人再次进入高阳的行宫。

杨广朝来护儿走过来,直接问来护儿:"朕想知道,有没有其他官吏的儿子跟随杨玄感谋反?"

来护儿就等杨广主动问他,终于等来,他谨言说道:"这么大的事,难道没人奏报给皇上?"

杨广绷着脸道:"朕一直没得到奏报。"

这时来护儿反而有了顾虑,慢吞吞道:"臣说了树敌太多,臣得罪不起……"

杨广立刻皱起眉头道:"你尽管说吧,谁敢动你一根汗毛,朕诛斩谁的九族!"

想起逼迫自家儿子悬梁,又想起郑善果和裴蕴送儿子剃度避祸,来护儿使上性子,打消顾虑说:"朝廷高官的儿子参与杨玄感谋反,已是公开的秘密,据说有四十多人在列。"

杨广大惊而震怒:"他们都是何人的儿子?"

既然捅开天大的娄子,想捂也捂不住了。来护儿豁出去了,如实奏道:"他们是御史大夫裴蕴的儿子裴爽,大理卿郑善果的儿子郑俨,内史侍郎虞世基的儿子虞柔,开国元勋韩擒虎的儿子韩世谔,观王杨雄的儿子杨恭道……"

听到来护儿报出一连串的人名,杨广如五雷轰顶,怒骂东都留守樊子盖等人未能及时奏报。

来护儿本想趁此时机抖出樊子盖关押裴蕴的儿子裴爽,被大理卿郑善果施压放了出来,却没抖出口。他进劝杨广道:"皇上不能完全怪罪樊子盖,兴许樊子盖有说不出口的难处。"

杨广仍旧怒道:"樊子盖有何难处不能说出口?"

来护儿岔开话题道:"请皇上尽快派人赴东都查实。"

杨广的怒气这才缓了下来。

来护儿退下后不久,苏威进宫来。杨广抓住苏威不放,当即下令苏威赶赴东都,查实官吏们的儿子跟随杨玄感谋反之事。经历颇丰的苏威一听这话,惊得两眼发直。

然后苏威惊诧道:"朝廷官吏的儿子谋反,臣还是第一次听说。"

杨广带着余怒道:"你去了东都,查到谁,无论官职有多高,都不得放过。"

苏威点头道:"臣遵旨。"

来护儿还没回到东都,郑善果就知道皇上派苏威来东都了。他急着去见裴蕴,沉着脸告诉裴蕴,来护儿去了趟高阳,引来了苏威。裴蕴心口一紧,说引来苏威可不是一桩好事。

郑善果预感到了事态的严峻,对裴蕴说:"裴大人有没有办法让苏威在东都走马观花一趟?"

裴蕴勾起一颗指头在脸上挠了几下说:"苏威可不是凡夫,当年先帝派他去查实秦王杨俊的不法事,他都查了个水落石出。咱们的儿子遇上苏威,算是见了个鬼,没办法应付,只能听天由命了。"

郑善果喘口粗气道:"来护儿杀子消灾,看来咱们也得杀子消灾了。"

这话正是裴蕴想说,没有说出口。

送走郑善果,裴蕴想起韦福嗣、杨积善等人从东都押到高阳受车裂之刑,又被乱箭射成蜂窝状的情形,意识到了自己的儿子裴爽会受车裂之刑,是他不愿看到的。他立马派人奔走驿站,赶在苏威没到达东都之前,从那寺院里接回剃度的儿子裴爽。

接回裴爽的时候,苏威还没来到东都。这时裴爽一点没觉察到父亲准备送他赴死，倒还以为父亲从那寺院里将他解救出来，他又可以过上花天酒地的日子。

裴蕴不想让裴爽死得明白，以免裴爽带着恨心直赴地下，他不动声色赐了杯毒酒，裴爽喝下，立马封喉，倒地而亡。

之后裴蕴深深叹了几口长气，也没走过去看几眼倒地的儿子裴爽。想起来护儿带着儿子来渊的头发赴高阳觐见，裴蕴忍痛，差人砍下裴爽的头颅。这时裴家的人都替裴爽求情，让裴爽留下全尸下葬。裴蕴不准，告诉家人，说裴爽是罪人，他死无全尸，罪有应得！

裴爽的头颅被砍下来后，浸泡在了一只盐水坛子里。裴蕴刻不容缓，带着裴爽的头颅和随从直奔高阳觐见。

郑善果开始下令部下抓捕跟杨玄感有染的官吏们的儿子。苏威来到了东都，郑善果迎了上去，不敢马虎招呼道："恭候苏大人到来……"

苏威不苟言笑，直奔主题道："跟随杨玄感造反的高官儿子，都抓获了没有？"

郑善果回答道："都抓获了。"

苏威又问道："有没有漏网逃掉的？"

郑善果道："只有开国元勋韩擒虎的儿子韩世谔逃走了，不知所终。"

苏威道："请郑大人带我去查看，到底抓捕了多少人，还有多少人漏网了。"

郑善果朝苏威打了个手势："请。"

在东都查实近一月，差不多查了个水落石出，苏威这才离开东都，回高阳禀报。杨广获知东都实情，问苏威如何处置。

苏威说："查杨玄感党羽，郑善果、樊子盖和裴蕴等人大开杀戒，处死三万余人，没收其家产归公官府，又流放了六千余人。依臣之见，杀戒不能再扩大了。"

杨广说："难道朝廷官吏的儿子谋反不该杀？"

苏威点头说："该杀！"

杨广问："他们为官的父亲呢？"

苏威进劝说:"他们参与杨玄感谋反时,为官的父亲大多跟随皇上在高句丽征战,的确不知儿子谋逆,怎可牵连为官的父亲呢?再说当前天下盗贼四起,也不太平,若皇上对官吏问罪,大开杀戒,恐怕会引起朝政动荡,绝非上乘之策。"

杨广点头说:"也是的,朕就免了问罪他们的父亲。"

最后苏威替杨广出了一招,说来护儿和裴蕴杀子做了表率,何必还需皇上动刀开斩呢?

杨广赞赏道:"这招甚奇!朕立马下旨。"

## 第十六章　佞臣误国

### 1

　　刘元进在江南自称天子,无疑成为出头鸟。不尽快灭掉刘元进,杨广寝食难安,召江都丞王世充。等王世充速奔高阳入行宫,杨广快步迎了上来。王世充正要朝杨广行跪拜礼,杨广摆了下手说:"免了。"

　　见杨广神色不宁,王世充暗自一惊。

　　"余杭人刘元进在三吴自称天子,妄想分裂国家。"杨广坐定下来。"早些时候,朕派吐万绪和鱼俱罗赴江南剿灭刘元进等叛寇,没想两个无用的东西奈何不了刘元进……"

　　王世充这才明白杨广派他去征讨刘元进,说道:"刘元进的确在江南闹得凶,哄骗百姓随他造反,早该要灭掉他了。"

　　这话正说在杨广心坎上。杨广高兴说:"朕相信你有本事对付刘元进,差遣你率兵镇压刘元进,速战速决。"

　　王世充立马朝杨广拜道:"臣领旨,尽快提着刘元进的首级来见皇上。"

　　随后王世充从淮南郡(今安徽寿县)领兵数万渡江,讨伐刘元进。在这之前,有吐万绪和鱼俱罗没能速战速决剿灭刘元进等叛寇为前车之鉴。王世充敦促自己不能拖延工夫,以免给自己招惹麻烦。部队渡江之后,王世充宣布一条军令:往后撤退者,斩!逼迫将士进入战地没有退路。

自从吐万绪和鱼俱罗的部队停止战斗之后,刘元进和朱燮离开建安回到三吴之地,盘踞在吴郡(今江苏苏州),正在招兵买马。王世充领兵直朝吴郡奔来。刘元进和朱燮以为来的官军跟吐万绪和鱼俱罗的部队差不多,哪知王世充亲自督战,将士们往后退是死,不如朝前硬冲硬杀,人人变成亡命徒。刘元进从没见过这般行动迅速而又残暴的部队,没来得及布阵,就被这支毫无章法的官军打得屁滚尿流,拔腿就跑。

其实王世充督战,并没使用什么兵法,就是硬打硬杀,有谁怠战,不是被敌人杀掉就是被自己人杀掉,这一招非常管用。两支军队在吴郡境内不断地相碰交火,又不断地分开,打打杀杀,弥漫着可怖的血腥气味。

两军交火数日,王世充如同狼王,他的淮南军好似一群凶残的饿狼,打得刘元进和朱燮几乎没有还手的机会。就在刘元进和朱燮商议准备退军建安时,被王世充领军包围。朱燮厮杀突围时,被淮南军抓获,押到王世充面前。王世充这才想起他在杨广面前夸过的海口,要提刘元进的首级去见杨广,这朱燮的首级代表不了刘元进的首级。他对将士们说道:"皇上要的是刘元进的人头,朱燮的人头狗屁不值,谁砍下刘元进的人头将有重赏!"抓获朱燮,引来淮南军一阵振奋,又听主帅王世充悬赏刘元进的人头,将士们直朝刘元进扑了过去。

朱燮突然被俘,叛军一片大乱。刘元进慌了神,下令撤回建安。王世充的淮南军只有一个目标,便是马背上不断晃动的刘元进人头。这时刘元进被里三层外三层的骑兵护卫着,王世充的部下根本近不了他的身边。一个淮南军操起弓箭射向刘元进,但中箭跌落马背的不是刘元进,而是一个护卫。

主帅王世充要的是刘元进的人头,不是活捉刘元进;朝前追击的淮南军一起放箭,那里三层外三层的护卫们相继落马,其余的被打散,将刘元进孤立出来。这时淮南军的一支箭,正好射在刘元进的臂膀上,接着第二支箭将刘元进射落马下,当场死亡。

叛军群龙无首,四处溃散。王世充担心叛军重又聚集起来,劝告他们投降,只有少量叛军听信劝告,前来投降;但有更多的叛军领教过了王世充用兵凶残,害怕王世充秋后算账,不敢来投降。王世充想出一招,领着已投降的叛军来到吴郡的通玄寺,跪在大殿佛祖像前焚香发誓,愿善待降兵。

领着降兵来通玄寺面对大慈大悲的佛祖焚香发誓不斩降兵,是王世充做给其他不愿投降的叛军看的;王世充在通玄寺释放善意,那溃散的叛军信以为真,蜂拥而来投降,以免受到惩处,黑压压的聚集了一大片。谁料王世充突然对他们翻脸,痛斥他们追随刘元进等人造反分裂国家,其罪不可赦。降兵们全都傻了眼,质问王世充在通玄寺焚香发誓善待降兵,为何不算数?王世充当即杀了质问者,然后说道:"我不哄你们,你们不会来。你们既然来了,国法为大,我不能凌驾国法之上,让你们有罪变无罪!"

三万多个降兵被王世充的淮南兵押往吴郡西南的黄亭涧,这黄亭涧就在横山下,长数里,深阔数丈,是一处荒无人烟的凹地。三万多个降兵并不知道他们去赴死,等他们进入黄亭涧凹地,仿佛钻进一只口袋,那唯一的一条通道很快被王世充的淮南军封锁住了。埋伏横山上的淮南军万箭齐发,密如雨丝般射进黄亭涧,三万多个降兵一个不剩地全部被坑杀了。

王世充赶紧派人飞报朝廷。杨广得到王世充传来的捷报,压在心里的一块石头落了地,召百官庆贺平定三吴叛乱,大夸王世充有将帅之才。苏威转而上奏,说各地闹盗贼,要比往年闹得更凶;本是欢庆的气氛,被苏威奏言弄得冷却下来。

裴矩说:"一些民夫宁愿荒其田,聚众劫持乡民发家,不劳而获,朝廷不可无动于衷。"

苏威接着说:"盗贼四起,才是引发天下动乱的根源,到了根治的时候。"

裴蕴说:"下令郡县彻查盗匪之家,满门抄斩,方可禁绝行盗。"

苏威摇头说:"流窜作案的盗贼数以几十万计,若对其家眷满门抄斩,打击甚广,不可取。只能抄其盗贼之家,没收财物,令其家人劝贼投案自首。"

杨广采纳苏威进言,下诏郡县查抄盗匪之家。

## 2

关中扶风贼首唐弼拥立李弘芝为天子,唐弼自称唐王。急奏传至朝廷,由裴蕴受理后呈报御前,但是裴蕴并没即刻呈报,拿着封奏去见虞世基,神情紧张地说道:"扶风出大事了……"

没等裴蕴说完,虞世基吃惊问道:"出啥大事了?"

生怕有第三人听到,裴蕴压低声音说:"贼帅唐弼自称唐王,却拥立李弘芝为天子,据说他们拥兵十万,直接威胁着西京大兴。"

虞世基又问:"皇上知道了吗?"

裴蕴说:"急奏我刚收到,不知该不该告诉皇上?"

虞世基说:"皇上正在考虑征兵,谋划再次讨伐高句丽,这份急奏可不是什么好消息,若让皇上知道了,肯定高兴不起来。"

裴蕴犹豫着,拿不定主意说:"难道压下?"

虞世基说:"依我看,唐弼和李弘芝成不了气候,朝廷派兵镇压他们有的是工夫,急奏暂且压下吧。"

过了几天,又有一份急奏传到朝廷,裴蕴受理后,立马来到杨广面前,喜形于色说:"请皇上览急奏!"

杨广连忙说道:"什么急奏,你快口述给朕听。"

裴蕴说:"榆林太守董纯出征,在昌虑大败彭城贼张大虎,斩贼首级万余。"

听到这个可喜的消息,杨广激动起来,接过裴蕴高托的急奏,快速地阅览了一遍。捏紧拳头一捶大腿说:"好!朕巴望隔三差五能收到这等急奏!"

紧接着一喜一忧两份急奏同时传到朝廷,裴蕴受理时裴矩正好在场。两份急奏一份来自淮南,奏报齐郡章丘贼杜伏威盘踞淮南,声势浩大,直接威胁着江都,奏请朝廷尽快派兵镇压;另一份来自上郡的急奏是道捷报。这两份急奏当然要尽早地呈送御前,但是裴蕴要将淮南急奏压下,因有裴矩过目,他征求说:"这些天皇上料理国事,辛劳过度,心情不是太顺畅,见了淮南急奏,肯定忧心不安。"裴矩顺遂说:"既然如此,那就尽量不让皇上知道。"裴蕴瞅了眼裴矩说:"你意是暂且压下淮南奏报?"裴矩说:"平定高句丽是皇上的一块心病,此病不除,皇上的确顾及不了其他。"跟裴矩商定好后,裴蕴压下了淮南急奏。

然后裴蕴拿着上郡捷报传至御前。

"早些时候,皇上派遣屈突通赴陕北,剿延安贼首刘迦论,有报传来。"裴蕴躬身,将急奏托起,交给杨广。

杨广接下急奏,忙问道:"屈突通剿贼剿得如何了?"

裴蕴回道:"刘迦论据雕阴起兵,邀众十万反朝廷,自称皇王,建年号大世,又与稽胡刘鹞子呼应。屈突通领兵至延安,按兵不动,贼军以为官军胆怯。屈突通使出一计迷惑刘迦论,宣布撤军,刘迦论信以为真,麻痹起来。屈突通率军绕道入上郡,乘其不备,夜袭斩杀刘迦论,又杀一万多贼匪,俘获男女数万人,贼军彻底失败。"

裴蕴呈上的这份上郡捷报令杨广振奋,夸屈突通用兵神奇。就因裴蕴、裴矩、虞世基和宇文述等人执掌朝政,预机务,各地官吏上报朝廷公文奏折,先过了滤,呈上御前报喜不报忧,使得杨广只知平叛大捷之喜报频频传来,却不知天下动乱到了何种程度。他真的以为朝廷连连出兵镇压反贼,天下归于太平,便开启第三次征讨高句丽,下诏征兵聚涿郡。早前杨广召百官廷议讨伐高句丽,一连几天,百官没人言声。但杨广平定高句丽的决心不可动摇,百官只好顺遂。

惟纳言苏威忧愤,国家连年出兵讨伐高句丽无果,国力亏损巨万,民怨沸腾,又不顾及后院起火。苏威仅凭一己之力谏阻杨广出兵辽东,只能讨个没趣,他忧愤,想到自己老矣,请辞归乡。杨广不准。

第三次东征高句丽,又开始征兵北上至涿郡。苏威只好随侍车驾来到涿郡。应征来涿郡的士兵在途中出现逃亡,能到达涿郡的士兵甚少。杨广揪心于兵力不足,问计苏威征讨高句丽之策。苏威心知征兵逃亡,是百姓厌战,他若直谏,恐怕触怒杨广,没有当即回言。这时裴蕴走了过来,令苏威十分厌恶,却又无奈于裴蕴。

杨广又问苏威，如何制止征兵逃亡。

苏威扫了眼报喜不报忧的裴蕴说："征兵出现逃亡，兴许是百姓害怕到高句丽送死。"

裴蕴插嘴说："郡县未能把人送至涿郡，责在郡县。"

想到裴蕴多次在杨广面前奏报天下反贼近乎除尽，苏威很反感，趁此时机说道："既然百姓不愿服兵役出征高句丽，朝廷若召赦天下群盗，就可得到数十万人。遣关内奴贼及河北历山飞、山东张金称等贼头别为一军，出辽西道；再遣山东贼王薄、孟让等十余头领并给舟楫，浮沧海道，必喜于免罪，竞务立功，一年之间，可灭高句丽。"

裴蕴一听此话藏有刻毒，当即驳斥道："天下哪来那么多的盗贼？"

苏威当面回古道："天下有没有盗贼，有多少盗贼，裴先生可去问问天下百姓。"

两人不期而遇陡起争执，面红耳赤。

杨广道："朕率师亲征，尚未攻克高句丽，那鼠窃之徒岂能派上用场？"

3

七月癸丑日，杨广车驾抵达怀远。天下已乱。早些日子，杨广下诏再次征发全国军队，兵分百道并进高句丽，征兵日期已过，许多郡县兵力未能如期来到涿郡。只有来护儿水师渡海进击，来到毕奢城（今辽宁大连大黑山）。高句丽出兵迎击，被来护儿打败。隋朝水师乘胜朝着高句丽纵深挺进。

连年战争，高句丽军民十分疲困，无力抵御隋军进攻。见来护儿水师离平壤城越来越近，高句丽婴阳王高元非常恐惧，召乙支文德到殿，商议对策。

高元问乙支文德："隋朝连续三年进攻我国，大有不取我国誓不罢休的决心。你有何策可以抵挡隋军来犯？"

乙支文德一时想不出高招应对来犯隋军，他说："我国军队连续三年作战,虽是以胜利而终,但累战不止,国力几乎衰败,百姓因战乱不休,多疲苦,恐怕此次难以抵御。"

高元说:"隋朝水师攻下毕奢城后,直趋平壤,可想而知过辽河的陆路隋军正在路上。"

乙支文德说:"臣下估计隋军此次来犯,不会像以往那样轻易撤军,大有吞并之意。"

见乙支文德没招儿应对隋军,高元深深叹口气道:"看来只有速派人到隋国请降了,便是唯一的缓兵之策。"

乙支文德说:"以前对隋军反复用过请降术,赢得战机,恐怕此次再施请降术,隋军不会接受。"

高元沉思片刻,对乙支文德说:"以表我国请降诚意,只能打出斛斯政这张牌了。"

乙支文德倏地一愣,说斛斯政的确是一张请降的好牌。

斛斯政正是隋朝的兵部侍郎。隋军第二次攻高句丽,杨玄感在黎阳举兵起事,斛斯政在辽东私自放走杨玄感的弟弟杨玄纵和杨万硕回国参与杨玄感谋反,事发后,斛斯政畏罪叛逃高句丽。可以说斛斯政畏罪叛逃高句丽,对高句丽毫无价值,高元向隋朝请降,打出斛斯政这张牌,隋朝定会求之不得。

叛逃的斛斯政在高句丽过着衣食无忧的日子。高元突然反目抛弃斛斯政,差人将斛斯政戴上大枷,押上了囚车。斛斯政始料不及,问为何这般对待他?没人告诉斛斯政缘故。

然后高句丽派出请降的使者押着斛斯政前往隋朝,他们来到杨广驻跸的怀远镇,入行宫叩拜请降。

杨广见到戴着大枷的斛斯政大吃一惊,破口大骂道:"朕盼你这条狗,终于盼到你被人遗弃了!"

斛斯政明白自己大限降临,跪地垂首道:"臣一时糊涂,犯下叛国之罪⋯⋯"

高句丽使者灵机说道:"斛斯政当初叛逃到我国,婴阳王原本要将斛斯政遣返隋国,就怕隋国误以为我国策反斛斯政,未能及时遣返。时至如今，我国的婴阳王不能容忍大臣不忠国主，驱逐斛斯政回国，接受天子问罪惩治。"

高句丽使者的言辞句句暖心，杨广非常高兴。

紧接着高句丽使者叩拜道："高句丽国主及万民，永远是大隋天子的臣民，两国经历数年战争，该要结束了。"

杨广瞅着高句丽使者心有所动问道："婴阳王高元派你来，有何话传来？"

高句丽使者泪流满面回道："婴阳王派我来向天子求和请降的。只因累经战乱，高句丽万民流离失所，痛苦不堪。再说高句丽万民也是隋国天子的子民，隋国天子也不愿看到高句丽万民饱受战争伤害，愿天子接受高句丽求和请降。"

杨广不失猜忌，又问道："婴阳王高元为何迟迟不来大隋朝觐？"

高句丽使者答道："因隋朝与高句丽一直处于战争状态，婴阳王想来隋国朝觐天子，时局不明多有不便。只要隋国与高句丽结束战争，再度修好，婴阳王定会来隋国朝贡天子。"

杨广这才答应高句丽使者求和请降，结束两国的战争。随后杨广派遣使者持节赶赴高句丽，召来护儿撤军回返。

攻下毕奢城后，来护儿孤军直趋平壤城，高句丽人虽有多次抵抗，来护儿回击时，高句丽人全都不堪一击。攻克平壤城，来护儿信心满满，突然接到停战班师的皇旨，来护儿顿时傻眼，凉了半截。随军长史崔君肃也是傻眼，凉了半截。

来护儿叹息说："我军离平壤城不足百里，唾手可得指日可待，偏偏此时皇旨下令撤军。"

崔君肃摇头说："没有办法，只能奉旨而行了。"

来护儿想起他上次率水师讨伐高句丽，带领四万精兵攻平壤城，被诱骗入城遭遇伏击，逃出城的只剩几千人。因此来护儿这回攻平壤城，是为复仇而战，不想轻易放弃复仇的机会，决计攻下平壤城再班师。

他召集诸将领，鼓动士气说道："我朝大军三次出征，皆未能平定高句丽，这次班师回军，再也不能来了，这般劳而无功回去，令我感到耻辱。

眼下高句丽疲惫不堪,以我们这么多的军队去讨伐,相信用不了多日就可获取全胜。我早已计划好了攻下平壤城,俘获高元,然后凯旋而归,不负大军三年苦战高句丽。"

诸将领被来护儿鼓动得热血沸腾。来护儿索性不奉诏班师,上表皇帝,奏请准许攻克平壤城,俘获高元。

长史崔君肃认为皇旨不可违,劝说来护儿不要随性而为。

来护儿不听,任性说:"将在外,君命有所不受。我宁愿俘获高元回返受到责罚,也不能放弃此次成功的机会。"

崔君肃继续劝阻,来护儿还是不听。

来护儿说:"高句丽人已经支撑不住了。皇帝派我出征,是信任我有能力平定高句丽。我在外可以自行决定战事,分明可以俘获高元,要我放弃,我办不到!"

劝说不了来护儿,崔君肃再去劝说其他将领,告诉他们:"跟随元帅继续出征,即使攻下平壤城,俘获高元又如何?就怕有人上奏皇帝,直斥我们违抗皇帝诏令,我们不仅无功无赏,而且都得获罪。"

听崔君肃陈述利害,将领们害怕起来,纷纷要求奉旨班师。最终得不到支持,来护儿生出遗憾,只好接受皇帝诏令班师回返。

## 第十七章　雁门袭驾

### 1

八月己巳日，杨广从怀远班师回朝。邯郸贼首杨公卿获悉皇帝车驾途经邯郸，率领八千人马准备劫驾。待车驾来到邯郸时，杨公卿见随侍车驾的士兵有几十万，他的八千人根本靠近不了车驾，若硬闯劫驾，等于拿了鸡蛋碰石头。

回朝的队伍浩浩荡荡，杨公卿实在想不出办法靠近皇帝车驾，但他不甘空手离开，等随驾的队伍走到末尾，出现一群高头大马。杨公卿劫驾不成，一转念头，打起马匹的主意，抄后路抢走四十几匹马而归。

冬十月丁卯日，杨广车驾抵达东都；己丑日，车驾返回西京。杨广登西京太庙祭祀天地，然后下令刑部斩叛臣斛斯政，在金光门前对斛斯政处车裂之刑，将尸骨砸碎焚烧，扬弃郊野。

杨广准备重返东都。

太史令庾质来到杨广面前，躬身劝道："我朝连年征伐高句丽，百姓实在是困苦而又疲惫。皇上应该安定下来，抚慰关内，让百姓耕作农桑，只需三五年，国家就会恢复富足。皇上再到各地巡视也不迟。"

杨广脸色大变说："朕巡省天下，体察民情，有何不可？"

庾质打个冷战，知趣地退下了。

车驾刚重返东都，有山东奏报传来，齐郡人左孝友起兵十万，占据了蹲狗山(今山东招远东北)。第二天,裴矩进殿,奏报山东长白山贼首孟让率军十余万南下,攻占了盱眙(今江苏盱眙)。

杨广一惊说:"早前孟让南下,不是被王世充逼退了吗?"

裴矩说:"就在王世充率淮南军赴三吴剿刘元进时,孟让趁机又南下了。"

杨广斩钉截铁说:"传旨王世充赴盱眙剿孟让;传旨张须陀赴蹲狗山灭左孝友。"

王世充领旨率军直赴盱眙。

孟让曾跟张须陀交过手,大败而逃;后来又遇王世充,想到王世充的背后驻扎着强大的官军,知难而退。此次王世充率军来盱眙,孟让不肯退军,他以淮水为屏障,在都梁山建了据点,并不在乎王世充的到来。

王世充跟别的将领不一样,以硬打硬杀著称。这回他遇孟让,并没勇往直前硬打硬杀,而是守在都梁山一旁,一连数日都不发动进攻。接下来,王世充指挥将士砍伐树木围绕军营扎了五道栅栏,以防孟让偷袭营垒。

王世充摆出一副虚弱的样子,令孟让好笑,他对部下说:"王世充不过是个文官,哪里知晓兵法?更谈不上如何指挥军队作战了。我一定要活捉王世充,然后一鼓作气攻下江都!"他的豪气不过是一种轻敌的表现。

王世充之所以没让将士硬打硬杀,考虑到孟让拥兵十多万,这么多的贼匪,一口气是杀不绝的,重要的是杀掉孟让,让贼匪缴械投降,才是最圆满的结果。于是王世充佯装虚弱,迷惑孟让。

孟让率军来盱眙,占据都梁山,是为攻取江都城作准备,以便将来称霸一方。哪知盱眙城里百姓害怕屠城,都逃走了,粮食也被百姓带走了,孟让的十多万士兵搜刮不到粮食,已经处于饥饿状态。发兵抢粮本是迫在眉睫的事儿,王世充突然来了,孟让就怕发兵出去抢粮,让王世充乘虚而入抢占了都梁山。

见王世充多日不出击,孟让耐不住性子,就想扫除王世充这个障碍,他开始排兵,主动攻击王世充。王世充数次迎战,看上去不是孟让的对手,退至栅栏内,以守代攻。见这情状,孟让不再把王世充放在眼里了,留下少量士兵对付栅栏里的王世充,让大部分士兵出去抢粮。王世充觉得机会来了,出其不意杀掉围困栅栏的孟让士兵。那些出去抢粮的孟让士兵大多分散行动,只为抢得粮食,却松懈了防备。王世充兵分数路各个击破。等孟让缓过神来,为时已晚,王世充的士兵格杀他的军队一万多人,俘获十来万人。孟让几乎在转瞬之间成为孤家寡人,他深知自己没有回天之力,趁乱带了十余骑兵逃走。王世充非常遗憾没能逮住孟让,派兵追杀孟让。孟让不敢停下步伐,一路逃奔去了瓦岗。

另一路剿贼的张须陀直接把军队开到蹲狗山,不像王世充那样示弱,他列阵八风营,威逼左孝友投降,又将蹲狗山所有通道牢牢扼守住。左孝友被逼走投无路,只好率众投降。

张须陀没使一刀一剑,平定蹲狗山贼匪。正要押着左孝友等人到东都献俘,一道皇旨通过驿站传来,令张须陀转战涿郡剿卢明月。这卢明月拥兵十万,驻扎在祝阿(今山东齐河县)。张须陀率一万多名将士赶赴祝阿县,卢明月正准备移军,被赶来的张须陀堵住,两军就此对峙着。

一连对峙十多天,两军都没发动进攻。张须陀领皇旨赴祝阿走得太急,所带军粮差不多消耗殆尽。将士们评估卢明月的贼军多他们十来倍,打起来不仅占不到便宜,有可能毫无胜算,劝说张须陀撤军。

张须陀对将士们说:"尽管卢明月的贼军多我们十来倍,都过去十多天了,他们没有进攻的动静,说明他们此时很胆怯。"

将士们说:"真正打起来,他们人多,我们人少,多半打不过他们。"

张须陀笑了笑说:"贼军看到我们后退,以为我们畏惧了,一定会扑了过来。只要我们用一两千人袭击并攻占贼军营地,就有可能以少胜多,灭掉贼军。"

用一两千人打头阵对付十万贼军,显然是冒险之举,张须陀话音落下,没人敢应声。没多会儿,年轻气盛的部将罗士信和秦叔宝向张须陀请战。张须陀异常高兴,答应罗士信和秦叔宝去冒险。

等罗士信和秦叔宝各领兵一千埋伏在了附近的芦苇荡里之后,张须陀故意丢弃营垒退走。卢明月一看张须陀退兵,果然被张须陀算计了,他连忙召集全部人马出寨追击张须陀。罗士信和秦叔宝抓住这个时机赶到卢明月的营寨,只见寨门大开。他们冲进营栅,杀掉若干守兵,点火焚烧营寨,使得整个营寨变成火海。待卢明月回头张望,发现营寨里大火冲天,才知中计,赶紧带兵回去救营寨。张须陀瞅那大火一阵狂喜,领兵回头追杀过来,与罗士信、秦叔宝形成夹击之势。卢明月的军队先是大乱,然后大败,被斩杀无数。卢明月无法扭转战局,沮丧地率领数百骑兵逃走了。

# 2

王世充和张须陀的捷报迅速传至东都,杨广喜出望外。裴矩、宇文述、裴蕴和虞世基等人连忙簇拥到杨广身边,奏请杨广为王世充和张须陀庆功。但是杨广并没被王世充和张须陀的胜利冲昏头脑,他弄不明白天下贼匪为何剿灭不尽。

他问:"天下到底还有多少贼匪?"

虞世基说:"可能不多了,皇上不必担忧了。"

裴蕴说:"贼首孟让、左孝友和卢明月各领贼众十余万,被王世充和张须陀歼灭,可想其他若干贼匪,已是穷途末路了。"

杨广叹道:"但愿若干贼匪穷途末路。"

宇文述说:"何处再闹贼匪,让臣披挂上阵,一并歼灭。"

杨广心藏忧虑说:"朕即位至今,为国开疆拓土,东奔西走,又不断地减免赋税,惠及天下,即使东征高句丽,也是为国收复辽东,然天下人为何不满,反叛朝廷呢?"

裴蕴回答道:"只是皇上仁慈,天下人贪欲太重,想出人头地。"

杨广又叹道:"也许是人心太贪,才不安分守己。"

回到大内,杨广仍在琢磨天下贼匪为何剿灭不尽。萧皇后迎了上来。

杨广顺便问萧皇后:"天下贼匪为何剿灭不尽?"

萧皇后直言回道:"皇上连续三年亲征高句丽,将士伤亡过重,百姓害怕征兵上前线,才有逃避兵役的人聚众为盗。"

杨广点了点头。

然后杨广说:"连皇后都知道的事儿,为何没有大臣谏阻呢?"

萧皇后担心杨广问责大臣,劝道:"皇上决策已定的事儿,叫大臣谏阻,是抗旨,谁敢?"

杨广说:"朕从西京起驾时,太史令庾质进言,劝朕安定下来,抚慰关内,让百姓耕作农桑,朕不愿听。到如今朕回想三征高句丽,无功告终,真是太任性子了。"

多年以来,杨广和萧皇后相聚后宫的日子并不太多。只因杨广频繁地巡幸四方,或者率军亲征在外,大多远在千里之外。萧皇后身为妇人,不便艰辛长途跋涉,也就留在了宫里。所以杨广和萧皇后的相聚,很多时候都是短暂的。在杨广率师远征之际,留守后宫的萧皇后总在牵挂远方的天子。隋朝与高句丽停战,杨广才有时间和萧皇后同寝相守,正是萧皇后期盼已久的夙愿。

萧皇后特别喜好读书,总是手不释卷。她进劝杨广治国理政,不要过于依靠一些大臣们的谋略,那上好的治国谋略就在古圣先贤的书籍里,从先贤的书籍里吸取治要,是安天下的良方。杨广非常欢欣,下诏秘书省增加文官一百二十名,吸纳开科学士充实秘书省。

其实杨广并非那种厚武薄文的天子,他也喜好读书,词章出手不比名扬天下的文士逊色。他早年任扬州总管时,在官邸设置学士高达百人,专心修撰古今圣典,直到他即位至今,学士们在西京的嘉则殿和东都的修文殿从没停止修撰经术、典籍、军事、农业、地理、医学、占卜、佛经、道经之类的书籍。那西京的嘉则殿有藏书三十七万卷;东都的修文殿有藏书三万七千多卷。其中东都的观文殿是杨广的御书房。观文殿设有十四间书房,书房的窗户、床褥、厨幔都极尽珍贵华丽。每三间书房开一个双扇门,垂下锦质的幔帐,上边有两个飞翔的仙人,又在户外的地面上设置机关。杨广每次来到书房,就有宫人手捧香炉,走在前边踩踏机关,飞仙就会徐徐降下,将幔帐卷上去,这时窗扉和厨扉就会自动打开。

尽管观文殿建得极尽奢华,杨广能在观文殿里读书撰文,已是相当奢侈了。他何曾不想安顿在观文殿与书卷为伴？只是身在帝位，由不得他。

到了夏四月，杨广要去北巡。萧皇后极力劝阻，说天下到处可见杀人越货的贼匪，皇上出巡，恐怕安全没有保障。杨广安慰萧皇后，说朕去北巡，身边侍卫重重叠叠，贼匪岂敢靠近劫驾？随后有大臣接连劝谏杨广不要去北巡，以免遇到不测。

杨广早就想到会有大臣谏阻，他说："我朝几经修筑北塞长城，是否能抵御外袭，朕未曾巡视，放心不下，想去看看。"

虞世基说："皇上派一大臣去北塞巡视长城，回来再作禀报，足够了，何必动此大驾？"

杨广说："东突厥的始毕可汗，好久没来入朝了。听说他跟高句丽走得比较近，所以朕不放心北塞的长城，眼见为实想去走一趟北塞。"

樊子盖谏阻道："眼下世道不太平静，多有贼匪出没，皇上北巡数千里之外，恐怕天有不测风云。"

杨广耐不住性子了，恼怒道："朕怕贼匪不敢出宫，百姓还敢出门吗？你们有谁害怕贼匪就留在东都，不害怕的就随朕起驾吧。"

车驾从东都出发，来到太原，杨广驻跸汾阳宫。这时气候开始炎热，车驾继续出巡如同在火炉里炙烤，恰逢汾阳宫周边的气候宜人，山色秀美，杨广和随从决定在汾阳宫避暑。

八月，杨广巡视长城，车驾来到北塞。

东突厥始毕可汗闻知杨广驾临北塞，便觉机会难得，急召心腹谋划袭驾。

自从启民可汗病逝，由儿子始毕继承汗位之后，东突厥和隋朝的关系越来越微妙。隋朝开皇年间对突厥推行"离强合弱"之策，令始毕可汗刻骨铭心，自他继承汗位后，对隋朝多有提防。尤其是杨广凿通河西走廊，收复吐谷浑，扶持西突厥酋长射匮称汗，西突厥开始走下坡路，东突厥渐渐强盛起来，始毕可汗似乎积攒下资本，从以往臣服隋朝变成现在跟隋朝若即若离。裴矩觉察到了始毕可汗疏远隋朝暗通高句丽，不再那么可靠，请求杨广挑选一位宗室女嫁给始毕可汗的弟弟叱吉设，封叱吉设南面可汗,架空始毕可汗。叱吉设不敢接受隋朝册封。这事儿被始毕可汗知道,对隋朝产生怨恨。裴矩一计不成再施二计,诱杀始毕可汗最得力的心腹史蜀胡悉,此人反隋一马当先。裴矩哄骗史蜀胡悉做丝绸生意,将史蜀胡悉骗到马邑(今山西朔县),派人杀掉史蜀胡悉,然后差遣使者赴东突厥,告诉始毕河汗,称史蜀胡悉怀有二心,叛逃到了隋朝,寻求庇护,隋朝帮助始毕可汗处决了史蜀胡悉。始毕可汗吃下哑巴亏,从此不再入朝觐见。

东突厥各部落酋长聚集在了始毕可汗的牙帐,正在谋划袭驾之事。义成公主知道后心急如焚,又不便公开劝阻。开皇十九年,隋朝与东突厥和亲,下嫁宗室女义成公主给启民可汗,启民可汗病逝后,依照突厥子娶亡父之妻的风俗,义成公主又嫁给了始毕可汗。见始毕可汗打定主意袭击隋朝皇帝车驾,这可不是一桩小事,而是一桩惊天大事。义成公主不再沉默,当面劝阻。

义成公主说:"东突厥跟隋朝早已签订了友好同盟协议,可汗出兵,岂不是单方面撕毁协议吗?"

始毕可汗不以为然说:"那协议现已是张废纸了。"

义成公主提醒道:"可汗别忘了隋朝跟东突厥有过君臣之规的协议。可汗身为隋朝天子的臣子,率兵越过长城袭击隋朝天子车驾,是弑君之罪。"

始毕可汗依旧不以为然说:"现在隋朝群雄蜂起,一片大乱,弑君的大有人在,我弑君又何妨?"

义成公主警告说:"若可汗不听劝阻,执意率兵出征弑君,后果非常严重。整个大隋的官民会放过可汗吗?将会激怒大隋的万民剑指可汗的汗国,到那时,可汗如何应对又如何收场呢?"

始毕可汗似乎有些犹豫了。但他并没受义成公主左右,仍旧决定率兵前往袭驾。义成公主只好密派一位亲信骑匹快马报信。

杨广巡视长城的车驾刚抵达雁门郡(今山西代县),义成公主派出的密使随之赶到,一下马,立即通报东突厥生变,始毕可汗准备率军来袭击隋朝皇帝车驾。听这话,随侍车驾的大臣们全都惊呆了,有人甚至怀疑来报信的使者别有用心,挑拨离间隋朝和东突厥的关系。义成公主的密使没图到好报,从怀里掏出义成公主的密信要去直接见天子。随驾的官员们觉得事大,只好领着义成公主的密使去见天子。

杨广得到义成公主的密信,也是大吃一惊,一时不知如何应对。

## 3

东突厥始毕可汗率领数十万轻骑如蝗虫般直朝雁门郡飞扑过来。护侍杨广车驾的只有一万七千人,抵御始毕可汗数十万轻骑毫无胜算可言。杨广和他的侍臣顿时蒙了,几乎是束手无策。只有裴蕴和虞世基敦促杨广赶紧回驾,离开雁门。

宇文述说:"没等皇上回驾百来里,始毕的轻骑就追上了,回驾显然来不及了。"

裴蕴着急说:"在此边陲不回驾,迎数十万大敌,皇上的安危如何保障?"

苏威还算冷静,忙说:"皇上一旦回驾,就会制造出溃退之象,同时也会制造出恐慌。始毕的轻骑就会以胜利者的姿态血性膨胀,大开杀戒。现在皇上可以进入雁门城固守,有的是工夫跟始毕周旋。"

虞世基说:"雁门城毕竟是边塞之城,粮食囤积有限,固守的日子长了,粮食一旦用尽咋办?"

苏威回答虞世基说:"现在可以派人到郡县催兵来增援,等大军赶到雁门,打垮始毕的轻骑有何困难?"

杨广心想回驾的确来不及了,下令齐王杨暕领兵镇守崞县。他率随侍开进了雁门城。

第二天,东突厥几十万轻骑闯入雁门郡,一边攻城一边寻找杨广下落,当他们发现杨广在雁门城里时,正要集中火力进攻雁门城。始毕可汗突然犹豫了,想到雁门城修筑得高大坚固,易守难攻,有皇帝在此城中,防御越发坚不可摧。雁门郡共有四十一座城池。始毕可汗担心集中攻打雁门城,其他数十城池守军不会无动于衷,就怕他们联合起来,与雁门城里皇帝卫兵里应外合。于是始毕可汗先派部分兵力围困雁门城,不让城中守军出城,然后发兵收拾其他城池。

可以说始毕可汗率重兵袭来,是突然生变,隋朝边关毫无防备。雁门郡的数十座城池事先没作备战,城里防务十分薄弱。始毕可汗计划先攻下其他城池,再集中对付雁门城。如他所望,雁门郡的四十一座城池,一座接一座地被拿下,最后只剩下齐王杨暕固守的崞县城池和雁门城了。

虽说齐王杨暕固守崞县分散了东突厥的兵力,但崞县的城池对东突厥人来说并不重要。始毕可汗把主力部队集中起来,主攻雁门城,那飞箭越过城墙,在城里洒落一地。城中有军民十五万人,囤积的粮食可供应二十多天。有十五万军民守在城里抵抗城外数十万东突厥骑兵,杨广一点不觉心慌,下令全民皆兵,固守城池全力应战,只等援军到来。始毕急于攻下雁门城,不分昼夜发兵摧毁城墙,已有多处城墙被毁出缺口,东突厥人一次又一次地通过缺口攻进城来,被隋朝守军击退。隋朝守军迫于无奈,只好拆毁城里民房,搬运房屋的木材和石块堵塞城墙上的缺口。

雁门城的城里城外一直没有停息交火。始毕可汗想到隋朝援军到来,那情形肯定对他不利,他出征雁门将会无功而返。这时杨广和他的随侍盼援军盼得两眼滴血,仍不见援军身影。算起日子,他们固守雁门城十多天了,城里粮食快要用尽。十多万人一旦断粮,雁门城就要不攻自破了。

想到断粮将要出现的后果,杨广不再平静,甚至有些发慌;他的侍臣们也都心慌意乱起来。偏偏就在这时候,东突厥人的进攻比先前更加猛烈,似乎预感到了城里军民熬不住了,只要他们使出余力最后一搏,雁门城就要崩溃。这时一支冷箭"嗖嗖"飞了过来,落在了杨广面前,令杨广大为惊惧。

就是这支没长眼的冷箭,吓得侍臣们乱了方寸。

情急之下,左翊卫大将军宇文述非常担心杨广的安危,赶紧说道:"这时候该要挑选数千精骑,护侍皇上突围了。"

宇文述这一冒险进言,立刻遭到众人反对。

民部尚书樊子盖说:"城外聚集着数十万东突厥精骑,让数千精骑护侍皇上突围,处处是死路!"

纳言苏威说:"据守城池我方还有余力。善马轻骑则是突厥人的长处。皇上是万乘之主,怎可轻易行动?"

樊子盖接着说道:"皇上在危境中且能侥幸保全,一旦处于狼狈境地后悔莫及!不如坚守城池,挫败敌人锐气。"

杨广心里积着一股郁气,叹道:"朕入雁门城之初,诏令军队来雁门增援,都过去许多天了,城外怎么不见一个援兵呢?"

自从车驾进入雁门城,城里城外几乎中断传递消息,援军迟迟不能赶到,是何缘故,无人知晓。

樊子盖宽慰说:"雁门城毕竟处于边陲,距内地遥远,援军一定行进在路途上,近日差不多要赶到了。"

裴矩相信援军正在路上,鼓舞信心说:"只要援军到来,东突厥人定会逃离雁门。"

然而雁门城的战事始终处于胶着状态。始毕可汗大有不攻下雁门城誓不罢休的决心。苏威担心援军来得太迟缓,误了时机,让东突厥人攻破城池,劝谏杨广速派密使向义成公主求援。杨广说:"始毕兴师动众攻雁门城,毫无班师的迹象。义成公主又能使出什么招数进劝始毕停止攻城呢?"苏威说:"臣以为坐等援军是下策,不如派密使向义成公主求援,试试看未尝不可。"杨广只好派出密使去见义成公主。义成公主收到杨广密旨,心急如焚。

义成公主当然不愿看到她的大隋娘家毁在野蛮的突厥人手里,她急忙派了心腹赶赴雁门,对始毕可汗谎报"北部边境告急"。始毕可汗收到义成公主告急奏报,以为是隋朝趁他攻打雁门城之机,乘虚进军东突厥。为攻雁门城而失汗国,对始毕可汗来说是灭顶之灾。这时有消息传来,隋朝东都及诸郡援军已到达忻口,距雁门近在咫尺了。

为救后方,始毕可汗心乱如麻,不得不弃下雁门城,急忙下令撤军回返。

东突厥人攻雁门城,足足攻了一个来月。城里粮食几乎断尽,正弥漫着绝望气息。城外突然间没了攻城的动静,有些蹊跷。杨广派人出城侦察,城外的山谷里空无一人,那数十万东突厥人仿佛被这山谷吞没。

杨广这才知晓始毕可汗率军撤退了。又疑虑重重,差遣樊子盖带领两千精骑沿着东突厥人踩踏的足迹追了过去,追到马邑,碰到两千多个走掉队的东突厥人,这些人全是老弱病残者。追来的隋军本可放走他们,想到始毕可汗疯狂地攻打雁门城,这些人就是攻城的参与者,一些隋军挥刀正要砍杀他们,被樊子盖阻止。樊子盖说:"杀了他们,就没俘虏带回去邀功请赏了。"

九月,虚惊一场的杨广返至太原。车驾往西可至大兴,往南可至洛阳。苏威想到杨广很久没回大兴了,大兴才是大隋真正的京师,进劝杨广说:"眼下盗贼频繁出没,将士们又很疲惫,希望皇上速返西京大兴,巩固根本是国家长治久安之计。"杨广不想回大兴,他面有难色。宇文述察觉到了杨广心意,便说:"随从车驾官员的妻子儿女大多住在东都,取便道去洛阳,从潼关而行即可。"杨广随意说:"那就回洛阳吧。"十月,车驾回到东都。

## 4

苏威又在御前启奏天下闹贼与日俱增,那一拨接一拨的贼寇正在危及着大隋社稷,朝廷剿灭贼寇刻不容缓。把持朝政的裴蕴、虞世基和裴矩等人过后却在杨广面前斥责苏威危言耸听。但天下闹贼毕竟是事实。杨广有些疑惑,问裴蕴和虞世基,天下闹贼究竟闹到了何种地步。裴蕴说贼匪相聚,不过是劫持钱财而已,大多没有谋逆之嫌,成不了气候。随后虞世基说贼匪尽管闹得百姓不安,的确成不了气候,请皇上不必诏令千军万马大动干戈。

从郡县上报朝廷的闹贼奏报一直没有停止,本应及时呈上御案。裴蕴、虞世基和裴矩等人觉得郡县官吏小题大做;以免杨广过度操劳,有损龙体,视为一般公文压下了。以至于天下贼寇闹得如翻江倒海,快要失控,杨广还知之甚少。

裴蕴、虞世基和裴矩等人隐瞒郡县奏报,迷惑杨广尽说胡话,激怒苏威,他上疏说道:"余杭贼刘元进在吴郡称天子;扶风贼唐弼自称唐王,立李弘芝为天子;上谷贼王须拔拥兵十万,自称漫天王,取国号为燕。这等贼寇明目张胆地拉出架势谋反,还能说他们只为劫持钱财,成不了气候吗?"

杨广为之一震,问苏威:"这等贼寇谋反的情报你从何处得来?"

苏威说:"难道皇上没有收到来自郡县的奏报?"

杨广的确没有见过贼寇谋反的郡县奏报,震惊之余,不便跟苏威纠缠有失龙颜。裴蕴、虞世基和裴矩很快知道苏威在杨广面前上疏扣压郡县奏报,就怕惹杨广震怒,追责问罪,私下里商议应对措施。在杨广没来得及召他们质问之前,他们主动进殿朝见。

突然见到裴蕴等人,杨广不禁想起苏威上疏,正要问个究竟。走在前边的裴蕴抢先开口说道:"纳言苏威唯恐天下不乱,上疏谋逆之事,纯属子虚乌有!"

杨广不失疑惑道:"既然是子虚乌有,苏威为何启奏得有名有姓,有鼻子有眼的?"

虞世基说:"兴许是苏威道听途说,信以为真,盲目上疏。"

裴矩说:"苏威谎报贼情,制造恐慌,应当问罪。"

三张嘴接连进谗言,杨广不得不相信了,厌恶起了苏威。

杨广对苏威的厌恶,正好给了裴蕴等人铲除苏威的契机。于是裴蕴暗使张行本揭发苏威从前在高阳选拔官员时,给人滥授官职。张行本又奏苏威从前领军出征突厥,害怕突厥人,请还京师。因受裴蕴等人暗中指使,张行本奏苏威有捏造事实之嫌。杨广不容苏威申辩,下诏说:"苏威生性热衷于结交朋党,好为异端,怀挟诡道,贪图名利,诋毁国家法令,污诽朝廷官员。作为人臣,怎能这样呢?"随后虞世基等人又差人捏造罪状,奏苏威暗中勾结突厥图谋不轨。杨广授命裴蕴追究法办。裴蕴毫不手软,判处苏威死罪。到末了杨广怜惜苏威,又觉裴蕴量刑过重。召来裴蕴说:"苏威毕竟是开国元勋,他已老矣,朕不忍心杀他,放了他吧。"裴蕴不得不奉旨释放苏威,革除官职,将苏威家的子孙三代贬为庶民。

仿佛去掉一块心病，裴蕴等人不再多加提防苏威。然苏威毕竟是隋朝开国至今，相继辅佐两代天子的唯一在朝元老，他位高权重太久，杨广不得不忌他，只是利用裴蕴等人与苏威的权臣相斗，顺便请走了苏威。

尽管裴蕴等人以郡县官吏小题大做为由扣压贼情奏报，但那贼情奏报仍旧源源不断地传至朝廷。杨广意识到了裴蕴等人扣压郡县奏报，虽没追究问责，却给裴蕴等人敲了警钟，当即下旨，来自郡县奏报应及时呈上御案，不得删改扣压。

至此裴蕴等人不敢再随便删改扣压郡县奏报了。齐郡章丘人杜伏威自从率领众贼匪南下，现已成为淮南最大的一支反叛势力。淮南郡传来奏报，请求朝廷尽快派兵镇压杜伏威。这回裴蕴等人收到淮南奏报，当即呈上御案。杨广览毕淮南请兵奏报，下令来护儿的儿子来整率军前往淮南镇压杜伏威。

就在这时，东海人李子通率领一万多盗贼来到淮南。这李子通原在山东长白山，因与贼首左才相不和，率部下远走，来投淮南杜伏威。李子通的到来，让杜伏威非常高兴。可这李子通天生有个坏毛病，自以为才高八斗，不愿屈居人下。待他熟悉了淮南的环境，就想吞并杜伏威，突然发动兵变，打了杜伏威一个措手不及。

这兵变事先毫无预兆，杜伏威的军营里顿时大乱。擒贼先擒王。李子通的手下追着杜伏威砍杀过来。幸好杜伏威有三十几个义子，在这危急关头，义子们簇拥过来护卫杜伏威，但杜伏威还是没有逃过一劫，中箭滚下马背。他的义子王雄诞立马背起他藏进了附近的芦苇荡。

就在李子通发动兵变的当儿，来整领兵赶到了淮南。杜伏威是祸不单行，因他身受重伤不能指挥作战，来整趁着李子通兵变的混乱之机，全面追剿杜伏威的势力，杜伏威大败。义子王雄诞率领一群死士保护杜伏威撤退，杜伏威才得以逃脱。

## 第十八章　李密出山

### 1

清河鄃县贼张金称出手残暴,他率众贼进攻平恩县,仅仅一个早晨工夫,杀掉一万多名无辜。紧接着他又攻打武安、钜鹿、清河等县,如同洪水猛兽袭来,所到之处,刀剑不留性命。奏报传到朝廷,引发一片震怒。张金称曾在清河擒杀朝廷右侯卫将军冯孝慈,杨广派遣左翊卫将军段达前往清河剿杀张金称,虽是击败贼军,却让张金称带着残兵逃走。

"这个张金称,罪该万死!"杨广怒不可遏。"朕一直想抓住他,处以车裂之刑!"

既然张金称这般凶狠残暴,杨广忧心如焚,正要派樊子盖领兵灭张金称,没料樊子盖陡然得病卧床。随之又一坏消息从河北传来,贼首历山飞领众十余万,联合另一贼首王须拔攻打太原。虽说王须拔战死,但历山飞的部将甄翟儿杀死朝廷大将潘长文。王须拔死后,他的部下全都归附了历山飞。这历山飞本名魏刀儿,势力壮大后,便在河北自称魏帝。

反贼谋逆的坏消息接连传来,杨广不知如何应对。一晃到了七月,樊子盖病重,想到樊子盖留守东都抗击叛臣杨玄感有功,杨广派裴矩前往樊子盖府上看望。

裴矩从樊子盖府上回来,表情凝重,对杨广禀报道:"樊子盖已经病逝了。"

杨广一惊,说:"朕还等他病愈后去剿杀张金称的,他咋去得这么急呢?"

裴矩不再有话,正要退下。

杨广叫住裴矩,问道:"子盖临终时,有没有什么话留下?"

裴矩不敢隐瞒,直言回道:"子盖临终时,两眼虽是无神,却直直盯着臣说,深以皇上雁门被困为耻。"

听到此话,杨广叹息不已。差遣百官到樊子盖府上吊唁,赐樊府缣帛三百匹,米五百斛。又追赠樊子盖为开府仪同三司,谥号"景公"。给了樊子盖厚葬之礼。

三年三征高句丽,无功而返,使得杨广的意志几乎消耗殆尽。近日从郡县传到宫里来的奏报,大多是催请朝廷发兵镇压盗贼。杨广近些年一直没有驻足,身心交瘁。宇文述走进殿来,见杨广面色憔悴,提醒说:"皇上操劳国事,日理万机,恐损龙体,该要有所节制。"杨广叹道:"这些年朕开疆拓土,征伐高句丽,的确是日理万机奔赴在外,疲累不堪。可朕不是铁打的,何曾不想停歇下来修身养性?只是眼下各地闹贼,令朕省不下心来。"宇文述说:"臣听说江都造的龙舟已经送到东都来了。江南风光甚美,皇上不妨乘龙舟游幸江都,洗净龙体疲累。"

杨广说:"江都是朕早年身为晋王任总管时的辖地,想来朕又有多年没去巡幸江都了。"

宇文述说:"皇上故地重游,兴许心情大不一样。"

杨广点头说:"江南风光的确甚美,朕这就决定巡幸江都,洗净一身尘埃和疲累。"

既然宇文述进言巡幸江都,杨广的兴致颇高,借百官进殿上朝时,他突然宣布要在近期巡幸江都。话音落下,只有宇文述、裴蕴和虞世基等人表示支持,其他大臣没一人吭声,好像漠不关心,这使杨广感到意外,他扫视朝堂,大臣们似乎害怕与他对视目光,都把头低下了。这时杨广意识到了多数大臣用沉默的方式反对他巡幸江都。他的脸陡然绷着了,问道:"诸卿不作声,是什么意思?"

右侯卫将军赵才抬头看了下杨广,开口劝道:"盗贼猖獗,朝廷几番禁令不止。臣希望皇上返回京师大兴,安抚天下万民。"

就是这句别人想说没有说出口的话,坏了杨广的心情。于是杨广大怒,下令司吏关赵才禁闭;这一关,就是十多天,等杨广的怒气消散,赵才才从禁闭室里被放了出来。

正因赵才祸从口出,其他大臣不敢谏阻。但是大臣们都很清楚,尽管江都的行政级别跟东都相等,毕竟不是国家的政治、军事中心,只有西京大兴才是皇权任意施展的核心位置,东都洛阳次之。杨广一旦离开东都去了江都,距东都洛阳远,距西京大兴更远。此时此刻,各地叛贼正形成规模和气候,只要杨广巡幸江都,叛贼们攻取西京或者东都,机会难得。然而杨广一意孤行巡幸江都,在大臣们眼里是不明智之举,更是拿江山社稷当儿戏。

奉信郎崔民象步赵才后尘,在建国门上表,陈述盗贼谋反大有铺天盖地的势头,劝谏杨广不宜巡幸,应回到京师大兴坐镇朝堂,指挥军队各个击破,全歼盗贼,保社稷平安。再次激怒杨广,处死了崔民象。接下来,不再有人敢劝谏了。

离开东都时,杨广诏令越王杨侗与光禄大夫段达、太府卿元文都、检校民部尚书韦津、右武卫将军皇甫无逸、右司郎卢楚等人留守东都。这时杨广念及着苏威,对左右说:"召苏威入朝吧。"没人回应。杨广又说:"召苏威随驾江都如何?"左右们明白杨广要重新起用苏威。裴蕴抵制说:"苏威已被皇上废为庶人,怎可随驾江都?"紧接着虞世基抵制说:"苏威年事已高,料理朝政恐怕不能胜任了。"杨广这才放弃召苏威随驾的念头。

其实裴矩并不赞成杨广巡幸江都,可他一直都没发声,就怕讨个没趣。车驾上路没行多远,裴矩终于发声,对杨广说:"关中群贼,数孙华势力最强,他南下东都,不费多大工夫。但朝廷在东都筑有洛口仓,储粮数以千万石,以防贼寇抢粮,皇上应派兵进驻洛口仓。"杨广一惊,想起裴矩从前提及过洛口仓的防患,他没当回事儿。他回过头来对裴矩说:"朕差点忘了这桩大事,得亏你提醒。"车驾到达巩县,杨广命令军队驻进洛口仓,修筑城池防备不测,又下令将箕山、公路二府迁移到洛口仓内。车驾到达梁都,从路边突然跑出一个人来,跪在车驾前。随侍们以为遇到劫驾,一阵惊慌朝那下跪的人奔了过去,正要将那下跪的人拿下。那人大声叫道:"皇上啊,去不得江都!一旦去了江都,天下就不是皇上的了!"

## 2

　　从魏郡驿站凿穿墙壁逃走的李密先是投奔平原贼首郝孝德,见李密是朝廷张榜通缉的逃犯,就怕收留李密,引来朝廷官军围攻,郝孝德撵走李密另投高门。李密只好去投齐郡邹平贼首王薄。虽说王薄留下李密,却对李密有所提防,李密在王薄的军营里一直不受重用,知趣地离开了。

　　从此李密一边躲避抓捕,一边隐姓埋名过着颠沛流离的日子。他藏身淮阳郡的乡舍,改换姓名靠教书糊口。郡县官吏怀疑他是在逃的李密,带人来抓他,他侥幸逃走,逃到了雍丘县令丘君明家。这丘君明正是李密的妹夫。丘君明觉得他家往来人多,收留李密不是长久之计,终有一天会被人发现,于是将李密送到游侠王秀才家躲藏。这王秀才跟丘君明是多年好友,为藏下李密,仗义的王秀才给了李密一个身份,将自己的女儿嫁给李密,李密成了王秀才家的上门女婿。

　　这时的李密本是淡泊了大志,一心想和王秀才家的女儿过着日出而作,日落而息的小日子,没料他妹夫丘君明的堂侄丘怀义发现他是朝廷追捕的要犯。丘怀义得赏心切,跑到官府告发了李密的下落。官府火速上报朝廷,杨广知道李密的行踪后,下敕书给梁郡通守杨汪,叫杨汪抓捕李密。恰巧李密外出,杨汪扑了个空,反而惊动李密逃走了。

　　逃到荥阳和梁郡交界地带,李密遇上外黄人王当仁、济阳人王伯当、韦城人周文举、雍丘人李公逸聚众行盗,他暂且加入他们的队伍。这些人除了劫掠钱财,并无大志。李密就想操纵他们,组成一支反朝廷的队伍,他对王伯当等人不断地灌输取天下的谋略,刚开始众人不相信,李密不厌其烦地灌输。后来王伯当知道李密不凡的身世,相信李密大有来头,告诉周文举和李公逸等人,说人们都在传杨氏将灭、李氏将兴,这叫李密的人,乃公卿子弟,他志向高远,抱负不凡,难道就是成就帝业的李姓人氏?经王伯当这么一说,众人不敢低看李密了。

王当仁、周文举、王伯当、李公逸等人毕竟是一伙只顾劫取钱财的乌合之众,要他们反朝廷谋取天下,很难做到。李密就把眼光投向了瓦岗,觉得瓦岗寨主翟让的势力最强,游说翟让反朝廷,兴许容易得多。于是李密通过王伯当引荐,结识了翟让。这时的瓦岗寨高墙筑起,如城池一般坚固。

最初,李密并没得到寨主翟让的赏识。但李密有诗书经纶在腹,心智高于瓦岗众将之上,给翟让出谋,恰到好处,又勤于游说小股盗贼归附翟让。渐渐地翟让发现李密有过人之谋,开始信任李密,令为左右。李密在瓦岗的地位随之高升。

有什么疑难,翟让就会召李密到身边,听取高见。这天翟让郁闷,约李密到寨子里散步,两人细声交谈着。李密一转话题,劝请翟让选择时机称帝。

李密说:"从前的刘邦、项羽都出身于平民,后来都成了帝王。眼下朝廷皇帝昏庸,民间百姓怨恨。国家的精锐兵力在辽东丧失殆尽,东突厥也跟隋朝反目,皇帝不知面临危险,丢弃东都和西京,南下巡游江都,大显隋亡之兆。现在正好是刘邦、项羽之辈复出的时机。以翟寨主的雄才大略,荡平东都和西京,称帝指日可待。"

翟让的确想过称帝的事儿,担心过早称帝成为众矢之的,不敢轻举妄动,以为时机还没成熟,也就含隐着。李密突然劝他称帝,他高兴一笑,装客套拒绝说:"我辈身为群盗,整日都在草莽里偷生,怎可随便称帝?"

李密投其所好说:"当年的刘邦灭秦称帝,也是从草莽里起家的。自古胜者帝王败者寇,何来定数?"

翟让心里发热说:"时机未到,我辈暂且不可称帝。"

瓦岗寨里有个精通阴阳八卦和占卜术的人,叫贾雄,是翟让的军师,盗贼们每次出瓦岗寨,首先要贾雄摆卦占卜吉凶,方可行事。翟让对贾雄言听计从。李密觉得贾雄可以利用,有事没事总爱接近贾雄,装着向贾雄请教,贾雄对李密产生好感,两人成为朋友。李密希望攻打荥阳,担心翟让不肯出兵,背地里跟贾雄沟通,得到贾雄的支持。

这天李密来到翟让面前,进言说:"眼下的瓦岗寨里已经集结了众多兵马,指望在河道上劫掠漕运粮船,远远不够补给,若长此下去,没地方弄到充足的粮草,留不住人马。就怕哪天大敌当头,寨子里缺乏粮草,出现人困马乏,要不了几天我们就会失败。"

李密提出的严峻问题,翟让不是没有想到,他似乎无能为力解决。

李密又说:"现在出兵攻取荥阳才是上乘之策。"

翟让有了兴趣,问李密:"攻荥阳有何利可图?"

李密详尽论述荥阳为东西南北的战略要地,向东是一片富饶的平原,向西是虎牢关。虎牢关附近的巩县便是朝廷大仓洛口仓。若出兵先取荥阳,再取虎牢关,得洛口仓,如同得了个大大的聚宝盆,军队还愁粮吃吗?

李密说的虎牢关,正是进洛阳的八关之一,又是洛阳的东边门户和重要关隘。可以说得虎牢关,取东都洛阳易如反掌。翟让当即赞同,先取荥阳,再取洛口仓。

驾临江都的杨广获知瓦岗贼翟让率军西进,攻占了金堤关,正在逼近荥阳城,他大惊失色,急召心腹到江都宫商议对策。

裴蕴安慰杨广说:"瓦岗贼不过是群偷鸡摸狗的鼠辈之徒,皇上不必过度在意,派一将军赴荥阳,就可收拾他们。"

杨广仍旧不失惊惧道:"洛口仓就在距荥阳不远的巩县,瓦岗贼一旦攻下荥阳,巩县难保,他们的意图分明是要抢夺洛口仓。"

裴矩自表功绩道:"皇上从东都起驾的当儿,得亏臣想得周全,进谏皇上派兵进驻洛口仓,不然,让瓦岗贼攻下荥阳和巩县,洛口仓兴许难保了。"

想到已派兵进驻洛口仓,杨广的心情稍有缓解,便说:"即使有部队进驻洛口仓,朕也十分牵挂。"

虞世基道:"既然洛口仓进驻了军队防守,皇上不必过于担心了。"

瓦岗军堪称河南贼群里最强大的一支。杨广放心不下,下诏任命威震山东的张须陀为荥阳通守,率一万多名精兵前往荥阳镇压瓦岗军。这时荥阳太守杨庆面对强大的瓦岗军,一下子被吓糊涂,除了关门固守,不知如何出兵抗击。等张须陀赶到荥阳时,荥阳守军已是溃不成军。

张须陀曾在汴水与永济渠的交汇处跟翟让有过交锋,打得翟让大败而逃。一看来荥阳的援军是死对头张须陀,翟让畏惧得没了底气迎战,正要下令拔营,躲避张须陀,被李密劝阻住。

李密打气说:"攻取荥阳立马就要大功告成,就此半途而废,将来没有机会了。"

翟让说:"张须陀太厉害,就怕将士们畏缩,败退而损兵力。"

李密坚定信心说:"一个张须陀有什么了不起呢?又有什么值得可怕的呢?"

翟让这才定下心来。他没把握打败张须陀,只好把军队的指挥权临时交给了李密。于是李密快速地排兵布阵,率数千精兵埋伏在荥阳北边大海寺附近的树林里,让翟让带主力跟张须陀正面交战,佯装败退至大海寺附近。

这一回张须陀毫不知晓与他较量的对手是李密,倒还以为是被他打败过的翟让,并没把翟让放在眼里,排兵组成方阵进击翟让。翟让边打边往后退,张须陀岂肯放过,一直紧追不舍,他领兵追出十多里,追到了大海寺。藏在树林里的李密抓住时机,下令伏兵骤起,瓦岗军其他将领徐世勣、王伯当等人闪电般地合围,打得张须陀的部队措手不及。张须陀领兵数次突围,都以失败告终,那溃败的残兵不得不四处逃散。

战败已成定局,张须陀临危不惧,仍旧带领少数将士跟瓦岗军血战。这时就有将士来到张须陀跟前,催促他赶快策马离开,以免全军覆灭。张须陀仰天叹道:"都败成这个样子了,哪里还有一丝颜面回去见天子?"于是张须陀跳下马背,继续挥剑与瓦岗军决战,终因寡不敌众,被翟让、李密的部下斩杀。

荥阳就此沦陷,被瓦岗军占领。

## 3

张须陀剿贼是位不可多得的猛将,他曾击败过贼首王薄、郝孝德和孙宣雅,威名在外,许多盗贼只要听说他的名字,就会闻风丧胆。他战死荥阳令杨广深感焦虑。不久之后,左翊卫大将军、许国公宇文述突犯重病,卧床不起。杨广派大臣去探视宇文述的病症,不见病症好转反而越来越严重。知道宇文述活不了多久,杨广内心就有一种说不出的滋味,自他当立太子,到即皇帝位,又到如今,宇文述从没离开过他,总是随侍他横刀立马东征西战。随后杨广派遣司宫魏氏去问宇文述有没有什么后事需要办理。魏氏跑去见了趟宇文述,回到江都宫,对杨广禀报说:"病卧床榻的许国公骨瘦如柴,看样子近期就要离开人世了。"

听这话杨广格外难过,转过身沉默着。

魏氏接着说:"我问过了许国公的后事,他是这么说的……"

杨广倏地转过身来,瞅着魏氏说:"他都说了些啥?"

魏氏如实回答道:"许国公说他的儿子宇文化及、宇文智及因早年获罪被削职为奴,闲在家中已有多年,请求皇上宽恕。"

杨广潸然泪下,说道:"朕知道了。"

早在大业初年,曾任太仆少卿的宇文化及和弟弟宇文智及随杨广巡视榆林,违犯朝廷禁令,跟西突厥人做买卖,两人被抓后,杨广大怒要杀掉他们。等到斩首的那一刻,杨广看在宇文述的情分上,心软了,释放两兄弟给父亲宇文述做家奴,有意赐他们一条活路。这两个儿子一直是宇文述难以启齿的心病,他在临终前让司宫魏氏传话,请求杨广开恩,宽恕他的儿子宇文化及和宇文智及。在宇文述人之将死时刻,杨广答应了宇文述的请求。其实宇文化及和宇文智及是两个坏事做尽的无赖,要是换成其他家庭的子弟,早就获罪斩杀掉了。

过了几天,宇文述病逝。杨广没忘宇文述生前遗托,恢复宇文述的儿子宇文化及和宇文智及爵位,任命宇文化及右屯卫将军、宇文智及将作少监。

这时贼首张金称、郝孝德、孙宣雅、高士达和杨公卿正在河北、山东地区抢夺地盘,许多郡县不断地沦陷,朝廷将领相继阵亡,只有武贲郎将王辩、清河郡丞杨善会打过胜仗。杨广非常担心性情残暴的张金称成为河北、山东地区最大的叛逆势力,召光禄大夫、礼部尚书杨义臣到殿,厉声说道:"天下反贼泛滥成灾,不可一网打尽,只能各个击破围歼。"

杨义臣已经知道杨广派他挂帅剿贼,叩拜请战。

杨广下令说:"朕派你赴河北、山东一带,不择手段,尽快灭掉张金称。"

杨义臣早就听说张金称凶残暴虐,杀人如麻。他发誓说:"不斩张金称,臣不回朝见皇上!"

杨广鼓励杨义臣说:"朕在江都宫等你回来,重赏你!"

然后杨广夸赞清河郡丞杨善会是位难得的悍将,剿贼从没败过,吩咐杨义臣到了清河,跟杨善会联军。等消灭掉了张金称,再接着围剿高士达、郝孝德、孙宣雅、杨公卿等人。杨义臣连连点头。

等到了清河,杨义臣首先拜见杨善会。杨善会与贼军交战过七百多次,已是精疲力竭,到了快要撑不下去的地步,杨义臣来的正是时候。

杨善会对杨义臣说:"贼首高士达、张金称、郝孝德、孙宣雅、杨公卿在河北、山东一带砸官府、抢粮仓、杀官吏、劫掠百姓,百姓苦不堪言。他们一旦联合,组成强大势力,朝廷再想镇压他们,恐怕难上加难了。"

杨义臣理解杨善会抗击贼军的艰难,打气说:"无论贼群有多强大,能强大过朝廷吗?"

杨善会以为杨义臣小看了群贼,他说:"河北、山东一带到处都是贼寇,皇上只派杨尚书一人来领军剿贼,恐怕对付不了。"

杨义臣告诉杨善会说:"皇上有旨,先剿掉张金称。"

杨善会说:"还有高士达、郝孝德、孙宣雅和杨公卿呢?"

杨义臣说:"皇上旨令我与你联军,采取各个击破战术,首先打掉张金称,再依次打掉其他贼寇。所以我们只管先拿张金称开刀。"

杨善会听了个明白,点头说了声好,然后附和说:"那就先拿张金称开刀吧。"

杨义臣陡然正儿八经说:"上次你跟段达剿张金称,让张金称侥幸逃脱了。这次我在皇上面前发过誓,不斩张金称,决不回朝见皇上。倘若让张金称逃了,我真的回不去了,只有待在清河的命了。"

杨善会笑了起来,说:"不会的不会的,这回我们围剿张金称,他一定逃不了,等斩下他的人头给杨尚书提回去见皇上。"

杨义臣跟着笑道:"但愿有斩张金称人头的那天。"

杨善会毕竟在清河一带跟张金称有过多次交锋,伸手可摸到张金称的骨头。杨义臣初来乍到,不得不低下身段请教杨善会如何才能灭掉张金称。杨善会也不保留,说张金称被逼急了,毫无底线,啥恶都敢作,千万不要跟他正面硬来,以免他溃败后逃走,又集结贼群危害四方。

杨义臣点了下头,信心十足说:"咱俩联手,张金称的末日到了。"

杨义臣带来的是上过辽东战场的正规军。张金称就在平恩县的东北扎营。杨义臣并没领军直奔平恩县,他来到临清县的西面,在永济渠旁边扎营,这地方距张金称的营地有四十来里,地形起伏,沟壑纵横。很快惊动张金称,明白杨义臣是来讨伐他的,只等杨义臣先出手。张金称等了几天,一直不见杨义臣发动进攻,感觉奇怪。

两军对峙了十来天,张金称不再像最初那样紧张。杨义臣似乎耐不住了,率军到张金称的营地西边吼叫着讨战,张金称不得不隔空回应杨义臣。身披铠甲的杨义臣吼声如雷约张金称交战,又不出战。直到傍晚,张金称只好率军返回营地。第二天一大早儿,杨义臣身披铠甲又来约战,张金称摆好阵势,只等杨义臣过来,仍不见杨义臣出战。这样陆续反复地约战又不出战,经历了一个来月,张金称看透杨义臣是虚张声势,胆小怯战。于是张金称几次率军逼近杨义臣的营地,大声辱骂杨义臣胆小如鼠,胯里没卵儿,是个蔫货!杨义臣忍受着辱骂,也不回嘴叫骂,对张金称说:"你明天早晨来,我一定与你交战。"

不知约过了多少个早晨,杨义臣已经失信于张金称;张金称不会相信杨义臣的约定,他回到营地,不再把杨义臣当回事儿。

就在这天,杨义臣动起真格,从部队里挑选出两千多精骑兵,让夜色掩护从馆陶渡河,趁了张金称率兵离开营地抢劫财物之机,迅速攻进张金称防守空虚的营地,袭击贼寇们的家属和辎重。等张金称发现返回时,杨义臣率主力从后边袭击,转瞬间打得张金称措手不及,士兵大多被杨义臣的部下砍杀身亡。张金称迫于逃命,慌忙率了数十贼匪逃往清河郡的东部。

一个多月后,杨善会率军围剿残寇,东藏西躲的张金称被抓获。杨义臣得到张金称被捕的消息,立马赶到清河郡的治所会合杨善会。

杨善会冲杨义臣调侃说:"清河郡太小,怎么也留不住杨尚书大人,我只好拱手将一颗人头交给杨尚书大人提回朝廷,给皇上过目。"

来清河之初,杨义臣的确没把握砍下张金称的人头,去兑现他在杨广面前发的誓言。他拍了下杨善会的肩膀,开怀一笑说:"斩了就行,别让我提回朝廷了。"

杨善会仍旧当真说:"杨尚书刚来清河时,不是说过要提张金称的人头回朝廷拜见皇上吗?"

杨义臣说:"路途遥远,张金称的人头没等提到朝廷,就发绿发臭了,斩了就完事。"

如何斩张金称,最初杨义臣和杨善会议定在街头闹市施车裂之刑,让万恶的张金称死无全尸。后来两人觉得清河一带的百姓痛恨张金称烧杀掠抢到了彻骨的地步,不能让张金称在眨眼工夫死去,那种快速的死法,给张金称的痛苦是转瞬即逝,抚慰不了百姓对他的痛恨,最好的死法就是让张金称在漫长的痛苦中死去。

于是杨善会吩咐手下在闹市中央立起一根木柱,将张金称四肢张开捆绑在木柱上。围过来看热闹的百姓,恨张金称恨得咬牙切齿。杨善会就在张金称面前摆上几把快刀,对围观的众人说道:"大伙儿就当张金称是肥猪,是牛羊,想割肉带回家食用,随便操刀割下吧。"

杨善会就把处决张金称的机会交给了愤怒的民众,他们来到张金称跟前,操起刀子刺破衣裳割下张金称的皮肉,割得鲜血直喷没人觉得恐惧。张金称面对仇家朝他开刀,好像在割别人的皮肉,竟然亮开嗓子唱起荒天歌,他那高吭粗野的声音没坚持多久,如同一扇门关闭了,剩下来的便是刀刃刮到骨头的沉闷声。

# 4

在荥阳杀掉威震山东的张须陀,瓦岗军士气大振。张须陀溃散的士兵,一部分归降了瓦岗军,另一部分逃无踪影。接下来占领荥阳的瓦岗军要去巩县攻取洛口仓。翟让问计李密,攻下洛口仓后,又何去何从呢?

李密回答说:"天子去了江都,东都一定空虚。在东都监国的越王杨侗年幼,那些留守官员不会听他的话,东都政令不一,军民离心,在所难免。再说辅佐越王杨侗的段达、元文都、韦津、皇甫无逸、卢楚等人无勇无谋,都不是翟将军的对手。"

翟让心领神会说:"依你之计,攻下洛口仓,再攻东都?"

李密点头说:"洛口仓是朝廷最大的粮仓,据说储粮数量巨大。翟将军得洛口仓,如同得天下,在东都称帝,何乐而不为?"

翟让一阵兴奋,派亲信裴叔方去洛口仓和东都侦察虚实,惊动东都留守官吏,差人策马赶赴江都奏报给杨广。这时李密催请翟让赶快攻克洛口仓。

李密说:"洛口仓距东都一百多里。翟将军此时率军袭击洛口仓,东都来不及救援,取洛口仓好比弯腰在地上捡拾东西那样容易。到那时,我们拥有洛口仓,召唤百万之众推翻朝廷,拥立翟将军称帝,轻而易举。"

翟让未曾有过这么大的想法,心里一阵发热,对李密说:"这是天下大英雄的韬略,不是我所能承担的,我只能听命于你了,请你先行出征,我作殿后。"

李密和翟让谋划妥当,率领七千精兵出荥阳城北,越过方山,从罗口进攻,并没费多大的劲儿夺取了洛口仓。两人带兵闯进洛口仓一查看,三千窖里都装满粮食,估计有几千万石,不禁惊得目瞪口呆。好像在做梦,李密和翟让不相信一瞬间得到这么多的粮食是真的,但这堆积如山的粮食的确摆在面前,正散发着浓浓的醇香气味。

随之李密控制不住情绪,翘起大拇指朝翟让晃了晃说:"我主张先攻荥阳再攻洛口仓,竟然全都成事了!"

翟让不得不佩服李密:"蒲山公真的太神了,我等自愧不如。"

李密谦逊说:"哪里哪里,都是老天照应。"

翟让喜不自胜说:"以前咱们缺粮,隔三差五派人出寨抢粮;有了洛口仓的粮食,军队再也不为缺粮犯愁,可以一心一意打仗,攻取城池了。"

李密建议说:"这么多的粮,应该拿出部分发放给劳苦百姓。若是咱们独吞下,必然引起民愤,百姓就不会支持咱们,就会把咱们看成是地地道道的贼匪。"

翟让有点舍不得,忙说:"难道开仓分粮给百姓?"

李密说:"拿出部分粮食济贫,是收买人心,百姓就会倒向咱们,共同对抗朝廷。"

翟让一想有道理,接受了李密的建议。因连年东征高句丽,田地没人耕种,又引发盗贼四起,闹饥荒已是普遍现象。瓦岗军一来洛口仓就开仓放粮,当地贫苦人家蜂拥来到洛口仓领取粮食。由开仓放粮招来大批贫苦农民参加瓦岗军,使得瓦岗军陡然增加了二十多万。有洛口仓作后盾,翟让和李密不愁发不出军粮,就以洛口仓为据点,修筑城防。

远在一百多里的东都官民听说巩县洛口仓被瓦岗军攻占,引发一片震怒。最初东都官民以为瓦岗军不过是群抢粮的盗贼,等抢到粮食后会离开,哪知他们不走了,正在洛口仓扩建城池。留守东都的越王杨侗是个十几岁的孩子,哪来的本事应付得了瓦岗贼,急召留守辅臣段达、元文都、韦津、皇甫无逸、卢楚等人到殿,商议对策。

杨侗心神不定说:"瓦岗贼子都抢走了洛口仓,离东都不远了,他们肯定会来抢走东都的,你们快想个办法镇压他们。"

见杨侗吓得不轻,段达安慰说:"有众辅臣和众守军在东都,瓦岗贼不敢来抢夺东都的,请越王放心。"

杨侗是个精明的孩儿,感觉段达在哄他,老不高兴说:"你们都待在东都城里,还不尽快发兵,说不准到明日,瓦岗贼就要兵临城下了。"

这时段达、元文都、韦津、皇甫无逸和卢楚慌了起来,商议出兵。考虑到守住东都才是天大的事儿,留守辅臣一个都不能离开东都,最终决定派遣武贲郎将刘长恭率领二万五千人前往洛口仓镇压瓦岗军。翟让和李密得到情报,想到手中有粮又有兵,对付刘长恭绰绰有余。他们稍作布防,等刘长恭到来。

刘长恭是火急火燎赶赴洛口仓的,认为瓦岗军是一群乌合之众,消灭他们不是一桩难事。他下令河南道讨捕大使裴仁基率军渡过汜水进入洛口,攻杀瓦岗军后路,约定在洛口仓城南边与他会合。刘长恭的一举一动,都没逃过李密的眼目。从东都出发来洛口仓,刘长恭的士兵差不多赶了一夜的路,到天亮士兵们还没吃上口早饭,刘长恭急着催促他们抢渡洛河,在石子河西岸列阵,长达十余里。李密一看刘长恭的军队旌旗飘扬,人人衣装华丽,如同迎驾天子的仪仗队,一点不像是支能打硬仗的队伍,便觉好笑。

就在刘长恭的副将裴仁基渡汜水的当儿,翟让和李密挑选身强体壮的士兵分作十队,其中安排四支分队埋伏在横岭的草丛里等候裴仁基,其余六支分队在石子河东岸列阵。刘长恭一看列阵石子河东岸的瓦岗军人数并不多,也就没多在意。

翟让领军率先出阵,打得很被动,见这情形,李密率军横贯其阵。刘长恭的士兵终因赶了一夜的路,又没吃上早饭,打上几个回合,又饿又疲惫,实在是打不下去了,像墙壁突然垮塌下来,一败涂地。糟糕的是刘长恭的副将裴仁基在横岭那边中了瓦岗军的埋伏,被打得屁滚尿流。刘长恭一来就吃了大败仗,见部下所剩无几,这个仗无法打下去了,只好仓皇逃回了东都。瓦岗军得到大量辎重,可谓锦上添花。

接下来瓦岗军逼近东都,致使东都陷入困境。

自从瓦岗军挺进东都近郊,不再是从前偷鸡摸狗的样子,他们已成为一支可以跟大隋王朝直接较量的军队,这一轮又一轮的变化,全由李密一手操纵。翟让身为瓦岗军创始人和头领,深感自己驾驭不了这支突起的军队。李密察觉到了翟让想让位给他的意图,却没明确表白。

平常时候李密没少笼络翟让的军师贾雄。善占卜的贾雄也看出翟让已经没有能力掌控军队,只有出身高贵的李密才有能力掌控军队,使之更加强大。李密猜想翟让有可能问计贾雄,他暗自贿赂贾雄金银珠宝,希望贾雄助他一把,贾雄得到贿赂,答应了李密。

果不其然,犹豫不决的翟让召贾雄占卜瓦岗军的第一把交椅该由谁坐。贾雄占卜了一卦,不吭声。

翟让问贾雄:"你占了卦,为何不告知?"

贾雄这才开口说:"您别怪我直言了,卦象所显您自立为王,未必能成功。"

翟让大吃一惊,又问:"为何不能成功呢?"

贾雄不紧不慢回答说:"您要是拥立蒲山公李密,情况就不一样了,他有可能事事都能成功。"

翟让将信将疑说:"既然蒲山公李密能自立为王,可他为何来投奔我呢?"

贾雄说:"李密之所以来投奔您,是因为您姓翟,翟字是水泽的意思。蒲山公的蒲字,是蒲草之意,蒲草没有水泽就不能生长,所以他需要您滋润。再说您的名讳让,正是让位的让,天成地就啊!"

翟让又是一阵大惊,相信这是天意,不可违,只好让位给了李密。

李密从此成为瓦岗军头号首领。

# 第十九章　听信谗言

## 1

镇压叛乱使杨广心力交瘁。他数次发兵讨伐高鸡泊贼首高士达,派往高鸡泊的将士总是无功而返,反而使高士达在河北的势力越来越大。于是杨广诏令涿郡通守郭绚去高鸡泊剿高士达,不得无功而返。郭绚受命,率领一万多人前往高鸡泊。这回高士达竟然对郭绚产生畏惧心理,没有把握战胜郭绚,就把作战指挥权授予军司马窦建德,让窦建德率兵迎战郭绚。

窦建德清楚朝廷派郭绚来,是想挽回以往的败局。若跟郭绚直接交火,恐怕占不了一点便宜,有可能败阵。于是窦建德走了一步险棋,让高士达按兵不动,看守军需器械。他挑选七千人上路,距郭绚十多里,派出一位能说会道的使者去见郭绚。那使者来到郭绚营地,被郭绚的士兵抓获。使者也不反抗,说他是窦建德派来给郭绚传话的,他要亲见郭绚。

郭绚听说高士达的军司马窦建德派使者来传话,倍感奇怪。等见到使者,郭绚连忙问道:"窦建德有何话派你捎来?"

使者一脸正经回道:"窦建德已跟高士达分道扬镳了,派我来请求归降,不知郭将军是否答应?"

郭绚为之一震,怀疑有诈,大声喝道:"窦建德请降?鬼才信他请降!"

使者随之说道:"窦建德原本是朝廷官军一员,迷途知返,愿归降郭将军,更愿配合郭将军讨伐高士达立功赎罪。"

此言一出,郭绚瞅着使者,半天不作声。

使者长话短说道:"请郭将军考虑考虑,回个话。"

郭绚瞅使者半天,突然开口问道:"你说窦建德跟高士达分道扬镳了,他们为何缘故?"

使者回答说:"窦建德跟随高士达多年,在那湖泊草莽里没捞到什么好处,又经常遭遇官军追杀,日子总在惊吓里度过,不如脱离贼匪改邪归正,投奔官军立功赎罪。"

使者说的头头是道。郭绚听了个半信,问:"窦建德身在何处?"

使者告诉说:"他带着数千人在西边不远的地方等候郭将军的回音。"

郭绚琢磨了会儿,派出使者去见窦建德,探视虚实。窦建德使出一计,等郭绚的使者到来后,差人出去抓来几个流民,充当高士达的人,当着郭绚使者的面全部斩杀了。郭绚的使者一时没有识破这一计,真的以为窦建德跟高士达彻底反目。窦建德又当着郭绚使者的面破口大骂高士达不仁不义,迫切要求归附郭绚攻打高士达。

郭绚的使者回去禀报窦建德准备带部下来请降。郭绚这才消除猜忌,同意窦建德归附。两军会合后,窦建德主动提出打头阵讨伐高士达,郭绚求之不得。两军商议好作战计划后,队伍直朝高鸡泊挺进。等队伍到达长河(今山东德州东)时,停下来待命。窦建德抓住部队待命之机,暗示他的七千兵马一起动手,首先刺杀了郭绚。见主帅遇刺身亡,毫无防备的郭绚部下惊慌失措,顿时大乱,被先动手的窦建德部下杀死数千人,余下来的人只好跪地投降。窦建德大胜后,提着郭绚首级去见高士达,高士达做梦都没想到归来的窦建德给他献上郭绚人头,大喜过望。

就在这时,太仆卿杨义臣在清河一带剿杀贼匪张金称的捷报传至江都,大大地鼓舞了朝野士气。杨广总算扬眉吐气了一回。没料涿郡通守郭绚赴高鸡泊讨伐高士达不成,反被高士达的军司马窦建德斩杀,这消息使杨广的心情陡然变坏,怒骂郭绚无能。他气得脸色发青说:"传旨杨义臣赴高鸡泊剿杀高士达,无功不得回朝!"

自从杨义臣联合杨善会在清河斩杀张金称,张金称的残兵投奔了窦建德。杨义臣乘胜追击张金称的残兵,正准备进攻高鸡泊,接到讨伐高士达的皇旨,立马兴奋起来,对一个心腹说:"真是巧得很,我正要讨伐高士达,讨伐高士达的皇旨就到了。"心腹附和说:"这是感应,是杨将军和皇上的感应。"

可以说杨义臣的军队是带着剿灭张金称的锐气来讨伐高士达的。军司马窦建德提醒高士达说:"杨义臣不久之前消灭了张金称,从大老远跑来攻击我们,锐气不减,请让我带一支人马引开他们。"

高士达说:"一个杨义臣有啥了不起的,让他来吧!"

窦建德再次提醒说:"朝廷会带兵打仗的将领,几乎没人比得过杨义臣。"

高士达也有一股锐气:"听说郭绚也是很厉害的将领,未经开战,不是在长河被咱们砍下了头颅吗?"

窦建德坚持劝说道:"以前张金称在山东、河北一带是实力最强的一位义军首领,平心而论,咱们强不过张金称,他不是照样被杨义臣灭了吗?尤其是杨义臣刚灭张金称,锐气十足,咱们跟他正面硬来,恐怕不是上策。最好的办法还是让我带一支队伍引开杨义臣,再跟杨义臣耗上几个月,耗得他的士兵厌战疲惫,等他猝不及防的时候攻打他,他必败无疑。"

高士达不听,心想窦建德击败郭绚出尽风头,令他在部下面前毫无功绩可言;这次他不能失去击败杨义臣的机会,决计迎战杨义臣。他留下窦建德守卫营垒,率领精兵出发,在平原郡跟杨义臣相遇。刚开始杨义臣背负着皇旨的压力,皇旨令他讨伐高士达只可胜不能败,所以他进击高士达十分谨慎,没有甩开膀子大战,只是派出小股兵力试探高士达的用兵之术,却让高士达小胜了几个回合。

因为接连小胜,高士达摸清杨义臣用兵不过如此,不像窦建德高估的那样不可一世。于是高士达开始低看杨义臣,居然为几次小胜大摆庆功宴,将士们得到犒劳,围成一团又一团,大吃大喝,大醉如泥。窦建德获悉高士达毫不设防大摆宴席犒劳将士,叹息高士达还没打败杨义臣就得意忘形。他担心杨义臣趁了高士达得意忘形之机,出其不意发动进攻。

果不其然,就在轻敌的高士达大摆宴席饮酒狂欢之际,杨义臣陡然发动进攻,大败高士达。杨义臣就在阵前杀死高士达,乘胜追击,直逼高士达在高鸡泊的巢穴,吓得巢穴里的守军溃散而去。

窦建德获知高士达在得意忘形时刻遇刺身亡,开怀畅饮的将士伤亡惨重,便觉大势已去,赶紧带了一百多号人马逃走。逃到饶阳县,见没设城防,窦建德攻下城池,安抚城里百姓,招募了三千多人马,试图东山再起。

杀掉高士达,杨义臣认为窦建德已是日暮途穷,不足为患,带着队伍离开了。哪知窦建德从饶阳返回了平原郡,收集高士达的残兵,自称将军。不久之后,投奔窦建德的人蜂拥而来,窦建德一下子拥兵十余万,军威大振。

## 2

盗贼猖獗的飞报频频传入江都。杨广的心情坏透了,他没少诏令军队剿贼,不明盗贼为何剿灭不尽。执掌政务机要的虞世基和裴蕴见杨广寝食难安,投其所好替杨广排忧解难,两人相约来到杨广面前,并肩叩拜。

虞世基宽慰道:"郡县官吏实在是可恶,不明皇上忧国长夜难眠,有意夸大盗贼猖獗,为的是奏请皇上多施皇恩。"

杨广倏地一震,问道:"世基,你在哄朕吧?"

虞世基吓了一跳,赶紧回道:"臣不敢。据臣所闻,盗贼虽多,都是小股作乱,成不了气候。皇上诏令官军讨伐贼寇,使得贼寇到了穷途末路。"

杨广合上双眼说道:"裴蕴怎么不吭声?"

裴蕴叩了个响头说:"皇上多虑,恐伤龙体。至于盗贼,要不了多久,官军就会平定。"

之后裴蕴和虞世基故伎重演,将来自郡县告败奏表略加删改,不据实呈上御前,反而说郡县官吏正在加紧追捕残余贼寇,快要被彻底剿灭,劝慰杨广不要放在心上。杨广信以为真,不再为盗贼泛滥而忧心。

过了几天,杨义臣斩贼首张金称之后,又杀高士达,活捉格谦,在河北接受投降叛军数十万的捷报传到了江都。

杨广大惊,觉得杨义臣传来的捷报与虞世基、裴蕴等人呈上的奏报大相径庭。召虞世基到殿,问道:"朕从没听说盗贼发展到不可收拾的地步,杨义臣降伏盗贼数十万,果真有这么多吗?"

虞世基一阵紧张,走近杨广,旧话重提说:"盗贼都是小股势力,虽多但不能形成气候,请皇上不必担忧。"

好像没理由不信任虞世基,杨广又问:"难道杨义臣的捷报不实?"

虞世基说:"杨义臣剿贼的确有功,他降伏数十万贼军,还没来得及证实。"

杨广说:"朝廷要是多有几个杨义臣,盗贼早就平定了。"

虞世基话题一转说:"杨义臣击败小贼,收下不少降兵,恐怕他拥兵自重,又长期在朝廷之外,不可不防。"

这话提醒了杨广,他按捺不住说道:"你说的对。将帅在外拥兵自重,久不归朝,的确令朕放心不下。"

听信虞世基的进言,杨广开始猜忌杨义臣,召杨义臣回到了朝廷,又将杨义臣的部下遣散。不久之后,杨义臣病逝在了任上。

河北一带没有杨义臣征讨,盗贼死灰复燃,重新壮大起来,到了失控的地步。

正因虞世基和裴蕴瞒报贼情,激怒了通事谒者韦云起。韦云起在杨广面前参劾道:"内史侍郎虞世基和御史大夫裴蕴执掌机密枢要,又掌管国家内外大事。他们将郡县奏表随意修改删减,皇上所闻天下贼甚少,不能及时发兵征讨,往往不能取胜。现在四方告急,盗贼的数量已经非常之多了,可是虞世基还在声称盗贼是小股势力,成不了气候,真是荒谬至极。"

韦云起把欺君的矛头直接指向虞世基和裴蕴,正是虞世基、裴蕴删改奏表,谎报贼情,天子被蒙在鼓里,才使盗贼危及四方。杨广震惊不已,问韦云起:"连朕都不知四方告急,你从何处知晓的?"

韦云起说:"皇上可以问罪虞世基和裴蕴。"

杨广怒从心头起,传虞世基、裴蕴到殿。

虞世基涨红脸,大声说道:"韦云起胡言,一派胡言!"

韦云起回击虞世基道:"山东、河北、河南盗贼作乱风起云涌,正在形成席卷之势,可你总在皇上面前奏报盗贼是小股势力,成不了气候。现在你可以亲自到下面地方去看看,还能说盗贼是小股势力成不了气候吗?"

裴蕴直逼韦云起说:"皇上从没派你去讨伐盗贼,有关山东、河北、河南盗贼成席卷之势,你根本没有亲眼见到,可你胡说八道制造恐慌,用心何在?"

这时大理寺卿郑善果走到杨广跟前,大声说道:"韦云起诋毁、诬蔑朝廷重臣,所奏之言都不是实话。他危言耸听,妄自作威擅权,皇上不可让他得逞!"

郑善果突然冒出来,给虞世基、裴蕴帮腔。杨广一时恍惚,以为韦云起言不由衷。想到韦云起早年在营州击败入侵的契丹部落有功,他此刻的一番言辞并非恶意,杨广没有问責追究,将两方的争执压了下来。

自从杨广巡幸江都,虞世基和裴蕴愈加受宠,朝政更显昏乱。裴矩嗅到隋王朝摇摇欲坠的气息,不便跟虞世基、裴蕴争宠,处理朝政渐趋消极。见虞世基、裴蕴经常删改郡县奏表,瞒报天下贼情,韦云起义愤而起痛斥欺君,虞世基、裴蕴谎辩开脱,竟然得到大理寺卿郑善果的响应。裴矩看不下去。虽说裴矩以前跟虞世基和裴蕴瞒报过来自郡县的奏报,可他想到如今的天下盗贼已呈翻江倒海之势,到了危及国家社稷的地步,裴蕴和虞世基仍在继续隐瞒天下贼情,让天子蒙在鼓里,实在是居心不良。于是裴矩来到江都宫,给杨广提个醒,唯唯诺诺奏道:"臣禀皇上,云起之言,绝非空穴来风……"没等裴矩说完,杨广脸色一变说:"你要告诉朕,各地盗贼四起,天下已大乱?"裴矩不敢接着往下说了,只是点了点头。杨广随之大怒,当即打发裴矩离开江都,回西京大兴接待藩国使臣。这样的打发令裴矩吓得不轻,他回家后病卧在床,未能远赴大兴,不再开口进谏。

就在贼匪大闹天下之际,东突厥寇边,数次入侵隋朝北部边境。杨广心乱如麻,诏令太原留守李渊与马邑太守王仁恭率军抗击东突厥。这李渊正是杨广姨表兄弟,他七岁时袭封唐国公。杨广亲征高句丽时,李渊在怀远督运粮草。之后李渊赴任山西河东慰抚大使,行进到龙门,遇上了毋端儿起义,李渊将其击败,收编万余人;又击败绛州贼匪柴保昌,降伏数万人,因功晋升为右骁卫将军。

李渊奉旨率军来到北部边关,精选两千骑兵装扮成突厥人,饮食起居和骑马射箭都效仿突厥人,看上去就像是支突厥人的队伍。突厥人老远看到他们以为是自己人,毫无防备地策马奔来;李渊的军队假装相迎,突然大开杀戒,杀得突厥人非常害怕李渊。

## 3

自愧不如的翟让正式让位给了李密。李密给自己上尊号魏公。在魏公府设置三司、六卫;在元帅府设置长史及以下官属。然后李密授封翟让上柱国、司徒、东郡公。这时游荡江湖的孟让、郝孝德等一批盗贼都归附了李密。于是李密命令护军固筑洛口仓城,方圆四十里。李密住在洛口仓城。

主上之位是翟让拱手让给李密的。翟让的心腹不情愿了,想到瓦岗军辛辛苦苦经营多年,终于走出寨子,形成一支可以夺得东都,直取大兴,平定天下的强大军队,实在不易。心腹单雄信、徐世勣弄不明白翟让为何让位给李密,背地里劝说翟让把失去的权力从李密手里拿回来。

单雄信说:"东郡公称帝指日可待,为何这般糊涂?"

徐世勣说:"咱瓦岗军创始之初与李密无关。李密不过是前些日子投奔瓦岗寨的,仅凭他指挥军队打了几次胜仗,东郡公主动让位给他,兄弟们不服啊!"

翟让理解单雄信和徐世勣的心情，笑了笑说："从前咱们盘踞瓦岗寨打家劫舍，是为过上好日子；如今不同了，瓦岗军不再是昔日的小股盗贼了，而是拥有数十万、与强手争夺天下的正规大军。要知与强手争夺天下，不是靠匪性和蛮干，军中只有李密能运筹帷幄，我把部队交给他，正是为了不被别人灭掉。"

单雄信说："瓦岗军毕竟是东郡公的，突然给了李密，咱们就有寄人篱下之感。"

徐世勣说："现在东郡公要回权力还来得及，一旦让李密成事了，悔之晚矣。"

翟让劝慰说："河北的张金称、高士达、格谦相继被灭掉，军队分崩离析，就连窦建德都险遭灭掉。我不愿看到瓦岗军被人灭掉，才把权力交给了李密，你们相信李密吧。至于将来谁称帝坐天下，不是想来就可得到，那是老天赐的。"

最不服气的是翟让的兄弟翟弘，眼睁睁地看到自家兄弟翟让离帝位只有数步之遥，却把机会拱手让给了李密。翟弘心想翟让称帝，这天下就是他们翟家的了，他们翟家的子孙就可享万人之上的富贵，力劝翟让夺回权力。

翟让脸色一变，对翟弘说："世间大事你懂个屁！"

翟弘仍旧不服说："你不想当天子，我要替你当了。"

翟让说："天子是天定的，不是你我想当天子，就能当上的。"

尽管翟让为人豁达，始终改不了贪财的毛病。以前兄弟们出寨抢了珍贵的金银珠宝，翟让都要收归己有；一些投降李密的官员只要碰到翟让手里，免不了搜身一空，不给就要动刑。一个叫崔世枢的官员归附李密，被翟让搜身。崔世枢不肯被搜身，惹恼翟让，说李密的位置是他翟让给的，他翟让要点银子有啥过分？后来崔世枢见到李密吐了一腔苦水。

李密知道翟让的心腹和家人正在怂恿翟让收回权力，加上翟让贪图钱财没有底线，使李密深感不安。有人提醒李密，翟让刚愎贪婪，存有无君之心，应早除之。

李密更加明白如果翟让哪天从他手里拿走权力，意味着他李密从高

261

山之巅跌落下来,是他不愿看到的结局,不如先下手为强。他假借生日宴请翟让及其亲信。赴宴的时候,翟让带着兄弟翟弘、侄子翟摩侯,还有心腹猛将单雄信、徐世勣等一伙随从,为李密祝寿。

李密一看来赴宴的人太多,便说:"今天的生日宴请没准备大的排场,只留下几位东郡公的侍从,其他人可到别的地方吃酒。"

翟让和他的随从一点都没觉察到李密设下鸿门宴,既然李密邀请他们来赴宴,图的是个热闹,都不情愿到别的地方吃酒。

李密说:"我原本请东郡公来吃酒,没有太多的准备,也没想到会来这么多的人,真是难为情了。"

见李密说出这样的话,翟让对随从们说:"既然魏公没有太多的准备,诸位请到外边吃酒去吧。"

留下来的只有翟让和兄弟、侄子及若干心腹。酒还没有开始畅饮,李密拿出一把精致的弓箭在翟让面前炫耀,翟让从李密手里拿过弓箭,众人都围了过来。翟让刚刚上箭把弓拉满,围观的众人都聚精会神在了拉满的弓箭上。李密的手下蔡建德乘人不备,突然从怀里掏出一把快刀砍向翟让,翟让倒在了血泊里;紧接着李密的其他手下出刀,翟弘、翟摩侯也被砍倒在了血泊里。徐世勣见势不妙,拔腿就跑,被守门的卫兵砍伤脖子。当守门卫兵正要接连挥刀砍向徐世勣时,被王伯当夺刀制止。单雄信目睹李密出手狠毒不留余地,吓得跪在地上磕头哀求,李密放他一马没有杀他。

李密落魄投无去处时,正是王伯当将他引荐给翟让的,所以王伯当对李密有恩,才敢阻止卫兵。

事后王伯当拉李密到僻静地方,劝说道:"翟让死了,他的兄弟翟弘和侄子翟摩侯也死了,心患已除。至于徐世勣和单雄信,千万不能杀。"

李密已经杀红了眼,他说:"既然开了杀戒,这两人为何不能杀?"

王伯当说:"这两人正是瓦岗军旧部将军。如果魏公杀了这两人,整个瓦岗军的旧部不再是魏公手下的将士了,他们定会替旧主复仇,反戈魏公,即便不反戈,也会离魏公而去。"

李密这才清醒过来,出得门外,弯下腰拉起跪着的单雄信,赔罪说:

"快起快起,让单将军受惊吓了。"

单雄信仍旧吓得脸色苍白,站起来后如木桩似的立着,不敢动弹一步。

安抚了下单雄信,李密快步走向躺在地上脖子流血的徐世勣,冲那挥刀砍杀徐世勣的守门卫兵翻脸怒喝道:"知不知道你操刀砍了何人?此人正是军中大名鼎鼎的将军徐世勣,你好大的胆!快拖下去揍打五十大棍!"

李密施苦肉计安抚徐世勣。然后差人将徐世勣搀扶到他的营帐,亲自为徐世勣包扎伤口。

瓦岗军旧部闻知翟让和兄弟翟弘及侄子翟摩侯被李密诱骗吃酒时杀害,大将徐世勣也受了重伤,整个军营里一下子炸开了锅,将士们除了深感震惊之外,不知该怎么办。李密听说翟让的旧部要散伙离开,意识到了事态的严重,兴许会带来全军的四分五裂。平日里满腹经纶的李密,一下子急得茫然无措。

王伯当还算冷静,对李密说:"单雄信和徐世勣是跟随翟让创建瓦岗军的元老,翟让不在人世了,单雄信和徐世勣的威望可以取代翟让。现在徐世勣受到误伤,单雄信受到惊吓,魏公赶紧安抚好这两人,让这两人前往军中平息骚动。"

李密绷着脸点头说:"只怪当时太冲动,伤了徐世勣,不然这就可以派他两人一起到中军慰问安抚众将士。"

王伯当说:"事不宜迟,既然徐世勣伤势过重去不了军中,那就赶紧派单雄信去慰问安抚将士们。"

随后李密觉得只派单雄信一人去见军中将士不放心,得由他亲自出面了,因为单雄信毕竟是翟让的部将,以免将士们怀疑单雄信被他李密收买,事情就越发复杂了。于是李密只好先来到军中,对众将士解释他为何杀翟让和侄亲,是为了除暴安良。东郡公翟让独断专行、贪婪暴虐、凌辱同僚、贪财无底线,又对上无礼,所以只杀他一家,不涉及其他任何人。紧接着李密派单雄信去稳定军心,才将事态平息下来。至于翟让的旧部,李密盼咐由单雄信、徐世勣和王伯当分别率领,瓦岗军这才恢复安定。

# 4

　　东都洛阳告急飞报接连传至江都扬州,事关重大,直接危及到了大隋王朝的江山社稷。把持朝政的虞世基和裴蕴这回不敢随意删改扣压东都告急飞报。这时的杨广丝毫不知东都的危机有多严重,见虞世基和裴蕴快步走进殿来,也没在意。

　　虞世基和裴蕴来到杨广面前,不敢跟杨广对视,都躬身勾着头。他俩正要开口说话,杨广先开口了,问:"二卿有何事这般急迫?"虞世基将东都告急飞报举过头顶,呈上道:"臣等近日收到几份来自东都的急奏,请皇上阅览……"

　　一听是来自东都的急奏,杨广大惊,忙问道:"东都怎么了?"

　　裴蕴回道:"瓦岗贼先攻荥阳,后攻下洛口仓,正在逼近东都。"

　　杨广惊出冷汗道:"瓦岗贼攻占了洛口仓,逼近东都,怎么才来飞报?"

　　裴蕴和虞世基不知如何回答。

　　杨广意识到了事态严重,又说:"朕来江都之前,诏令段达、元文都、韦津、皇甫无逸和卢楚等人辅佐越王镇守东都,他们为何没有派兵前往荥阳和洛口仓镇压瓦岗贼?"

　　虞世基说:"段达派刘长恭赴洛口仓镇压了,只是刘长恭无能,被瓦岗贼击败。"

　　杨广怒道:"瓦岗贼首翟让一旦被抓住,活剐他的人皮!"

　　裴蕴说:"现在瓦岗贼首不是翟让了,是李密。"

　　"李密,是那个跟随杨玄感谋反的李密?"杨广又是一惊。

　　裴蕴点头说:"是的。"

　　杨广好奇道:"他怎么成为瓦岗贼首了?"

　　虞世基回答道:"他投奔瓦岗入贼道,听说起了内讧,李密杀掉翟让,成为贼首。"

　　杨广的心情不再平静,开始牵挂着东都洛阳,尤其是巩县的洛口仓,是朝廷最大的储备粮仓,被瓦岗贼夺取,他焦虑不安。

一时碰不到段达和元文都等人,杨广痛斥道:"段达和元文都他们为何不亲自率兵到洛口仓阻击瓦岗贼,派个无能的刘长恭去巩县,真是误了大事。"

虞世基宽慰道:"东都屯兵数十万,相信段达和元文都他们会从瓦岗贼的手里夺回洛口仓。"

杨广叹道:"幸好回洛仓、含嘉仓没落入贼军手里,不然,东都就会面临绝粮,城池就会守不住了。"

裴蕴说:"有几位大将辅佐越王带领近百万守城军民抗击瓦岗贼,贼首李密恐怕要不战而退。"

虞世基和裴蕴总在弱化东都危机,使得杨广高估了东都坚不可摧,低估了瓦岗军攻城的能力。

自从洛口仓沦陷,守将段达和元文都等人意识到了李密不可小视,整个东都进入紧急状态。段达和元文都等人深知李密夺取洛口仓之后,下一步就是攻夺东都洛阳,决不能让李密兵临城下,于是段达和元文都等人不断地发兵出城阻击李密的瓦岗军,昼夜激战不休。

在李密南下时,河南道讨捕大使裴仁基原本据守在荥阳附近的虎牢关阻击李密。等李密的瓦岗军突破防线攻下洛口仓之后,裴仁基奉越王杨侗之命配合刘长恭赴洛口仓剿杀瓦岗军。裴仁基误了日期未能赶到洛口仓,半途听说刘长恭被李密的瓦岗军打败,他害怕李密不敢前进,驻扎在了百花谷,又惧怕被朝廷问罪。李密发现裴仁基正处于进退两难的狼狈境地,派人去百花谷劝说裴仁基投降。裴仁基居然答应了,杀了监军御史萧怀静,和他儿子裴行俨一起归降了李密。之后李密得秦叔宝、程咬金、罗士信、赵仁基四位猛将,挑选军中八千猛士组成四骠骑,号称此八千骠骑可当百万大军。

瓦岗军反复进攻东都受阻,李密派孟让率二千步骑夜袭东都外城,抢劫丰都市场,然后点火焚烧。东都居民全都躲进了城里。攻城不易,裴仁基献上一计,劝李密进攻回洛仓,说只要攻下回洛仓,东都城里就要断粮,几十万人口面对饥饿,自然会开启城门投降。李密原以为得了巩县的洛口仓,军队不缺粮,忽视其他粮仓;经裴仁基提醒,李密才缓过神,下令裴仁基、孟让领兵进击回洛仓。

回洛仓就在东都城外,仓窖里的粮食专供东都城。失掉巩县的洛口仓,越王杨侗得到教训,早已派兵加强了回洛仓的防卫。裴仁基和孟让带着二万多人强攻了一整天,艰难地攻下回洛仓。就在裴仁基和孟让的士兵在回洛仓里疯狂地抢劫,又疯狂地放火焚烧天津桥的混乱之时,越王杨侗派出的援军赶到,冷不丁儿击败裴仁基和孟让,夺回回洛仓。裴仁基和孟让大败后沮丧得很,只好拼命逃走。

李密不服输,亲率三万人马逼近东都。守城将领段达、武贲郎将高毗、刘长林等人领军七万,在洛阳老城与李密相遇,一场恶战随之展开,打得不可开交。段达等人的士兵终因敌不过李密的瓦岗军,败走洛阳老城。李密重新夺回回洛仓,大修营垒战壕,威逼东都。

这时记室祖君彦给李密出主意,说魏公攻东都,也得出师有名,方可号令天下。李密明白过来,下令祖君彦撰写檄文。早在隋高祖创立隋朝之初,内史侍郎薛道衡引荐祖君彦入朝做官。虽说祖君彦满腹经纶,但隋高祖得知祖君彦正是昔日北齐尚书仆射祖珽的儿子,非常厌恶,说杀北齐忠臣斛律光的祖珽是个大奸恶,他家不会出什么好东西!隋高祖当即拒绝祖君彦入朝任职。于是祖君彦怀恨在心,又怀才不遇,一直在东平郡做个小吏;直到东平郡沦陷,祖君彦才投奔瓦岗军,成为李密的文书。

为李密撰写出师檄文,对祖君彦来说,正是出气解恨的机会。他文采飞扬,泄私愤地构陷杨广弑父篡位、荒淫乱伦、荒废朝政、营建宫殿、苛捐杂税、巡幸无度、穷兵黩武、拒谏戮忠、卖官鬻爵、背信弃义等十大罪状。并称即使把南山的竹子全做成竹简,也书写不尽杨广的罪;即使借用东海的波涛,也洗刷不尽杨广的恶。誓将杨广钉在千秋耻辱柱上。

祖君彦讨伐杨广的檄文一经发布,很快传播开了。东都守将段达、元文都、韦津、皇甫无逸、卢楚等人感觉事态升级,严重程度到了快要失控的地步。他们聚一块儿商议对策。

段达表情凝重说道:"皇上巡幸江都之初,诏令咱们留守东都辅佐越王监国。时下李密率瓦岗贼大举来犯东都,洛口仓失守,回洛仓也失守了,东都一旦失守,等于中原失守,皇上问罪,咱们都成了千古罪人!"

卢楚叹道:"东都告急飞报多次送至江都,不见援军到来解围,也不见皇上旨令……"

元文都道:"李密的贼军越来越多,看来只有再次派人传报江都,请皇上回驾东都,除贼平叛了。"

自从李密控制洛口仓和回洛仓,等于掐住东都咽喉,所以段达等人害怕城里出现断粮,到那时城池就会不攻自破。鉴于此,越王杨侗派遣太常丞元善达偷偷穿越瓦岗军占领区,再换快马直奔江都。

元善达冒死来到江都,入江都宫觐见杨广,沉着脸奏报道:"臣下元善达,受越王旨意朝见陛下,禀报东都危情。"

听到"危情"二字,杨广惊得双目发直瞅着元善达:"你如实奏来吧。"

元善达语气沉重奏道:"李密拥兵数十万,围逼东都,占据了洛口仓、回洛仓,东都城里已经没有粮食了。要是陛下迅速返回东都,李密那群乌合之众必然溃散,不然东都就要沦陷。"

话音刚落,元善达呜咽着哭泣起来。

站在一旁的内史侍郎虞世基进言道:"越王年少,怎能驾驭得了段达、元文都那伙人?一定是那伙人诓骗了越王,要是真像越王所说的那样,元善达怎么可能来到江都呢?"

杨广听信虞世基的进言,勃然大怒道:"元善达这个小人敢在朝廷侮辱朕!带他下去等候发落!"

就因虞世基几句进言,元善达再也回不了东都,他被发配到了盗贼出没的东阳去催运粮食。这可是桩容易丢掉性命的苦差,果不其然,他在催运粮食的途中遇到拦路的群贼,被抢走了粮食,还搭上性命。有元善达的前车之鉴,百官噤若寒蝉,不敢向杨广奏报贼情。

## 第二十章　天下大乱

### 1

盛极而衰的大隋帝国处在了风雨飘摇之中,乱局到处蔓延,帝国危如累卵。曾经横刀立马收复江南、开疆西域、拓土流求的天子杨广自从三征高句丽空手而归,如今似雄鹰折翅江都,蜷缩在了佞臣们的谗言里。在美酒美色的浸润中,天子的目光也变得黯淡了。

盘踞淮南的贼首杜伏威从没泯灭攻取江都的野心。早在大业十三年(617)的年初,杜伏威按捺不住朝着江都移军,杨广派遣右御卫将军陈棱讨伐杜伏威。杜伏威毫不示弱,数次主动出击,陈棱守在营垒里按兵不动。杜伏威使出激将法,派人给陈棱送去一套妇人衣裳,戏称陈棱"陈姥",羞辱陈棱,激怒陈棱出兵。结果陈棱大败,只身逃走。杜伏威乘胜出击,攻占了高邮和历阳,自称总管。

紧接着高鸡泊贼首窦建德在乐县设祭坛,自称长乐王,置百官,改年号丁丑。涿郡贼首卢明月东山再起转掠河南,又至淮北,领众四十万,自称无上王。

这卢明月拥军四十万至淮北,明显有攻江都之意。杨广闻知卢明月的动向,急令江都通守王世充率军到淮北阻击。

王世充领旨,急速行军,在南阳相遇卢明月,一番激战,大破卢明月。卢明月正要单骑逃走时,被王世充的士兵追上来围困住,将其斩杀,他的士兵全都溃散而逃。

　　在南阳斩杀贼首卢明月，击败四十万贼军，王世充威名大震。杨广龙颜大悦，想到东都未破李密之危，又诏令王世充领军赴东都讨伐李密。然而天下不仅仅只有一个李密作乱，不仅仅只有东都之危，盗贼接连造反形成难解的多重困局，折腾着杨广。杨广召虞世基到跟前说："裴矩犯病，在家休养了许多天，你去他府上看看吧。"虞世基点头说："臣这就去他府上。"杨广接着说道："四方盗贼一直未能铲除，你去了，问他有没有平定叛贼的方略。"

　　虞世基奉旨去了趟裴矩府上，回到了江都宫，对杨广说："臣见过裴矩了。"

　　杨广问道："他有何话让你捎来？"

　　虞世基回道："裴矩说如果太原有变，京师大兴不会平静，若皇上遥相控制大兴而不可及，恐怕会失掉事机。唯愿圣驾早日回返大兴。"

　　杨广琢磨裴矩的话，又问虞世基："近期太原那边有没有告急奏报传来？"

　　虞世基说："太原那边的李渊没有传来告急奏报。"

　　杨广仍在琢磨裴矩的话，叹道："朕任李渊为太原留守、晋阳宫监。难道裴矩猜出李渊不忠，有反叛之嫌？"

　　虞世基说："裴矩身在江都，岂能知晓数千里之外的李渊有何异动？"

　　这时裴蕴进殿来，禀报骁果军不断有人逃离。听到这个消息，杨广心口往下一沉，忧虑说："召裴矩进宫。"

　　裴蕴说："臣派人传旨召裴矩。"

　　骁果军就是护侍杨广的御林军。杨广从东都来江都，护驾的骁果军就有十来万，他们驻扎在江都的东城。这些士兵大多来自西部的关中，远离家乡太久，不知何日是归期，思家心切，才出现逃离。杨广担心骁果军的逃离失控，一时想不出办法稳定军心。

　　裴矩得到皇旨，匆匆来到了江都宫。他在府上小病大养了这么久，进殿来的样子看上去依旧有些欠佳。

"臣奉旨归朝,恭候皇上吩咐。"裴矩躬身勾头。

杨广打量裴矩说:"你的病痊愈了吧?"

裴矩说:"臣的病差不多痊愈了。"

杨广轻轻点头说:"朕召你,就想听听你平定四方叛贼的方略。"

早些时候,裴矩痛斥虞世基、裴蕴等人隐瞒天下贼情激怒杨广,打发他回西京接待藩属使者,因犯病未能成行。为此裴矩耿耿于怀,委婉说道:"臣愚钝,没有平贼方略。"

杨广来回地踱步说:"你进言朕尽快地回返京师大兴,叛贼李密正横亘在东都,西行之路被堵死。再说朕一旦离开江都,在高邮、历阳一带的叛贼杜伏威定会乘虚而入,攻占江都。朕不知如何是好,看来只好留在江都了。"

裴矩说:"听说皇上派猛将王世充赴东都讨伐李密去了。"

杨广说:"就盼王世充配合段达等人击败李密,朕回京师大兴不再有了障碍。"

杨广这般畏惧李密,裴矩就怕进言不妥,讨来无趣,不再言声。

随后杨广转了个话题,对裴矩说:"近日不断有骁果军士兵逃离,你有没有办法让他们稳定下来,不再逃离?"

裴矩想了会儿说:"皇上驻跸江都,新旧两个年头了。那些来自关中的卫兵大多没有家室。人没有妻室,就不能长久地安住。"

杨广认同裴矩的话,忙说:"那些卫兵单身在外,的确想女人,想家。朕为此而担忧。"

裴矩说:"既然皇上没有回驾的归期,单身在外的卫兵又归家无望。臣请皇上允许他们在江都娶妻成家,就可拴住他们不再逃离。"

一听这个建议,杨广非常高兴,夸赞道:"此计甚妙!"

其实裴矩明白这个馊主意只能治标不能治本。至于杨广久留江都,不打算回返京师大兴坐镇指挥平定叛乱,裴矩觉得是最愚蠢的选择,他没办法改变杨广,只能眼睁睁地看着大乱的事态随波逐流。

但是骁果军出现逃离,危及到了杨广的安全。武贲郎将司马德戡统领万余骁果军驻扎在江都城内,直接负责杨广的警卫,属于核心御林军。

裴蕴奏报骁果军逃离，其中就有司马德戡的部下，所以杨广深感不安。

接下来，杨广差遣裴矩为骁果将士娶妻，解燃眉之急。裴矩只好召集江都地区的寡妇和没有出嫁的女子来到江都宫的院内，供将士们任意挑选。来江都宫的妇女不够分配给骁果军为妻，裴矩派人挨家挨户搜查，只要发现单身女子，带回来许配给骁果军为妻。到末了还是不够数，虞世基想出一招，派人到江都的寺庙、道观，只要碰到尼姑和女道士，令她们还俗，嫁给骁果军。

司马德戡的一万余部下，差不多每人娶到一位妻子，缓解了将士们没有女人为伴的苦闷。杨广召司马德戡进宫，严厉警告道："朕命你为骁果军首领，护卫朕及皇室至亲安全，是朕高度信任你。只因小贼杜伏威对江都虎视眈眈，试图乘虚而入；又因李密率近百万贼寇横挡在东都，朕一时不能西行回返，只能继续驻跸江都。有关骁果将士娶妻成家之事，裴矩已给他们妥善安置了，不应再有理由逃离。你身为骁果军首领，万万不可马虎江都城防！"司马德戡连连叩拜，发誓说："臣下愿万死不辞，领军护卫皇上，保卫江都城！"

宇文化及和宇文智及也在江都的骁果军里。宇文述病逝前，遗托杨广给他负罪的儿子宇文化及和宇文智及恢复官爵。杨广都满足了宇文述的遗托，就想利用宇文化及和宇文智及加强宫廷防卫，召他们进宫训话。

两兄弟进了宫，不知杨广为何召见他们，神情略显紧张。

杨广打量了会儿宇文化及和宇文智及，开口说道："自朕身为晋王在江都扬州任总管，你们的父亲宇文述开始辅佐朕，直至病逝，效忠国家从没二心，也从没间断。化及和智及是忠臣的儿子，面临叛寇四起分裂国家之危，你们随朕镇守江都，平定天下叛乱，应不失忠臣之家风范！"

宇文化及和宇文智及这才明白杨广召见他们的用意，双双跪地叩拜。

宇文化及说："臣下定不负皇上恩泽厚望，愿肝脑涂地护侍皇上平定天下贼寇。"

宇文智及接着说道："臣下会以家父为楷模，不辱忠臣之家门庭，誓死护卫皇上,安定国家!"

听到两兄弟的誓言,杨广开心说:"你兄弟俩就留在宫里,给朕做近侍好了。"

## 2

太原是隋朝的军事重镇。杨广调派姨表兄弟李渊任太原留守,抵御突厥侵袭。李渊的次子李世民跟随李渊来到太原。少年李世民从十六岁开始跟突厥人刀锋相见,行军作战已是相当老练。

眼看着大江南北义军突起,天下一片昏乱,喜好交结豪杰之士的李世民心怀躁动,就想拥有一支强大的军队收复天下。晋阳宫监裴寂,晋阳令刘文静是李世民的至交好友,三人如同一母所生的亲兄弟。

这天三人聚在一块儿饮酒,不经意地谈论起天下乱世。

裴寂说:"皇上困在江都,天下越来越乱,不知哪天才能安定?"

刘文静说:"东都和江都一带战火连天,惟西京大兴还算安宁,举兵的豪杰们都忘了做一件事……"

李世民连忙问刘文静:"他们忘了做啥事儿?"

刘文静呷口酒说:"忘了西行取大兴。"

裴寂意识到了李世民问刘文静的用心,便说:"世民可以带一支军队直趋大兴。"

李世民摇头笑道:"我不行,没那个本事。"

刘文静放下酒杯,瞪着李世民说:"你咋不行?我看你行!"

李世民让朋友看破心思,仍旧笑着摇头。

刘文静重又端起酒杯,跟李世民碰了下说:"傻李密只晓得一个劲儿攻打东都,却不知西进大兴。他赖在东都攻城,正好阻挡住皇上西归的去路,使得西京大兴空虚,只要你从太原带支军队抢先攻进大兴,天下就是你世民的了。"

李世民心潮澎湃,继续装谦逊:"我真不行。"

裴寂有点烦了,对李世民说:"齐郡章丘县人杜伏威举兵起事的那年才十六岁,比你还小,他能拉起一支队伍南下,到如今成为江淮一带最大的势力。你比他不知强多少倍,就在太原拉起一支队伍西行取大兴,易如反掌。"

李世民被刘文静和裴寂鼓动得没了顾忌,说:"只可惜我手里没有那么多的兵马。"

刘文静笑了下说:"你父亲身为太原留守,掌管着一方重镇军权,你可找你父亲借兵,他不会不给。"

李世民说:"我父亲跟皇上是姨表亲戚,恐怕他不会答应,兴许会全力反对。"

裴寂打气说:"你动真格起事,还愁你父亲不给兵马?他该知道因你起事他脱不了干系也洗不净身子,就会顺遂你了。"

三人以酒壮胆大议乾坤,李世民打定主意造就一番大业。之后他私下里约见刘文静,悄悄商议。

刘文静说:"眼下皇上困在江都。李密始终不肯放弃攻打东都,成千上万的盗贼追随李密又看不到希望,这时候能呼啸而出一位真龙天子驾驭那帮人,夺取天下非常容易。"

李世民说:"得想个办法尽快地招兵买马。"

刘文静说:"你父亲手里有现成的人马,以此兵力乘虚入关中,号令天下,追随者自然会蜂拥而来。"

尽管李世民在暗地里跟刘文静、裴寂等人谋划进军大兴,却始终不敢对父亲李渊吐露心事,就怕李渊反对。

这时正逢突厥人寇边,侵犯马邑。李渊派副将高君雅率军与马邑太守王仁恭抗击突厥人。没料高君雅和王仁恭轻敌,遭遇突厥人的伏击,被打得大败而归。吃下大败仗,朝廷一旦问罪,身为太原留守的李渊逃不脱被治罪,吓得惶惶不可终日。李世民见父亲李渊沉浸在马邑败仗的惶惑里,瞅准这个时机劝说李渊。

李世民说:"如今主上昏庸无道,百姓贫困不堪,就连晋阳城外都成了战场。父亲要是死守小节,又有什么用呢?下有流寇盗贼逞凶,上有严酷刑法治吏。若是朝廷问起马邑溃败之罪,父亲免不了受到刑罚,不如顺应天时民心,兴起义兵,为己转祸为福,为拯救天下苍生脱离苦海。"

没料儿子李世民会说出此种话语,李渊大吃一惊,瞪着眼,恶狠狠地问道:"你小子想造反?"

李世民倒显得平静:"大隋末日来临,天昏地暗,呈乱世之象,必有新主降世,谁为新主尚未可知,难道父亲不去争取一番?若乱世处处燃起战火,天下苍生,包括孩儿和父亲在内,都将成为马蹄下的一只只可怜的蚂蚁。"

李渊倏地怔住,伸出一只巴掌试图捂李世民的嘴,收缩回来,吓唬李世民说:"你再敢胡言,我就抓你送官府!"

李世民说:"万一父亲抓我送官府,那是命中注定的,我没法逃脱。"

李渊生气说:"这话只有我知你知,再也不许你跟他人言了。不然,将会招惹横祸!"

说罢,李渊狠瞪李世民一眼,拂袖而去。

李世民觉得父亲不会被说服,感到沮丧。想到晋阳宫监裴寂平日里跟他父亲有往来,他们经常约一块儿饮酒。李世民去见晋阳宫监裴寂,请裴寂约他父亲饮酒,在席间说服他父亲。

见到裴寂后,李世民说:"我父亲果然反对我们的谋划,已经说不通了。"

裴寂怔了下说:"一次说不通,多说几次许兴就说通了。"

李世民摇头说:"我父亲非常固执,他不同意,就没有直趋大兴的兵马了。"

裴寂失望说:"都反复谋划过了,一旦夭折,实在是太遗憾了。"

听到"夭折"二字,李世民毫无顾忌说:"我父亲喜好酒色,你管辖的晋阳宫里酒色丰盈,只要你帮忙,我父亲肯定会改变主意。"

裴寂明白李世民的意思,点了下头。

过了几天,裴寂将李渊约到了晋阳宫,找来几位姿色极佳的年轻宫女陪李渊畅饮。见到美酒和美人,李渊先是酒性大发,然后云里雾里飘飘然。眉来眼去地喝着喝着,李渊不知酒的深浅了,自然喝高了。散席后,李渊脚步踩得歪歪扭扭,走不回去了,被陪酒的宫女搀扶进了一间内室，宫女依照裴寂的安排，和李渊睡在了一张床铺上。李渊先品美酒，这会儿再品美色，快乐如仙翁。

第二天的早晨，裴寂闯进内室。李渊的酒也醒了，以为裴寂私下里偷偷打发宫女侍奉他，正要表达感激之言。

裴寂先开口了，从容说道："唐公家二郎暗自招兵买马，准备举义旗办大事。我一时糊涂，让宫女陪唐公饮酒作乐，可这宫女都是皇上的人，就怕事情败露，一起获罪诛杀。既然大家谋划好了大事，唐公意下如何？"

李渊这才知道他钻进了圈套，妥协说道："我家二郎的确有图谋。事到如此地步，没办法，只能顺从了。"

## 3

自从李密逼近东都，中原大乱。杨广诏令大将军薛世雄率领幽、蓟数万精兵前往东都解围。军队行驶到河间郡（今河北河间），刚在城南扎营，河间诸县迅速调集兵力，请求跟薛世雄联军，共同讨伐盘踞河间的窦建德。

窦建德知道薛世雄到来，先是挑选数百精兵夜袭河间军队，被河间军队击退后，他们趁着夜色掩护，悄悄来到薛世雄军的驻地探查虚实。天色渐渐发亮，窦建德和他的士兵就要暴露在日光里，这时起了大雾，将天地间缠裹得分不清东西南北。窦建德抓住雾气弥漫时机，突袭薛世雄的营垒，打得薛世雄昏昏欲睡的士兵溃不成军，四处逃散。薛世雄十分狼狈地率领数十骑兵策马逃进了河间城，他羞愧异常，无颜赴中原，转身回返涿郡，忧郁过度，病逝了。

薛世雄在河间败给窦建德，病逝于涿郡的消息传入江都，杨广大惊，只好把解围东都的希望寄托在王世充身上，当即派人传诏，任命王世充为大将军。可以说薛世雄之死，给杨广的心情带来极大挫伤，他身在江都，遥想西京大兴，思绪里浸润着绝望。

有时候他会想起先帝留给他的遗臣高颎和苏威，如果高颎和苏威在江都,叛贼不会泛滥到不可收拾的地步,他相信高颎和苏威能有办法实现大逆转,他不会久困江都。现在他后悔错杀了高颎,后悔听信虞世基、裴蕴等人之言,给了苏威削职为民的惩处。

杨广精神不振回到了后宫。皇后萧氏迎了上来,见杨广的面色泛着愁意,连忙搀扶杨广坐了下来。

坐定后,杨广冲萧皇后伤感地叹道:"朕原本指望薛世雄统领讨贼大军歼灭李密,朕就可以平安地回驾西京大兴了,没料薛世雄在河间大败给了窦建德,他返回涿郡病故。看来朕和皇后是回不去了……"

萧皇后安慰道:"万一回不了大兴,还有江都在呀,江都正是皇上早年的藩王属地,臣妾愿与皇上久住江都。"

杨广摇了下头说:"看样子这江都未必靠得住。"

好像处处都是绝路,使得杨广丧失意志和信心,这不是萧皇后眼里的那个意气风发的杨广。于是萧皇后激将道:"以前皇上率五十余万大军渡江平定南陈,英武又盛气;后来渡黄河西征,收复数千里疆域;记得大热天穿越河西走廊过大斗拔谷,遇上严寒的暴风雪,皇上从没畏惧过。到如今,一个小小的贼寇李密挡在东都,难道皇上惧怕了?不敢穿越东都回大兴了?为何不率领江南大军杀向东都呢?"

杨广点头道:"皇后说得对,朕的确不如往昔了,是因为朕率百万大军连续亲征高句丽,原本打算收复我华夏辽东之地,未能如愿以偿,反而伤亡惨重。朕愧对苍天,愧对天下百姓!"

说着杨广止不住潸然泪下。

萧皇后跟着泪水涟涟。

没多会儿,虞世基和裴蕴来到大内,有事禀报。杨广见到他俩,心情更加不悦。没等虞世基和裴蕴开口,杨广冷着脸说:"你俩跑来,又是报喜不报忧?"虞世基和裴蕴正是为报忧而来,瞅着杨广的表情不对劲儿,便觉来的不是时候。虞世基随机应变说:"臣等听说皇上心情不太舒畅,前来请安的。"杨广仍旧没个好脸色说道:"如果朕永远回不了东都或者西京,你俩也永远回不去了……"

杨广话里有话。

裴蕴唯唯诺诺道："臣等全力侍奉皇上，相信回驾的日子不会太久。"

杨广转过身去，一声长叹道："朕怨天怨地，再怨臣工，为时已晚。你俩有什么事，启奏吧。"

虞世基悄悄地对裴蕴摇了下头。

裴蕴说："臣等没事启奏了。"

杨广背对着虞世基和裴蕴说："朕有点困乏，你俩退下吧。"

终因瞒报贼情导致严重后果，杨广极度厌恶虞基世和裴蕴，他想即便把所有的怨恨都发泄在虞世基和裴蕴身上，也无法改变叛贼大乱天下的局面。这些日子杨广一直期盼平叛的捷报传来，所阅奏报大多令他失望，他惟有一次又一次地心灰意冷。

局势越来越混乱，使得江都城里谣言四起，民众惶恐不安。一些有钱的大户担心性命难保，开始偷偷地逃离江都城，就连护卫江都的骁果军也是人心涣散。统领骁果军的武贲郎将司马德戡开始为后路另谋打算，他暗自派遣军中校尉元武达到城里打探情况，在骁果军里窥探将士们的动静，以便作出应对。这天司马德戡走在路上，碰到武贲郎将元礼和直阁裴虔通毫无顾忌地谈论着。

元礼说："听说皇上准备建宫丹阳，看样子不打算回返京师了。骁果将士们都思念家乡，甚至有人在暗地里商量逃走的事儿。我本想将此事奏告皇上，可是皇上非常忌讳这种事儿，就怕让皇上知道官兵们有逃跑之意，给他们带来杀头之祸。如果此事继续隐瞒，哪天被皇上知道，我家难逃灭族。我是左右为难，不知如何是好。"

裴虔通对元礼说："出来这么久了，我也想回家，遇到眼前的难处，不知如何作出选择。"

司马德戡走了过来，对元礼和裴虔通说："你俩的话我都听到了。听说据守华阴的李孝常发动叛乱，皇上一怒之下，下旨杀了李孝常的两个弟弟。我们的家属都在西边，要是西边的关中有人再造反，出现滥杀的战争，不知他们该怎么逃命？"

裴虔通说："是啊，看样子我都自身难保了，尤其是这几天夜里总在做噩梦，真不知如何是好。"

司马德戡说："你夜里做噩梦，可我白天做噩梦。如果将士们要逃亡，我们想拦也拦不住，只能跟随他们一起逃走了。"

裴虔通说："是啊，只能这么办了。"

司马德戡突然发现有这么几位副将跟他心心相印，又联络内史舍人元敏，鹰扬郎将孟秉，符玺郎李覆、牛方裕，直长许弘仁、薛良，城门郎唐奉义，医正张恺等人结拜为兄弟，偷偷共谋逃亡之事。司马德戡建议抢劫城里钱财后，让骁果军马驮着西归回家，不虚江都此行。众人纷纷赞成，只等选个最佳时机行动。

# 4

太原留守李渊治下驻马邑的鹰扬府校尉刘武周突然发动兵变，起因是刘武周与马邑太守王仁恭的侍婢通奸，害怕事情败露，刘武周杀死王仁恭，占据马邑，开仓济贫，得兵万余人。接下来，刘武周勾结东突厥，准备南下谋取天下。隋朝雁门郡丞陈孝意、武贲郎将王智辩联军讨伐刘武周，将刘武周围困在了桑乾镇（今山西山阴南）。刘武周速派人赴东突厥请援军，引东突厥精骑来到桑乾镇解围，隋军寡不敌众，王智辩兵败被杀，陈孝意还军雁门时，被部下杀害。刘武周得雁门城，又趁势攻下楼烦郡（今山西静乐），然后占领了汾阳宫，将汾阳宫的美艳宫女劫为己有。

为了得到东突厥更大支持，刘武周忍痛割爱，将所获汾阳宫的宫女进献给了东突厥人。东突厥人拿了战马赐予刘武周。刘武周一下子威风起来，攻下定襄，又返回到了马邑。东突厥人继续扶持刘武周，封刘武周为定杨可汗，送他狼头纛。

有东突厥作靠山，刘武周不断地招兵买马，壮大势力，试图趁天下大乱之机，分割到一片天地。

杨广闻知刘武周杀害马邑太守王仁恭，投靠东突厥人造反，勃然大怒，要治罪渎职的太原留守李渊。

在这之前，尽管李世民和裴寂合谋施计诱使李渊在晋阳宫品美酒睡宫女,为的是逼李渊就范出兵。之后李渊认为他若因睡了晋阳宫的美人而被治罪,晋阳宫监裴寂也难逃罪过,他不再担心裴寂告发他。

虽说天下群雄耀武,自称天子盘踞一方,国家正统的天子依旧稳稳地高坐在大宝位上。李渊觉得此时举兵有点为时过早。就在这时候,李渊听说因刘武周杀马邑太守王仁恭,勾结东突厥谋反激怒杨广,杨广已派出使者来太原押解他赴江都问罪,他非常惶恐。

李世民趁此时机劝说李渊:"刘武周谋反与您无关,却牵连到您要被治罪,事到如此地步,您还有什么犹豫不决的呢?尽快行动吧!"

裴寂接着劝道:"晋阳军队士强马壮,宫监积蓄的军资和财物巨万,以此起兵,还怕不能成功吗?留守西京的代王年幼,何来主张?尤其是关中豪杰之士风起云涌般地造反,不知归附于谁,只要唐公向西进军,招抚他们归附,是非常容易的。唐公为何在乎从江都而来的使者,坐以待毙呢?"

李渊听罢李世民和裴寂的劝说,决定举兵起事。考虑到起事的兵力不足,需要招募,又担心被人察觉到。李渊使了个障眼法,召集众僚属说:"刘武周谋反,占据马邑,又占据汾阳宫,将宫人全都献给了东突厥人,我们却不能制止,论其罪,我们该当灭族,怎么办?"太原副留守王威等人非常害怕,请求李渊定计应对。李渊接着说:"我等用兵,行止进退都要向皇上禀报,受皇上控制。如今叛贼在数百里之内,江都却在三千里之外,路遥且行程险要,途中还有许多盗贼盘踞,若派人赴江都请求,来回要等到猴年马月。尤其是我们仅靠现有兵力守城,抵抗狂奔乱窜的叛贼,恐怕无法守得住城池。我们是进退维谷,不知如何是好?"王威等人见李渊面对贼寇无计可施,越发没了主张。

王威心急说:"唐公既是宗亲又是贤士,在这紧要关头,理应一马当先,若是等着三千里外的圣旨,定会误了大事。我赞成让唐公专权指挥,平定叛贼,为我等立功赎罪,大家如何看待?"

在场的众人只好顺遂了王威,点头赞同。

李渊佯装不得已的样子说道:"既然诸位僚属信任我,我也不便推辞。"

于是李渊命令李世民、刘文静、长孙顺德、刘弘基等人到各地招兵买马。派心腹到河东召长子李建成、四子李元吉来太原；派心腹去大兴接女婿柴绍，共谋大事。

　　太原副留守王威和高君雅眼看着李渊不断地招兵买马，怀疑李渊图谋不轨，准备造反。这天王威和高君雅背地里问一位亲近李渊的武士："长孙顺德和刘弘基何许人也，难道唐公不知道吗？这两人正是逃避兵役的三侍之官，罪该处斩，这样的人，怎可统领军队打赢胜仗？"武士回答说："这两人都是唐公的座上宾客，若是问罪，会招惹麻烦。"王威和高君雅就此作罢。随后王威指使一位叫田德平的留守司兵找那武士调查招募丁兵的情况。那武士对田德平说："讨捕之兵，全都隶属于唐公，至于王威和高君雅，不过是唐公手下的仆人罢了，他们能起什么作用呢？"

　　不用怀疑，王威和高君雅明白李渊不断地招兵买马，是为造反作准备。两人一番密谋，决定设个圈套，到晋祠祈雨，除掉李渊父子，再向皇帝杨广邀功请赏。没料王威和高君雅的密谋被晋阳乡长刘世龙知道，刘世龙急忙去见李渊。

　　见到李渊，刘世龙说："近日王威、高君雅要去晋祠祈雨，邀请唐公父子随行，暗藏杀机，请唐公多加提防。"

　　一听此言，李渊大吃一惊，问刘世龙："此杀机有多少人知晓？"

　　刘世龙说："我知此事，却不知有多少人知道此事。"

　　李渊叮嘱刘世龙说："这个杀机请你别再告知其他人了。"

　　刘世龙点头说："不会的，请唐公放心。"

　　五月癸亥日夜里，李渊密派次子李世民率军埋伏在晋阳宫城外。第二天一大早儿，李渊佯装啥事都不会发生的样子在晋阳宫城里跟王威、高君雅一起处理公务。晋阳令刘文静突然领着开阳府司马刘政会进来，站立在厅堂上，声称有重要密事报告。李渊朝王威打了个手势，示意王威从刘政会手里拿过状纸过目。王威刚伸出手，刘政会不给，振振有词说道："此状告发的是太原副留守的阴事，只有唐公一人才能看。"李渊故意一惊说："不会有人告发太原副留守的阴事吧？"这时王威和高君雅更是大惊失色，拍案而起冲刘政会喝道："我等堂堂正正为人做官，光明磊落,何曾做过见不得人的阴事?"刘政会回敬道:"大凡做过阴事的人,都会为己洗身,标榜正人君子,兴许太原副留守等人也不例外!"王威和高君雅被彻底激怒。这时看完状纸的李渊按捺不住站了起来。

李渊目光发直瞅着状纸说:"太原副留守王威、高君雅暗地里招引东突厥人入侵……"

没等李渊说完,高君雅怒得撸起袖子大骂道:"这是想造反的人捏造罪状构陷我!"

李渊倏地抬起头,质问高君雅:"谁是想造反的人?"

高君雅怒视李渊,翕动嘴唇,欲言又止。

李世民率军早已包围了李渊和王威、高君雅等人的办公地点。刘文静带着长孙顺德、刘弘基等人将王威、高君雅捆绑起来投进了大牢。到了数天后的丙子日,遇上不可思议的巧合,数万东突厥骑兵从北边奔驰而来侵袭太原。李渊使了个空城计,命令裴寂把所有城门统统打开。等东突厥人兵临城下时,见一座座城门洞开,却不见城门里有惊慌失措的人影晃动,以为城里早有准备,设下难以预料的埋伏,不敢进城。城里官民真的以为是王威和高君雅招来东突厥人。李渊抓住这个契机,杀了王威和高君雅,悬首示众。

## 第二十一章　李渊立主

### 1

李渊的女婿柴绍从大兴急速赶赴太原,他在半路上相遇同是赶赴太原的李渊长子李建成、四子李元吉。三人结伴行至雀鼠谷,李渊在太原起兵,杀光异己,独统义军,自称大将军。

晋阳宫监裴寂也把退路斩断,将管辖的晋阳宫拱手进献给了李渊,其中就有宫女五百人,粮草九万斛、杂彩五万段、甲胄四十万领,全部用作起兵的军需。随后李渊开设大将军府,任命裴寂为长史,刘文静为军司马。

刘文静进劝李渊与东突厥联盟,请求始毕可汗支持。李渊说东突厥跟隋朝的关系不同以往,闹得很僵,恐怕始毕可汗不会答应。刘文静再三劝说,李渊试探地给始毕可汗写信,信里说他想举义兵,可汗能随同一起南下,只要不侵扰百姓,想和亲,或者想坐收财物,随可汗选择。写好信后,李渊速派使者送往东突厥。

始毕可汗收到李渊的厚礼和来信,想到他跟隋主杨广的恩怨,对身边左右说:"如果唐公自称天子,我可出兵帮助他。"始毕可汗写了回信,派使者送至太原。李渊和众僚属看罢始毕可汗的回信非常高兴。既然始毕可汗答应支持李渊,刘文静和裴寂认为招募来的义军缺乏军马,催请李渊赶紧派人找始毕可汗索取军马。这时李渊改变主意,有些犹豫了,担心始毕可汗趁机率大军南下,占领中原而不退军,对左右说:"始毕可汗说是助我,不知他心里有何盘算,就怕他率领胡人坐镇中原,到那时我既取不了天下,反而成为华夏千古罪人。"刘文静摇头说:"不会的,不会的,唐公多虑了。"

李渊思忖了会儿,这才决定派刘文静赶赴东突厥,叮嘱刘文静说:"胡骑进入中原内地,是黎民百姓的大害,他们烧杀抢掠,坏事做尽。我之所以要东突厥发兵,是怕刘武周勾结东突厥成为边境上的祸害。另外,胡马是放牧散养的,不用专门供应草料,我不过是借东突厥兵马以壮声势,只需几百人马就够了。"

刘文静明白了李渊的意思,上路后直趋东突厥。

先有书信往来作铺垫,刘文静的到来并不显得突然,始毕可汗派人将刘文静迎进了牙帐。

始毕可汗当即问道:"唐公起事,今欲何为?"

刘文静回答道:"眼下群雄相争,天下昏乱,皇上无力治理。唐公乃国戚,不忍坐观成败,故起义军,平定乱世。愿与可汗兵马同入京师大兴。百姓土地归唐公,金玉绫罗归可汗。"

始毕可汗非常高兴地接受了刘文静开出的条件。他下令部将康鞘利率领五百精骑,赶着二千匹战马随同刘文静来到太原。李渊大喜,盛赞了刘文静,随即下令刘文静领军赴潼关,堵住朝廷大将屈突通。

这时李渊的女婿柴绍、长子李建成、四子李元吉赶到太原。七月,李渊率军三万誓师,以废昏君拥立明主代王为由,正式起兵直趋关中;发布檄文声讨杨广听信谗言,迫害忠良,穷兵黩武,致使民怨沸腾。誓师后,李渊任命四子李元吉为镇北将军、太原留守,负责料理太原事宜。他和长子李建成、次子李世民挥师南下。

行军途中天降大雨,这大雨真的厉害,如瀑布般垂挂天地,道路积满雨水,泥泞不堪,不便于行军。李渊只好下令军队躲雨,在贾胡堡驻扎下来。这贾胡堡距霍邑数十里。留守西京大兴的代王杨侑派虎牙郎将宋老生率二万精兵驻防在霍邑(今山西霍县)。不顺的是这场连阴雨下了半个月,李渊的三万多人驻扎在贾胡堡差不多吃尽从太原带来的军粮。

到达西京还有很长的路,李渊望着漫天飘飞的雨丝,愁得焦头烂额。然而霍邑是通往关中的重要关口,军队继续前行,必遇宋老生。

愁粮的李渊自然在乎上了宋老生,对长子李建成叹息道:"宋老生可是一位猛将。"

李建成说:"宋老生乃一介莽夫,有勇无谋!"

李渊提醒李建成说:"这宋老生是只拦路虎,守着霍邑,我们不可轻视他。"

直到八月初三的早晨,雨停了。李渊父子合谋后,兵分数路攻打霍邑城。先是李渊率领数百骑兵走东南方向到达霍邑,埋伏在城东的草丛里;然后李建成和李世民率数十轻骑来到城下,惊动城里的宋老生,他登上城楼往下一看,李建成和李世民带着数十轻骑正在大骂他宋老生。

宋老生估计李渊的军粮不会很充足,他固守城中拖延时间,待李渊的军粮消耗殆尽,他再率二万精兵出城攻杀是最佳时机。哪知李建成和李世民带着一伙人就是不离开,一个劲地大骂宋老生的祖宗八辈子,又骂宋老生和他的子子孙孙,且是一声比一声骂得难听恶毒。宋老生终被骂怒,兵分两路,一路由他率领杀出东门,另一路从南门杀出。

李建成和李世民兄弟俩终于把宋老生骂出了城。李渊担心宋老生出城后又缩回到城里去,故意让士兵边骂宋老生边往后撤退。宋老生出城后,正处在受辱骂的气头上,见后退的李渊士兵仍在冲他骂不绝声,越发恼怒,不亲斩几个骂他的李渊士兵决不罢休。就这样,宋老生忍受不了骂声,追杀得离城越来越远,正中李渊下怀。

李建成和李世民趁霍邑城空虚之机,指挥埋伏草丛里的军队迅速封堵住了霍邑城的东门和南门,不让出城的宋老生军队逃回城里来。

宋老生是带着怒气杀出城的,他的士兵跟着他一窝蜂似地拥出城门,既没排兵也没列阵,他们冲出城后,被早有准备的李渊军队横贯出阵,切断成首尾不相应,乱作一团。见这情形,李渊心生一计,指使士兵大声呼喊宋老生已被擒获斩首。宋老生的士兵一听宋老生被敌军抓获斩首,立马崩溃,丢下兵器四处逃散。此时的宋老生听到李渊士兵造谣惑众,又见自己的士兵信以为真地丢下兵器逃走,恼怒得快要气炸肺腑,只好带着部分士兵逃回城里,没料进城的东门和南门已被李渊的将士堵死,进不了城,他一时慌不择路,逃离霍邑城。李渊的部将刘弘基领军追来,宋老生被追急了,下马跳进一条壕沟,正要藏身杂草丛里,被追来的刘弘基手下抓获,当即斩首。

在这个雨过天晴,波澜不惊的早晨,李渊出兵斩杀了宋老生,攻下霍邑城,打开进入关中的第一条重要通道。军队在霍邑补足军粮之后,又踏上前往大兴的征途。

## 2

攻下霍邑后,李渊率军沿汾水急速南下,又攻下临汾,直抵龙门。朝廷骁卫大将军屈突通拥兵数万正屯守在河东。屈突通已经知晓李渊攻占了霍邑和临汾,直朝河东奔来,深明李渊军队攻下霍邑和临汾后士气正旺,他委任鹰扬郎将尧君素为河东通守,镇守河东城。他率军至武关出蓝田,回救大兴。部队来到潼关时,早有李渊军司马刘文静带着突厥精骑守在了潼关,切断屈突通去大兴的进路。正好朝廷大将刘纲驻防潼关,驻扎在都尉南城。屈突通前往刘纲军营,要求跟刘纲合军,两军还没正式联合,李渊部将王长谐抢先一步进攻都尉南城,守军主帅刘纲被杀,将士们全都逃散。给了屈突通极大的打击,于是屈突通只好退守都尉城北。

这时李渊大军全部渡过了黄河,从四面八方奔涌过来,合围屈突通。屈突通深感四面楚歌,不知出兵攻谁才能转危为安,困在都尉城北不得动弹。李渊见屈突通一直没有主动出击,猜想屈突通虽是精兵不少,却不敢出战,足以说明屈突通的部下不愿跟他卖命了。鉴于此,李渊告知部将,若是屈突通过河进攻你们,我就率军进攻他的老巢河东,仅凭尧君素一人在河东城里指挥军队抵御,河东肯定能攻下。若是屈突通下令全军守城,你们尽快毁掉河上桥梁。在前面掐住他的咽喉,在后边攻击他的背部,他不逃走,就会被我们擒获。

一晃到了九月,屈突通跟李渊军司马刘文静对峙了一个来月。屈突通赶赴大兴心急,派部将桑显和夜袭刘文静营垒,扫除障碍。桑显和趁着夜色突然袭击刘文静,非常顺利地攻破二营栅,只有刘文静一营栅久攻不下。桑显和下令再战,刘文静伤亡数千人,就连刘文静也没幸免,被流箭击伤,士气大减,已露出溃败的迹象。就在这紧要关头,桑显和因将士连续激战,又饥又饿,甚为疲惫,他麻痹大意,停止进攻,传令开饭。

刘文静抓住桑显和军开饭之机,重建营栅,三营栅之兵突然呼喊奔杀过来,杀得吃饭的桑显和军措手不及,眨眼间几乎全军覆灭,惟有桑显和一人逃走。

指望桑显和夜袭刘文静杀出一条赴大兴的血路,没料桑显和全军覆灭,屈突通既沮丧又窘迫。这时有人劝屈突通投降李渊。屈突通直摇头,痛哭道:"我蒙受国恩,侍奉二主,受人厚禄,怎可背叛国主,逃避国难?只能以死报国!"随后他伸手摸着自己的脖子又说:"我应为国狠狠地挨上一刀!"

去不了大兴,屈突通率军回到了河东。李渊深感屈突通是他取大兴最大的劲敌,就怕自己直奔大兴,屈突通尾随,从后路攻击其背。于是李渊咬住屈突通不放,下令军队包围了河东城。河东城城高坚固,易守难攻,屈突通又善于固守。李渊不便把时间耗在攻河东城误了攻大兴,他留下部分兵力继续围城,拖住屈突通,然后亲率主力部队渡河西进,直进关中。

可以说在河东困住屈突通,李渊率主力部队西进大兴,不会有大的阻力。李渊西进关中后,命令长子李建成、军司马刘文静、左统军王长谐领军扼守潼关,切断朝廷援军的进路,同时派军队控制了供应京师大兴的最大粮仓永丰仓,以备军需。李世民带领刘弘基等诸军沿渭水北岸走高陵进大兴。这时沿途百姓都踊跃加入李渊军队,从最初的三万多人一下子暴涨到了十多万人。刘弘基、殷开山等人奉李渊之命抢先南渡渭水,非常顺利攻下大兴旧城。十月初四,李渊抵达大兴城,驻扎在大兴城东。随后各路大军集结,合军二十余万。

守城将士人人惊恐不安,除了闭城固守,再也使不出别的办法。至于留守大兴城的代王杨侑更是没辙。李渊下令部队围城后,并没急于攻城,先礼后兵派出使者告谕代王杨侑开启城门,迎大军进城。代王杨侑不应。李渊迫不得已才下令攻城。

自从瓦岗军进攻东都,留守西京大兴的刑部尚书卫文升奉代王杨侑之命,从西京带走四万守军增援东都,削弱了西京兵力,尤其是东都和江淮一带抗击叛军,急需重兵出征,更使貌似平静的西京防卫越发虚弱。杨广久居江都不归西京,守城将士心神忐忑,无心守城。卫文升从东都回到西京后,听说李渊率军朝西京奔来,自知不能抵御,忧惧难耐,称自己年事已高,疾病缠身,不再参与政务。只有左翊卫将军阴世师和京兆郡丞骨仪奉代王杨侑之命领兵镇守城池。

冬十一月初九日,李渊、李建成、李世民和刘弘基率二十余万大军开始大规模地攻城。心猿意马的守城军一看城外尽是黑压压的人,便觉不是李渊军队的对手,只是象征性地回击。李建成的部将雷永吉带兵率先登到城墙上,守城军如潮水后退,京师大兴就此攻破。

大兴城失守的消息很快传入大兴宫,宫中侍卫和宫人们顿时吓得乱成一团。代王杨侑衣冠楚楚地来到大兴殿。没多会儿守城主将阴世师和骨仪痛哭流涕来到大兴殿,跪在杨侑面前禀报京师失守,连连请罪。自从李渊兵临城下,杨侑预感到了京师失守不可避免。他非常正经地坐了下来,对阴世师和骨仪说道:"皇上还在江都,大隋还有天下,你俩有什么好哭的?快振作起来吧。"

阴世师和骨仪站了起来,不再哭了。

杨侑接着说道:"乱臣贼子李渊邀一伙盗贼来攻城,又通敌卖国引来突厥人进入华夏,罪不可赦!让他们来吧!"

阴世师非常不安说:"让他们进城来,殿下的安全怎么办?"

杨侑冷笑道:"你是担心他们会杀了我吗?"

阴世师说:"就怕乱军冲进殿里胡来。"

杨侑不再笑了,正色道:"他们不敢冲我胡来,就怕他们对城里百姓胡来,烧杀抢夺。所以诸位别激怒他们,让他们进城吧,大不了失去一座西京,国家还有东都和江都在。"

骨仪不能理解杨侑的心情,便说:"殿下这般妥协,皇上定会震怒,我等难逃罪责。"

杨侑对骨仪说道："京师防卫一直虚弱,我若下令继续抵抗,将会引发叛军屠城,地里不知要葬下多少冤魂!"

这时有宫人慌里慌张地跑进殿来告急,禀报李渊带领叛军朝大兴宫奔了过来,眨眼工夫就要进宫了。阴世师和骨仪身为留守京师大臣,护卫杨侑责任重大,赶紧劝说杨侑离开大兴殿,躲避进宫来的叛军刀剑。杨侑不肯离去,竟然做出惊人之举,要在皇帝视朝的大兴殿等李渊到来。

然后杨侑对身边众人说道："有皇上在,李渊和他的叛贼不会对我使出刀剑,多半会挟持我。我跟他们拖延时间,只等皇上回驾大兴,再收拾他们不迟。"

十三岁的代王杨侑是杨广之孙,是已故元德太子杨昭的第三子。他自幼聪慧,气度不凡。面对李渊率军杀气腾腾攻进城来,杨侑竟然处惊不乱,高坐殿堂上,宁愿赴死,也不愿有辱皇家尊严。

自从李建成的部将雷永吉率先攻破大兴城,城里军民不再抵抗,李渊的二十余万大军非常顺利地开进了城里。随即李渊带了一群将士攻进大兴宫,当他进入大兴殿时,一眼看到皇帝大宝位上高坐着代王杨侑,只见杨侑神情端庄,表情毫无惊色,倒是让他暗自心惊,朝杨侑跪下。

没等李渊开口,杨侑闭上眼睛,叹息道："你有什么话,自便说吧。"

李渊朝杨侑拱手拜道："臣下李渊率大军来京师,是来扶持代王即皇帝位的。"

杨侑睁开了眼,瞅着李渊说："你一微臣,岂可奉天承运册立天子,说出去不怕被天下耻笑?"

李渊怔了一下,回敬杨侑道："老天子结怨天下,正如瓦岗军首领李密所传檄文,其罪罄竹难书,已是不堪在帝位了。"

杨侑心里一阵刺痛,默默地流下眼泪,不再说什么。

夺取京师大兴控制代王杨侑之后,李渊的部将们催促李渊称帝,再发兵南下收复天下。只有裴寂和刘文静认为李渊称帝为时尚早,若现在称帝,恐怕成为众矢之的,建议李渊效仿当年的曹操,挟天子以令诸侯,等时机成熟后称帝,也不为迟。李渊听取了裴寂和刘文静的建议。

大业十三年(617)十一月十六日,李渊在西京大兴遥尊杨广为太上皇,拥立杨侑为皇帝。杨侑在大兴殿登基,改大业年号为义宁。李渊同时自封大丞相、唐王,辅佐杨侑。

## 3

就在李渊拥立代王杨侑为皇帝的当儿,李密仍在东都攻城激战。江都通守王世充是在九月奉旨率军来到东都的,与段达、元文都、韦津、皇甫无逸等人联军抗击李密的瓦岗军。王世充自从领军剿贼,还没吃过败仗,在来东都之前,他在南阳斩贼首卢明月,击败四十万贼军。他是带着一股盛气来东都的,主动进击,在洛口跟李密对阵,两军交锋一百多次,仍不见胜负。

无论是朝廷官军还是李密的瓦岗军,周旋在东都一带久战不休,两军将士都疲惫不堪,生出厌战情绪。这时李密和他的部下仍不知太原留守李渊抢先西进攻取了大兴。归降李密的河南巩县长史柴孝和进劝李密不要在东都洛阳浪费工夫了,柴孝和说秦地关中多以高山为屏障,以黄河为天堑,当年的项羽离开关中就灭亡了,只有刘邦守秦地建都邑,成就了大业。如果魏公您派人镇守回洛仓以备军需,亲自率领一支精兵西进大兴,不费多大劲儿大兴就可得手。然后稳固根基,再回来攻克东都洛阳,天下就可平定。李密赞成柴孝和的进言,可他心有疑虑,说您的方略我早就想过了,的确是上策。但当朝的天子还在朝位,追随他的军队还有很多。我的军队大多是山东人,他们随我攻洛阳这么久了,仍没攻下,现在要他们离家乡越来越远向西进攻大兴,恐怕他们都不愿意去了。再说一些部将原本是江湖上的绿林好汉,留下他们一定会各自称王,到那时,一切都完了。李密表述他的苦衷。柴孝和心想即便攻下洛阳,又有何用?免不了受困之危。既然李密不听,柴孝和也就罢了。

不久之后,李密闻知太原留守李渊攻取了西京大兴,拥立代王杨侑登上皇位,这个消息给了李密沉重的打击,几乎快要摧垮李密的斗志。可以说李密的终极目标是攻克大兴,早在杨玄感造反的当初,李密建议杨玄感西进大兴,控制潼关为中策,直攻东都为下策。而他执迷不悟率瓦岗军久攻东都不愿放弃,反而让李渊在他之先西进大兴,控制了潼关。

想起李渊得手大兴,李密除了心气浮躁暗自后悔,不再有别的感受。他似乎有些急火攻心,决计尽快地结束东都之战,避开坚不可摧的东都城墙,率军攻进皇家园林西苑,就想把东都城的守军引入西苑,一并歼灭。

这时东都告急奏报如雪花般飞向江都。杨广还不知西京大兴沦陷,不知他的姨表兄弟李渊拥立他的皇孙杨侑登上皇位,是为隋恭帝,改年号义宁。杨广只为东都孤危寝食不安,调派各地军队赶赴东都剿灭李密的瓦岗军。王世充便是攻打李密的主力。自从王世充擢升大将军之后,有些急于求成,领兵进西苑跟李密展开新一轮的激战。激战中李密被流箭击中,差点送掉性命,躺倒在了营帐里。

因李密伤势过重,不能指挥战斗,东都守军趁此时机偷袭,瓦岗军只好放弃回洛仓,退军回到了根据地洛口仓城。王世充乘胜追到洛口仓城西边扎营,跟李密的瓦岗军对峙上了。

王世充与李密对峙,东都一带没了打打杀杀的吼叫声,没了飞驰激越的马蹄声,没了兵器碰撞出的叮当声,宁静得十分诡异。王世充心里明白,逃到洛口仓城的李密瓦岗军号称百万,其实只有三十万,也不是个小数目;而他王世充只有数万人,在光天化日之下跟瓦岗军硬碰硬,多半碰不过。

王世充琢磨着夜袭李密。眼下正是十一月的中旬,白天有亮堂堂的日光,夜里有亮闪闪的月光,若在月光下夜袭李密,是一大忌。于是王世充继续让将士们在营地里待着,等到了月底,自然会出现月黑风高的天气。

李密躺在洛口仓城里养伤。仓城里储积的粮食可供他的士兵吃上许多年。可是李密躺在仓城里,一点都不安心,总在想着扎营洛口仓城西边的王世充。王世充算是一位常胜将军,他威名在外,李密早有耳闻。令李密不解的是王世充尾随他追来,扎营洛口仓城西边许多天,一直没有发动进攻,也没弄出其他动静。李密觉得蹊跷。

夜晚思忖得睡不着，李密瞅着窗外的月亮如同白昼，突然想起一句俗话："月黑风高夜，杀人放火天。"他倏地一惊，仿佛如梦初醒，召来部将王伯当、郝孝德、孟让和裴仁基，对他们说："自从我在西苑被流箭射伤退军至洛口仓城，王世充紧随其后追来，他扎营在我们的西边，既不进攻也不撤离，我一直在想这蹊跷事儿，今天终于想明白了。"王伯当说："王世充肯定是在等援军到来，然后跟我们开战。"李密摇了摇头说："他不是等援军，而是在等月黑风高夜到来，偷袭我们。"郝孝德问道："魏公是怎么知晓王世充在等月黑风高夜的？"李密瞅了眼郝孝德说："夜袭是王世充惯用的伎俩。眼下正是月中旬，满月当顶，王世充不便出击，等到月底无月之夜，他一定会来偷袭洛口仓城。诸位从现在开始，千万不可大意，尽快加强防御部署。"

王世充的确被李密算计了。他突然命令部队砍伐树木在洛水上搭建浮桥，这时的气候已是十分严寒，士兵们下水搭桥冻得要死，几座浮桥搭得有些粗糙。眨眼儿到了月底，王世充的部队悄悄从浮桥上渡过了洛水。这天的三更过后，王世充率军挨近洛口仓城，还没来得及发动进攻，误入王伯当、郝孝德、孟让等人的埋伏圈。冷不丁儿，瓦岗军一阵紧接一阵地猛烈放箭，王世充的将士还没缓过神来，被飞来的利箭射倒成片。天色又是伸手不见五指，将士们看不到瓦岗军藏在何处，惊恐得不知所措，虽是作出反击，无法压制住瓦岗军的火力，阵势越打越乱，伤亡越来越惨重。王世充想到这样打下去，不等天亮，他的部队将会全军覆灭。

在洛口仓城附近遭遇伏击，是王世充做梦都没料到的。他赶紧下令部队撤退，天快亮时，部队撤退到了洛水岸边，李密的瓦岗军追了过来。王世充的将士亡命地抢渡洛水，蜂拥着过浮桥，哪知那浮桥建得粗糙，经受不了众多人马的急速踩踏，一座接一座地断裂坍塌，一万多人掉进冰冷刺骨的河水里，全都淹死冻死了。

等部队渡过了洛河，漫天飘起鹅毛大雪，气候更加寒冷，一路冻死好几万人，最后只剩下数千人。王世充无颜回东都交差，带领残余部队来到了河阳（今河南孟县）。他害怕问罪，就把自己囚禁在了监牢里，派人去东都向越王杨侗请罪。

杨侗获知王世充大败给瓦岗军的消息，又活活冻死那么多的人，震怒得大骂王世充该千刀万剐。骂过之后，杨侗想到治罪王世充，又有何人讨伐李密能胜过王世充呢？只好宽恕了王世充，派使者赴河阳释放了自囚的王世充，召王世充回东都洛阳。

王世充回到东都后，驻扎在含嘉仓城。段达、元文都等人正在气头上，请求杨侗斩王世充。杨侗沉默了很久，然后开口说王世充的确该斩，诸位想过没有，斩了王世充，又有谁能接替王世充牵制李密远离东都呢？不如给他个立功赎罪的机会。

## 4

杨广获悉太原留守李渊举兵攻占了西京大兴，拥立代王杨侑称帝，登上了皇位，遥尊他为太上皇，如五雷轰顶。紧接着，王世充在洛口仓城附近大败给李密的奏报传来。这两个坏透顶的消息，使杨广彻底崩溃。他独自坐在江都宫里的一处阴暗地方默默地流泪。萧皇后走了过来，见杨广在流泪，明白杨广遇到过不去的坎。

杨广慢慢地抬起宽大的衣袖，擦拭脸上的泪水说："朕回不了东都，更加回不了西京，朕只能归命于江南了。"

萧皇后也知道了西京发生的变故，悲愤说道："李渊从小丧父丧母，是咱杨家哺育他长大的，又得先帝垂爱，可他为何恩断义绝，举兵反咱杨家的大隋呢？"

杨广叹口长气道："朕向来也是垂爱李渊这位姨表兄弟。尽管坊间谣言李氏夺天下，朕从没猜忌到他名下，派他到太原抵御突厥来犯，没料他大逆不道，在西京做出反隋的事来……"

萧皇后不安道："这可怎么办？"

杨广沮丧地回道："杀尽李氏九族，朕无能为力，已经做不到了。"

萧皇后劝慰道："皇上只是暂且失掉京师大兴，我大隋的万里江山还在。皇上没必要过度伤感了。"

萧皇后退下后，杨广仍独自坐着，对身边一位宫人说："召裴矩。"

那宫人应了声,去召裴矩。没多会儿,裴矩匆匆到来。杨广站了起来,来回地踱步。裴矩立在一旁,感觉杨广的心情比以往任何一天都要沉重,脸上的色泽比以往任何一天都要憔悴。

"朕小看了李渊,他竟敢冒天下之大不韪,扶立代王称帝……"杨广重又坐下。"李渊立代王是假,他自立是真,决不可让他得逞!"

有关李渊在西京大兴拥立代王称帝,遥尊杨广为太上皇,王世充大败给李密等消息,裴矩已经知晓。他对杨广说:"臣以为李渊不会尽快自立,他在等候时机。"

杨广问道:"何以见得李渊不会尽快自立?"

裴矩回道:"如果李渊现在自立,李密就会放弃东都,借此理由西进大兴,攻打李渊。"

杨广点头道:"但愿李密西进,跟李渊争夺大兴,东都就可恢复安宁,然后加强防御。"

裴矩道:"臣猜想李渊正在窥视李密,等待李密大败,好发兵南下攻东都,然王世充大败给李密,牵制了李密继续进攻东都。所以李渊此时不会南下。"

杨广道:"正因王世充之败,朕担心东都失守,就怕李密得手东都后,发兵南下攻江都。"

随后杨广跟裴矩商议,因西京大兴失守,东都洛阳危在旦夕,江都扬州随时会有贼军兵临城下,决定迁往丹阳(今江苏南京),命修丹阳宫。到了万不得已之时,据丹阳为京师,与人分江而治。丹阳毕竟是旧朝古都,为龙蟠虎踞之地,建帝王之宅,也不合适。裴矩表示赞同。于是杨广下诏修建丹阳宫,准备迁居那里。

营建丹阳宫,天子迁往丹阳的诏书一经传出,在江都城里并没引起多大反响,倒是从驾的骁果军不愿接受。骁果军里有许多是关中人,早前的时候,他们想家不得回返,就有人接二连三地逃走。杨广一时没办法禁止来自关中的骁果士兵逃离,还是裴矩使出一招,让他们在江都娶妻成家生子,才安定了他们。

皇帝要迁往丹阳,骁果军必须随侍车驾前往丹阳,他们离家乡越来越远,回返家乡的希望越来越渺茫。不久之前,骁果军将领司马德戡、元礼、裴虔通等人暗自结为朋党,等到江都城里出现混乱,大捞一把钱财结伙回归家乡。可是江都城里一直没有出现混乱局面,他们所结朋党毕竟人数不多,就怕劫掠了钱财没等走出江都城,就被抓住斩首,放弃了抢劫钱财逃奔而去的行动。

营建丹阳宫已是十分紧迫。骁果军处在了随驾而行的待命状态。司马德戡、元礼和裴虔通等人又聚在一起,发泄不满。

司马德戡说:"我老家有高堂老母,这一别就是两年,这么下去,兴许再也见不到老母亲了。"

元礼说:"丹阳宫一旦建成,宣告我们此生无归期了,只能一个人隔江望故乡,断肠他乡了……"

裴虔通听司马德戡和元礼诉说得格外伤感,快要掉下泪来,说道:"来江都之时,我妻腆着个大肚子快要生下孩儿。这战乱年代,连捎个信回家问安都做不到,也收不到家人报来的音讯,不知妻儿如何?真是愧对娘儿俩。"

骁果军将领们这般思念老家,只因皇帝下诏修建丹阳宫,回家无望;士兵们更是回家心切,又有人开始偷偷地逃离江都。

## 第二十二章　骁果弑君

1

李渊坐拥西京大兴之后,并没发兵南下,只是加强了关中防御。他在冷眼旁观东都局势,以便南下收拾天下。至于代王杨侑在大兴登基称帝,不过是个傀儡。

盘踞中原的李密自从在洛口仓城击败王世充,正在一个劲地加紧进攻东都,只有占领东都,才有资本跟李渊抗衡,跟杨广叫板。大业十四年(618)正月,李密率三十万大军占据了金墉城,又屯兵洛阳附近的邙山,直逼东都上春门。

当东都告急奏报又传至江都时,杨广对王世充、段达、元文都、韦津等人丧失信心。他不再对西京和东都抱有希望。

这时骁果士兵全都知道杨广准备迁往丹阳,不再回驾西行,军营里顿时躁动不安。裴虔通和元礼觉察到军营里的气氛不对劲儿,找骁果军主帅司马德戡汇报。

裴虔通说:"自从皇上下诏准备迁往丹阳,骁果军士兵人人都想逃走,就怕出现大逃亡,那是想拦都拦不住的,事后为将的逃不了治罪。"

元礼对司马德戡说:"骁果军人人想逃,可否向皇上禀报?"

司马德戡沉着脸,摇头说:"逃跑意味着不忠,咱为将的向皇上禀报士兵不忠,会激怒皇上,杀头的不仅仅是士兵,为将的头颅也要被砍掉。"

裴虔通打个寒战说:"现在不禀报,倘若军中出现大逃亡,如何招架?"

司马德戡沉默了会儿说:"骁果军万一出现大逃亡,我也没有办法,只能顺遂天命摆布了。"

司马德戡这般回答裴虔通,等于放纵逃亡。他手下的将士们相互串通,毫无顾忌地商议着如何搭帮结伙逃跑的事儿,正好被一位宫女听见,便觉事大。宫女来到萧皇后面前,喘着气说:"禀皇后娘娘,骁果卫兵们想造反,正在外边商谈着如何起事。"萧皇后大吃一惊,对宫女说:"你快去向皇上禀报。"宫女转身去见杨广。

此时杨广正在训斥虞世基和裴蕴以往瞒报郡县贼情的过失,虞世基和裴蕴被训斥得如同狗血喷头,跪地连连谢罪。那宫女选在这个时候跑来,正撞在了杨广的气头上。宫女以为事大,又是皇后娘娘差她来的,如实奏报骁果卫兵造反逃亡的事儿。没料杨广大怒,冲那宫女恶狠狠地说道:"你岂可妄议国家大事?拖出去罚廷杖五十棍。"几个近侍过来,拖走了宫女。

没等挨上五十大棍,宫女被近侍打死。萧皇后知道宫女杖毙于殿前台阶下,生出愧意。待到用膳时,萧皇后对杨广说道:"今日被廷杖致死的宫女,是臣妾差遣她见皇上的,死得太无辜了。"

杨广说:"朕一直厌恶宫人干政,才下令近侍罚她廷杖,只是近侍下手太重,将她打死。"

萧皇后替那宫女鸣不平说:"那宫女发现骁果军们私下里议论如何叛逃之事,向皇上禀报,以作防患,何来罪过?"

杨广突然放下筷子,似乎没了心情用膳。

然后杨广说:"当时朕听到坏消息,心烦意乱,那宫女的确不该挨廷杖致死,是朕心情不好……"

萧皇后拿起筷子,递到杨广手中说:"臣妾不该提及此事,请皇上用膳。"

之后又有宫人对萧皇后奏报骁果军商议如何叛逃之事,萧皇后想起杨广放下筷子的情形,对宫人说:"过些时皇上就要迁往丹阳了,顾及不了天下局面。你们不用说了,免得皇上费心。"见萧皇后是如此态度,宫人们即使碰到骁果军议论叛逃,只当没有听见。

起初司马德戡非常担心手下将士谈论逃亡之事被杨广知道后问罪,他身为骁果军首领免不了有带头鼓动逃亡之嫌,将会罪加一等。没料杨广听之不闻,还下令廷杖打死了一位告密的宫女。于是司马德戡也不避讳,召集心腹再次密谋逃亡。虎牙郎将赵行枢和勋侍杨士览知道司马德戡等人的密谋,立马告诉给将作少监宇文智及。杨士览不是外人,正是宇文智及的外甥,赵行枢又是宇文智及的多年好友,这两人的话,宇文智及不会怀疑。

赵行枢对宇文智及说道:"司马德戡等人已经密谋好了逃跑的日期……"

宇文智及一惊,打断赵行枢的话,问道:"他们决定何日离开江都?"

赵行枢说:"初步定在三月十五左右月亮正圆之夜结伴西逃。"

宇文智及想了一下,并不赞成说道:"虽说皇上如卧龙困在江都,可皇上的威令还在。你们逃跑,恐怕是找死。"

赵行枢说:"不一定吧?皇上锐气已钝,不敢西归京师,困在江都,退至丹阳,兴许是末路。我等追随皇上赴末路,才是找死。"

宇文智及怔了下,说:"也是的。眼下反王辈出,我等于乱世能苟且偷安,大幸也!"

杨士览说:"二舅爷明智。骁果主帅顺骁果军心,谋划西归,二舅爷不可或缺。"

宇文智及瞅了眼杨士览说:"既然众望西归,那就好自为之吧。"

宇文智及的父亲宇文述生前受到宠信,骁果军里有许多人曾是他的麾下。司马德戡一直想拉宇文智及入伙,担心宇文智及出卖他们。赵行枢跑去告诉司马德戡,说宇文智及有可能答应参与逃离江都。司马德戡非常高兴。

赵行枢接着又说:"宇文氏累世显贵,只要智及参与逃离江都,一定会有极大的号召力,没有不成功的。"

司马德戡说:"智及的兄长化及能参与我们的行动,那是再好不过了。"

赵行枢说:"既然智及愿参与,相信化及一定会参与。"

密谋逃亡,在关中籍的骁果军里传播开了。司马德戡担心一些人到那时不敢付诸行动,暗自指使手下散布谣言,说皇上已经察觉到了骁果军想反叛潜逃,酿了很多毒酒,准备利用宴会,把骁果军毒死,只留下南方籍的骁果军人。谣言立马在骁果军里引发恐慌,加速了叛逃进程。那些关中籍的骁果军人,都依附了司马德戡。

## 2

虞世基和裴蕴匆匆进殿,奏报骁果军正在谋划叛逃。杨广问道:"谁是主谋?"裴蕴回道:"司马德戡。"杨广并不感到震惊,沉默了。虞世基奏道:"臣请皇上查实,有多少人参与,一个不留全部斩首!"杨广道:"江都城里有十万骁果军,护卫宫城的有一万多骁果军,如果他们全都背叛朕,派谁来斩他们?"虞世基和裴蕴怔住了。杨广摇头叹道:"朕早就知道骁果军在密谋叛逃。朕在江都大开杀戒,定会留下暴君的恶名,朕不想留下千秋恶名。那些想逃走的骁果军士兵,是留不住的,既然他们起了逃的心,就让他们逃吧。"

等虞世基和裴蕴退下后,杨广召裴矩。

裴矩进殿后,杨广对他说:"刚才虞世基和裴蕴来过了,启奏骁果军准备逃离,朕能否杀掉几个骁果军士兵,杀一儆百?"

裴矩当即说道:"护卫宫城的骁果军大多是关中人,如果皇上杀掉他们中的某些人,不仅不能起到杀一儆百,反而引发恐慌,出现大逃亡。"

杨广无奈道:"依你之见,如何处置才好?"

裴矩思忖了会儿说道:"请皇上派臣去见护卫宫城的骁果军,臣有话告诉他们,让他们安定在江都。"

杨广打个手势说:"你去吧,但愿他们能听你的话。"

早前裴矩帮单身骁果军士兵在江都娶妻成家,深得骁果军的敬重。他来到骁果军营地,将士们围过来跟他打招呼。他却一脸的正经,说皇上早已知道关中籍的骁果军准备逃离江都,这叛逃之罪本该处斩,皇上宽仁,一直没下斩令。有关西京大兴沦陷,朝廷仍将消息在江都封锁着。裴矩借此时机告诉关中籍的骁果军将士,你们想回关中老家,已经回不去了,不是李密在洛阳挡着去路,而是太原留守李渊反叛朝廷,攻占了西京大兴,控制了关中地区。你们身为皇帝禁军西行去关中,即使洛阳的李密放过你们,关中的李渊不会放过你们,以为是皇帝派你们去剿灭他们,定会不惜代价灭掉你们。不信,等你们进入老家关中,看李渊怎么收拾你们!

裴矩没费多的口舌,当面戳穿若干骁果军将领的阴谋。接着警告骁果军,国家还在,天子还在,你们叛逃,犯下的是叛国罪,除非你们逃离国家,不然,你们逃到任何地方,免不了被抓获治罪!

谋划叛逃的事情败露,骁果军人人吓得惶恐不安,不敢抬头正视裴矩,更不敢申辩。只有主帅司马德戡应对着说道:"早些时候,的确有单身士兵思家,心有不安,想逃回家乡,亏了裴大人给他们娶妻成家,之后不再有人想逃离了。"

裴矩一听司马德戡在说假话,说道:"你的部下谋划逃离,连宫人都知道了,还瞒得过皇上吗?一直以来皇上待你们不薄,请你们好自为之,别逼皇上对你们下震怒诏了。"

等裴矩一离开,主谋叛逃的司马德戡、裴虔通、赵行枢和元礼等人明白不妙,坐立不安,聚一块儿商议对策。

元礼说:"既然事情已败露,咱们这就行动吧。"

赵行枢说:"裴大人说过了,大兴沦陷,关中被李渊掌控,咱们有家回不了了。"

裴虔通说:"裴大人来骁果军营,是来捎个信的,咱们犯了叛国罪,说不准朝廷马上就要抓人了。"

元礼又说:"咱们不能等着朝廷来抓人。"

司马德戡还算冷静,他说:"皇上从东都带到江都来的十余万人,其中就有许多江南人,他们不会随咱们逃往关中。护卫江都宫城的只有一万多关中人,即便他们响应号召同咱们走,皇上还有足够的人马对付咱们,所以咱们现在行动,是找死。"

司马德戡说罢,其他人凉了半截。

元礼发牢骚说:"咱们行动是找死,不行动是等死。"

司马德戡说:"我等都是骁果军将领,只能施缓兵之计。诸位随我去朝见皇上请罪,万一皇上追责问罪,咱们可找几个士兵当替罪羊,不然,咱们就成为他人的替罪羊。"

于是元礼、裴虔通、赵行枢随了司马德戡进宫,就有宫人来到御前禀报。杨广坐在了御案前,等司马德戡等人躬身驼背地进了殿,杨广来了个下马威。

杨广怒道:"你们身为骁果军将领,是朕的心腹,随朕来江都护驾。这江都也不是朕的老家,连朕都没想到逃回老家去,可你们,要背叛朕,密谋着准备逃走,乘人之危过河拆桥,朕何曾亏待了你们?"

司马德戡、裴虔通、元礼和赵行枢连连叩首谢罪,请求杨广宽恕。自从裴矩去了趟骁果军营,杨广认定司马德戡等人会进宫来谢罪。这种艰难时刻,杨广不想治罪司马德戡等人,只因天下大乱,江都不可生乱生战,只要稳住骁果将领归心于朝廷,就可稳住骁果士兵留在江都。

然而杨广的一腔怒言,直刺得司马德戡等人浑身发颤,就怕杨广拿他们的脑袋开刀。

司马德戡继续谢罪道:"臣下身为骁果军主帅,未能尽职尽责统领好将士效忠于皇上,臣下有罪!请皇上给臣下一个赎罪的机会……"

裴虔通斜眼看了下司马德戡,朝杨广叩首道:"臣下也有罪,愿立功赎罪……"

元礼畏畏缩缩叩头道:"是臣下疏忽大意,未能管好士兵,臣下请罪……"

赵行枢跟着元礼请罪。杨广听到一声声的请罪赎罪,怒气小了些。他站起,离开了御座,踱着小步,对司马德戡、裴虔通、赵行枢和元礼说道:"天下到处兵荒马乱,只有江都还算太平,你们不愿留在江都过太平日子,离开朕投身战乱。哪天国破了国亡了,你们的家会平安吗?到那时,你们和你们的家人就像可怜的蚂蚁一样被强盗的马蹄活活地踩死!"杨广叹了口长气。"别跪了,都退下,好自为之吧。"

四个人退下后,裴矩进殿来。杨广表明想换掉骁果军将帅。裴矩想了会儿,说眼下的骁果军军心不稳,皇上更换将帅,恐怕不是时候。

## 3

盘踞关中的李渊一直按兵不动,仍在静观东都局势。他在等守城的段达和王世充跟李密决出胜负,最终溃败一方自然受挫,获胜的另一方也会大伤元气,到那时他挥师南下取东都正是时候。

东都久战不休,总不见鹿死谁手。杨广困在江都,被绝望的情绪摧垮,他常常站在一面铜镜前,瞅着镜子里的自己,唉声叹气道:"好头颈,谁当斫之?"这更加激发他内心的绝望,仿佛预感到了他将成为大隋的亡国之君,这时朝廷里几乎没人鼓励他振作起来。

司马德戡等人早前密谋在三月的月圆之夜逃离江都,离三月中旬月圆之夜越来越近,骁果军里不见动静。将作少监宇文智及觉得奇怪,找好友赵行枢探听消息。赵行枢说逃离计划已经胎死腹中。宇文智及心凉了半截,说:"当初我没兴趣入伙逃离,正是你邀我加入,怎可半途而废?"

其实赵行枢并没放弃逃离江都的想法,只是逃离计划被皇上知道,虽没治罪,也算敲了警钟,不再有谁敢牵头付诸行动。此刻,赵行枢被宇文智及挑逗得来了兴致,拉了宇文智及去见司马德戡。

司马德戡知道宇文智及的来意后,告诉说:"逃离江都已经行不通了。"

宇文智及一瞪眼说:"行不通,难道就没别的路可走了?"

司马德戡瞅着宇文智及说:"还有什么路,你说说。"

宇文智及直接说道:"此时各路反王争霸天下,正是老天爷要灭隋了。我们只晓得逃离江都回老家,为何不明白趁此时机起事,争取成就一番帝业呢?"

司马德戡从没想过争霸天下,从没想过成就一番帝业,他怔住了。

宇文智及接着点拨说:"皇上的姨表兄弟李渊从太原率三万余众,闷声闷气攻下大兴得了关中。李密攻东都如此,窦建德如此,杜伏威如此,还有大大小小的反王都如此。隋亡近在眼前,咱们还困守着个江都一动不动,有何出息?"

先前策反的那把火本是熄灭了,被宇文智及重新点燃。杀猪宰羊出身的司马德戡头脑一下子膨胀,浑身发热得滚烫,立马差人叫来裴虔通和元礼。宇文家毕竟累世显贵,具有不可小视的影响力。司马德戡和裴虔通等人的确厌倦了困守江都的日子,巴不得宇文智及成为起兵夺天下的首领。

司马德戡对宇文智及说:"你怎么说,我们全听你的。"

裴虔通说:"江都就有十余万驻军,只要造反成功,十余万人就是宇文首领的队伍了,不愁打不了天下。"

宇文智及思忖片刻,说道:"我暂且不做首领,让我兄长宇文化及担任首领吧。"

众人没有异议,一致赞成宇文化及为起事首领。这时宇文化及还被蒙在鼓里。他被人叫来,听说骁果军举兵造反,推举他为首领,好像要拉他去处斩似的,吓得往后退了几步,脸色苍白,直冒冷汗说:"谋反事大,我当头领行吗?"见宇文化及不敢做大事的怯懦样子,宇文智及刺激宇文化及说:"大业初年,咱俩随驾榆林时,偷偷跟西突厥人做买卖,触怒皇上差点砍了咱俩的脑袋。皇上也不看咱父亲的辅佐之功,贬咱俩做父亲的家奴,直到父亲病逝,咱俩才盼来出头之日。这奇耻大辱,难道兄长忘得一干二净了?"宇文化及仍冒着冷汗说:"没忘,想来历历在目。"宇文智及狡黠一笑说:"这个仇,到了该报的时候,兄长不要推辞了。"

宇文化及不得不接受了众人的推举,做上谋反的头领。

之后宇文化及仍旧心有余悸,对宇文智及说:"你说要报仇,有何仇可报的?那年咱俩在榆林偷着跟西突厥人做买卖,的确触犯了国家法令,是要杀头的,后来皇上免了咱俩的死罪,让咱俩给父亲做家奴,分明是给了咱俩一条生路。"

宇文智及觉得宇文化及迂腐。他说："难道兄长忘了北周是谁家的天下？那是咱宇文家的啊，被身为北周相国的杨坚终结自立，斩杀了咱宇文家不少人。眼下正是咱宇文家向杨家索取天下的时候，咱借助骁果军反叛的力量，让兄长成为取天下的首领，兄长怎么不明小弟的一番用心呢？"

宇文化及这才明白，点了点头说："眼下这时局，的确到了杨家归还天下给咱宇文家的时候，我不再推辞了。"

有了出身显贵的宇文化及和宇文智及领头，杀猪出身的司马德戡胆量大了起来，就想依附宇文兄弟成就大业，挣得大富大贵。他暗里串通骁果军吏，准备起事。军吏们纷纷响应，只等一声令下。

三月十日，天色阴沉沉的，虽说没有下雨，但是风起得格外大，一些大树被风折断，那风声呜呜号叫，有点吓人。宇文化及下达了行动令。挨近黄昏，司马德戡带人溜进御马厩，偷出了御马。这晚裴虔通和元礼正在宫里值班，负责控制大殿；城门郎唐奉义负责控制城门。裴虔通指使唐奉义，夜里各座城门不要上锁，便于起事的将士进入宫城。

可是那玄武门不由骁果军掌控。杨广非常担心江都兵变入玄武门进大内，早就挑选了数百位性情勇猛身手矫健的官奴，安置在了玄武门，他们被称给使，保卫皇帝、皇后和嫔妃安全，不受骁果军指挥。杨广对给使的待遇十分优厚，甚至把一些宫女赐予给使，以便他们安心守卫在玄武门。

可以说玄武门给使是最效忠杨广的宫廷卫队，正是骁果叛军进宫的障碍。平日里元礼跟司宫魏氏关系要好。魏氏是杨广的近侍，深得杨广宠信。宇文化及派元礼进宫勾结魏氏，请求魏氏这夜里配合骁果军行动。刚开始魏氏不敢，说骁果军是皇上的卫兵，怎可背叛皇上呢？那是要满门抄斩的。元礼吓唬魏氏，说今夜里骁果军决定进宫，不从者一律格杀，你若不从，恐怕骁果军的刀剑要落到你头上。听这话，魏氏害怕了，对元礼说："我愿服从，请留下我一条小命。"元礼说："只要你配合，我保证你平安无事。"

## 4

  三月十日三更时分，乌云密布，不见月亮。大风还在不停地呜呜乱叫。骁果军反叛行动照常进行。司马德戡在东城纠集了数万人，架起干柴点火焚烧，火焰冲天，是在给宫城里的骁果叛军发送信号，里应外合。

  宫城外的大火自然惊动宫人。这时杨广已躺在龙榻上入睡，他对今晚的骁果军起反一无所知。就有宫人惊慌地跑进寝宫，禀报失火。听到失火，杨广连忙起床，出得寝宫观望，见到宫城外的大火染红了半边天，吃惊地问道："这么大的火，咋回事？"值班守夜的裴虔通挨近杨广说："看样子是外边的草坊失火了，皇上不必担心。"杨广信以为真，说宫城外边好像很嘈杂。裴虔通说："是外边的人在救火哩。"草坊起火，没啥大不了，杨广没多介意，回到寝宫躺在了床榻上。骁果军的行动一直没人告密，杨广继续蒙在鼓里。

  因宫城四周有高墙隔离，宫城外究竟发生了什么事，宫里人看不到。宇文智及在宫城外集合了一千多人，劫持了巡夜的护卫，又部署兵马把守了街道。燕王杨倓发现宫城外有兵马异动，便觉不对劲儿，立马进宫给杨广报信，趁着夜色穿过芳林门旁的水闸进了宫。他来到玄武门时，装出躬背猴腰一走一瘸的样子，谎称他突然中风，人不行了，快要死了，让他到寝宫跟皇上告别。这燕王杨倓正是杨广的皇长孙、已故元德太子杨昭的长子。裴虔通等人意识到了杨倓是进宫报信的，没让杨倓进入寝宫，反而把杨倓关了起来。

  早在傍晚时，城门郎唐奉义得到裴虔通的指令，由唐奉义管辖的城门都没上锁。到了五更时分，司马德戡将兵马直接带进没上锁的城门里，交给了裴虔通，裴虔通迅速替换掉诸城门的卫兵。紧接着裴虔通率领数百人马来到了成象殿，惊动值宿卫兵，见来的人马气势汹汹有些反常，他们报警呼叫有贼。裴虔通听到宿卫呼叫，做贼心虚有点胆寒，转身回去关闭了各门，只开着东门。裴虔通带来的人开始驱逐成象殿的宿卫，宿卫们见势不妙，只好放下兵器，纷纷从东门离开。

右屯卫将军独孤盛这天也在宫里值班,听到成象殿的宿卫叫喊有贼,立马警觉,疾步走了过来,见深更半夜宫里突然闯进一伙人马,大吃一惊。

独孤盛走到裴虔通跟前,忙问道:"什么人的队伍,是谁带进宫里来的?"

裴虔通也不隐瞒,直言道:"形势已经发生了变化,不关将军您的事,请将军千万不要乱动。"

独孤盛顿时冲裴虔通怒骂道:"老贼!你说的不是人话,胆敢犯上作乱?"

没等裴虔通回敬几句,叛军冲了过来,独孤盛来不及披上铠甲,跟叛军搏斗,终因寡不敌众,被叛军杀死。

这时叛军在宫里弄出极大的动静。左千牛独孤开远听到右屯卫将军独孤盛被骁果叛军杀害,急忙率领数百殿内卫兵来到玄览门。这玄览门正是进入皇帝寝宫的一道侧门。这时杨广已经知道宫里发生政变,惊恐不已,关闭了玄览门。独孤开远带兵来请示皇帝,进不了玄览门,只好握着拳头使劲捶门,叫喊道:"宫里兵器完备,足可灭贼,请皇上下旨抗击贼寇,人心自然安定。否则,祸乱就在眼前!"杨广听到独孤开远拍门叫喊,一时难辨真伪,没有开门。见玄览门里没人回应,独孤开远招来的卫兵灰心丧气,全都散去。独孤开远感到非常无奈。

司宫魏氏受到元礼恫吓,害怕死于非命,跑到玄武门假传圣旨,放全体给使出宫,使得玄武门没有一个卫兵看守。司马德戡等人带兵来到玄武门,魏氏打开门时,不见一个给使的身影。杨广听到宫人禀报叛军已经进入玄武门,惶恐得很,急忙换上便服逃到了西阁。

裴虔通、元礼和马文举带兵进入永巷,一些宫人看到骑在马背上的人杀气腾腾,有的吓得蹲下,有的吓得紧贴墙壁不敢动弹。裴虔通朝那惊恐的宫人大声问道:"陛下在哪里?"

一位吓得面如灰土的宫女浑身发抖地指着西阁说:"在那里。"

裴虔通闯入西阁,正好迎面遇到杨广。

这时杨广满脸怒色,指着裴虔通大声喝道:"你这家伙随朕多年,你说哪年哪月哪天朕薄待你了,可你为何恩将仇报造反?"

裴虔通被怒斥得有点难堪,回答说:"臣不敢,就因关中的将士都想回家,臣只能使出这个办法请陛下回京师大兴。"

杨广不减怒气冲裴虔通说道:"朕身为晋王时,视你为亲信随从,从没亏待你;朕即位后,直到此时此刻,也没疏远你。可你为何这般带夜袭宫廷,逼朕回京师?"

校尉令狐行达就想灭一灭杨广的威严,拔刀冲了上去。杨广往后退了几步,瞪眼道:"你想弑朕吗?"

令狐行达终没敌过杨广的威严,站住了,回答说:"臣不敢,臣不过想随陛下返回大兴。"

杨广随机应变说:"朕正打算回大兴,只是长江上游的运米船未到。朕不再等运米船了,这就同你们回大兴。"

裴虔通、元礼等人在西阁控制杨广之后,接下来不知如何应对,就等天亮后移交给头领宇文化及处理。这个多事的夜晚,宇文化及一直没来宫城露面,躲在一旁焦虑不安,他非常害怕进宫发动政变的人失败,他这被人推举为政变头领的首先要上断头台。好不容易熬到天亮,宇文化及不见宫城那边传来任何消息,以为不妥,正准备骑上马背逃离时,一群叛军跑来迎接他进宫。可他胆战心惊吓得说不出话来,遇到有人拜谒他,他总是低垂着头,双手按住马鞍说道:"罪过,真是罪过。"

宇文化及被迎接他的人迎到了宫城门口。司马德戡又将宇文化及迎进朝殿。

裴虔通回到西阁,哄杨广说:"百官都在朝堂,请陛下亲自去慰问。"

杨广冷眼瞅了下裴虔通,并没起身离开西阁。裴虔通牵来他的坐骑,逼杨广上马。杨广无奈得很,嫌裴虔通的马鞍太破旧,不肯上马。裴虔通只好换了新马鞍,杨广这才骑上马背。裴虔通一手提着大刀,一手牵着马缰走出宫城大门,引起叛军一阵骚动。

宇文化及眼看杨广被完全控制,不再像先前那样胆战心惊吓得说不出话来。他心里猛地生出一股恶气,对身边人说道:"没必要让这家伙出来,赶快弄回去结果了完事。"

杨广坐在马背上四处张望,感觉世间尽是一片凄凉,他问:"虞世基在哪里?"

叛将马文举告诉说:"已经枭首了。"

杨广心口一沉,又问:"裴蕴呢,他在哪里?"

另一位叛将回答说:"也枭首了。"

杨广不再问谁了。

裴虔通服从宇文化及的命令,转身牵着马,送杨广回到了寝宫。杨广刚刚坐下,皇三子赵王杨杲来到寝宫偎依在了杨广身边。杨杲才十二岁,眼看一群手持刀剑的叛军满脸杀气威逼他的父皇,惊吓得号啕大哭。此时杨广顾及不了皇三子杨杲受到惊吓,他的手抹了下杨杲脸上的泪水,问手持大刀的裴虔通和司马德戡等人:"朕有何罪该当如此?"

叛将马文举说:"陛下弃下宗庙,巡游不息,对外频频作战,对内不闻民苦,致使许多男子死于刀兵之下,万民丧业,盗贼蜂起,专任奸佞,拒不纳谏,怎么说无罪呢?"

杨广倏地站起,正色道:"朕远离朝堂、宗庙,亲征千里之外,不为己利,而是为国开疆拓土,西得疆域数千里,南得流求,只是收复辽东,战死众多男丁,朕的确愧对战死辽东的卫国忠魂。可你们这些人,享荣华富贵到了头,不拿起武器歼灭分裂国家的反贼,为何还要这样威逼朕呢?"

没人回答。赵王杨杲还在号啕大哭,哭得杨广心里不是个滋味。

杨广接着问道:"今天这事,谁是主谋?"

司马德戡开了口,回答说:"全天下都在怨恨,何止一人。"

这时宇文化及指使封德彝宣布杨广的罪状。

杨广对封德彝说:"你是士子,怎么干出这种下流的事来?"

封德彝羞红了脸,退了下去。

见封德彝退下,宇文化及来到杨广面前,说道:"我就是陛下要问的主谋,该当如何?"

杨广一惊,凝视着宇文化及,不禁想起一些往事,说道:"朕此生对得起你们宇文家的,下嫁南阳公主到你们宇文家,给你父亲宇文述高官厚禄。朕也对得起你小子,那年你和你兄弟宇文智及在榆林跟西突厥人私交买卖,触犯国法,当立斩首,是朕违背国法救了你两兄弟性命,有意差遣你两兄弟到父亲府上为奴,好让你父亲保护你两兄弟免于国法严刑惩处。直到你父亲死后,朕给你两兄弟恢复官爵,享受荣华富贵。直至今日,你主谋造反,恩将仇报,何来人味?"

宇文化及涨红脸,说了声快点了结吧。转身离去。

裴虔通快手出刀,杀了赵王杨杲,那稚气的哭声戛然而止。赵王杨杲栽倒下去的那一刻,从刀口喷出的鲜血溅了杨广一身,惨不忍睹。杨广见爱子杨杲惨死在他脚下,不忍垂首看一眼,感觉一把尖刀插进他的胸口,心里阵阵刺痛。他闭上了双眼,眼角挤出几滴老泪。随后又睁开双眼,朝裴虔通怒视道:"赵王杨杲才十二岁,是个不懂人间世事的孩儿,他有何罪该斩杀?你们今天杀了天子家十二岁的孩儿,接着还要弑杀大隋的天子,其大恶将会载入千秋史册!"

司马德戡和裴虔通等人一不做二不休,指使令狐行达强迫杨广坐下。然后令狐行达从杨广身上解下练巾,套住杨广的脖子,将杨广活活地勒死。

叛军在寝宫杀赵王又弑杀杨广之后离开了。杨广脸色青紫,两眼瞪得极大,那条练巾仍套在他脖子上。萧皇后悲伤至极,不敢放声痛哭,啜泣着替杨广解掉脖子上的练巾,伸出巴掌放在杨广额头上往下抚摸,让杨广安详地合上双眼。然后善良的萧皇后抱起杨杲,泪流满面喃喃说道:"只怪孩儿生在帝王家,遭此劫难……"

兵变来得突然,使得整个江都宫里弥漫着可怖的杀气。萧皇后急着找人帮杨广父子料理后事,哪知宫里侍卫都跑光了,杨广和杨杲死后,连个帮忙入殓下葬的人都没有,父子俩躺在寝宫的地上,极为凄凉悲惨。萧皇后只好约了身边的宫女,拆了几张漆木床,做了口棺材,将杨广、杨杲父子入殓,抬到西院流珠堂,草草地葬下了。

这时一些大臣不知骁果军发生兵变,正陆续赶往江都宫入朝。黄门侍郎裴矩走到江都宫附近的坊门,闻知骁果军反叛,攻占了江都宫,弑杀了天子,就连御史大夫裴蕴和内史侍郎虞世基等人,也遭骁果叛军斩杀。见这情形不妙,裴矩转身逃离,被迎面走来的一伙骁果叛军抓住。

裴矩顿时吓得浑身发软直冒冷汗。

一位叛军似乎杀红了眼,正要朝裴矩举刀,被其他叛军阻拦住。只因裴矩曾在江都帮骁果军士兵娶妻安家,叛军动了恻隐之心,没有杀他。于是叛军押着裴矩去见宇文化及。

等遇到宇文化及,裴矩连忙跪下,拜道:"帝已亡,我已孤,愿臣服骁果军……"

宇文化及点了点头,对左右骁果叛军说道:"既然裴黄门愿臣服,那就留下他吧。"

左翊卫大将军来护儿获悉江都宫兵变,却不知杨广已被骁果叛军弑杀,来不及调令千军万马,火急火燎只召集了数百人马奔向江都宫救驾。没料占领江都宫的叛军就有一万多人,来护儿并不畏惧,以死相拼继续冲向江都宫救驾。当他听到皇帝已被叛军弑杀,一下子崩溃。他率领的数百人马根本不是一万多叛军的对手,很快被叛军歼灭,而他也被叛军擒获。

宇文化及多看一眼被擒的来护儿就感到厌恶,口吐一个"杀"字,扭头就走。随即一把锋利的剑刺进来护儿的肚子,来护儿双手捏住了剑,试图拔出剑来,没了气力。他朝宇文化及离去的背影看了一眼,然后闭上了,眼里流出泪水,一字一顿地说道:"我身为护国大将军,不能肃清凶逆叛寇,使得国家落到如此不堪的地步,除了抱恨于黄泉,还有何言可诉?"说罢,倒地身亡。

杀了来护儿之后,骁果叛军完全掌控了江都局势。

接下来,宇文化及对帝王家成员大开杀戒,杀掉齐王杨暕和燕王杨倓,隋朝宗室及其外戚,无论老少全部杀死。只有杨广四弟蜀王杨秀和三弟秦王杨俊的儿子杨浩,平日里跟宇文化及、宇文智及往来频繁,幸免一死,保住了性命。

## 第二十三章　王朝落幕

### 1

杨广被弑杀的消息很快传到东都,引起一阵惊恐和慌乱。留守东都的左骁卫将军段达、太府卿元文都、武卫将军皇甫无逸、右司郎中卢楚等人,想到国无主君,可不是好兆头;又想到叛军李渊攻占西京大兴后,扶立代王杨侑称帝,他们即便留守东都,也没了合法性。于是他们以朝廷正臣的名义,仓促地拥立越王杨侗称帝,是为皇泰帝。改元皇泰。

杨侗在东都即位后,给杨广上谥号明皇帝,是为隋明帝。追尊父亲元德太子孝成皇帝。尊其母亲刘良娣为皇太后。封段达纳言,右翊卫大将军,摄礼部尚书;封王世充纳言,左翊卫大将军,摄吏部尚书;封元文都内史令,左骁卫大将军;封皇甫无逸兵部尚书,右武卫大将军;封卢楚内史令;封郭文懿内史侍郎;封赵长文黄门侍郎,委以机务,共掌朝政。以上七位辅政大臣,被称朝中"七贵"。

然而远在江都的宇文化及和司马德戡等人,做梦都没想到弑杀杨广,占领江都六宫竟是如此的顺利。随驾杨广巡幸江都的十万大军,也都归顺在了宇文化及名下。最初宇文化及毕竟是阴差阳错被人推举为叛军首领。这般轻松地得到江都,等于得到半壁江山;这时宇文化及的欲望膨胀起来,想在江都称帝。

当初骁果军将领密谋起事,推举的首领是司马德戡,可是司马德戡没那个勇气和胆量,害怕失败后被杀头,才让宇文化及当上首领。眼看盘踞江都的十万大军全都归入宇文化及麾下,司马德戡就有说不出口的后悔。

宇文化及终于抛出在江都称帝的意图,没得到多少人拥护。他还算明智,差人召来在江都宫坊门跪降他的裴矩,想听听裴矩有没有什么好主意。

裴矩沉默了会儿,说道:"隋明帝不在了,有隋皇泰帝杨侗在东都洛阳,还有李渊扶立的那个傀儡皇帝杨侑在西京大兴。宇文将军何必这么急迫,充当出头鸟呢?"

宇文化及明白了裴矩的指点,忙问:"接下来我当如何?"

裴矩道:"效仿西京的李渊和东都的段达、元文都等人扶立隋宗室上位,等候时机到来,也不嫌迟。"

宇文化及点头道:"裴先生言之有理。"

随即宇文化及效仿西京大兴的李渊,准备立蜀王杨秀为帝。这杨秀在开皇年间任蜀地益州总管,因生活奢侈浮华,被隋高祖杨坚废为庶人。等宇文化及表白立杨秀时,遭到众人反对。最后的人选只有杨广三弟秦王杨俊的儿子杨浩了,众人不得不认可杨浩,于是宇文化及以萧皇后的名义册立杨浩。他自称大丞相。改年号天寿。

虽说杨浩被宇文化及扶立即位,可他是个影子皇帝。之后宇文化及让杨浩入尚书省,派遣十多个卫兵看守,百官不再朝见杨浩。宇文化及大权独揽,江都六宫的宫女,全都占为己有,就连杨广的萧皇后,也被宇文化及强行搂在了怀中。他像皇帝一样显摆在江都宫里。

司马德戡、裴虔通、元礼、赵行枢等人以为宇文化及会给他们带来荣华富贵,没料宇文化及成事后,冷落了他们,且把他们抛在了一边。他们怨气十足,无处发泄。

最初正是赵行枢把宇文化及推荐给司马德戡的,司马德戡私下里对赵行枢抱怨说:"有福同享,有难同当;化及薄情寡义,这么快就忘了咱们。"

赵行枢也有怨气,他说:"只怪我当初瞎了眼,认错人了。"

司马德戡道："想成就大事，领头的一定是翘楚之才，化及何来才干？整天让唐奉义、牛立裕、薛世良、张恺等小人附在身边，一定会坏掉大事。"

赵行枢明白了司马德戡的意思，道："既然化及是咱们推举的头领，废了他又有何难的？"

司马德戡点了点头，不再吭声。

之后司马德戡和赵行枢暗地里鼓动骁果叛军西返关中，有意瓦解宇文化及在江都成就大业。这正合骁果叛军们的心意，他们都归心似箭。宇文化及没法阻止骁果叛军西归，只好顺遂了军心，在江都洗劫一番，率领十万人马走水路西归。

随队伍西行的虎贲郎将麦孟才甚是忧愤，想起宇文化及弑君的情形，恨不得拔剑斩了宇文化及。麦孟才是隋朝忠烈麦铁杖的儿子。自从杨广被宇文化及等人弑杀后，麦孟才埋藏心里的忧愤一直都没消散。他暗自约好友虎牙郎将钱杰和沈光，准备寻找机会刺杀宇文化及。

麦孟才流泪道："我等承蒙国恩，何曾薄过？今贼臣弑主，社稷垂亡，有何脸面归返关中，相见父老乡亲？我欲斩化及，替先帝报仇雪恨，死而无憾！二位乃公义之士，愿从我复仇斩化及吗？"

沈光垂首，抽泣道："我愿随孟才兄除掉弑君之贼！"

钱杰果决道："为先帝报仇雪恨，除化及，正是我的心愿，事不宜迟，这就抓紧行动。"

三人密谋停当，决定在显福宫里动手。

麦孟才纠集数千江淮军，准备在天亮之前，趁宇文化及还没起床之时，发动突然袭击冲进营帐斩杀宇文化及。所有的谋划看上去天衣无缝，没料还是走漏风声，一个叫陈谦的人偷偷地告密，令宇文化及大惊失色。随后宇文化及对左右心腹惊惧道："麦孟才是麦铁杖的儿子，勇猛过人。沈光更是勇猛，须避其锋芒。"离天亮还早着，宇文化及迅速地离开了就寝的营帐。他下令逮捕麦孟才、沈光和钱杰等人。没等江淮军开始行动，麦孟才就被宇文化及的手下抓获。

沈光听到营房里人声鼎沸，知道事发，没来得及披上铠甲，火速带了人马冲向宇文化及就寝的营帐,扑了个空,这才意识到大事不妙。正要撤离,遭遇四面合围。沈光大呼手下突围,终因寡不敌众,被斩首。紧接着麦孟才、钱杰等十多人皆被斩首。

麦孟才等人的刺杀行动彻底失败后,队伍继续朝西挺进。行至彭城(今江苏徐州),水路不通了,只得改行陆路。距关中还有数千里之遥,那些宫女凭了腿脚步行,显然走不到关中;还有从江都洗劫来的金银财宝和兵戈器械,需要车载。宇文化及下令士兵在彭城抢夺了两千余辆牛车,用来运载宫女、金银财宝和兵戈器械。路途上多遇艰险,骁果叛军们大多行走得人困马乏,叫苦连天。

见军中怨声不断,宇文化及开始猜忌司马德戡,当即任命司马德戡为礼部尚书,看上去让司马德戡光亮地升迁,实际剥夺了司马德戡的军权。为此司马德戡愤愤不平,内心里陡起杀掉宇文化及的念头。于是司马德戡压抑着愤恨,用赏得的金银财宝贿赂宇文智及;得到贿赂,宇文智及跑到兄长宇文化及面前说情,说兄长能有今天,多亏了当初司马德戡高风亮节捧抬兄长起兵成就大事。宇文化及似乎念及到了这份情义,答应让司马德戡引领一万多人以作后殿。

重获军权的司马德戡毫无感激之意,内心里越发加重了对宇文化及的愤恨。他立马跟赵行枢密谋。

赵行枢说:"前些日子麦孟才等人刺杀化及,因走漏风声,以失败告终,是个血的教训。此次咱们行事,千万不可大意。"

司马德戡点头说:"此次行动只能成功,不许失败。"

赵行枢说:"仅凭咱们手下的人,是否信得过?千万不可像麦孟才等人那样草率行事,得需要有外援。"

司马德戡犯难说:"队伍行进在这荒野路上,何来的外援?"

赵行枢瞅着司马德戡说:"我从前跟孟海公有交情。听说孟海公的队伍离这里不远,不妨派人去请他一趟,相信他会答应,到那时,里应外合,方可保障万无一失。"

这孟海公是曹州济阴人,大业九年(613)在周桥聚众起事,拥兵数万。赵行枢速派人去见孟海公,等孟海公带人来后开始里应外合。这一等,却多日不见孟海公带人来的影子。

就因等孟海公的回话,拖延了时间,司马德戡等人的密谋计划重蹈了麦孟才等人的覆辙,被宇文化及的心腹张恺知道,立刻禀报给了宇文化及。之前有应对麦孟才等人行刺的教训,宇文化及既没显露惊恐,也没声张恼怒,仿佛不会发生什么事儿,下令队伍停止前行,在一片开阔的草地里游猎玩耍。司马德戡不知事已败露,心想机会难得,只要借了游猎的时机刺杀宇文化及,他就可以取代宇文化及。于是司马德戡仓促地带了人马出营,假装迎接宇文化及,他根本不知游猎是宇文化及设的圈套。没等司马德戡缓过神来,就已束手就擒。

这时宇文化及满脸冷色问司马德戡:"我与你共同平定海内,出于万死。今始事成,方可共享富贵,你又何故谋反,谋命于我?"

司马德戡明白宇文化及不会饶他一命,硬挺挺地回答道:"本来杀掉昏主,推立足下,却比昏主有过之而无不及,迫于人心难违,也是不得已而为之!"

宇文化及不再多言,转身离去。他下令左右掏出绳子在一棵树杈上吊死了司马德戡;参与司马德戡谋划的十多人,全都处斩了。

## 2

宇文化及弑杀杨广,立秦王杨浩的消息传到了西京大兴。盘踞西京的李渊便觉时机成熟,逼迫隋恭帝杨侑禅让。杨侑早就想到会有这天,心有不甘,沉默不语。李渊既然已经决定自立,即步步紧逼。

杨侑被逼急了,虎着气量站起身子,冷着脸对李渊道:"听说唐公儿时父母去世得早,无依无靠,被朕的皇高祖父、皇高祖母收养,是吃朕家的饭长大的。眼下朕跟唐公儿时一样,失去众多亲人,指望唐公对朕家有所回报,保大隋江山社稷,让有灵在天的高祖得以安心,可是唐公反其道而行之,逼朕禅位给何人?"

李渊语塞,转身退下了。

杨侑瞅了眼李渊离去的背影,合上眼皮,默默地流出悲伤的泪水。

这时太极殿里的宫人和侍卫随李渊之后陆续离开,整个大殿里空荡荡的安静得很,就连一颗针掉落地上,都能听到叮当响声。杨侑睁开了眼,没来得及拭去脸上的泪水,深感自己在转瞬间变成孤家寡人。

拗不过李渊,杨侑被迫禅位给了李渊。

求之不得的李渊终于如愿以偿,在大兴即位,并改大兴为长安,立国号唐。下诏降隋恭帝杨侑为鄘国公,闲居长安。立长子李建成为太子,封次子李世民为秦王,封四子李元吉为齐王。

在长安称帝后,李渊并没急于南下,但他不知宇文化及率领南方的十万大军正朝着关中走来。宇文化及的队伍挨近中原时,见中原一带群雄争霸天下,热闹得很,宇文化及突然改变主意,决定留在中原蹚浑水,大捞一把。倏忽间,宇文化及想起杨广生前十分忧心于占据高邮、历阳一带的贼首杜伏威,总在提防杜伏威进攻江都。然而大军早已离开江都,江都城里只有右御卫将军陈棱留守,非常空虚薄弱。宇文化及随即派遣心腹唐奉义赴历阳,劝说杜伏威归顺。

宇文化及对唐奉义交待说:"你去了历阳,传令封杜伏威为历阳太守,为的是牵制杜伏威不去攻占江都。"

唐奉义领首说:"去了历阳,我会说通杜伏威的。"

宇文化及催促说:"快去吧,我等你消息。"

唐奉义骑快马直奔历阳。以为杜伏威不过是一群偷鸡摸狗的贼匪,唐奉义见到杜伏威后,并没把杜伏威放在眼里。当杜伏威知道唐奉义的来意时,不禁想起当年他率众兄弟从齐郡来淮南,遇到贼首赵破阵逼他归顺,老不高兴说:"宇文化及算啥鸟人物,一个弑君之徒,乃千古罪人!"

一听此言,唐奉义傻了眼。

紧接着杜伏威毫不客气说道:"吃着君王的饭,拿着君王的俸禄,最后竟然弑杀君主,杀掉君主家那么多的无辜性命!叫我跟随这种无情无义的人干,能干出什么名堂来?你回吧,别耽误工夫了。"

唐奉义被杜伏威拒绝出门,蔫头耷脑地回来。宇文化及看唐奉义那副样子,明白杜伏威不买账,也就放弃了。

就在唐奉义离开历阳不久，杜伏威研判局势，感觉天下纷乱快要结束了，有可能他的势力也会被人吃掉，敦促自己该要脱离匪道，投一方靠山了。于是杜伏威派遣心腹辅公祏去趟东都。

辅公祏不知唐奉义来过之后，杜伏威萌发了新的想法。他费解地看着杜伏威。

杜伏威非常认真地对辅公祏说："你带我的上表去东都拜见皇泰帝杨侗……"

辅公祏担心有去无回，打断杜伏威的话说："东都去得吗？"

杜伏威吐露心声说："咱们从齐郡出来，闹了这些年，在世人眼里不过是一群小贼，总也闹不出大名堂得到一方天地，不如归降皇泰帝，好给众兄弟将来有个安置。"

这话说得辅公祏颇有同感。

于是辅公祏带着杜伏威的上表直赴东都。杨侗见到杜伏威归附的上表异常高兴，下诏封杜伏威为楚王，官拜东道大总管。

对于杜伏威的归降，杨侗的高兴不过是暂时的。这阵子杨侗非常焦虑不安，得到宇文化及率十万大军快到黎阳的消息，杨侗十分忧心宇文化及直趋东都。更令杨侗深感恐惧的是，如果宇文化及跟李密组成联军，攻打东都城池，那就如同滔天洪水冲击堤坝，东都兴许保不住了。

其实占据金墉城的李密也处在了焦虑不安的境地。李密原本心气极高，他指挥数十万大军攻打东都这么久，仍在东都城外渴望攻进城里。加上局势突变，李渊废恭帝杨侑，在长安称帝；宇文化及弑君后挟持傀儡杨浩率大军直逼而来。李密心想他苦战至今，一无所获，滋生绝望。

尽管李密心头上飘浮着绝望情绪，可他仍没失去攻城的斗志。他想宇文化及一旦抵达黎阳，无疑冲着东都来。于是李密预感到他会遭遇腹背受敌的困境。王伯当来见时，李密对王伯当说："过些日子，东都将会出现另一支攻城的队伍。"

王伯当明白李密说的队伍，他说："万一宇文化及来攻东都，魏公能否考虑一下，跟宇文化及联盟？"

李密摇头道："跟宇文化及有什么好联盟的？"

王伯当继续劝道："我军攻东都这么久,仍不见攻克的曙光。眼看将士们开始厌战了,就怕宇文化及来者不善……"

　　李密道："跟谁联盟,也不能跟宇文化及联盟。此人无德无才,又凶险,不循法度,不可交也!"

　　就在李密算计宇文化及的当儿,皇泰帝杨侗召纳言王世充到殿,商议招降李密的事儿。王世充明确反对。

　　王世充说："臣以为宇文化及来攻东都,必跟李密有一场你死我活的恶战……"

　　杨侗说："朕非常担心他们组成联军,联手进攻东都。"

　　王世充坚持说："宇文化及率军而来,分明是来攻东都的。李密都攻了这么久,不会轻易放弃继续攻城。若两虎相遇,定会爆发大战,等他们打得两败俱伤、精疲力竭的时候,皇上下诏出兵收拾,定能大获全胜。"

　　杨侗最终没有听取王世充的进言。他内心里潜藏着对宇文化及无比的仇恨,就想利用李密为他报仇雪恨,斩杀宇文化及,告慰被宇文化及弑杀的皇祖父和至亲的在天之灵。他转而召来内史令元文都和内史令卢楚,再议招降李密的事儿。

　　卢楚兴致勃勃说："宇文化及叛逆弑君,罪大恶极。皇上利用李密灭宇文化及,的确是个绝妙的好主意。"

　　元文都说："恐怕李密不会答应。"

　　杨侗说："试探一下,万一李密不受招抚也无妨。"

　　卢楚兴致不减说："皇上可以拿高官厚禄利诱李密,让李密去攻打宇文化及,只要两伙叛军相互残杀,肯定不会轻易停息,如果宇文化及被打败,李密的兵马必然疲惫不堪。再说李密得到高官厚禄,他的士兵得到朝廷赏赐,再反朝廷,岂不是自掘坟墓,断了后路?"

　　听罢卢楚一番进言,杨侗说："只要李密答应除掉宇文化及,他要什么好处,朕决不食言,统统给他。"

　　随之杨侗密派卢楚和元文都去金墉城见李密。按说李密久攻东都,跟元文都、卢楚等人结下不共戴天之仇,两人突然从东都跑来相见,使李密感到格外震惊。卢楚和元文都说明来意,李密一下子愣住了。

随后李密疑惑说:"小天子杨侗差我去灭宇文化及?"

卢楚连忙说道:"天子不计前嫌,只要魏公答应灭掉宇文化及,想得到什么好处,天子会不折不扣地赏赐,决不食言。"

元文都接着说道:"皇上派我俩来请魏公灭宇文化及,其诚意上天可以作证。"

李密这才点头答应。但他的部将徐世勣、单雄信和王伯当怀疑有诈,劝李密不要轻率相信卢楚和元文都。李密没有被说服。

徐世勣反驳道:"卢楚和元文都的话,魏公何以当真呢?"

李密回答道:"宇文化及弑君,又杀了不少皇泰帝家的亲人,难道不是皇泰帝最大的仇人吗?现在宇文化及来东都,明显是来抢夺皇位的。皇泰帝就想利用我除掉仇人。要知皇泰帝的仇人正是我们的敌人,有朝廷支持我们剿灭敌人,有什么不好呢?不然,到那时,前有王世充,后有朝西来的宇文化及,咱们会腹背受敌的。"

最后李密决定接受朝廷招抚,上表东都请降。皇泰帝杨侗立马封李密太尉、尚书令、东南道大行台行军元帅、魏国公;诏令李密平定宇文化及之后,入朝辅政。李密欣然接受了杨侗的册封。

皇泰元年(618)七月,李密率师东行,讨伐宇文化及,在黎阳与宇文化及相遇。李密算计宇文化及率十万大军从江都奔来,军粮一定十分匮乏。黎阳曾是朝廷东征高句丽时的粮食集散地,其中的黎阳仓城里储藏了大量的粮食。李密赶紧差遣徐世勣带兵驻守黎阳仓城,防备宇文化及抢粮补给军需,不让宇文化及得到一粒粮食。然后李密并不急于开战,跟宇文化及隔河对峙着,为的是让宇文化及耗尽粮草,再速战速决对李密有利。

在黎阳突遇李密,宇文化及进退两难。这时李密有意刺激宇文化及,站在河边朝着对岸的宇文化及大声叫骂道:"你这贼首本是匈奴的奴隶破野头子。你父和你兄弟一同享受隋朝皇家厚恩,富贵累世,你弟又娶皇家公主为妻,此等高贵荣华,举朝无二。你享国士优待,就应以国士身份报恩国家,主上失德,非但不能以死相谏,反而趁了反叛之机,亲自弑君,连其主上子孙一起诛杀。你狂妄自大扶立皇室庶出子弟,自己独揽大权,自我尊崇,留待来日篡取皇位。你又侮辱皇后、皇妃,残害无辜!你不追效忠臣之范,却干出西汉奸臣霍禹所做的叛逆恶行,天地不会宽恕你,人神也不会保佑你!你威逼良善,打算投往何处?你若弃恶从良,归附于我,还可以保全子孙后代……"宇文化及怒从心头起,回应道:"我和你只讲厮杀的战事,可你为何唠唠叨叨一大篇章?"李密浅浅地笑了下,对左右说道:"宇文化及竟是如此的平庸怯懦,还心比天高想当帝王,不过是赵高、圣公一类的人物。"

宇文化及不再跟李密隔河打嘴仗,下令部队整修攻城器械,直奔黎阳仓城,抢夺粮食以作补给。驻守仓城的徐世勣早有防备,利用黎阳地形,在沟壑里挖掘地道抗击宇文化及。李密闻讯后,急率精骑赶赴黎阳仓城,与徐世勣前后夹击,打得宇文化及惨败,许多攻城器械被瓦岗军焚毁。

在黎阳仓城没抢到颗粒粮食,骁果叛军们的军粮快要消耗殆尽,一些关中籍的士兵无心恋战,开始结伴盗了军马西逃返乡。李密便觉收拾宇文化及的时候到来了,施诈诱惑,传话给骁果叛军,只要宇文化及答应联军去攻打东都,他可以考虑开启黎阳仓城,放粮补给骁果们的军需。此等好事如同天降大馅饼,宇文化及信以为真。正处麻痹松懈之际,李密突然发动袭击,宇文化及才知受骗而大怒,与李密在汲郡卫县(今河南浚县)的童山下展开激战。可是李密出征不利,被一支流箭射落马下,伤得不轻。幸好猛将秦叔宝就在近处,拼命救护李密死里逃生。

瓦岗军替李密复仇的士气大振,裴仁基、秦叔宝、单雄信、徐世勣、王伯当等将领以死相拼,率军奔杀过去,战局立马扭转,打得骁果叛军节节败退。宇文化及这才发现许多饿着肚子的部下叛归了李密,若继续打下去,兴许会是全军覆灭,赶紧北趋魏县(今河北魏县)。他的十万人马到达魏县后,只剩二万了。

这时宇文化及想他在中原与群雄争霸天下,不是李密之流的对手。不如及时行乐,他唉声叹气道:"人生当有一死,岂不一日为帝乎?"暗使手下赐毒杀掉了傀儡皇帝杨浩。他在魏县称帝,立国号许,置百官于朝堂。

早年落草高鸡泊的窦建德离魏县不远,闻知宇文化及在魏县称帝,窦建德对心腹宋正本、孔德绍说:"我身为隋朝百姓数十年,也经历了两代的隋朝君主。如今宇文化及杀害了隋朝的第二代国君,实在是大逆不道,他就是我的仇敌!请诸位随我讨伐他,如何?"孔德绍应声道:"宇文家跟帝王家还是联姻关系,他们父子兄弟都得到朝廷恩惠,又身居无人可比的高位,却干出弑君反叛的恶事,的确是天下公敌。对这样的恶人,不给予治罪严惩,天地人神不容!"

众部将毫不犹豫愿随窦建德讨伐宇文化及,领兵风卷残云般直奔魏县,打得宇文化及措手不及,连忙逃离魏县,朝着东北方向逃往了聊城(今山东聊城)。这时跟随宇文化及逃到聊城的人马不足一万了。宇文化及打算招募聊城一带的贼寇入伙,却被齐郡贼首王薄盯上。听说宇文化及在江都抢得数不清的金银财宝,王薄假装投奔宇文化及,就把宇文化及骗进了聊城,准备寻找机会夺取财宝。

窦建德领着队伍追到了聊城,宇文化及无路可走,只好关闭城门固守应战。哪知王薄背着宇文化及,偷偷将窦建德引进了聊城,活捉了宇文化及,俘获了他的部众。

听说萧皇后被宇文化及带到了聊城,窦建德去看望。见萧皇后遭遇折磨得不成人样,窦建德非常同情,俯首拜道:"微臣窦建德来晚了,皇后娘娘从此可以获得自由身了……"

听到窦建德说出"自由身",萧皇后抑制不住放声大哭,泪水如雨倾泻而下。不忍目睹萧皇后哭泣的凄惨样子,窦建德转身离去。紧接着窦建德宣布骁果叛军弑君的种种罪行,下令先杀了参与宇文化及弑君的叛军,最后留下宇文化及就刑。行刑前窦建德走到宇文化及跟前,摸了把宇文化及的下巴,问道:"老天子对你们家那么好,一直让你父亲位极人臣,把公主下嫁到你们家;听说早年你和你兄弟宇文智及在榆林跟突厥人做买卖犯下砍头的死罪,老天子都给了一条生路,可你为何恩将仇报,杀了老天子?"宇文化及不吭声。窦建德没了兴趣问下去,对宇文化及说:"老天子的皇儿杨杲才十来岁,有何罪过?你当老天子的面,杀了皇儿杨杲。今天让你受报,让你亲眼看到儿子被杀是什么滋味。"宇文化及只有两个儿子,他们是宇文承基和宇文承趾。窦建德下令,砍下了宇文承基和宇文承趾的头颅。

宇文化及的头颅是最后砍下的。他的头颅刚刚落地,萧皇后给窦建德传话来了,请求留下宇文化及被砍下的头颅,别抛弃在了荒郊野地。窦建德感到十分好奇,只好按照萧皇后的吩咐,留下了宇文化及血淋淋的人头。

离开聊城的时候,窦建德问萧皇后要去何处,他好派遣手下护送。萧皇后心想西京长安回不去了,东都洛阳又是战火纷飞。她对窦建德叹息道:"原本富庶壮美的隋朝大好河山,都折腾成破败不堪的样子,何处又是我的容身之地呢?"最后萧皇后想到了下嫁东突厥的义成公主,托付窦建德将她送往东突厥,投奔义成公主帐下。上路时,萧皇后啥也没带,只带走了宇文化及的头颅,后来,这颗头颅悬挂在了东突厥的王廷里,留给巫师们诅咒。

## 3

皇泰帝杨侗闻知窦建德砍下宇文化及的头颅,被可怜的皇祖母带入东突厥,悬挂在了东突厥王廷,给巫师们诅咒,他的悲伤和痛苦稍稍减轻了些。想起皇祖母离开隋朝,去了东突厥义成公主那里,不知何日归来,杨侗深感愧疚,只能等天下安定了,派人去接回皇祖母。

宇文化及头悬东突厥王廷供给巫师们诅咒的下场,李密功不可没。于是杨侗想起李密,对一旁的内史令元文都说:"朕答应了李密打败宇文化及之后入朝辅政的,都过了这些天,他怎么没来入朝?"

元文都早知个中原委,不便奏报。既然杨侗主动提起李密入朝辅政的事儿,元文都趁此时机奏道:"听说李密倾尽全力在卫县的童山,与宇文化及交战,打得异常惨烈,重创宇文化及带了所剩无几的残兵败将逃往了魏县。战事结束后,李密也是伤亡惨重,一时不会对东都构成威胁了。"

杨侗深有感触叹道:"李密和窦建德都是义士,朕不会问罪他们的。"

元文都道:"听说李密要来入朝,恐怕难得来了。"

杨侗愣了下,忙问:"他为何难得来了?"

元文都道:"听说左翊卫大将军王世充派兵在途中阻拦住了李密……"

杨侗一惊道:"真有此事吗?"

元文都回答道:"臣不敢诳言。"

杨侗恼怒道:"这个王世充拥兵自重,让朕传给李密的圣旨成为戏言!"

其实元文都非常希望李密入朝辅政,可以有效地制衡拥兵自重的王世充。就在数天前,杨侗委任元文都为御史大夫,因王世充坚决反对而作罢。使得元文都憎恨王世充,恨到咬牙切齿的地步。此刻,杨侗提及李密,元文都才有机会狠奏王世充一本。

然而王世充的确不愿李密入朝辅政,这得要从王世充和李密交恶说起。尽管王世充从前剿贼打过许多胜仗,但跟李密的瓦岗军在东都一带交锋,大多留下败绩收场;也就是说在军事上,李密胜过王世充一筹。所以王世充不愿看到李密入朝辅政,成为他的政敌。就在李密接受招抚,奉旨剿宇文化及的时候,王世充总在期盼宇文化及灭掉李密,当宇文化及败走童山时,令王世充大失所望。

至于元文都和卢楚去金墉城密见李密,请李密攻打宇文化及,王世充已经知道,他耿耿于怀。于是王世充憋不住了,对他的部将鼓动说:"元文都那伙人,只会书写文书、纸上谈兵,他们怂恿皇上赦免瓦岗贼首李密诸多罪行,还迷哄皇上召李密入朝辅政,官至太尉、尚书令,用心何在? 倘若让李密官至太尉、尚书令,我等都成为他的下级。要说保卫东都,我等跟李密交战无数次,杀了他的兄弟和子弟,这个仇早已刻在了他心里,哪天他要报仇,我等都会成为他的刀下鬼了,毫无生路可逃!"此番言语,激怒众部将,对元文都、卢楚等人恨之入骨。

王世充的挑拨,很快传入元文都耳里,元文都有些害怕了,想到王世充和他的部将一旦出手,他几乎没有反击的余地。他约内史令卢楚、纳言段达、兵部尚书皇甫无逸等人密谋,杀掉王世充,震慑其部将。

元文都说:"皇上利用李密的瓦岗军攻打宇文化及的骁果叛寇,是桩值得庆幸的事。王世充则不然,鼓动手下部将,企图构陷我等置于死地……"

卢楚说:"王世充惧怕招安的李密入朝辅政对他不利,他是在向我等发泄仇怨,我等决不可以坐视不理,得想办法应对了。"

段达说:"王世充拥兵自重,对付他不可以轻率从事。"

元文都说:"我等先下手为强,尽快找个时机除掉他;不然,我等就要被他除掉了。"

皇甫无逸说:"等王世充进宫入朝时,对他动手,才是最佳时机,否则,没有别的机会了。"

几个人密谋妥当,等王世充早晨入朝时,让布下的伏兵杀掉他。段达回家后,害怕行动失败,反而招来杀身之祸,吓得惶恐不安。于是段达为求得平安,差女婿张志跑到王世充那里通风报信。王世充大惊,很快冷静下来,叮嘱张志不要跟任何人吐露消息。张志点头辞别了。

这天夜里,元文都、卢楚、皇甫无逸等人进了宫城,准备实施明早的伏击计划。王世充得到段达女婿张志送来的消息后,也没闲着,他去见了趟段达,准备和段达联手,应对不测。

到了子夜时分,王世充率兵包围了宫城。宫城值守将军费曜、田阇发现兵变,立马领兵出东太阳门抗击;费曜一时抵挡不住,东太阳门失守,王世充趁机攻进了城门。

东太阳门里突然响起马蹄声,皇甫无逸觉得不对劲儿,意识到了事情败露,慌忙骑上马背,趁着夜色逃出了宫城。

夜色笼罩下的宫城里只闻其声,不见其人。卢楚不知发生了什么,他压根儿都没觉察到王世充带人进了宫城,过去看个究竟,被王世充的人当场抓获。王世充也不问个青红皂白,举刀杀了卢楚。

杀了卢楚之后,王世充似乎毫无顾忌。他来到皇宫的大门口,大门早已关闭,他进不去,挥起拳头猛砸大门,朝门里高声叫嚷:"元文都等人挟持皇上投降李密,段达知道后告诉了臣,臣岂敢背叛朝廷,臣是来讨伐背叛朝廷的逆贼……"此时元文都就在皇宫里,听到王世充的捶门叫嚷声,意识到了段达出卖他们。他一阵心慌,很快镇定下来。皇泰帝杨侗就在乾阳殿,也听到了王世充拳头捶门高声叫嚷,格外震惊地问左右近侍:"这是怎么回事?王世充想干什么?"话音刚落,元文都疾步迈进了乾阳殿。

"此时不是入朝时间,王世充闯进宫来,一定会是图谋不轨!"元文都走到杨侗跟前才打住脚步。"请皇上下旨应对。"

杨侗不足十五岁,还是个孩子。眼看王世充发动兵变逼宫,可他从没遇到过此种突发事件,自然有些慌乱了,对元文都说:"你快去传旨宫中侍卫,王世充若是大逆不道,杀了他!"

元文都担心自己应对不了王世充,还是待在杨侗身边安全可靠,急促说道:"侍奉皇上要紧,我得护侍皇上。"

杨侗点了下头,让元文都留在了乾阳殿。

王世充仍在皇宫的大门口挥拳叫嚷。段达在另外一处皇宫门前矫旨,诈称他遵从皇上命令,已经抓到元文都,押进宫来请皇上治罪。宫里守卫听信段达谎言,开了门,让王世充进了皇宫。

这时杨侗在寝宫里再也待不住了,来到紫微观。

王世充在紫微观拜见杨侗。

杨侗这才发现整个皇宫遭遇围困,稍有不慎,皇宫里将会血流成河。他尽量压制着内心的恐惧,以免失态,装出沉稳的样子问王世充:"深更半夜的,你带兵进宫,遇何事这般急切?"

王世充回答道:"元文都、卢楚图谋屠害忠良,有段达言证;请斩元文都,归罪司寇!"

看到王世充威兵示强的阵势,杨侗实在是奈何不了,终于抑制不住恐惧,只好忍痛割爱,同意王世充处置元文都。

随即王世充遣使手下部将黄桃树逮捕了元文都,押到紫微观下。见杨侗随了王世充的样子,元文都无比地绝望,朝着杨侗流泪道:"臣下今朝亡故,陛下当夕及难!"

听罢此言,杨侗大哭,仍旧无可奈何。他身边的宫人都不敢吭声,默默地看着王世充带走了元文都。押解元文都的人来到兴教门时,王世充担心夜长梦多,当即下令斩杀元文都,顿时乱刀起落,元文都命丧黄泉,他的几个儿子同时遇害。

## 4

在王世充威兵示强的高压下,杨侗迫不得已擢升王世充尚书左仆射,总管朝廷内外军务,独揽了朝政大权。其实杨侗恨王世充,恨到了骨子里;眼下只能施缓兵之计,等候时机,除掉王世充。这天著作郎陆士季进殿奏事,杨侗愤愤不平问陆士季:"隋朝拥有天下三十余年,到如今难道没有一个忠臣?"陆士季曾是杨侗的侍读,两人关系甚好,明白杨侗话里意思,回答道:"王世充自以为功高盖世,目空一切。此人早该除之,只是元文都们行事不慎。待到来日臣向王世充陈述事务,替陛下刺杀他。"这话正说到杨侗心坎上。

然而陆士季跟杨侗几番密谋除掉王世充,仅仅是说说而已,陆士季毕竟是手无军权的文官,根本没有机会对王世充下手。

这时李密打着班师回朝的旗号率领瓦岗军正向东都奔来,准备奉旨入朝辅政。王世充听到李密来东都的消息,非常忌讳,再也坐不住,亲率精兵前往途中阻击。李密很快知道王世充要跟他来个鱼死网破,命令王伯当据守金墉城,命令邴元真据守洛口仓城,他率精兵赶赴偃师迎战。王世充率领二万多名精兵和三千多匹战骑在洛水南岸扎营。李密的瓦岗军驻扎在偃师的北邙山。两军随时准备开战。虽说李密取得童山之战的胜利,但精兵良将折损不少,回到北邙山的士兵们又多疲惫,处于无心恋战的状态。瓦岗军大将裴仁基觉得跟王世充展开大战不是时候,对李密说:"王世充摆出决一死战的架势,东都必然虚空,如果我军绕道避开王世充,直趋东都为上策。"李密对裴仁基说:"王世充来洛水边扎营,分明是阻止我赴东都任职。我若示弱让他,以为我怕他。我早已跟他势不两立了,怯他何来出路?"李密拒绝了裴仁基的进言,一个劲地要跟王世充决战到底。

因李密跟王世充有过多次交战,他太熟悉王世充的战术,有些轻敌,也没修筑防御工事。王世充打定主意背水一战,趁着黑夜派出三百多精兵打前锋,悄悄潜入北邙山,埋伏在阴森森的山谷里,等到黎明时分突袭李密营地。

天刚蒙蒙亮时,王世充的三百多精兵冲向北邙山头,抢占制高点,直朝李密的营地发动进攻。李密的瓦岗军本是处于无心恋战的疲惫状态,突遇袭击,还没从睡梦中清醒过来,被居高临下的王世充士兵打乱了套;紧接着王世充的士兵放火焚烧瓦岗军营地,营地里燃起的大火很快连成一片,吓得瓦岗军惊慌失措四处逃散。王世充抓住这个有利战机,率领大部队冲杀过去,趁势打得瓦岗军七零八落。眼看自己的部队消极怠战到了兵败如山倒的地步,李密急得头撞山石,就是无法挽回败局,只好趁混乱之机,侥幸逃脱。他的大将单雄信、裴仁基、罗士信和秦叔宝等人受困在王世充部队的包围之中,若继续抵抗,只有死路一条,不得不向王世充投降。

王世充手下郎将王拔柱押着一位矮而瘦小的人来到王世充面前。没等王拔柱开口,王世充好奇问道:"此人是谁?"

王拔柱回答道:"此人正是皇泰帝迫切要抓获的祖君彦,请王仆射处置。"

王世充倏地一愣,斜视祖君彦道:"你就是替瓦岗贼首李密撰写檄文,无端地辱骂先帝的祖君彦?"

祖君彦挺了挺矮小的身子,答道:"正是。"

王世充又问:"你这耍笔杆的穷酸小吏,岂有毁谤国主的份儿,知不知道悔罪?"

祖君彦不以为然回道:"檄文已出,有何罪可悔!"

"看你的个头长的跟狗差不多,攻击人来可抵千军万马。"王世充被激怒,一把提起祖君彦腾空,使劲扔到一棵树下。"今天让你不得好死!"

在场的士兵们冲到树下,暴打祖君彦,打得祖君彦只有出气没有进气。这时王世充动了惜才之心,想留下祖君彦一条性命。王拔柱看不惯祖君彦假装好汉的样子,说:"这穷酸书生只晓得写文章骂人求富贵,留他有啥用?让他去死吧!"说罢,王拔柱猛踹祖君彦的心窝,祖君彦气绝身亡,随之他被戮尸示众。

在这个毫无预兆的早晨,盛极一时的瓦岗军就这样在转瞬之间土崩瓦解。李密带着残兵逃到洛口,后悔没有听取裴仁基绕道直趋东都的进言,心情既沮丧又绝望。想到不会有东山再起的日子,他带着残兵直赴长安,投奔李渊去了。

可以说王世充出征时,毫无把握打败李密,没料一个早晨的工夫,他仅仅使出三百来号人马的小小代价,居然出奇制胜,彻底剿灭掉了李密的瓦岗军。他凯旋高调地回到了东都。李密的瓦岗军毕竟是威胁东都存亡的最大祸患,终被王世充除掉,皇泰帝杨侗异常高兴,晋升王世充太尉,以尚书省为其府,备置官属。

王世充虽然得到位极人臣的高位,但杨侗对他的猜忌愈加深了,觉得王世充不会久居人下,除掉王世充的念头并没泯灭。这天王世充进宫奏事,杨侗差使心腹往食物里下毒,赏给王世充吃。王世充回家后,肚子疼痛得厉害,上吐下泄,只是那毒下得太轻,让王世充保住了性命。至此王世充怀疑杨侗要他的命,不再进宫朝见。

不久之后,段达进宫,请求杨侗给王世充加授九锡之礼。这九锡之礼,就是天子赏赐有功的诸侯、大臣衣服、朱户、纳陛、车马、乐器、虎贲、斧钺、弓矢、柜鬯等九种器物,隐有天子试探臣下的意思。几乎没人敢请求天子赐九锡,更没人敢随便接受天子赐的九锡。

段达替王世充请求加授九锡之礼,令杨侗暗自一惊,问段达:"给王世充加授九锡之礼,是何人的主张?"

段达回答说:"是太尉王世充的意思。"

杨侗点了下头说:"朕知道了。"

段达退下后,杨侗想起被号称"七贵"的辅政大臣,不再有谁令他信任。他差人召来著作郎陆士季,轻轻一笑说:"王世充脸皮子真厚,托段达传话,要朕给他加授九锡之礼……"

陆士季一震说:"这是王世充妄想夺取帝位的信号,皇上一定要倍加提防。"

杨侗说:"朕心里有数了。"

回到大内,杨侗不忘段达替王世充请求九锡器物的事,向太后禀报。太后想到儿子虽是万人之上的天子,年纪还轻,争斗起来不是王世充的对手,进劝杨侗暂且忍让,给王世充加授九锡之礼,待到来日收拾王世充不迟。

皇泰二年(619)三月,杨侗被迫改封王世充相国、郑国公,如数赏赐了九锡器物。

此时的王世充并不满足杨侗封他相国、郑国公的官职和爵位;他迫切想得到帝位,又派段达进宫,劝说杨侗禅让。

见到杨侗,段达肆无忌惮道:"郑国公德高望重,请陛下以唐尧、虞舜为楷模,禅让皇位吧……"

没等段达说完,杨侗勃然大怒道:"这天下是隋高祖的天下。倘若隋朝的气数还没有完全衰尽,你不该放肆地讲这种话;倘若天意要改朝换代,那还说啥禅让不禅让?你们都是先帝的老臣,先帝生前并没亏待你们,可你们为何要毁先帝留下的社稷呢?"

段达如针扎脸,退了下去。

王世充获知杨侗不肯禅让,又差人进宫传话,说如今天下之乱还没平定,需要有个年长的君主驾驭平乱,等天下安定了,还位于杨侗。杨侗依旧不答应。

王世充只好矫旨,伪造了份禅位诏书;派兄长王世恽进宫逼迫杨侗禅位,将杨侗幽禁在含凉殿。

随即王世充僭位称帝,立国号郑,建年号开明。大封王氏族人为王,引发众朝臣不满。

礼部尚书裴仁基和他儿子左辅大将军裴行俨、尚书左丞宇文儒童等数十人,正密谋着准备除掉王世充,再次拥立杨侗为帝。这裴仁基从前在朝廷任职河南道讨捕大使。翟让、李密率瓦岗军南下攻占洛口仓城的那阵子,东都留守辅臣段达、元文都等人下令裴仁基联合刘长恭讨伐,因裴仁基延误了出征行程,导致刘长恭败阵而返。裴仁基害怕朝廷问罪,和儿子裴行俨投降了瓦岗军。直到不久之前王世充在北邙山击败李密，裴仁基和他儿子裴行俨才投降回到了东都。王世充赏识裴仁基父子人才难得，不计前嫌，起用他们又封他们高官，为的是效忠他王世充。

可是裴仁基父子并不领王世充的情，反而下了刺杀王世充、还位于杨侗的决心。因密谋泄露，王世充毫不留情，逮捕所有参与密谋的人统统杀掉了，又诛其三族。

六月，王世充的兄长王世恽劝说王世充杀掉杨侗，斩断复辟的根源，以绝民望。王世充听取王世恽进言，派侄子王行本带着毒酒赴含凉殿，将酒递给杨侗说："请帝饮此酒。"杨侗明白死期降临，无可奈何，对王行本说："请太后与朕见上一面。"王行本摇头不准。杨侗深感绝望，喝下一口，仰天悲愤地叹道："若有来世，朕再也不愿出生在高贵的帝王家了！"

喝完毒酒，杨侗并没很快死去。王行本耐不住性子，随手拿起一匹布帛，活活地勒死了杨侗。

王世充立马给杨侗上谥号恭皇帝。

直到李渊父子立唐平定天下后，废黜隋二世杨广明帝谥号，以贬损之意给杨广再上谥号为隋炀帝。